越是我故乡

王征宇 著

浙江文艺出版社

目　录

几枚花生芽引出的序——写在王征宇《越是我故乡》出版之际

第一章　古越王气

四千年的守望 …… 003

越国都城今安在 …… 007

古越剑神 …… 012

当世皆称越女剑 …… 017

仰慕范蠡 …… 022

越王峥上，远去的鼓角铮鸣 …… 030

越歌三章 …… 033

第二章　秦汉遗风

两千二百年前的那次登临 …… 041

被膜拜了两千年的青春 …… 047

在水街壹号拜谒马臻 …… 052

柯亭有奇竹 …… 059

第三章　魏晋风度

酒乡深处忆两阮 …………………………………… 069

永和九年的兰亭 …………………………………… 077

东晋一哥的东山再起 ……………………………… 084

从咏絮之才到林下之风 …………………………… 091

从雪夜访戴到摔琴而亡 …………………………… 096

东晋爱情故事 ……………………………………… 102

择一地终老，遇一人白首 ………………………… 107

第四章　唐宋诗路

绮丽逶迤山阴道 …………………………………… 115

一座天姥山，半部《全唐诗》 …………………… 119

惊艳千年的若耶溪 ………………………………… 125

云门寺与《兰亭集序》 …………………………… 130

越国敦煌石弥勒 …………………………………… 137

少小离家老大回 …………………………………… 143

从投醪河到钱王祠前 ……………………………… 148

处江湖之远的清白泉 ……………………………… 155

如冰似玉越青瓷 …………………………………… 160

第五章　南宋故都

绍兴的气质很南宋 ………………………………… 167

苍松之下的王朝背影 ……………………………… 175

陆游：一生的无奈与执着 …………………………… 180

南宋状元眼里的越中山水 …………………………… 186

第六章　明清文脉

阳明之心，光耀故土 …………………………… 193

一根狂野生长的青藤 …………………………… 199

张岱在夜航船上 …………………………… 206

高洁天成一剪梅 …………………………… 212

纷说绍兴历代书院 …………………………… 218

天下师爷数绍兴 …………………………… 224

腊梅盛开的绍兴老台门 …………………………… 231

斯时斯人斯宅 …………………………… 237

穗康钱庄 …………………………… 243

余音缭绕古戏台 …………………………… 247

第七章　水之魂魄

运河岸边我长大 …………………………… 255

我家门前有座桥 …………………………… 260

镜湖俯仰两青天 …………………………… 264

白玉长堤古纤道 …………………………… 270

残山剩水越石宕 …………………………… 273

三江闸：曾惊世界殊 …………………………… 279

水乡精灵乌篷船 …………………………… 285

第八章　四季越味

明前日铸茶 ······ 291

清明螺，抵只鹅 ······ 297

笋煮干菜 ······ 301

杨梅红时江南雨 ······ 306

秋遇香榧 ······ 311

醉生梦死与齿颊留香 ······ 315

绍兴黄酒的六种滋味 ······ 320

我以我的方式为你打开绍兴（代后记） ······ 326

几枚花生芽引出的序

——写在王征宇《越是我故乡》出版之际

差不多半年前的一天,有朋友告诉我他的一位同学约饭,也点了我的名,人家既是美女,还兼着作家,问我:"怎么样?"因打过交道,又有哥们儿一同,去就去呗!我想。另一个缘由是,她请客的那家饭店,当时正推一道新菜,叫"香干腊肉花生苗",没尝过,心也有些痒痒。我们到时,菜已点好,可我仍斗胆提议,便又添了一道。

在中国,聊天永远是吃饭最诱人的地方,虽说多是酒话,不少大事儿却也是在饭桌上才得以定夺的。聊着,聊着,东家的作品自然也成了中心。只是没想到,她会把作序这事儿交给我,当时我一脸茫然,心里直埋怨这几枚花生芽。

好在书名蛮接地气,还有几句话可讲。仔细想来,在前年安昌古镇的一次采风中,她就提过一嘴。可真到写时,却不知从哪里下笔。

一

半月前,为准备一个讲座,找出丹纳的《艺术哲学》又翻了翻,赶巧,一打开便翻到了这么一行字"作品的产生取决于时代精神与周围的风俗",也是常识。艺术本就是用柔软的方式表达人对主、客观世界矛盾的一种反应,再细分点,又有时代跟区域性之分。不同的人,对它俩还有些不一样的体验及表达。

但凡作家,都是离不开特定环境的,少了它,是很难写好作品的。说白了,是角色意识决定文笔走向。可环境与作家的关系,却又不是谁所能主宰的。就文本里人与区域的亲疏看,大体上可分这么三种:

头一种,是游客。游客的视角与情感自然仅限于旁观,像弘祖先生当

年笔下的《徐霞客游记》，尽管写景、状物、记事，笔笔精细真实、情景交融，而且，很高的艺术性里，无处不携带着浓厚的生活质感，可他的叙述还是读不出乡土里独有的气息，于是，有的人干脆便满足于走马观花了。在类似这样一些游人探访里，作者和地域的关系是比较松活的，文本对区域中自然风物和民俗风情的描述也只能浅尝辄止。进入全民旅游和电子传播后，微信文学与手机图片更让这种关系走向泛化和低俗化。

能下马观花的，是移民。对一个地方而言，任何移民都是介入者，无论迁徙、流放，还是支边、援外，文本中人与区域的关系，自然也深厚与亲密许多。虽说孩提时代并不在那里，可他们还是把那里看作是第二故乡。就像张承志曾说过的：

> 草原是我全部文学生涯的诱因和温床，甚至该说，草原是养育了我一切特征的一种母亲。（张承志《无援的思想》第73页，华艺出版社，1995年版）

他出生在北京，二十岁时才下放去的内蒙古。所以，在《牧人笔记》中，他对蒙古草原的观察与记录是细致的，感情也是饱满的，因为有那一段生活的经历，他才能用那么有质感的笔触带我们走进游客们无法体验的草原生活。说到原因，他还有这么一番解剖：

> 首先是他们接受的方法不是调查而是生活，这使他们掌握的不是枝节的而是全部游牧生产及社会生活。其次至少他们必须完全按牧人的方式思考和应付与自然和社会的关系，他们中的很多人后来被熏陶和改造，拥有了一种极其可贵的牧民性格和底层立场。第三，因为他们毕竟不是土生土长的牧人之子，因而他们在有可能肤浅或隔阂的同时，也必然保留了一定的冷静与距离——这种保留，或者会导致深刻的分析和判断，或者会导致他们背离游牧社会。（《三份没有印在书上的序言》，《花城》1995年第4期）

其实，近代社会以来，许多城市都是由移民汇聚而成的，第一、二代市民自然也差不多都是移来的，虽说他们的脸上常贴有貌似城里人自信的标签，可文化却是无根的。说来，我也是绍兴的新移民，所以，我们这些人的笔触里还是难免某种淡淡无奈的漂泊感，当然，客观性也在这漂泊里。

最后，便只剩原住民了。本书的作者也属此类。用她自己的话说便是：

> 一直生活在绍兴，曾经想过离开，但最终没有。（王征宇《越是我故乡·代后记》）

对他们而言，故土的情结与涵养是走向文学的最大本钱，也是构成区域文本的价值观与情感底色。就拿这本《越是我故乡》来说，无论描写、考释、议论，作者总是自觉不自觉地拿家乡的人文历史和自然风光作背景，广泛深入地发掘时代剧变中家乡的民情习俗、文化心理及个人的命运轨迹，着力刻画绍兴人坚韧厚重的性格与灵魂，她还不满足于江南散文如歌的精致，尝试从狭小的越地空间出发，尽可能地开拓出区域文学的国家意识与情怀。像《仰慕范蠡》、《永和九年的兰亭》、《越国敦煌石弥勒》以及《绍兴的气质很南宋》等篇目，就都反映了她对故土的这种寻根意识和皈依姿态。这倒也印证了鲁迅当年的一句话："地方的，也便是世界的。"放到更深的历史背景里去看，这一意识又是越地文化在当下的一个长长的投影。因为虽说狭小，这里却几度成为一个区域乃至诸侯国的政治和文化中心，所以，这样的情怀也是故乡情结的一种延续。其实，从贺知章的"乡音无改"，到张岱的"遗民情结"，再到鲁迅、周作人的"浙东小说群"，他们笔下所流露的也正是这种隐隐的乡愁。

遗憾的是，在急剧攀升的工业文明和现实社会面前，作为区域文学叙述形式的方言却日渐碎片化，逐渐含混与衰落，所以，尽管是原住民，作者也是依托普通话才实现的文学书写。而在庞大的全球化背景里，这一代人又尚未完成全新沟通方式的习得、积累以及转换重建，因此，这样的文化束缚与压制，不仅改变了绍兴人昔日的生存经验，也带来了当前精神家园构建的某种游离与荒芜。这一点，作者也不例外。

二

绍兴是一座历史古城,一座两千五百年都未曾迁址的古城,因此,每一个本土散文家在借景抒发自己的故乡情怀时,都会自觉不自觉地把笔墨融入脚下这片土地悠远的历史,这既是一种自主选择,也是文化的一项使命。其实,文史融合在我国早已是源远流长的传统了。不过,尽管帕斯卡尔那段话至今仍闪烁着智慧的光芒:

人只不过是一根芦苇,是自然界中最脆弱的东西,但他是一根能思想的芦苇。(帕斯卡尔《思想录》,载《哲学的盛宴》第113页,新世界出版社,2013年版)

不同的散文家,面对历史的书写时,态度和方式还是不一样的。

考释,该是历史散文永远的基本功了,记得卡西尔说过:

历史学家必须学会阅读和解释他的各种文献与遗迹——不是把它们仅仅当作过去的死东西,而是看作来自以往的活生生的信息,这些信息在用它们自己的语言向我们说话。(卡西尔《人论》第224页,甘阳译,上海译文出版社,1985年版)

史论就是历史散文的一大主题。今天看来,整个先秦散文的记事与考释功能都是一流的。作家虽不是史学家,但少了对于史实的准确把握,别的恐怕也都只能是一种乌托邦式的希冀了。想来,这该是散文家们直面历史最科学的一种态度了。前段时间,为写《王家的鹅》一文,我重读了陈寅恪的《天师道与滨海地域之关系》一文,因为老觉着王羲之当年爱鹅、乐鹅的一些举动,当与魏晋时名士们的食药行为有关,而非单纯地出于审美,所以,只能借助先生的考释。书中写到:

《晋书·王羲之传》并载羲之为山阴道士写经换鹅,及会稽孤姥烹鹅饷羲之两事。而烹鹅事《御览》虽言出《世说》,然实不见于今传本《世说新语》中，必非指康王之书。且此姥既不欲售其所爱之鹅于太守，何得又因太守来看，而烹鹅相饷，意义前后矛盾至于此极，必后人依仿写经换鹅故事，伪撰此说，而不悟其词旨之不可通也。故《太平御览》此条殊不足以难吾所立之说。（陈寅恪《金明馆丛稿初编》第44页，北京生活·读书·新知三联书店，2009年版）

可见，《晋书·王羲之传》中所说的"写经换鹅"和"孤姥烹鹅饷羲之"等故事，以及由此派生的各种随笔里的叙述及议论，都是经不起追问的。如果这方面出了纰漏，那散文也会贻笑大方的，跟那些穿了帮的历史剧一模一样。记得十多年前金文明先生出过一本书，名叫《石破天惊逗秋雨：余秋雨散文文史差错百例考辨》，聊的就是秋雨先生在《文化苦旅》、《山居笔记》以及《霜冷长河》等书中的一百多处文史类差错。可见，在历史面前，能把握住的只有真实。

不过，假如仅满足于一个考释者客观"还原"的对应式解读，或只会理性僵化地苛求细节，尽管也能带来某些思想的启蒙，可更多地还是会压抑了鲜活的审美想象，割裂了文史之间那本该拥有的柔暖恋情，这样的文本就只能停留在各种学术概念和历史逻辑之中。卡西尔的那句"历史学不可能描述过去的全部事实"，也正是针对这一点来讲的。这样的人和文过去有，当下也不少。虽说不是谁都想成为什么散文家、随笔家的，但学理表达如何艺术化、大众化，则是一个需要长期探讨的问题。虽说该书不是典型的历史散文，这方面的功夫还是做得很稳实的。

批判，应当是人们面对历史极为正常的方法，因为传统从来就不曾"放之四海而皆准"过，比方说，在著名的"二十四孝"中，咱们就挑不出多少经得起推敲的东西，鲁迅甚至说：

> 现在我们再看历史，在历史上的记载和论断有时也是极靠不住的，不能相信的地方很多，因为通常我们晓得，某朝的年代长一点，其中必定好人多；某朝的年代短一点，其中差不多没有好人。（鲁迅《魏晋风度及文章与药及酒之关系》）

后人呢,也常常在这样的反思中得以成长。从上世纪末开始风行的像余秋雨、史铁生、张承志、张炜、周涛等人的"大散文",基本上就都是在对历史的反思中起步的,正是他们这一波人,引领了中国散文的跨世纪风流。

沿着这样的思路,在文本中,任何依据主体意识对历史进行政治抑或伦理的价值判断,甚至凭借各种"过度诠释"和道德批判哗众取宠,都是不难理解的。要赶上一些大的历史文化转折,这样的情绪还会从"自我中心"出发渲染出一波语言暴力来,比如"五四"与"文革"中的一些散文,就或多或少地有着这样的欠缺。影响所及,不光制约了人们对历史的想象力和审美关怀,远的,还削弱了历史文学本该拥有的灵性和美感。好在《越是我故乡》里的散文在这两方面所涉都不深,始终一副淡然娴雅的样子。

克罗齐有句名言:

> 一切历史都是当代史。(贝奈戴托·克罗齐《历史学的理论和实际》,商务印书馆,1982年版)

换句话说,没了当下的生命,过往的一切历史也便是一句空话。这不仅牵出了历史学的两个问题,即真实的存在与意义的通达,真实的存在总是以记忆或想象的方式存在并延续着,而它的意义又总从当下出发指向将来;也给历史的文学叙述提出了一种全新的方法——对话。

这就要求散文家以淡定从容的态度,静心倾听历史本身的声音,切身体悟历史人物的悲怆精神,正像朗克所说的:

> 历史学家活着就是为了理解或学会理解每个时代自身所具有的意义。(朗克《人心中的历史》,转引刘畅《人心中的历史》第47页,四川人民出版社,1987年版)

时刻保持自我对历史、对英雄的敬畏,从而在遥远的尘烟中和崭新的起点上,不断发现和透析出历史长河中那一缕缕苍凉的美丽,坚持寻求自我和历史以及读者和历史间的各种对话，思考历史的当代和未来价值，从而真正达到通过艺术激活历史的目的。我发现，这一点正是作者用力最多的地方，自然也是感人最深的地方。

其实，方法的背后还是角色问题，所谓屁股指挥脑袋。诚如亚里斯多德所说的：

> 历史家与诗人的差别不在于一用散文，一用"韵文"；希罗多德的著作可以改写为"韵文"，但仍是一种历史，有没有韵律都是一样。两者的差别在于一叙述已发生的事，一描述可能发生的事。因此，写诗这种活动比写历史更富于哲学意味，更受到严肃的对待；因为诗所描述的事带有普遍性，历史则叙述个别的事。（亚里斯多德《诗学》第28页，罗念生译，人民出版社，2000年版）

三

几十年来，我们的散文观思考似乎从未停歇过。从上世纪70年代杨朔、刘白羽们"形散神不散"的抒情散文，到90年代初黄爱东西们的"小女人散文"，再到余秋雨、张承志们的"文化大散文"，作家们笔下追求的风格、路径以及表现方式，自然也一直在路上。

起初的抒情散文，本着传情与达意的目的，通过对一些具体事物诗性的记叙和描绘，或触景生情，或托物言志，除了主题"高大上"，字里行间始终洋溢着浓浓的真情与艺术感染力。这样的风格差不多引领了从新中国成立到改革开放初的近三十年历史，有的甚至被既定为一种模式来供人效仿。不过，他们那种对诗化的刻意追慕、矫揉造作与粉饰太平，也把好几代文风深深地装进迷雾里。别人的情形不敢猜，实话说，我就"受益"匪浅，以至于现在不论写什么，到了文末，都会想起一个升华的尾巴。

进入90年代之后，上海、广州等地逐渐兴起了一种女性散文，她们以自己的小情趣、小秘密，乃至小欣喜和小感伤为中心，由点滴琐细事件入手，用文字引发某些浅薄、率真而又打动人心的小描绘和小感触。从日子的流年碎影到生活的平淡感悟，文字优美，感情真挚，当然，充满浪漫主

义的字里行间也常流露着一种隐隐的自我中心、清高和欣赏。虽说既不同于茅盾、魏巍等的"主旋律",也不同于周作人和梁实秋那一类学者的散文,却是都市繁华生活中一味不可或缺的温婉调料。所以,学界称之为"小女人散文"。

在接到序约的第一时间,我也想象过作者的风格类型,但似乎全不是一回事儿。往大里说,她跳出了女性的柔媚韵味,另一方面,她虽也自恋游离于平淡环境的那点才情,但给人的感动却一点儿也不琐屑。

就在"小女人散文"满世界撒娇的当口,一股新的充满男性雄风和斗士精神的文风站起来了,像海明威文中的"圣地亚哥"和凡·高画里的"向日葵",硬朗坚强而又灿烂痴狂,这股老男人的旋风一扫那个时期文人的平庸、小气与软弱,也有人说,把一潭死水给搅活了。在大格局、大气象和大文化的理念下,他们从天地山水和人文景观出发,把自己卓越的学识、丰厚的阅历以及深刻的见解一同融入了文章,也一齐展开了对历史、地理、政治以及文化的全面讨论,并进而用艺术的方式,在理想的方向上重塑了文化博大的家乡、生活和阅历。对咱们民族而言,它既是镜,也是灯,既照出了衣冠上的瑕疵,也照亮了行进中的方向。学界把这种散文称为"大散文"和"文化散文"。有人说,这是历史对改革开放的馈赠,可平心而论,鲁迅当年《魏晋风度及文章与药及酒的关系》一文,所举的也就是这面大旗。这一方面说明了坚定的价值观能影响人的风格选择,另一方面也告诉我们大气本身就具有不可比拟的审美魅力。

再回到《越是我故乡》看,对作者来说,文字不是什么工具或载体,而是现实的一部分,正是如此近乎豪放的文字,才塑造了她日常爽朗的风格。所以,文章里的文字是有内涵、有激情并和生活平行的。她在写什么,也就告诉我们她在想什么;文章是什么风格,人也就是什么风格。

其实,作家与区域、历史以及文体这三个界面的关系是每一个散文家直面笔墨时都应认真思考的问题,而且还回避不了。今天,散文已越来越成为一种大众的休闲文体,我想,这样的思考也该越来越成为人们的一种共识。而怎样以更为简雅的文字提炼这三个层面的表达,倒是当下亟待探索的出路。这里,我试着琢磨三句话,一作为本题的答卷,二也权当本序的结尾,不知大家以为可否:

用当代的语言讲好历史的故事，用世界的语言讲好乡愁的故事，用艺术的语言讲好生活的故事。

是为序。

周一农

2018 年 8 月 26 日

第一章 古越王气

四千年的守望

四千年岁月,时空漫漫;四千年守望,故国家园。

我家的南阳台正对着蜿蜒起伏的会稽山群峰,远眺可见烟雾缭绕之香炉峰,亦可见巍巍耸立之大禹像。每当晴日,金色阳光普照大地,我的目力所及,能清晰望见那大禹手持木耜,脚踏石舟,力撼四方。大禹的右手推向前方,似乎要以洪荒之力鼓动千军万马。

这座坐南朝北的大禹铜像高二十一米,建于二十一世纪初。每每见大禹迎风而立的样子,心中总是无限感慨,正是大禹这样的神力庇护,绍兴,这座有两千五百年历史的古城才会如此长久地风调雨顺。

一

大禹,轩辕黄帝的后人,史书记载是夏朝的开国君王,因治理黄河有功,受舜禅让而继帝位。

曾经非常不解:治理黄河的大禹为何会归葬在长江流域的绍兴?而后查找了史料,理解了禅让继位的大禹自有一番雄图壮志。走南闯北的禹,既然建立了夏,目光一定会延伸至长江甚至比长江更南的地方。

禹看好会稽,一定是会稽这个地方深深吸引了他。他在这里娶妻涂山氏;完成治水大业后,又到处巡视,在茅山上给治水功臣计功,同时会盟诸侯。后来,茅山就称为会稽山。

以今天的眼光看,禹的功绩不仅在于治理洪水,发展生产,使百姓安居乐业,更重要的是从此结束了中国原始社会部落联盟的社会组织形态,首创了"国家"这一新型的社会政治形态。禹完成了国家的建立,用阶级社会代替原始社会,以文明社会代替野蛮社会,中国从此有了国家、王朝和朝廷。

如此，会稽山乃成为中国神山。

司马迁在《史记》中言："禹会诸侯江南，计功而崩，因葬焉，命曰会稽。会稽者，会计也。"《吴越春秋》也记载，大禹"周行天下，归还大越"。禹和会稽是有缘的，他的足迹遍布会稽的角角落落，从宛委山得金简玉书，始得治水方略，从遗失鞋子的"夏履桥"到斩首防风氏的"型塘"，从挑"息壤"遗落而成东、西担山，禹的踪迹在绍兴无处不在。

禹崩，立下遗嘱归葬会稽山下，四千年前的蛮荒之地就因禹而得名号"会稽"，并从此名震天下。而禹陵的存在，更让会稽山成为中国古代的五镇名山而亘古流长。

及至春秋战国，越国子民作为大禹的后代生生不息。无余是第一代越王，史传他是禹的子孙少康的庶子。越国当时归属于九州之一的扬州。当代有史学家曾质疑，越王勾践为成为春秋霸主，有意拉近黄河系的禹，使之成为越的祖先。然后，也有史学家认为既有华夏王朝，禹又钟情于会稽，留下直系后裔繁衍世代，既是情理之中，也是顺天而为。

秦始皇三十七年（前210年），秦始皇"上会稽，祭大禹"，于是就有了秦始皇登临秦望山、留下李斯碑的光辉历史。始皇祭禹，旨在对这座出了一王一霸而兼有"天子之气"和"王霸之气"的会稽山致敬。

汉武帝元朔三年（前126年），司马迁上会稽，探禹穴，言称大禹陵寝就在今"大禹陵碑亭"之下。

北宋建隆元年（960年），宋太祖颁诏保护禹陵，开始将祭禹正式列为国家常典。

明清两朝的祭禹仪式和制度最为完备，祭禹典礼也最为隆重，明清两朝大祭禹陵各达二十多次。清代康熙、乾隆都曾亲临绍兴祭禹。

而当今，从1995年起的每年一次公祭大禹活动，隆重且从未间断。

我们今天见到的大禹陵由禹陵、禹祠、禹庙三大建筑群组成。自南朝起修筑，至明代、清代大修，为宫殿式建筑，又不失江南民间建筑风格，庄重而大气。

禹陵碑亭内立有明代绍兴知府南大吉所书的"大禹陵"石碑，每每见这三个字，总觉得写得异常遒劲有力。

二

因为住在近旁，闲暇时就在附近走走看看。那一天迎着阵阵浑厚的撞钟声，走进位于大禹陵边上的禹陵村，这应该是先前很不起眼的一个小村庄，如果不是因为旅游开发，多少年来它都异常安静地湮没在大禹的光辉之下。

去了，不承想被深深地震撼了，原来那是一个为大禹默默守护了四千年的古村落，近来被历史学家称为"天下第一守陵村"。

四千年岁月，时空漫漫；四千年守望，故国家园。

这个古村落依山傍水，远看就像蜷伏在会稽山脚下的一条神犬；近看，一幢幢古色古香的江南民居，粉墙黛瓦，错落有致，有小桥，有流水，有石巷，更有那烟雨江南才有的道道屋漏痕。

两旁的村居大多临河而建，走在光滑似玉的青石板铺就的路上，随手推开那被岁月熏得发黑的门窗，依稀时光流转，仿佛闻到了来自远古的气息。

2006年重建的新禹陵村被一条小河分成两个部分，五座石桥连接着一河两岸。村里有戏台，有乌篷小舟，有茶吧，有饭馆，游客置身其中，感受着青竹流翠、梅树吐芳、石径通幽，雨巷在这里悠远延伸。

村里人大部分姓姒，正是大禹的嫡系后代，据传自禹的七世孙开始守陵，至今已经是第143、144代了。我查了一下资料，姓姒的人全国不足两千人，而绍兴的禹陵村目前还有四十户姒姓人家。

四千年来，这些人家就是以守陵为职业，世代务农。无论天灾人祸，无论朝代兴衰更替，他们所做的就是始终如一地守护着他们的祖先。据介绍，他们每天早上的第一件事就是祭祖，无论刮风下雨都向着禹陵叩首祭拜，而每年的六月初六是禹王的生日，他们都会在这天举行大祭。

三

时代总是在不经意间发展，成为谁也不曾想过的样子。有一次散步走过一个叫禹陵公寓的地方，我驻足了一会，想那应该是曾经居住在禹陵村里的那些子子孙孙的公寓楼吧。他们搬迁了，住进了新式的农民公寓，他

们彻底告别了胼手胝足的农耕社会，进入了商品经济社会。他们不用再操心为祖先守护，因为有国家的专业守护，他们只需偶尔在家里祭拜，表达一下对远祖的怀念之情。

前几年，禹陵村被一家连锁酒店相中，要求长期租赁，原住村民同意外迁，然后，在不破坏原貌的前提下，将古村落改建成一个具有江南水乡独特风格的度假村。这就是我们现在看到的样子。搬空的民居建筑物里面，原有的陈旧设施全部被现代化设施取代了。

那一幢幢江南味道的老房子终成游客流连忘返的地方，品茗、乘舟、听戏、入画，北方的游客在禹陵村的小河里优哉游哉。比起周庄、同里古镇的热闹，这里似乎还显得名不见经传的样子。

也好，少一点商业气，也是游客去看禹陵村的福气。

四千年的守望，就这样在这个时代终结了。也许只是换了一种形式的守望？是喜是忧，还是喜忧参半，似乎无从说起。

每天远远地向大禹像致敬时，我偶尔会想起，栉风沐雨的大禹被他的后裔守望了四千年，他早就成了绍兴百姓的守护神。

越国都城今安在

今日花红柳绿地,当年刀光剑影处。

若问自小生活在绍兴古城的人,最熟悉的地方是哪个,回答大多会指向府山,人们自小起就在那里登高望远、瞻仰烈士、接受爱国主义教育。早已建成公园的府山,位于绍兴城西隅。山不高,拾级而上,至山顶风雨亭,才一百多级台阶,海拔仅七十六米。

府山,又叫卧龙山,以盘旋回绕、形若卧龙而得名;又因越王勾践赐死大夫文种,文种归葬于山的东北隅,而得名种山。府山与绍兴古城内的蕺山、塔山鼎足而立,为水城绍兴平添气势。

府山是两千五百年前越王宫所在地,"春秋一霸"勾践曾把这里作为越王宫十九年。此后,府山一直都是绍兴历代州署或府治所在地,逃难的南宋王朝还将它设为临时皇宫。

府山在南宋前一直称卧龙山。改名为府山是在南宋时期。福建莆田人、宋进士副都统黄府驻扎此山剿匪平倭,战功赫然,南宋理宗皇帝下诏诰授黄府为光禄大夫、太师,绍兴百姓为纪念黄府的平寇功绩,将卧龙山更名为府山。

一

越王台、越王殿依山而建,绍兴人自小就在这里接受"十年生聚,十年教训"的励志教育。越王殿前有一棵南宋古柏,一口范仲淹在越州任上发掘的清白泉。今天我们看到的这些建筑是根据南宋郡守汪纲所建越王遗迹而重修的,虽然位置、朝向和当初有所不同,但是府山的样貌两千五百年来大致如此吧。

越王殿正中是越王勾践和大夫文种、范蠡三尊石刻塑像,上方悬挂着

"卧薪尝胆"匾额。其实我印象最深的是越王殿内东西两侧墙上的两幅长宽各五米的大型壁画,一幅《卧薪尝胆》,一幅《复国雪耻》。驻足在这两幅画前,和墙上的勾践对视,会有穿越两千五百年时空的奇妙感受。

勾践披一袭白色大氅,正襟危坐在一堆薪柴之上,面前悬挂着一颗苦胆,表情阴鸷,眼里闪烁着复仇的火焰。他的目光里有王气,有霸气,更有杀伐决断的铿锵之气。在这里,画家把司马迁在《史记》里描述的越王"为人长颈鸟喙,可与共患难,不可与共乐"的形象描绘得栩栩如生,再现了两千五百年前勾践正处心积虑谋划着他的复兴大计的那个片刻。作为后人,勾践诚然可敬可畏,其人品和底线却不是我们这个时代所能深入探究的。

每个时代都有它不得已而为之的理由。

二

有越王宫,就必有越国都城,绍兴建城两千五百年的历史由勾践翻开第一页。那么勾践为什么会选择以府山为核心来修筑国都呢?越国都城到底有几个?拨开历史的迷雾,我们得从越国作为春秋时期的诸侯国说起。

《史记》载,越国开国之君叫无余,是夏王少康之子,大禹苗裔。也就是说,从无余受封至勾践迁都会稽时,越国已存在了一千五百多年了。在这千余年间,越国先民断发文身,依山而居。魏郦道元《水经注》则云:"越王都埤中,在诸暨。"这说明最早的越国故都在诸暨。已故的越文化专家、浙江大学终身教授陈桥驿先生在《绍兴史话》中说:"诸暨境内的埤中,曾经是部族酋长的驻地。"并作过《暨阳随笔》一首,其诗曰:"于越流风远,埤中在暨阳。西子音容邈,典范照故乡。"认为埤中就是无余建立越国时期的都城所在。埤中在今天的哪里?据专家考证,埤中在今诸暨北界次坞、店口至阮市一带。如今在诸暨次坞的楼家桥遗址发现了六千七百多年前的文化遗存,出土了许多春秋以前的陶鼎、陶豆、石器、玉玦、玉环等器物,还发现了稻谷,表明那时已进入农耕文明时代。

那么勾践为什么要把越国都城从会稽山腹地迁移出来呢?《国语》载:"允常之时,疆土始大。"允常,勾践之父。《史记·越王勾践世家》记载:

"允常之时，与吴王阖闾战而相怨伐。"说明越国到了允常为国君时，开始强大，并与吴国交战，吴越从此成为冤家和对手。

允常死后葬于印山（今绍兴兰亭），其陵墓现为印山越国王陵。可见，允常起越国已开拓疆土，从山林走向平原。

勾践于公元前496年即位。他即位后，强邻吴国经常侵扰国境，当时还是谋士后来成为国相的范蠡说："今大王欲（立）国树都，并敌国之境，不处平易之都，据四达之地，将焉立霸王之业？"这就是勾践决心要把国都从闭塞的会稽山腹地移往广阔的宁绍平原的充分理由。

宁绍平原以曹娥江为界，分成东西两部分。绍兴古城北滨杭州湾，南接会稽山，背山面海。城东西两侧，各有曹娥江和浦阳江作为屏障，地理位置十分优越。同时，宁绍平原是潮汐出没的沼泽平原，自然条件也十分优越。今天的绍兴古城范围内，大小孤丘达九处之多。其中较高的是海拔七十六米的府山、海拔五十二米的蕺山和海拔三十二米的塔山，构成三山鼎峙的形势。在一片平易四达的平原中心，存在着一处处孤丘，对于曾经以山地为生的古越国来说，自然是立城建都的理想之所。

三

勾践迁都分两步走。第一步把都城迁往山麓冲积平原的平阳。平阳应该就在今天的柯桥区平水镇。从地形和环境来分析，平阳是会稽山腹地的一个小盆地，西有秦望山，东有化山，两侧山冈高隆，宛若天然城墙。新中国成立以来，在平阳周边出土了大量春秋战国时期的印纹陶罐、釉陶碗、青铜剑等文物，进一步为平阳故都提供了有力佐证。我以前的一位同事葛国庆先生曾经写过一篇论文《越国旧都城刍议》，对绍兴平水作为越国都城做过详细的考证。勾践迁都为什么不是一步到位？也许都城的最终位置是在逐步迁徙过程中得以最终确认的。

平阳作为都城的时间大约只有一年。在勾践即位的第三年，即公元前494年，吴越交战，阖闾在夫椒（今太湖洞庭山）大败越国。勾践脱逃，被围困在会稽山上，最后派遣文种向吴国求和，并被迫到吴国首都姑苏去做人质，直到公元前490年才获得释放。

返国后，勾践没有再进入会稽山区，而是彻底听从了复国宰相范蠡的建议，于公元前489年，将国都从平阳迁往会稽平原地区，也就是今天的越城所在地，而府山就是范蠡所筑的山阴小城的核心区块。

为什么选择府山而不是别的孤丘？由于吴国的大军随时可能入侵，勾践必须抓紧时间，建筑一座足以抵抗吴军入侵的城堡。因此，他选择了九处孤丘中最高的一处，即府山的东南麓兴建。

府山是一座西南、东北走向的孤丘。山的北麓陡峭，南麓缓倾，从西南到东北有足够的土地可以建造宫室，并从事垦种。这一带泉水充沛，水源充足。都城西北以山为屏障，不仅具有有利的小气候条件，而满山林木，还提供了丰富的燃料。范蠡在一个高阜上建造了一座飞翼楼，其实就是瞭望台。从飞翼楼可以眺望钱塘江入海，对吴国的军事行动，也可以了如指掌。

就这样，越国在很短的时间里，建成了这座方圆只有一公里多的国都兼军事堡垒，使元气大伤的越族有了一个坚强的政治中心。这就是山阴小城。

紧接着小城的建成，范蠡又在小城的外围建筑了城周大于小城十倍的大城，把这个地区的大部分孤丘都包围在内。可以想象，在范围更广的大城之中，有街衢、河道、工场、屋舍等，还有许多牧场和耕地……

东汉人袁康、吴平在《越绝书》中对越王勾践时的越国都城做了较详细的记载："勾践小城，山阴城也。周二里二百二十三步。陆门四，水门一。今仓库是其宫台处也，周六百二十步，……山阴大城者，范蠡所筑治也，今传谓之蠡城。陆门三，水门三。"才能卓越超群的范蠡正是越城的开城始祖。小城是越国的政治中心和军事堡垒，大城则是越国的经济中心和生产基地。从此，小城和大城就结为一体。

勾践凭借着宁绍平原这块风水宝地得以休养生息，兵强马壮。在勾践卧薪尝胆的十多年时间里，不是他自己种的粮食就不吃，不是夫人织的布他就不穿，十年之内不向越国百姓征粮，越国家家有余粮，百姓个个有笑颜。而吴国穷兵黩武，几年下来，吴越实力对比已发生根本性转变。

勾践就在国内百姓的一致呼声中，出兵伐吴，公元前478年，在笠泽（今江苏吴江一带）大败吴军，取得了完胜。

公元前473年，越军围困吴国都城，夫差试图以自己当年的宽恕勾践，求得勾践的宽恕，却被勾践一口拒绝，勾践没有像当年夫差放过越国一样放过吴国，只答应流放夫差，给他三百户人家。夫差自叹已老，加上吴太子也已被杀，他悔恨不听伍子胥忠言，自感无力复国，于是举剑自刎，蒙面而死，姑苏城陷落。

从卧薪尝胆到灭吴复越，勾践差不多花了二十年时间。之后，勾践一路北上，兵渡淮河，问鼎中原，会齐、宋、晋、鲁等诸侯于徐州（今山东滕州南），最后还率越国民众迁都琅琊（今山东胶南市），成为春秋时期"五霸"的最后一位霸主。

为什么会迁都琅琊？《吴越春秋》载："越王勾践二十五年，徙都琅琊，立观台以望东海，遂号令秦晋齐楚，以尊辅周室。"勾践的雄心由此可见。

孔子听闻勾践称霸，就带着学生和雅琴前去演奏雅乐，越王全副武装地带着三百武士列队迎候，越王说："越人喜欢战争，勇于牺牲，先生有什么高见想来教我呢？"

孔子无语而去。

自勾践从战国初期将其都城北迁之后，至越王无疆时越被楚所灭之前，越国一直称霸于北方。

四

勾践使越国进入全盛时期，后在其子孙手上结束鼎盛，国运开始衰落。最终，越国为楚国所败，直到秦始皇统一六国，会稽始设郡，并把郡治设在吴县（今江苏苏州），辖原来吴越两国的故地。不经意间，历史进入轮回中。

然而，被灭亡的越国并没有就此消亡，百越子孙向北开枝散叶，向南则一直繁衍至今东南亚地区。

朝代也如花开花落一样，有盎然盛开的一刻，必然会有落花流水无情去的那一天。看似平淡低矮的府山，却隐匿着一个王朝、一个君王远去的苍凉背影。

今日花红柳绿地，当年刀光剑影处。

古越剑神

斯人已去,剑心永驻。

一

公元前490年,春秋战国,群雄争霸。

某一个春日,会稽山麓,奇峰苍翠,浓荫蔽日。有一群行色匆匆的背影穿行于群山之间,为首的那个人长颈鸟喙,正是越王勾践。

四年前他出兵伐吴,却在夫椒惨遭失败。不得已,勾践和夫人季媛入吴为奴。幸得范蠡、文种等贤才良相不离不弃,以五千残兵退守会稽。此后以苦肉计、美人计、离间计等等忽悠夫差,最终他背负着奇耻大辱获释归国,从此开启了复国的艰难历程。

此时,他正和范蠡等人赶赴平阳若耶溪附近一个叫铸浦的山坳,去会见一个奇人,那个人叫欧冶子,是名震春秋列国的铸剑大师。

远远看去,山坳里火光闪闪,工棚一字排开,断发文身的越国壮士在火光辉映下,个个显得精壮有力,他们有的在锻打,有的在磨炼,有的在添柴。勾践和范蠡走近,感觉一股巨大的热浪迎面而来,随着"哧"的一声响,一道白气从水池里冲天而起。顺着一道耀眼寒光望去,只见一个长发披肩者,从水中挑一柄刚出炉的宝剑,使出一个白鹤展翅的招式,剑指勾践。勾践迎剑而去,大声赞道:"好剑!好剑!"

此人收剑立定,仙风道骨,样貌不凡。

勾践询问道:"高人莫非就是欧冶子?"此人作揖道:"在下正是。"勾践说:"可把你找到了!"

欧冶子说:"在下祖祖辈辈铸剑,带领徒儿们辗转多地,最终发现平阳附近的赤堇山上盛产锡,若耶溪盛产铜,此地极富天地之灵气,适宜铸剑。别处费时多日,此地铸剑一日可成,且剑刃锐利,天下无敌。"

勾践听完，频频颔首。范蠡对欧冶子说："大王正是为此而来。"

欧冶子一挥手，他的众弟子都围上来拜见勾践。勾践说："此地采撷天地精英，又汇聚铸造兵器之人才，尔等愿为越国复兴助力否？"

欧冶子当即上前一步，抱拳道："我等在这里铸炼，就等这一天，愿为大王所用，愿为复国竭尽全力！"

勾践听后转身，迎着正午的阳光，高高地举起双手，仿佛看到了一只美丽的太阳鸟正朝着高空振翅而去。

勾践大笑："天不灭我大越，必佑我重生！"这是他归国后第一次仰天长笑。

二

范蠡早就为此行准备了白马白牛，于是一场祭祀昆吾之神的活动在山涧溪边举行，一道道殷红的血流四射于苍穹之下，剑指处，染红半江若耶溪。

偌大的会稽山静谧无声，若耶溪无语凝咽。

勾践挥手指向远处："昔日欧冶子铸剑，他处不成，至此一日铸成，以后那座岭就叫日铸岭吧。我要让整座山岭都成为我大越的铸剑之地。"

众人挥剑响应，声震云霄，山林之上群鸟掠掠惊飞，共同见证了越国强兵的重要时刻。

是年冬天，勾践得到了八柄名剑。一名掩日，以之指日，则昼光暗淡；二名断水，以之划水，开即不合；三名转魄，以之指月，蟾兔为之倒转；四名悬剪，飞鸟掠过，触其刃，如斩截焉；五名惊鲵，以之泛海，鲸鲵为之深潜；六名灭魂，挟之夜行，不逢魑魅；七名却邪，有妖魅者，见之则伏；八名真刚，切玉断金，如削土木矣。

勾践把这些宝剑赐予手下强将。宝剑配英雄，果然如虎添翼，军中剑术高手越来越多，兵法亦越来越精。

此后勾践一边推行精勤耕战的强国之策，一边大量铸造青铜兵器和农具，越国的冶炼业在那时得到空前发展。平阳周围一时成为铸造青铜器的热地。越国青铜剑、矛、刀、斧名闻天下，青铜鼎、尊、壶等也成为春秋

列国王室和贵族竞相求索的宝物。

此后，勾践下令给全国六十岁以上的老人每人颁发一根鸠杖，即两头装有青铜饰的一种拄杖，一示越国尊老，二示青铜为越国所产器物。鸠，是当时越国上自王公贵族下至平民百姓都崇拜的一种图腾，它是越国的象征，就连越国的文字都是以鸟命名而形似的鸟篆文。

三

三年后，勾践在范蠡刚修筑的越国都城越王宫再次召见欧冶子。然而，仙人已是须发全白、面容枯槁。

欧冶子为越王献上一柄新铸宝剑，道："大王，此剑是我拼尽全力为大王而铸造的，它是天人共铸之作。"说毕，轰然倒地。

勾践连忙叫来范蠡、文种等人，然而，仙人已驾鹤西去。

勾践俯下身去，为欧冶子阖上双目，起身时他仰望北方，喃喃自语道："我一定不会让你白死的。"

勾践下令厚葬欧冶子，欧冶子铸剑力尽、神竭而亡的励志故事，举国皆闻。

这到底是一柄怎样的神剑呢？

祭剑后的那个夜晚，月色如水。勾践从剑鞘中小心翼翼地拔出宝剑，一道寒光照亮整个星空，那道光华宛若出水的芙蓉，瞬间让剑身、月光浑然一体，如水光波影一样漫过整个越王宫。

细看之下，剑身上布满了规则的黑色菱形暗格花纹，剑身十分修长，两刃锋利无比，就像壁立千丈的断崖。再看，剑格正反面分别镶有蓝绿色宝石。而剑柄上的雕饰则如星宿运行，闪烁出一道道深邃的光芒。

勾践耳边回想起范蠡说过的话："为铸这把剑，千年赤堇山山破而出锡，万载若耶溪溪涸而出铜。欧冶子呕心沥血，铸磨三载，此剑方成。剑成之后，赤堇山闭合如初，若耶溪涓涓再流，这把剑已成天地之绝唱。"

勾践回想到这里，热泪盈眶，一滴泪刚好洒落在剑上，溅起万道金光。

第二天，勾践找来范蠡，请工匠用鸟篆在近剑格处铭刻"越王鸠浅

(勾践)自乍(作)用剑"八个字。

此后几十年里,这把剑都没有再离开过勾践,它陪伴着他"十年生聚,十年教训",征战沙场无数。最后勾践剑指姑苏城,一举消灭吴国。随后又挥师北上,直达琅琊,实现了称霸中原的终极梦想。

英雄之梦终得实现,连同欧冶子的那口气一起,挥洒在越国的苍茫大地上。

四

人生不过百年,可剑神之天地英气,却与日月同辉。

勾践无法想象也无从知道,那柄神奇的宝剑穿越了两千五百年的暧暧风尘,转换于天地幽冥之空间,竟重现于今天。作为当代人,我们现在可以在湖北省博物馆一睹它千年不变的卓越风姿。

为什么它会出现在楚地湖北?1965年,考古工作者在湖北江陵一座楚国墓葬中,出土了六百多件器物,其中就有这柄青铜剑。据当时在场的考古工作者回忆,一名负责保管的队员拿剑时一不留神就将手指割破,血流不止。有人再试其锋芒,稍一用力,便将十六层白纸划破。剑身上两行鸟篆铭文清晰可见,证明此剑就是传说中的越王勾践剑。越王勾践剑因剑身被镀了一层含铬的金属而千年不锈。经无损科学检测,其主要合金成分为铜、锡、铅、铁、硫等。此剑被当世之人誉为"天下第一剑",堪称国宝。

越王勾践宝剑出土在湖北楚国贵族墓,作为解释推理,现在有两种说法:一种是嫁妆说。勾践曾把女儿嫁给楚昭王为妃,因此,这柄宝剑很可能作为嫁女时的礼品到了楚国,后来,楚王又把它赐给了某一个贵族,于是成了这位楚国贵族的随葬品。另一种意见认为是战利品。楚国出兵越国时楚军缴获此剑,带回楚国,最终成了随葬品。

五

当我对越王勾践剑越来越着迷的时候,有一天,我带着对古越文明的崇敬走进柯桥越国文化博物馆,在那里邂逅了另一柄宝剑——越王者旨於睗剑,这是另外一柄著名的越王专用剑。这柄剑因为没有除锈,看上去没有勾

践剑那样寒光逼人，但同样能让人感受到历史长河中留存下来的古越文明之伟大。

此剑剑格两面同样铸有鸟篆铭文：

> 戉（越）王者旨 戉（越）王於睗 自乍（作）用金（剑）自乍（作）用金（剑）。

共十六字。剑主叫者旨於睗，是勾践之子。据《史记·越王勾践世家》载："勾践卒，子鼫与立。"者旨於睗即位时间在公元前465年。者旨於睗虽在位只有六年时间，但也是一位颇有建树的越国国君。他还在当太子时，就开始参与朝政，并成为勾践的得力助手。勾践临终前，告诫他千万要守住祖宗基业，慎之又慎。者旨於睗成为越王以后，谨守父王治国遗训，续写越国繁荣，依然保住了"春秋五霸"的地位。

在越国文化博物馆，我发现类似的越国青铜剑还有多柄，有的是越国贵族的物品，后作为陪葬入墓，这说明青铜剑在当时不仅是习武之人的标配，还是身份和地位的象征。

越国文化博物馆专家说，全国考古发现的越国青铜剑约有三四十柄。相信欧冶子传世子弟绵绵不绝。而浙江龙泉宝剑和越国青铜剑一脉相承，它们的鼻祖都是欧冶子。鲁迅小说《铸剑》中的莫邪和干将正是欧冶子后人。

斯人已去，剑心永驻。

当世皆称越女剑

夫差至死也不明白，他的失败和吴国的灭亡，除了和一个绝色的越国女子有关以外，还因为另一个刚强的越国女子。

一

杜甫曾经在《壮游》一诗中写道："越女天下白，鉴湖五月凉。"古时，越女是对江南女子的统称，因为江浙一带水土的原因，江南女子肤如雪、貌如花。其实，经过几次大规模的人口迁徙，江浙一带到南宋时，逐渐成为中国的经济与文化中心，江南遂成为盛产才子佳人的地方。

但是追溯历史，今非昔比。春秋战国时期，吴人和越人大多是勇敢剽悍的，当时的人义薄云天，轻视生死，追求实现生命价值中一刹那的光芒，和现代一般中国人的性格相去甚远，和现代江浙人士的机灵平和更是两个极端。那时候，吴越人血管中所流动的，更多的是原始的、狂野的、忠义的热血。

最近查看《吴越春秋·勾践阴谋外传》，上书：越有处女，出于南林……越王乃使使聘之，问以剑戟之术。其剑法天成，授剑法以教军士，助越王勾践灭吴。"当世皆称越女之剑"。

寥寥数语，让我浮想联翩。

越女最早的称谓究竟来自何处？有人说最早的越女应数大禹的妻子涂山氏女娇。史料记载，大禹娶妻女娇，却因禹长年外出治水，三过家门而不入，女娇唱"候人兮猗"，这是有史可查的中国历史上第一首情诗，也是第一首由越地女子创作的诗歌，虽然只有四个字。

此后的越女应当还有西施、郑旦、曹娥、唐琬等等，包括近代"巾帼不让须眉"的鉴湖女侠秋瑾。

在众多熠熠生辉的越女代表人物中，这个原名叫越处女的越国女子尤其显得独一无二。

二

公元前494年,越王勾践惨败于吴王夫差,以五千越甲退守会稽,发愤图强。

复国宰相范蠡、文种等人悄悄筹划灭吴九术,并四处为越国搜罗人才。几年下来,最让范蠡头疼的是越国具有行军布阵和指挥军队能力的将才十分缺乏,而能操练士兵的人更是少之又少。

为此,范蠡少不了四处寻找天下英才。那一天,范蠡骑马来到了位于越国南端的天姥山(今绍兴市新昌县境内)。这里重峦叠嶂,猿啼声声,虎狼出没,不少溪谷难以通行。一阵行走后,范蠡不知道该往哪个方向去。

突然,一只白色猿猴从丛林里跳出来,范蠡连忙以随身所佩的青铜剑相挡。范蠡自以为练剑多年,抵得住这野猿,不料这明显比人高出一头的白猿并不惧人,张牙舞爪地向他扑来。

恰在此时,身后掠过一道矫健身影,一声断喝,止住了白猿的进攻。白猿转移目标,那道矫健身影便和白猿纠缠在一起,白猿舞着一竿竹子和来人手上的剑交锋起来,一时间两道白光上下翻飞,飘然于天地之间。

范蠡看得眼花缭乱之际,不禁赞道:"好剑法!"

不料,一眨眼工夫,白猿蹿至树梢不见了,而他的后背一阵冰凉,一柄剑从斜后处抵住了他的咽喉。范蠡不敢轻举妄动,低声道:"在下是越国大夫范蠡,无意闯入您的地盘。"

对方无意收剑,在身后问道:"你的主公可是越王?"范蠡一惊,听声音竟是个女子,且是个年轻女子。

"是,在下正是辅佐越王的范蠡。"

对方"嗖"的一声收了剑,剑在空气中发出凛凛的鸣响。

范蠡转过身,抬眼之间,惊为天人。

三

一个颀长且健壮的身姿,一眼看去以为是一个美少年,仔细看是一个十六七岁的妙龄少女。一头乌黑长发披散及腰，赤足，穿着兽皮制的衣衫，身材比一般越国女子高挑许多，双颊红润，浑身散发着青春和野性的光芒。一双细长的丹凤眼闪烁着纯真无邪，恰如两泓清澈见底的山涧，瞬间照亮了范蠡。

范蠡好久才回过神来，轮到他发问了："这猿猴是你豢养的吗？"

"是的，它不会伤自己人，它教会了我很多剑术。"

范蠡又问："你叫什么？"

"爹爹叫我处女。"

"你爹爹在哪？"

少女眼眶潮红，半响不说话，一会儿举剑狠狠挥砍，剑过处，一排树齐齐倒下，她边砍边说："我爹为国铸剑而亡，临死嘱咐我要为越国复仇雪恨。"

范蠡大惊："你是剑圣欧冶子之女？"

处女点头道："我爹在世时常教我用剑之术，可惜他为越国铸剑力尽神竭，只剩下我和娘在这深山里以打猎为生。"

范蠡上前一揖："万请姑娘见谅，越王和我这两年多一直在寻找欧冶子后人，你们原来在平阳附近铸剑，为什么会跑到这深山老林里来？"

处女说："我们本以山林为家，四处铸剑练剑，爹爹在世时从不贪图功名，所以我和娘都不愿离开这里。"

范蠡说："今日越国将士有青铜剑做兵器，可苦于无人教练，蠡适才见到你高超剑术，此教练位置非你莫属，请受在下代表越国百姓拜请，请你随带师母一起出山，实现你父亲的遗愿。"

处女见状，犹豫片刻，即深明大义地点点头说："待我向娘亲禀报。"

第二天一早，处女收拾了行李，携母和范蠡一道下山去。行李中有许多家传的青铜剑，后世称为"越女三十六剑"。

山坳里猿声啼叫不绝于耳，以白猿为首的猿猴群依依不舍地送至山脚下，处女深情回望葱茏山野，报之以一声声清亮的口哨。

惜别，是那样的悠长悠长。

四

到越国都城后,范蠡带处女觐见越王。

越王有不悦之色,范蠡读懂了他的意思:"我让你找精通剑术的教头,为何找来个黄毛野丫头?"

范蠡说此乃欧冶子之女,勾践这才正眼瞧那野丫头。处女久居山林,却毫不怕生,一问一答之间,逐渐让勾践刮目相看。

越王问:"你如何练剑?"

处女道:'我虽生于深山老林,长于荒无人烟的野外,没什么地方可以学习,也不闻达于诸侯,但我自小好击剑之道,父亲传下的剑谱常诵之不休。我家的剑法几代相传,但都是承天法自然而生的剑道。"

越王问:"怎样才是承天法自然的剑道?"

处女说:"虽然剑道非常高妙深奥,然而道理却是浅显易懂的。剑道有大道、小道之分,也包含了阴阳两个方面。用正确的方法打开路径,就会阴衰阳兴。大凡亲身作战的原则便是:体内要有充足的精神,外表要有安稳庄重的仪态,看上去好像温柔的美妇,但一旦受到攻击,立刻便如受惊的猛虎那样,迅速做出反应。持剑者要根据自己的体气,和精神同步向前;要像太阳一样高远莫测,也要像兔子一样轻盈敏捷;追击别人时形来影去,要使剑光若有若无;呼气、吸气来去自由,反攻正攻、直攻回击都静若无声。这种剑术,可以以一当百,以百当万。大王如果想试一下效果的话,现在就来吧!"

听到这里,勾践注目而视,惊为天人。

勾践和范蠡即刻带处女视察军营,到了营房中有意挑出六名壮士摆出阵势。处女起先按兵不动,待他们一个个出击,一个箭步拉开架势,势如破竹,轻盈的身姿上下左右翻飞起来,营房中瞬间刀光剑影,六名壮士自顾不暇,不敌一名小女子,最后,手中之剑纷纷落地。

处女定身而立,越王大喜,当即加封处女名号,号曰"越女",并发布军令,称越女为越国大军习剑总教官。

"越女"的名号举国皆闻。

越女真心不负越国上下一片厚望,起早贪黑训练士兵,并把自己家传的剑谱毫无保留地刻在军营的石碑上。士兵们个个拥戴这个豪爽胜过男子的女教官，军中士气大振。

越女还擅长兵法，小小年纪便精通布阵摆局、调兵遣将，成为越军主帅的用兵高参。

吴军不知越军帐下竟有这么一件秘密武器。后来，三千越甲即吞吴，越女功不可没。

五

当世皆称越女剑。越女剑术，看似天成，其实符合《易》理、《老子》思想及《孙子兵法》理论，剑艺中动与静、快与慢、攻与防、虚与实、强与弱、先与后、内与外、逆与顺、呼与吸、形与神等辩证关系，反映了内动外静、后发先至、全神贯注、迅速多变、出敌不意等搏击的基本原理。

越女剑术，是当时最上乘的武学，恐怕也是全世界最古老的"搏击原理"，即使是今天的西洋剑术和拳击，也未见得能超越她所说的基本原理。

公元前475年，越军主力渡过松江后，毫不留情地围歼吴军，并趁势打到吴国都城，将姑苏城团团围住。这年正好是会稽之耻二十周年。这年年底，夫差含恨自刎。夫差至死也不明白，他的失败和吴国的灭亡，除了和一个绝色的越国女子有关以外，还因为另一个刚强的越国女子。

越女为国家尽忠了一辈子，对于她的婚配和后人，史书后来再无记载。然而，历史终将铭记这个独特女性，她就像是山野里绽放的那朵剑之花。

合上《吴越春秋》，走进江南绍兴秋日的风景里，耳边回响着吴越的软侬细语，而这一刻，我的眼里依然只有那朵千年之前的剑之花。

仰慕范蠡

世上女子大多没有西施貌美，但每个女子可以有自己的男神。

自有志于写绍兴历史文化散文，我查阅古籍资料，一一追寻先贤遗迹，常常沉浸于漫漫历史故事中和历史人物神交。当我从书中抬起头来，仰望窗外的一片蓝天时，猛然意识到，走出历史，我也只是一个纵观历史的现代女子。什么铁骑金戈、烽火烟尘、繁华市井恰如一缕青烟袅袅升腾。

我曾经问过自己一个非常虚拟的问题，在越地数千年的时间长河里，我最仰慕的古代男子是谁。经过一番思虑，我发现我最终选择的竟是范蠡，深以为能和范蠡这样的男子汉大丈夫遨游于江湖之上，乃人生幸事。

为什么是他？

越国大将军范蠡几乎算得上是历史上少有的一个完人，司马迁在《史记》中称他"三迁皆有荣名"。其卓越才能，进可以居庙堂之上，治国安邦；退可以隐逸江湖，兴业富家。

而在中国历史上真正称得上完人的是"立德立功立言"的"三不朽"圣人。范蠡虽称不上圣人，但他鞠躬尽瘁，助越国成就春秋霸业；转身从商，又成千古商圣；著书立说，可惜今已散失，留下的商训、十二戒、经商十八法，其智慧足以应用于现代商界。

后世评价他忠以为国，智以保身，商以富甲天下。

一

范蠡出生于宛地（今河南南阳），家贫，然博学多才。鲁昭公三十一年（前511年），年轻的范蠡因楚国政局黑暗，非贵族不得入仕，于是背井离乡,偕同好友文种移民越国。这是他的第一迁。

抵达后,两人双双进入越国"中央政府",被勾践拜为上大夫。范大夫治国自有他的一套主张。他对勾践说:"持满而不溢,则与天同道……扶危定倾,谦卑事之,则与人同道。"

其实,若不是一场吴越两国的巨大变故,范蠡和文种在越国也是仕途平平,没有崭露头角的机会。

鲁定公十四年(前496年),吴王阖闾攻打越国,然而在槜李(今浙江嘉兴)之战中大败。阖闾负伤,临终前叮嘱其子夫差:"必毋忘越!"

从此,吴越两国结下了梁子。

鲁哀公三年(前494年),听说吴国日夜演练士兵,准备向越国报仇,勾践打算先发制人,再来个槜李大捷。范蠡预料此战凶多吉少,力谏勾践,勾践不听,执意出兵,吴越两军于是在夫椒展开了一场生死决战。

吴国统帅伍子胥指挥吴军诱敌深入,大败越军。勾践且战且退,吴军乘胜追击。越军溃退,最后只剩五千残部,被吴军围困在会稽山上。

在越军大败、行将亡国的残局中,范蠡和文种在一干大夫中脱颖而出,于危难之时担当起匡扶国家的重任。

范蠡劝勾践先答应吴国任何条件以求保全性命和国家,文种则想方设法通过各种途径向吴太宰伯嚭求情。虽然伍子胥进言"今不灭越,后必悔之",而有"妇人之仁"的夫差当时没有听取,罢兵而归,竟放了勾践君臣一条生路。

勾践和越国由此获得了一次命运逆转的机会。

二

说范蠡是一个"贫贱不能移,富贵不能淫,威武不能屈"的有节之士一点也不为过,从今天的角度来看,其高风亮节当是现代政府官员的楷模。

按照吴越双方议和的条件,越国战败两年后,勾践就得带妻子到吴国当奴仆,他想带文种,范蠡站出来,自愿随勾践到吴国养马。他说:"处理国家百姓之事,蠡不如种;与敌国斡旋之事,种不如蠡。"范蠡深知他

比文种更加适合在吴国保全勾践夫妇。

如此,文种留下主持国政,范蠡随勾践夫妇入吴为奴。范蠡脱去大夫衣冠,换上罪衣罪裙,天天蓬头垢面地跟在勾践左右。

一去就是三年。这三年里,不仅每天要忍受各种侮辱和折磨,还要想方设法保护勾践少遭罪,并把各种信息传给国内的文种。

夫差看中了范蠡的才能。有一天他专程到石室看望勾践君臣,夫差对范蠡说:"寡人曾闻:贤妇不嫁破落之家,贤士不仕灭绝之国。如今勾践无道,国家将亡,君臣沦为奴仆,先生不觉得耻辱吗?不如改过自新,弃越归吴,寡人必当赦免先生,委以重任。"

不料,范蠡对夫差说道:"臣也闻:亡国之君不敢语政,败军之将不敢言勇。贱臣既不能辅佐好越王,何言能辅佐好大王您呢?今侥幸不死,贱臣愿为寡君之奴仆,不愿弃旧图新。"

说罢,范蠡以头撞阶,血流满地。勾践在一旁泪流满面,羞愧万分。

这其实是范蠡自导自演、勾践在一旁参演的一出苦情戏,演出成功对勾践和越国前途至关重要。经过此事,吴王对勾践动了恻隐之心,最终将勾践一行释放回国。范蠡知道,保全了勾践就是保留了越国复国的星星之火。

三年之后,范大夫随勾践夫妇终于回到了越国。战争之后的越国满目疮痍。得到重用的范蠡建议勾践先抓经济,继而亲民,稳定社会。有百姓生病,勾践亲自去慰问;有百姓去世,勾践亲自办丧事;对家里有变故的百姓免除徭役。一系列的措施,使百姓生活得到安定,也增加了百姓对复国的拥戴。

为提高军事力量,范蠡重建越国都城。范蠡助勾践建了两座城,一座小城,一座大城。小城是建给吴国看的,而大城建得残缺不全,面对吴国的方向,不筑城墙。

范大夫还重视军队训练,提高士气,增强战斗力,组织敢死队,重奖各路勇士。

为迷惑夫差,范蠡投其所好,派人送去越国的大量木材和能工巧匠,推动吴国筑造华丽的宫台,收纳越国进贡的美女。夫差为这些美女建造馆娃宫和姑苏台,源源不断的木材堵塞了山下的河流港渎。"木塞于渎",今日苏州城西边的木渎古镇之名便由此而来。

夫差以为此等好日子能永远过下去。

而在越国,范蠡辅佐勾践"十年教训,十年生聚",以近二十年光阴,忍辱负重,不忘国耻,发愤图强。

公元前482年,时机终于成熟了,乘夫差倾全国之力北上中原争霸之机,范蠡建议勾践立即兴兵伐吴,此后吴越数度交战。公元前473年,越兵攻打吴国国都,吴军全线崩溃,吴王夫差逃到姑苏台上固守,同时派出使者向勾践乞和,祈望勾践也能像二十年前自己对他那样宽容,允许保留吴国社稷,而自己也会像当年的勾践一样去越国为之服役。

这就是吴越两国老生常谈的"卧薪尝胆"、"三千越甲可吞吴"的故事。

勾践却没有给夫差留下求和的空间,他说:"过去上天把越国赐给吴国,吴国没有接受。现在上天又把吴国赐给越国,我岂敢不听上天的命令?"

夫差不是勾践,他不想苟活于世,再说在他的年纪,翻盘的希望非常渺茫,于是他说:"如果吴国没有了,我还有什么资格活在世上呢?"想起早就被自己赐死的伍子胥,悔恨交加,遂蒙面自杀。

吴国就这样灭亡了。

三

勾践夺取江淮后,一路北上,成为春秋"五霸"之一,称雄天下。

范大夫和文种随之名声大噪,身价暴涨。

在勾践的庆功宴上,所有人都酩酊大醉,唯有刚被封为越国大将军的范蠡是清醒的,他发现了另一个因为胜利而膨胀起来的勾践,他嗅到了一丝身处高空的危险味道。盛宴之后,他果断散尽了勾践所赐的千金家财,给文种大夫留书一封,上书:"飞鸟尽,良弓藏;狡兔死,走狗烹。越王为人长颈鸟喙,可与共患难,不可与共欢乐。"

如今安眠在龙山的文种恐怕真的死不瞑目,后悔不听兄弟肺腑之言。

性格不同,命运不同。文种不忍离勾践而去,后因忠直果敢,犯颜直

谏，终为勾践所不容。最后，被勾践赐死。死后葬于越王台边的西山之上，后人改西山为"种山"，即绍兴城内的卧龙山。文种墓在今卧龙山望海亭之下。

一座千年孤坟就这样诉说着文大夫的千年悲哀。

而范蠡在一个月明星稀的晚上，带着家属徒隶，驾扁舟，泛东海，浪迹江湖。其实，范蠡在从越国出走之前曾向勾践请辞，勾践当然不同意，痛哭流涕之后，竟提出两条处理意见：留下则把国家分一半给他，不留下则杀了他一家老小。

范蠡以为，事已至此，只能三十六计走为上计了。就这样，他带着一家老小隐姓埋名，辗转来到齐国，那是范蠡的第二次迁徙。

他更名后自称"鸱夷子皮"，这个名字现代人听起来，更像一个白手起家的民营企业家。他率领儿子们耕作于海边，由于治家有方，善于经营，没过多久产业竟达数十万钱，成了当地赫赫有名的大富翁。

齐王见鸱夷子皮贤明，委以大任，拜为相国。范蠡从学而优则仕到仕而优则商，复出后的心态自是把人生看得更淡。

有一天，他再一次散尽家财，只带少数珠宝，携着妻儿老小悄悄离开了齐都（今山东临淄），一路向西，到陶地隐居下来，并再次变姓易名，自称陶朱公。

那是范蠡的第三次迁徙。

陶地四通八达，也是个理想的经商之处，范蠡以"人弃我取，人取我与"的经商理念，将曾经的治国理政之计演化为治家经商之法，运用市场上那只看不见的手，因时买卖，薄利多销。不多久，又累金巨万。

陶朱公再次名扬天下。

而这次，范蠡没再迁徙，寿终于此，享年八十八岁。

人们终于忘记了他曾是越国大夫，只当陶朱公是个神一样存在过的有钱人。

陶朱公被后世尊为财神。

范蠡的经商理念，就是高抛低吸：众人皆进之际，唯他独退；众人不得已而退甚至无路可退时，范蠡再起。

范蠡的经商思想，不仅影响春秋列国，而且一直延续到后代及至今日。范蠡对物价涨跌应有一个合理幅度的主张及由此提出由国家确定粮食价格的政策，被后来的历朝皇帝所采用。由国家调控粮食价格的政策，有助于"农末俱利"，起到稳定粮价、稳定人心、稳定社会的作用。

四

史料并未详细记述范蠡家眷，但我认为在西施之前，范先生应该有婚配，范先生比西施年长二十岁左右。

西施最初的出现只是为了实现"美人计"的需要。

浣纱的西施是生于越国乡野的一块璞玉，清纯又美丽，吴越战争让西施接受了来自国家的挑选，愿意为国赴难，以自己的青春和幸福作为代价挽救危亡中的国家，那是西施自愿的选择。

是范蠡在苎萝村（在今浙江诸暨市）的浣纱溪边发现了西施。那一天，他们初见，西施抬眼之间，惊起他心底波澜无限，他阅人无数，唯独这个女子集中了越地女子的所有美好，几乎完美无缺，除了她偶尔会心绞痛。但是，就连她心痛皱眉的样子都好美，后来竟成为全国年轻女子争相仿效的一种姿态。

范先生把绝色的西施带到刚建好的美人宫（今绍兴市越城区西施山遗址附近），连勾践也无法直视西施之美，卧薪尝胆的他一摆手，示意范蠡赶快领走。

同时进宫的还有一个叫郑旦的美人，两个人在一起，美人宫瞬间被照亮了。

是范蠡的一手调教，才从越国走出一双绝世的佳人。范先生应是按琴棋书画、仪容姿态等高标准严格培训了西施和郑旦。

一学就是三年。

这三年里，有励志和爱国教育，有各种言传身教，也有师生之间无法言说的情感和思想交流。

激起范先生心底无限波澜的西施，渐渐脱去了青涩的外衣，她看先生的眼神里有崇拜，有依赖，有信任，更有一种无法言说的托付。先生从不为所动，但常常在某个无眠的深夜里，眼前浮现出西施姣美的面容，连他

自己也不清楚，这是一种怎样的执念。

终于到了分别的时候，范先生送西施和郑旦离开，而西施的眼神再次告诉他，这辈子难舍难分的人就在眼前。

按今天的说法，范蠡和西施的故事就是一个在错误的时间点里遇上了一个对的人的故事。

当范蠡把西施送往吴王宫时，他心里一定动过一念，那就是乘机和西施远走他乡，但最终这个念头只在心里飘过。

范先生假装没有看见西施临别前泪眼婆娑的模样。一狠心，就把清纯如鉴湖之水的西施和郑旦送入了吴国的深宫大院。

从此只在梦里相见。

五

范蠡再见西施时，战火遍地，如血残阳映照着被越军攻破的吴国后宫，宫内宫外一片混乱，空气中充斥着杀戮和血腥。

郑旦已为国殉身。

谁都在逃命，唯有西施不慌不忙，她等待这个时刻的到来。当这个时刻真的到来时，西施又不知道如何面对。

她早已过了而立之年，美人迟暮，风姿却不减当年。

四目相对，那眼神让范先生刻骨疼痛。那一刻，十多年的日夜思念如潮水般汹涌而至。

西施再见范先生的心情或许还要复杂，十多年和夫差的耳鬓厮磨，她早已习惯了一个男人对她的万千宠爱，甚至她以为自己也是爱夫差的。现在一切都改变了，往事如潮，恍如隔世，她的心在那一刻又一次剧烈地绞痛。

在西施的泪水涟涟中，范大夫瞬间做出一个决定，那就是一起从越国消失，远离这个熟悉的世界。

这恐怕也是范蠡离开越国和越王的一个个人原因。

为了证实西施的情感历程，我专门寻找有关史料。正史对西施并没有多少详尽的记载，特别是司马迁在《史记》中对西施只字未提。

最早把西施与吴越之争关联起来的是《吴越春秋》与《越绝书》。两书记载经过大致相同，只不过两书对西施的结局记载迥异。前者说，吴亡后越王把她"鸱夷"沉江，"鸱夷"就是装在皮口袋里投水溺杀。后者却说："吴亡后，西施复归范蠡，同泛五湖而去。"

从真实性的角度来说，我认为前一种可能性较大，西施是政治和王权的牺牲品，一旦完成了使命，勾践这种个性的君王是既想拥有本该属于他的越地美色，又容不下西施的存在，因为那只会让他回忆耻辱。更何况勾践夫人也容不下一个姿容超群的女人在越王宫里的存在。

相信大多数读者更喜欢《越绝书》中的说法，"同泛五湖而去"。

西施，中国历史上最早的女间谍，她之所以位列中国古代四大美女，是因为她曾经是夫差妃，而不是范夫人。若当初范蠡带她远走高飞，那么吴越春秋中那个美人计传奇将被历史改写。

政治是君臣之间把玩的游戏，残酷而无情，但它却让一个本来寻常的浣纱女成为书写历史的女主。

西施的美丽是因为她完成了一项特殊使命。

如果时光倒退，我最愿意看到的一幕该是这样：范蠡和西施虽然"曾经沧海难为水"，但毕竟是"金风玉露一相逢"，西施的后半辈子是幸福的，西施有范先生这样的男子为伴，生活富足，精神愉悦，一对神仙眷侣，胜却人间无数。

六

绍兴的范蠡祠在诸暨西施故里景区内。

诸暨人把范蠡当成姑爷，十分敬重。据说，越灭吴后，诸暨一带曾为范蠡的封地。

范蠡祠正殿内，耸立着一座高三点五米的范蠡全身铜像。左右两侧有长廊，长廊刻有《范蠡理财致富十二法则》、《范蠡理财致富十二戒律》、《范蠡经商十八法》等。

越王峥上，远去的鼓角铮鸣

那是一座让越国绝处逢生的山。

一

绍兴被称为古越、大越、越地，和一个王朝、一个人有关，这个人一身玄衣，一双鹰目，手执宝剑，兀立在会稽山麓，俯视着他曾经统治下的大地繁衍生息、兴衰交替。

这个人就是越王勾践。

当我穿行在府山越王台，寻踪越王陵，注目越王剑，漫步投醪河时，我都能感受到他的英灵无处不在，因为两千五百年亘古不变的越文化中，总有他的影子，抑郁中喷发出生命的激情，悲愤中紧紧追赶着前行。而我始终认为这种性格的基调是玄色的，正如越王的大氅，水乡的黛瓦，乌漆的台门……

带着对玄色元素的探寻，我走近玄色英灵留下过印痕的又一个地方——越王峥，在那里再一次感受浩浩王气、猎猎雄风。

二

越王峥位于会稽山麓的夏履镇北邬村，也是绍兴、萧山交界处，地理位置十分险要，自古乃兵家必争之地。《越绝书》记载："越栖于会稽之山，吴追而围之。"乾隆年间《绍兴府志》又记："越王山，一名越王峥，昔越王勾践栖兵于此，又名栖山。"

公元前494年，勾践继位的第三年，年轻气盛的勾践主动发兵，交恶多年的吴越再次交战，吴王夫差在夫椒大败越国，勾践侥幸得以逃脱，吴兵一路围追堵截，最后将勾践及其余部逼进了会稽山的深山老林里。

那一战对勾践来说，相当于拿破仑的滑铁卢，几乎全军覆没，所剩仅五千兵士。勾践追悔莫及。眼前的山林,他此前没有到过,但传说中治水的夏禹曾在这里遗落过鞋履,因此,这里自古被称为夏履。彼时的勾践,岂止是在逃命过程中遗落了鞋履,而是差不多丢了一个国家。

是浓荫蔽日的原始森林阻挡了吴兵进攻的步伐。

悲愤至极的勾践喘息着,沿着一座山的山脚盘旋一周,突然眼前一亮,和范蠡、文种等商量后,决定带着余部上山休整。

那是一座让越国绝处逢生的山。

越王峥海拔三百五十四米,沿古道而上,满眼浓绿,山峦葱翠,这得益于当地政府近年来不断的绿化造林。山并不高,也不难登,如今越王峥已成为很多人常年健身登山的场所,所不同的是当年越王一路披荆斩棘,才开出一条行军之路。

三

伫立山顶,自有一番气象。记得有一次我上山,遇上一个当地的老农,老农见我打听历史传说,就指点说,山下原来有九条山路通往山顶,且均呈"之"字形盘旋而上,这就是传说中的"九龙盘顶"。经此一说,我发现这山顶却有些不同寻常,原来在此极目远眺,可将越疆尽收眼底,远望还可以追踪吴国敌情。难怪当年越王登顶后,将越王峥作为越军最后退守的阵地,所剩越兵在山上休养生息,驻扎把守,终于恢复元气。

那些史载的遗址,经岁月洗涤,现如今早已化为淡淡的痕迹。倘若你上山,伏兵路、去更楼、走马岗、洗马池、逍遥天、淬剑石等等古迹,土著山民都会一一指点,如数家珍。

山民们用简陋的铁杆围出一个跑马场,远远地似乎能听见战马在这里扬蹄奔跑,嘶鸣声犹在耳旁。相传,越王为迷惑围山的吴军,用几匹战马在山岗上不停地环绕奔跑,伴以兵士嘶吼,仿佛千军万马,终使吴军不敢贸然上山。战马跑累了,就到走马岗北面古树下的水潭洗饮,那水池便叫洗马池。

那一次我上山,管山寺的人捧出热气腾腾的山茶,说是用山寺里的清泉泡的,我喝了一口,果然清冽甘甜。又去见寺中那潭山泉,那口山泉就

是当年越王的洗马池。它的神奇在于长年不干，不管旱涝，始终保持同一水位，山民说是因为沾染了越王的仙气。

越王峥其实是越国生死存亡之山，自那以后，勾践开始了"十年生聚，十年教训"的艰难复仇历程。有此山，便续写了后来"三千越甲可吞吴"的故事。

穿过走马岗，前面就是越王峥上的名寺——深云禅寺。何谓"深云"？有诗为证："只在此山中，云深不知处。"这深山中的寺院虽然门面陈旧，但是香火却非常旺盛。禅寺始建于宋代，明清扩建又重修过。中进为越王殿，有越王勾践的塑像，越王被雕塑成慈眉善目的样貌，因此被称为越王菩萨，百姓总是喜欢把偶像和神人想象成自己最愿意接受的样子。

越王菩萨的旁边还有一尊欧兜祖师的塑像，那是一个远道而来的祖师，因为山民治病有功，才被奉为神明。《越中杂识》载，欧兜祖师是元朝一个以卖菜为生的人，幼失父母，由嫂嫂抚养成人。长大后，嫂嫂想替他娶亲完婚，但他不愿，趁嫂子不在时，偷偷离家而去。等到嫂嫂发觉，已不见踪影。多年以后，嫂嫂才发现在越王峥上行医修道的师傅竟是当年的小叔子，取名欧兜。又过了很多年，欧兜祖师在山上坐化，因为行善积德，肉身不腐，后来善男信女用火漆涂抹他的全身，从此肉身成佛。现在庙里供奉的祖师像就是肉身像，跏趺之状就是当年坐化时的形象。

四

下得山去，蓦然想到，玄色，黑色中微带赤色的一种颜色。越王这位崇尚玄色的英主，在一方青山绿水的沃土上首创了独特的越地文化，演绎千年，至今越地民风习俗仍有一种难以割舍的"玄色情结"，此情结源于勾践的发愤图强和励精图治，坚韧不屈的生命终在浓郁而神秘的玄色中升华……

越歌三章

荆艳楚舞,吴歈越吟。——晋·左思《吴都赋》

越地文化深邃如浩渺星空,随意采一束光,便知它深不见底的渊薮。近日和绍兴市柯桥区音乐家协会主席罗霄凌探讨古越歌谣,从上古时代的大禹之妻女娇之歌,说到吴越春秋时的狩猎之歌,最后谈及那首像迷雾一样朦胧而优美的《越人歌》。音乐家说,这些几千年流传下来的歌谣虽然没有保存其曲调,但其歌词就是一幅幅生动画面,如一个个精彩故事,使人遐想万千……

一

越地最早的民歌只有四个字:"候人兮猗。"记载于《吕氏春秋·音初篇》,这也是目前所知最早的中国南方民谣。相传作者是大禹的妻子涂山氏之女女娇。

佳人住南方,佳人名女娇,女娇是东夷涂山部落首领的女儿。在女娇最美的时候遇见了一个人,这个人叫禹,来自北方。

禹是鲧的儿子,当时尧帝禅让给舜帝即位,舜封禹为司空,让禹继承他父亲鲧的事业,继续治水。当时,鲧错误地采用了一种"塞"的办法治水,结果导致全国洪水泛滥成灾。

结果,鲧被舜杀了,禹默默接受了这一事实。禹和他爹一样东奔西走,哪里发洪水就往哪里赶,三十多岁了还像一艘漂泊的船,永不靠岸。

那年春天,桑林染绿,陌上花开,十五六岁的女娇已出落成涂山部落里最鲜艳的花朵。那天禹刚好路过涂山,想去找首领涂山氏一起聊聊治水的事。就在桑树林边,他见到了一群采桑的姑娘迎面而来,带头的那个身健体美,充满活力,笑起来嘴角上扬,如一弯好看的上弦月。在那惊鸿一

瞥间,禹的内心泛起了汹涌波涛,他发现自己到靠岸的时候了。

他尾随着姑娘们走进桑树林,其他姑娘见状,都知趣地散开了,林子里回荡着姑娘们的笑声,只剩下他和心爱的姑娘了。

不胜娇羞的女娇,对禹也是一见钟情,两情相悦正好时,禹当即向女娇表达了他的爱慕之情,春风做媒,桑林为妁,她接纳了他,他们结合了。

涂山氏是母系社会,禹和女娇结合后,就入赘做了上门女婿,夫从妇居,禹终于找到了一个温暖的港湾。

新婚之后,禹又出门治水去了,这时他采用了"疏"这种办法,成效初显。忙的时候三过家门也不入。对禹来说,治水是他心里执着的宏图伟业,他已经付出了太多心血,眼看就要成功,不能就此功亏一篑。反过来说,如果治水不力,他和他爹的命运会如出一辙。

但这一切对女娇来说,却是残酷的。禹出门在外的日日夜夜里,女娇独守空房,不觉回忆起在桑树林里初见这个"身长九尺二寸"、高大威猛男子的情景,一缕笑意悄悄袭上女娇弯弯的嘴角,恰如天边那一弯新月。

触景生情时,女娇灵机一动,竟发出一句令天下人无不动容的心声:"候人兮猗!"

在那弯弯的月亮下面,是我们初见的地方,我在等候着你啊,心爱的人儿!

爱情是神奇的,它不仅开启了一个痴情女子的心智,而且还书写了汉语言最早的爱情诗篇,从此载入史册。

相思成疾的女娇,再也顾不得世俗规矩,她跑去找禹。禹在哪里她就跟到哪里。如同后来编剧们编的跌宕情节那样,这时悲剧发生了。女娇有一天给禹送饭,看见了化身为熊的禹,风餐露宿的禹形象一定不会好看。女娇十分羞惭,遂化为石头。闻讯赶来的禹向石头索要儿子,石头裂开,禹的儿子启诞生了。

这个故事是意味深长的。禹所处的时代也许是母系社会向父系社会过渡的时期。禹入赘,生子当归母族,但禹如何甘心?禹后来得到了帝位,帝的儿子怎么能归母族?在爱情和天下之间,禹毫不犹豫地选择了后者。昔日桑林初见的恩爱抵不住"家天下"的巨大诱惑,政治家的野心牺牲了

"候人兮猗"的痴情。

而启,从石头缝中蹦出,生来无母,也注定了他残忍的天性。

治水成功后的禹,计功会稽,声望大增,天下归心。最后,在皋陶和东夷的扶助下,禹以其人之道还治其人之身,发动政变,逼迫舜将帝位禅让给了他。

禹把舜流放到苍梧之野,舜最终抑郁而死。禹终于报了杀父大仇,开创了夏朝。

不知道年老时的禹,还能否想起女娇唱"候人兮猗"时的模样?

二

越地的第二首民歌叫《弹歌》,只有八个字:"断竹,续竹,飞土,逐宍(肉)。"歌词非常简洁,但富有音律感。

《弹歌》选自东汉赵晔编写的《吴越春秋》。据记载,有一次,越王勾践向一个叫陈音的楚国射箭高手询问弹弓的原理,陈音在回答时引用了这首民歌。当时是唱是诵,无从考证,但后人还是将歌词记录了下来。

短短八个字,生动地再现了古代越人狩猎的情景。弹弓(也叫弓弹)的发明,是古代狩猎工具的一大进步,弹弓既可以射鸟,又可以射兽。人类一小步,文明一大步。

《弹歌》用精练的语言概括了"弹弓"的生产制造过程和用途,表现了越地先民的聪明智慧以及用"弹弓"猎取食物过程中的喜悦心情。

《弹歌》在我们眼前描绘的是这样一幅场景:断发文身的越国先民裹着兽皮,拿着长矛,群居在山野之中,他们的部落首领机智而聪明,有一天,他发明了一种叫"弹弓"的狩猎工具,欣喜若狂。

"断竹,续竹",就是先将竹竿截断,然后用弦将截断的竹竿连接起来,一副强有力的"弹弓"就摆在了我们面前。

接着,一场狩猎活动开始了,男人们唱着欢快的歌谣,冲向原始树林,对一群飞鸟走兽紧追不放。"飞土,逐肉"。"飞土",是指泥土制的弹丸,但那不再是一般的土,而是飞行的土,一颗颗泥丸从弹弓中射出,形成一条条优美的弧线,一只只猎物纷纷被"飞土"击中,有的即刻倒下,

有的趔趔着向前逃命，男人们欢乐地追逐着被击伤的鸟兽，最终满载而归。

狩猎归来的人们在山谷里生起了篝火，大家围着新鲜烤制的食物，大快朵颐，载歌载舞，一遍又一遍地唱着"断竹，续竹，飞土，逐宍"……山谷里回荡着欢声笑语，越地部落首领借着篝火的光，察看着那个神奇的"弹弓"，想着下一步的改进……也许，此后就发明了弓箭和弩。

三

最早听到《越人歌》是因为电影《夜宴》，电影讲的是发生在五代十国这样一个动乱年代的王朝故事。在古琴伴奏下，一个女声吐着长长的"兮"音，如泣如诉，百转千回，歌词非常抓心，一下子就带人进入情思绵绵且伤感无比的意境中。听得出这是一个非常凄美的故事，而电影的结尾正是如此。很多观众评价说，歌曲比电影故事更感人。

> 今日何日兮，搴舟中流。
> 今日何日兮，得与王子同舟。
> 蒙羞被好兮，不訾诟耻。
> 心几烦而不绝兮，得知王子。
> 山有木兮木有枝，心悦君兮君不知。

原以为这就是《越人歌》的原初版本，其实不然，这是用楚语翻译的古越语作品，可以说是中国最早的翻译作品。

据《史记·楚世家》记载，灵王十二年（前529年）前后，楚国王子子晳被封为鄂君，初到他的领地鄂，举行了一次舟游，泛舟于新波之上，陪同者众。当时越国和楚国交界，两国之间上自王室贵族下至平民百姓多有交集。拥楫（划船）者为越人，以认识新来的领主并为之效劳为荣。这是很符合当时历史情形的。因为当时越人生活的江汉地区，温热潮湿，雨量充沛，又有纵横交错、星罗棋布的江河湖泊，这样的地理环境使得古越人熟谙水性，善于舟楫。划船成为越人的职业是合乎情理的。

在舟游盛会上，越人为鄂君拥楫而歌。但是，歌的原文却是下面这样的：

滥兮抃草滥，予昌玄泽，予昌州。州𩜱州焉乎，秦胥胥。缦予乎，昭澶秦逾，渗惿随河湖。

对于这段形如天书的文字，就算是今天土生土长的绍兴人也一头雾水。这说明古越语和今越语的变迁是非常大的，它们是不是同一个语系，有待专家考证。《越人歌》最早收录于西汉刘向的《说苑》，书中用汉字对上面那段古越语作了音记，全文共三十二个汉字音节。

再回过头来说鄂君子皙和越人舟子的故事。当时，越人在船上献歌于王子，歌声余韵袅袅，王子听出了其深情，但就是不明其意。一位懂得越语的楚人给子皙翻译道："今日何日兮，搴舟中流。今日何日兮，得与王子同舟。蒙羞被好兮，不訾诟耻。心几烦而不绝兮，得知王子。山有木兮木有枝，心悦君兮君不知。"三十二字变成为五十四字。不得不说，这位楚人是个天才的翻译家，能把歌词翻译得如此优美动人，难怪子皙当下被这真诚的歌声所感动，按照楚人的礼节，双手扶了扶越人舟子的双肩，又庄重地把一袭华美的绣花绸缎被面披在他身上。

那么，这首古越歌谣究竟表达了什么？我参考了专家的翻译，大致意思如下：

多么美好的夜晚啊，我在河里撑船。
和哪一位同船？是王子您啊！
承蒙王子的赏识抬爱，卑微的我啊，心里既高兴又无比羞愧。
我多么渴望认识王子您啊，今天终于认识了！
山上有树丛，树枝有枝梢，
您知不知道，我心里对您充满了思慕和眷恋……

这样一首歌放在今天，定会打造出一首好听的流行歌曲。所以，《越人歌》的艺术成就表明，两千多年前，古越族的文学已经达到了相当高的

水平。

查过资料,说《越人歌》的原文是由专家用泰语或壮语破译的,泰语和壮语同属于台语语支。越族又被称为百越族,今天东南亚地区的土著民族多是越族后裔,这合乎情理。

然而,对这首歌所表达的含义却一直争议不断。从字面意思上看,这应该是一首情歌,且是身份较低者主动向身份较高者表示爱慕。问题在于越人到底是男还是女。仅从歌词中看,莫辨雌雄。

假设越人是女性,那么她和王子子皙的故事就是一个中国古典版的灰姑娘故事。现今,多数学者在评价这首辞章优美的民歌时,大多巧妙地规避了越人是男是女这个棘手的问题。但是,仍有很多学者把《越人歌》视为男男相恋的经典之作。因此,这首歌堪称中国最早的"断背山"之歌。

曾经读过席慕容《在黑暗的河流上》一诗,这是我认为用现代诗意译得最完美的《越人歌》,其意境朦胧缥缈,如仙似幻,想象无限:

……
在黑暗的河流上被你所遗落了的一切
终于只能成为
星空下被多少人静静传诵着的
你的昔日　我的昨夜

第二章
秦汉遗风

两千二百年前的那次登临

古越之地，一山一水皆有来历。

一

登临是游览的意境，也是一种人生的境界。登山临水，一览众小，如画江山尽收眼底，多少豪情挥洒巅峰之上。普通人尚且如此，君王登临天下的气势更是非同凡响。

在绍兴，正是两千二百多年前有过一次超乎寻常的登临，为日后的绍兴奠定了一块厚重的文化基石，才使当时的会稽、后来的越州和绍兴逐渐成为中华斯文之地、文化名城。可以说，这次登临与五百多年之后永和九年的兰亭雅集前后呼应，为今日之绍兴镌刻了深厚的文化印记，越地从此翻开了浓墨重彩的历史篇章。

那一次登临发生在公元前210年，那一年是秦始皇三十七年。那一次的登临地点在会稽群山之一的秦望山，那座山就因那次登临而被命名。

历史上，会稽山很早就受到华夏先祖的尊崇，尧舜都在此留下遗迹。大禹治水，计功于此地，崩，也葬于此地，遂得名会稽山。于是，一座神山开创了中国王朝的煌煌历史。

那一次登临的主角是被后世称为"千古一帝"的秦始皇。秦始皇是中国历史上最为勤政、最爱巡游天下的帝王之一。从公元前220年开始到前210年，也就是统一六国后的十年间，秦始皇不顾舟车劳顿，风霜雨雪，频频出巡达六次之多，"亲巡天下，周览远方"，为的是君临他征服的"皇土"，为的是巩固中央集权，使自己开创的皇业"后世以计数，二世三世至于万世，传之无穷"。

二

对于那次东巡，司马迁在《史记》中记载："十月癸丑，始皇出游。

左丞相斯从，右丞相去疾守。少子胡亥爱慕请从，上许之。十一月，行至云梦，望祀虞舜于九疑山。浮江下，观籍柯，渡海渚。过丹阳，至钱唐。临浙江，水波恶，乃西百二十里从狭中渡。上会稽，祭大禹，望于南海，而立石刻颂秦德。"

秦朝历法，以冬十月为一年首月，次年九月为最后一个月。始皇选择在一年之始东巡，自有他的深意。从后世诸多文献来看，会稽是秦始皇那次东巡的最终目的地，虽然秦始皇早已登临过泰山等诸多名山，登临会稽山仍是他的终极梦想。

为什么始皇那么看重会稽？祭祀三皇五帝是古已有之的做法，而中国历史上最早亲祭大禹的帝王就是秦始皇。关于秦始皇东巡会稽、祭大禹的情况，文献多记载："秦始皇帝常曰东南有天子气"，统一六国后，秦迁徙大越子民至今皖南、浙西等地，再将天下戴罪的官吏和百姓，放逐到钱塘江以南的大越之地。甚至后来把大越更名为"山阴"，想从地名上彻底抹去曾经的越国。所有这一切都说明，秦始皇对会稽这个曾经出过春秋霸主的越地是何等不放心。

他全然不顾舟车劳顿，千里迢迢，赶赴此地，一来向他久久敬仰的大禹表达崇高敬意，二来向强悍好胜、不易臣服的大越遗民宣示教化，以示天下大统。

秦望山海拔五百四十三点六米，位于今绍兴市柯桥区平水镇寺里、后岭村，与鉴湖镇马园、濮坞村交界。今天从山脚观此山，与普通的越中青山并无二致，但是山上古道略显艰险。有一句绍兴民谣说："香炉总算高，不及秦望一层腰。"说明此山比一般山要险峻。香炉峰是绍兴的一座佛教名山。

爬至峰顶，发现方圆不过几十步，怪石嶙峋，灌木几丛。但是只有登临过，才知道什么叫"无限风光在险峰"。

三

穿过两千两百多年的悠悠时光，让我们畅想一下公元前 210 年的那个冬天，始皇乘龙车，带着左丞相李斯、公子胡亥，一路上跋山涉水，一月有余，至钱塘，自诸暨进入大越，在举行隆重的祭祀大禹仪式之后，始皇开始登临秦望山。

那一年，十三岁就即位的始皇帝已经四十九岁了。四十九岁放在当今是正值壮年，可是对于一个长期操持过度的帝王来说，他的身体状况是否适合全程登临，今天已不得而知。总之，一代君主在一国重臣的簇拥之下，浩浩荡荡地开始登临。这座山曾经是春秋吴越争霸时的军事要塞，挑选此山肯定是经过全朝文武周密考虑和安排的。始皇登山之前，有多少大越民夫为筑山路、修凉亭留下血汗斑斑。

秦望山终究没有辜负始皇的一次深情青睐，当始皇气喘吁吁地登上峰顶，他的眼前亮了。他的脚下是曾经的越国山水，在峰顶俯瞰是如此锦绣逶迤，满目苍翠，和北方江山的雄伟相比，南方山水的秀气灵动，恰如秀外慧中的江南女子……而他目力所及的远方，就是烟波浩渺的大海（今杭州湾）。

大海，于一个久居咸阳深宫的男子来说，有一种焕然一新的美感。

那一刻，他更坚定地相信，派出的徐福正在东海的蓬莱仙岛上为他寻觅长生不老之仙丹。

迎着一轮明艳的冬日暖阳，始皇高高擎起他的双臂，热烈拥抱这大好河山，一种君临天下、舍我其谁的帝王豪气在那一刻喷薄而出，始皇似乎找到了一代天骄的强烈成就感。站在山巅之上，他不由得带着他的爱子胡亥一一指点，而彼时的河山都已姓秦。

四

大约天下为王者，都有指点江山、激扬文字的癖好，登临秦望山的始皇对此更是热衷，他是中国历史上最早以刻石歌功颂德的帝王。秦望山巅，龙颜大悦的他命随行的丞相李斯手书小篆，写下一篇传之千秋的铭文：

皇帝休烈，平壹宇内，德惠攸长。
卅有七年，亲巡天下，周览远方。

遂登会稽，宣省习俗，黔首齐庄。
群臣诵功，本原事迹，追道高明。
秦圣临国，始定刑名，显陈旧章。
初平法式，审别职任，以立恒常。
六王专倍，贪戾慠猛，率众自强。
暴虐恣行，负力而骄，数动甲兵。
阴通间使，以事合从，行为辟方。
内饰诈谋，外来侵边，遂起祸殃。
义威诛之，殄熄暴悖，乱贼灭亡。
圣德广密，六合之中，被泽无疆。
皇帝并宇，兼听万事，远近毕清。
运理群物，考验事实，各载其名。
贵贱并通，善否陈前，靡有隐情。
饰省宣义，有子而嫁，倍死不贞。
防隔内外，禁止淫佚，男女絜诚。
夫为寄豭，杀之无罪，男秉义程。
妻为逃嫁，子不得母，咸化廉清。
大治濯俗，天下承风，蒙被休经。
皆遵轨度，和安敦勉，莫不顺令。
黔首修絜，人乐同则，嘉保泰平。
后敬奉法，常治无极，舆舟不倾。
从臣诵烈，请刻此石，光陲休铭。

这篇《秦会稽山刻石铭》共计二百八十八字，由李斯手书，越地官员取钱塘浙江岑石，刻碑铭记。此碑俗称"李斯碑"。由于各种原因，原碑在宋代已消失或磨灭，立碑原址的考证一直纷争不断，据史学家考证，绍兴市柯桥区平水镇岔路口村的刻石山为会稽刻石的立碑原址，而刻石山（又称峨嵋山）和秦望山其实是两个遥遥相望又相通的山峰。而邻近的诸暨民间人士经过二十多年的考证，则认为会稽刻石在诸暨的燕子岩头。会稽刻石现存版本为清乾隆年间重刻，1987年由绍兴稽山中学（原绍兴府学宫）移置于大禹陵碑廊内。

一代霸主登临过的秦望山，由此成为越中名山。而对绍兴来说，因为这次登临，从此猛虎之地成为斯文之乡，是机遇也是巧合。

五

李斯碑，是极为难得的历史文化瑰宝。文字凝练隽永，文风庄重典雅，书写圆润清劲，既具有很高的文学价值、书艺价值，又具有卓然的史学价值。今天我们从铭文中捕捉到的信息是深广而丰富的。它歌颂了秦始皇一统天下的不朽功绩，也记述了始皇治理天下的大政方针、主要举措和巨大成效。

此文是向越地百姓宣示，也是弘扬中原文化的大统。

会稽刻石与秦始皇在全国各地留下的其他碑记最不同的地方是，约有三分之一的铭文内容针对越地的特殊情况。相传越俗自勾践时起至六国末，男女间关系不严，教化习俗落后，氏族社会偶婚制度未得清除，越人"争立"、"好战"、"处危争死"、"三弑其君"的习性和民风依然如故。

刻石为此宣告要荡涤旧习，开启新风，这三分之一的教化内容大致如下：

> 女子夫死弃子再嫁，加倍死罪惩不贞。男女内外隔绝防范，禁止男女犯奸淫，人人干净心要诚。有妇之夫淫人妻，杀死奸夫不算罪，男子礼仪有章程。为人之妻若逃嫁，害得子女失母亲，都要教育使廉清。政治统一改陋俗，天下众民受教化，善经美典披在身。人人知道遵法度，家家和好共敦勉，天下无不听王令。国民都能修洁心，乐守规矩同法则，吉庆欢乐保太平。后人奉公敬守法，长治久安无尽期，犹如车船永不倾。

越地从最初断发文身的蛮荒之地，发展为后来的名人辈出的文化之乡，不可否认，与秦始皇宣教的这种民风习俗经过后期的潜移默化紧密相关，即使在今天，那些宣教的思想，仍然具有十分强大的正能量。

从书法的角度讲,会稽刻石树立了我国另一座艺术丰碑。李斯被后世称为"小篆之祖",他也是中国书法史上第一个有名有姓的书法家,李斯的小篆对后世的隶、楷、行、草等都产生了重大影响。尽管我们现在见到的会稽刻石经多个朝代的重摹,失去原刻风貌,但其书体明晰端正,法度严谨,我们依然可以从中感受到两千两百年前一代大家的书艺神韵。

绍兴有《会稽刻石》和《兰亭集序》,实乃文化双璧。

六

登临秦望山的始皇以他的强大向天下宣示,会稽其实是他的一块心病。但无论如何,他以他的方式,把会稽作为最南的一站,画上了第六次出巡的圆满句号。然后,他一路北返。史书记载,离开会稽后,他"还过吴","至之罘","至平原津而病"。始皇三十七年七月,"崩于沙丘平台"。驾崩时仅离开会稽七个月左右。

谁也没想到,那次东巡是他最后一次出巡,是一次有去无回的旅程。

而在他离世一周年之际,即秦二世元年(前209年)七月,爆发了陈胜、吴广领导的反秦起义;九月,起义在他最不放心的会稽郡得到了响应,那位身长八尺有余,力能扛鼎,长得很有男子气概的楚国将门之后项羽,与他叔父项梁一起,毅然在会稽郡揭竿而起,加入反秦队伍,并在亡秦战争中立下了头功。

最强大的人敌不过时间,最强势的人敌不过天意。当我眺望远处的群山时,我终究还是不明白,两千二百年前秦始皇登临的究竟是哪座山巅,历史之谜的答案在会稽的青山绿水间随风飘荡着……

被膜拜了两千年的青春

绍兴有"五女":美女西施、孝女曹娥、情女祝英台、才女唐琬、侠女秋瑾。孝女曹娥的生命永远定格在十四岁那年,但她在越地百姓心里已经活了两千年。

一

曹娥庙被世人称为江南第一庙,是绍兴寺庙中历史最为悠久的庙宇之一,至今已有近两千年历史。不同于其他寺庙,庙堂供奉的是一个年仅十四岁的青春少女。香火之旺,信徒之众,是我始料未及的。

梅子黄时雨的季节里,前去拜谒曹娥。穿过孝女庙村长长的弄堂,在一个面朝曹娥江的地方找到了目的地。

因为是雨季,曹娥江的水浑浊而略显湍急。曹娥江是钱塘江的最大支流,源头在磐安县,自南而北流经新昌、嵊州、上虞、柯桥,然后在绍兴三江口经曹娥江大闸注入杭州湾。曹娥江的上游是嵊州境内的剡溪。古时,剡溪流入上虞境内称为舜江,舜江因曹娥而更名,足见曹娥影响之深远。据说,每至涨潮,江水奔流,但一到曹娥庙前面,就慢了下来,仿佛愧对孝女,悄悄遁去,待过了曹娥庙门口,才敢再次发出响声,让人叹为奇观。

依山傍江的曹娥庙始建于东汉元嘉元年(151年),现存建筑呈民国风格。乍看之下沧桑陈旧,细看之下雕梁画栋,壁画碑刻、匾额楹联,处处体现着两千年的文化积淀。曹娥庙的正对门耸立着一块圣旨碑,为清嘉庆十三年立,嘉庆帝敕封曹娥为福应夫人。入庙后,便是题为"真是女子"的大殿,此匾据传为济公活佛所书。殿内殿外香火缭绕,信徒众多,据说信徒不仅来自绍兴本地,慈溪、余姚等地来的也很多,他们称曹娥为孝女娘娘,相信女神会保佑子孝父慈,全家平安。

进入大殿,可见历朝历代名人政要题写的楹联匾额,其中最引人注目的是蒋介石所书"人伦之光"匾额。史载,民国十八年(1929年)三月,蒋介石偕夫人宋美龄来曹娥庙瞻拜孝女,留下此匾。同年七月,曹娥庙毁于一场大火。1934年,当地乡绅任凤奎募资重建曹娥庙。这就是今天我们见到的曹娥庙是民国建筑风格的原因所在。

曹娥庙的壁画也算一绝,以连环画的形式叙述了曹娥生前死后的全部故事,线条圆润流畅,构图简约,富有表现力,据说对研究民国绘画史极具价值。当然还有当代绍兴书法大家沈定庵题写的"汉孝女曹娥墓"碑,也值得一看。至于曹娥墓,几经迁徙,无疑是衣冠冢。

二

曹娥的故事发生在东汉时期的会稽郡上虞县,当时江南经济发展,人口有所增加。《后汉书·列女传》有记载:"孝女曹娥者,会稽上虞人也。父盱,能弦歌,为巫祝。汉安二年五月五日,于县江溯涛婆娑迎神,溺死,不得尸骸。娥年十四,乃沿江号哭,昼夜不绝声,旬有七日,遂投江而死。"

那一年,曹娥年方十四,青春少女,待字闺中,按当时的风俗,再长一岁,她就可以举行笄礼,即到了可以出嫁的年龄。

曹娥家生活在江边,那时那条江还叫舜江。曹娥的父亲叫曹盱,从事祭祀职业,能说会唱,还会舞蹈,一定让曹娥从小非常开心,因此父女情深,以至于在曹娥眼里,父亲就是她的天。

然而,天有不测风云,公元143年的端午节,正是民俗祭祀潮神的日子,迎神的船队由曹盱指挥,逆着江流行驶。这一天风急浪高,祭船被浪打翻,曹盱落水,人们下水寻找了许久,可就是没有找到。曹娥闻讯赶去,瞬间感觉天塌了,于是一直沿着江边寻去,大声哭喊着父亲,直到第十七天仍不见父亲回来。曹娥茶饭无味,寝食不安,任谁也劝不回她在江边苦苦寻找。五月二十二日,有村人见曹娥孤身一人飘然投入江中。五天后,曹娥的尸体抱着父亲的尸体浮出水面。

她终于找回了天。

百姓震惊，纷纷传说会稽出了此等奇人奇事。汉元嘉元年（151年），上虞县县官度尚将曹娥投江救父的事迹，奏报朝廷，朝廷遂表彰曹娥为孝女，令度尚迁墓建庙，并为她立碑。度尚先命县吏魏朗撰写碑文，久而未出。当时度尚有个外甥叫邯郸淳，年少有异才，试着为文，操笔立就，文辞之妙，魏朗叹服，遂毁其草，于是世上就有了邯郸淳所书的《孝女曹娥碑》。

三

"孝"作为一种文化和一种社会意识形态，是随着社会的发展而发展的。中国孝文化是在中国长期的历史发展中积淀而成的。可以说，汉代是中国帝制社会政治、经济、文化全面定型的时期，也是孝道发展历程中极为重要的一个阶段。汉朝建立了以孝为核心的社会统治秩序，也把孝作为自己治国安民的主要思想基础和精神支柱。随着独尊儒术的确立，西汉成为中国历史上第一个"以孝治天下"的王朝。汉代以后的历朝历代基本都大力提倡和推行孝道。

建于东汉且延续两千年的曹娥庙，正是孝道社会化过程中最具说服力和可信度的载体。此后，北宋和明代，又出过朱娥和诸娥两个孝女，她们或为护卫祖母而死，或为父申冤而亡，今天她们的塑像分别站在曹娥像的两侧，以大力彰扬孝女之道。

让我们着重来看看曹娥碑，这正是曹娥庙的精华所在。可以说，在古越大地上有两块碑刻是举世闻名的，一块是秦会稽刻石，一块就是孝女曹娥碑，两碑被称为"斯篆淳碑"。邯郸淳当时只有十六岁，但文笔清新秀丽，足见其年少才高。现存的曹娥碑系宋代元祐八年（1093年），由王安石的女婿蔡卞重书。碑书为行楷，笔力遒劲，流畅爽利，在中国书法史上有着较高的地位。过了千年，弥足珍贵。1929年的那场大火，几乎焚毁曹娥庙，曹娥碑被烧裂，但经乡绅大力抢救和修复，如今已完好如初。

我见到了秀丽飘逸的《曹娥碑》，全文如下：

孝女曹娥者，上虞曹盱之女也。其先与周同祖，末胄荒沉，爰兹

适居。盱能抚节按歌,婆娑乐神。汉安二年五月,时迎伍君。逆涛而上,为水所淹,不得其尸。娥时年十四,号慕思盱,哀吟泽畔,旬有七日,遂自投江死,经五日,抱父尸出。以汉安迄于永嘉青龙辛卯,莫之有表。度尚设祭诔之,辞曰:

  伊惟孝女,晔晔之姿。偏其反而,令色孔仪。窈窕淑女,巧笑倩兮。宜其室家,在洽之阳。大礼未施,嗟伤慈父。彼苍伊何?无父孰怙!诉神告哀,赴江永号,视死如归。是以眇然轻绝,投入沙泥。翩翩孝女,载沉载浮。或泊洲渚,或在中流。或趋湍濑,或逐波涛。千夫失声,悼痛万余。观者填道,云集路衢。泣泪掩涕,惊动国都。是以哀姜哭市,杞崩城隅。或有刽面引镜,劙耳用刀。坐台待水,抱柱而烧。

  於戏孝女,德茂此俦。何者大国,防礼自修。岂况庶贱,露屋草茅。不扶自直,不斫自雕。越梁过宋,比之有殊。哀此贞励,千载不渝。呜呼哀哉!铭曰:

  名勒金石,质之乾坤。岁数历祀,立庙起坟。光于后土,显昭天人。生贱死贵,利之义门。何怅花落,飘零早分。葩艳窈窕,永世配神。若尧二女,为湘夫人。时效仿佛,以昭后昆。

碑文共四百四十二字,如果用现代汉语解读,我们便能谛听到一个凄美而走心的故事……世间被千年传颂之人,终有她不同凡响之处,而曹娥之孝行,因遗恨而哀伤,因冰清而玉洁,因被顶礼膜拜才有永远的守望。《曹娥碑》以其情其德其才其俊,赢得天下无数英雄竞折腰。

四

东汉大才子蔡邕,即一代才女蔡文姬的父亲,便是其中一人。蔡中郎曾远迹吴会,避难江南十二年。闻得上虞《曹娥碑》,前去拜访,时值暮夜,蔡邕手摸其文而读,崇拜至极。最后依依不舍题八字于碑的背面:"黄绢幼妇,外孙齑臼"。

蔡邕题词到底是什么含义,观者不得其解,而蔡邕去世后,其答案竟成了谜。

解开题词谜底的第一人，是三国才子杨修。据说有一次，曹操率兵出潼关，途经蓝田，得知前方就是故友蔡邕庄上，便带着百余骑来到蔡邕庄前。彼时，庄上只有蔡邕的女儿蔡琰（即蔡文姬）在家，闻曹操到此，急忙出门相迎。礼毕，曹操见壁上悬挂着一幅碑文图轴，便上前观看，又听文姬讲了先父摸碑题词的故事。曹操问题词的含义，蔡琰回答说："这虽是先父所题，但我也不解其意。"曹操又问众谋士有谁能解。正当大家面面相觑之时，主簿杨修拱手作答："此词语谜面，我已猜出。"曹操立即予以制止，说："你先不要讲，容我想想。"行至三十里外，曹操忽然茅塞顿开，对杨修说："我亦猜出来了，你先说出来让我听听。"杨修解释道："'黄绢'就是有色的丝，是'绝'字；'幼妇'，即少女也，女旁少字，是'妙'字；'外孙'，乃女之子也，女旁子字，是'好'字；'齑臼'乃受五辛之器也，受旁辛字，即'辞'（辤）字。合起来，就是绝妙好辞。"

曹操听后，心中一惊，但仍拍手称好，说："尔之才思，敏吾三十里！"聪明如杨修者，在骄横的曹操面前，就此埋下被杀的祸根。而蔡中郎此谜令上虞成了中国谜界公认的灯谜发源地，甚至还把蔡中郎的谜面称之为"曹娥格"。

确实是绝妙好辞！此后《曹娥碑》名震天下，至东晋时，书圣王羲之在会稽内史任上，也前去拜谒，并亲书《曹娥碑》文，碑文绢本手迹现存辽宁省博物馆。

五

《曹娥碑》恰如历史长河里的一艘永不停息的夜航船，船上飘来如泣如诉的歌声，在夜空中回响成千年绝唱，引领人们虔诚而诗意地阅读着纯净的曹娥，理解着中国古已有之的孝文化。

走出烟雾缭绕的曹娥庙，回望中发现徐渭题写的一副楹联挂在大门两旁：事父未能，入庙倾诚皆末节；悦亲有道，见吾不拜也无妨。徐渭大概已参悟到了曹娥之孝道。

在水街壹号拜谒马臻

> 杭之有西湖,犹人之有眉目;越之有鉴湖,犹人之有肠胃。
> ——宋·王十朋

一

在绍兴古城中,原来有一座城门叫偏门,在城郊接合的地方。过去,出了偏门外,就是城外。今天这一带早就拓展成为绍兴城西的一方热土。

过偏门上越西路,左转经树下王路,就到了一个很文艺的地方——水街壹号,一幢幢充满江南特色的建筑,与门前的鉴湖水融为一体映入眼帘。

水街壹号由中国首位荣获建筑界诺贝尔奖之称的普利兹克奖的建筑师王澍设计,在充斥了黑白线条与明清风格的建筑格式中,结合了诸多的现代设计元素,又巧借鉴湖水、石拱桥、石板路,再以假山、花木等构筑园林,融史于景,诗画入景,处处赏心悦目。

如今,不少绍兴的文创公司纷纷落户这里,与环境相映成趣。

为什么叫水街壹号?建设者有他独特的思考,因为这里是古鉴湖遗迹的一处地标。从魏晋时期起,这里就是古山阴道的出发点;自唐代起,这里又是浙东唐诗之路的启航点;而到了宋代,虽然鉴湖的浩荡水面有所堙废,但是著名的东西两座跨湖桥的东跨湖桥也建在附近的鉴水之畔。

最重要的是因为它是鉴湖建筑者驻守千年的地方。

二

尽管鉴湖和时光都流淌了将近两千年,但是马太守的名字一直铭记在绍兴人的心里,世世代代。

进入水街壹号的入口处,走几步就到了马臻墓,马太守在这里静静地安眠了一千八百多年,他似乎一直没有醒来,也从未离开过绍兴。

马臻,距今一千八百多年前的东汉会稽太守、水利专家,正是因为他率领民众筑堤蓄水,创立了鉴湖,遂成就了我国江南最古老的大型水利工程,绍兴也才成为风调雨顺、物华天宝的江南繁华之地。

我去拜谒他,春日午后的阳光正照在绿树环绕的墓地上。根据史书记载,唐开始为马臻建墓。墓坐北朝南,前临鉴湖,仰对亭山,墓前立四柱石牌坊,坊上刻"利济王墓"四字。墓前方后圆,四周条石叠砌,正中横置墓碑,上刻有"敕封利济王东汉会稽郡太守马公之墓"。

马臻墓旁建太守庙,始建于唐开元年间,宋代以后屡次修建。今存建筑多为清初建筑。可惜庙门关着,守庙的老人说只有初一和十五是开的。

驻足马公墓前,马臻筑湖的一幕幕画面,如鉴湖之水滔滔而来。

三

追溯历史的源头,春秋末年,堪称古代完美男人典范的范蠡辅佐越王勾践构建了会稽这座江南经典古城,但这并没有满足越王称霸中原的野心。

公元前473年,勾践灭吴后,一路攻城略地,打到齐地,并决定放弃自己的创业基地,迁都琅琊。这一举动,使会稽城的建设丧失了机会。因为迁都,勾践带走了他的大部分军队和大量于越部族的居民,会稽的人口骤然减少。

迁都琅琊以后,勾践终于达到了越国和他个人事业的巅峰,成为春秋时期最后一位霸主。但是好景不长,始皇统一了六国。秦始皇登会稽山祭大禹以后,采取强制的移民政策,使得更多的于越部族迁移到钱塘江以北的乌程、余杭等地,会稽城市建设陷入一种停滞不前的状态。

西汉的司马迁曾经为访禹穴而到过会稽,当时他留下了"地广人稀"的评价。

这种停滞不前的状态,一直到了东汉永建四年(129年)才有了明显的改观。而引起这种变化的标志性事件,就是以钱塘江为界,实现了吴(吴郡)、会(会稽郡)分治。江北为吴郡,郡治依然在吴;江南为会稽

郡，郡治设在山阴，即现在的绍兴城。

东汉永和五年（140年），也就是吴、会分治后，山阴发生了一件让绍兴人铭记至今的大事，这件事让绍兴的城市发展有了新的起色，那就是"马太守筑鉴湖"。

马臻是陕西茂陵人，从小过继给了他的叔叔马棱。而马棱曾经到会稽当过太守，也曾经在会稽治过水患。马棱在任时就在会稽郡南部，即相当于今天宛委山樱花林一带建起一个用于防洪的回涌湖。但是回涌湖并没有彻底解决会稽北部平原农田灌溉用水的问题。

马臻从小就勤奋好学，也喜欢游历名山大川。年轻的时候，他曾经到过战国时所建的四川都江堰，对李冰父子的功绩敬佩不已，当场立下了"壮哉，大丈夫为官当如此"的豪言壮志。从此，马臻就把李冰父子当成他的偶像，多年来有志于治水实践。

历史总有惊人的相似之处，大禹继父亲鲧之后治水，李冰父子建都江堰也属于子承父业，到了马臻，又继承了他叔叔的治水事业。

四

汉顺帝永和五年（140年），五十二岁的马臻来到会稽。他是自东汉和帝即位起第十位会稽太守。会稽当时的地理环境也早就在等待着这样一位精通水利的地方长官。

会稽北临沧海，南傍群山，平原多沼泽。每当山洪暴发或潮水泛滥时，山会平原即成茫茫滩涂，而干旱之时却无水灌溉田地。这样的水环境下，大多数百姓生计艰辛，年年遭灾，且大多数田地为盐碱地。

马臻到任，正逢会稽大雨瓢泼，山洪暴发，当地百姓的农田和房屋被大水冲毁，百姓的哀号声深深地震撼了马臻。

此后，马臻着手详细勘查，走访百姓。他得出一个结论，必须通过兴修水利，改变这种恶劣的自然环境，发展农业生产来改善民生。

在勘查探究的基础上，马臻提出了修建鉴湖工程的规划设计方案：以会稽郡城为中心，在山会平原南部原有堤防、湖泊的基础上，筑堤蓄水，总纳会稽、山阴两县三十六水源，形成人工大湖。

马臻言出必行,按照他的规划,发动当地民众挖湖筑堤。

筑湖,并不是一件简单的事情。困难和问题排着队找上门来,考验着马臻的智慧、能力和意志。

山会平原原为退海沼泽地,从地表到几十米深处淤泥堆积,新筑的湖堤常常起堤数日后便沉陷下去。马臻没有被这些困难吓倒,他走访当地老农,寻求解决的途径。他用松木桩强基固本,和以泥土、柴竹,保证了湖堤的坚固稳定。他还总结借鉴了历代治水的经验,独具匠心地在湖堤上设置了斗门、闸、堰、阴沟和水牌(水位尺),形成了科学的鉴湖排灌体系——"水少则泄湖灌田,水多则闭湖泄田中水入海"。

技术难题解决了,更大更难的问题又出现了。由于筑湖工程浩大,出现了人力、财力匮乏的局面。

是半途而废,还是毕其功于一役?面对这天大的难题,马臻一连想了几宿。

其实,马臻之前的历任太守也早就考虑过这些情况,且对筑修鉴湖形成过初步的设想,因耗资巨大、用工太多,朝廷都未予以批准,况且还涉及豪门世族等复杂关系。马臻的前任最终都放弃了筑湖的计划。

但是马臻和他们不同,他的个性决定了他就是那个明知山有虎偏向虎山行的人。

在那几个辗转反侧的夜里,马太守不是没有考虑过自身安危,他知道这时候他不能后退,当然他也知道不后退意味着巨大的政治风险。

他不惧杀身之祸,动用了当年的赋税和皇粮。

他不惜赌上自己的身家性命,为会稽人民建造了一个和都江堰一样伟大的水利工程。

东汉永和五年(140年),鉴湖筑成了。

马臻面对浩荡鉴湖,终于长长地舒出一口气,多少个日日夜夜,他的付出最终没有白费。他望着远处的青山碧水,仰头向天,说:叔叔,我完成了您的心愿!我也干成了与李冰父子一样的大事!

鉴湖筑成后,形成了周长三百一十里、宽约五里的狭长形大湖,号称八百里的鉴湖(又名长湖、镜湖),基本消除了山洪对会稽北部平原的威胁,还收集调蓄了四百十九平方公里的雨水。鉴湖湖面相对高于北

部平原，给灌溉农田带来了便利。曹娥江以西、古浦阳江以南的九千顷土地得到灌溉。从此，当地的人畜、灌溉用水有了保障，盐碱土地也得到全面改造，人口日益增多，绍兴日臻繁荣，成为全国著名的"鱼米之乡"。

原始的鉴湖，水域面积相当于今天的三十多个西湖。

因为有了鉴湖，会稽的经济迅速发展，交通运输业、手工业、酿酒业、养殖业、陶瓷业也都随之发展起来。鉴湖的筑成给会稽人民带来千百年的福祉。

鉴湖也使绍兴在此后的近两千年里风光如画，水汽盈饶。鉴湖因传黄帝铸镜于此而得名，由于马臻筑湖，鉴湖湖面更加宽阔，水势更加浩渺，泛舟其中，近处碧波映照，远处青山重叠，鉴湖名副其实地成为镜湖，人行其上，恰如镜中游。

由此，鉴湖风光吸引了大批达官贵人和文人墨客。北方的每一次战乱，催人南渡，他们最终为鉴湖而驻足乃至留居，王羲之、谢安、李白……他们纷至沓来，为鉴湖留下了多少华丽诗章。

五

大智大勇的马臻，他个人的悲剧命运早在筑湖之初就注定了。

前面说到他的九位前任都不敢筑湖，唯独他敢想敢做，决绝地触碰到了那最坚硬、最锋利的地方。那座海底下的冰山早就在他航行的不远处等候……

筑湖是一件复杂的民生工程，为了赢得大多数人的利益，必须牺牲少数人的利益。在决定筑湖、淹没南部的一些良田和民宅时，马臻显然是从大局和长远利益出发的。然而，他得罪的这些少数人，恰恰是势力最强大的江南世族豪门。

这些豪族拥有大塘良田六万多亩，最早开发于越王勾践时期，历时五百多年，世代豪富，且与朝廷有着千丝万缕的联系。开始时，他们请说客携带重礼进行游说，马臻不予理会，接着豪族们又利用朝中靠山给马臻施加压力，通过各种办法企图阻挠筑湖。

当时，马臻的一些亲朋好友和幕僚也替他担心，深感此事关系重大，稍有不慎会引火烧身，多次劝说马太守"重举事而乐因循"。但是，面对众口说"不"，马臻不信邪，不听劝，力排众议，义无反顾。

他就是那样一个人，开弓没有回头箭。

于是，鉴湖刚刚筑成，如释重负的马臻甚至还没来得及享受成功带来的喜悦，悲剧的命运已悄悄降临。不甘心自家良田和祖坟被淹没的地方豪强，密谋向朝廷告发了马臻。罪名很容易罗织：擅动国库银粮，毁坏田庐墓冢，溺死百姓……一纸诬陷马臻的诉状很快草拟好了。

豪强自知人数不够多，更不敢签上真实姓名。为了撼动马臻，豪强们心生一个绝计，搬来家谱，填上一千余名死人的名字。

冰山就这样迎面撞上来了，马臻被撞得船裂人翻。

一千余人的联名状纸呈送到汉顺帝手上，龙颜震怒，大发雷霆："马臻不仅玩忽职守，草菅人命，还侵吞赋粮、中饱私囊、贪赃枉法，该当何罪？"

当下不问青红皂白，立即下诏将马臻撤职查办，并令他火速赴京师洛阳受审。

那一刻，天昏地暗，瓢泼大雨中，马臻从会稽出发了。他心有不甘，面对众多雨中默默送行的会稽百姓，笑笑说：我去去就回。

到了洛阳后，马臻立即被下到大狱。审判官早就被朝中奸人买通，一桩一桩地审问他，表面上看的确桩桩不容申辩，问到那些被用作筑湖的税赋和皇粮，马臻百口莫辩，再问到那些因筑湖而淹的良田、民宅和祖坟，更是不容马臻回避。

桩桩件件，似乎铁证如山，没有回旋的余地。

马臻说：我要见当今圣上，我会向他如实禀报我在会稽筑湖的所有事实。

狱中没有人回应他这个最后要求。朝廷草草地将马臻定为死罪，并处以酷刑。

东汉永和六年（141年），五十三岁的马臻被害，鉴湖筑成仅仅一年还不到。

马臻究竟是怎样被处死的，史书并无详细记载。如今，马太守庙中的

三十二幅清代壁画和许多民间传说都表明是一种酷刑。今天的我们已无法想象一千八百多年以前，东汉的酷刑该是何等的残忍，也许相比莫言小说《檀香刑》中的极刑是有过之而无不及吧。

马太守死得十分惨烈。也许那一刻洛阳城里暗无天日，马臻死不瞑目：我无愧于会稽百姓，希望历史还我一个清白。

后任太守到会稽郡，见马臻所筑鉴湖使这里水旱灾害锐减，农田连年丰收，又有大批当地百姓感念马臻恩德，为他建墓，正直之士也多为马臻鸣不平，于是将马臻冤情上报朝廷。汉顺帝派专人调查此事，发现告状之人竟然都是阴间死鬼，而且千余人签名状纸所云几乎都是"莫须有"之词。

汉顺帝终于知道他错杀了马臻。

真相虽然大白于天下，但是朝廷并没有给马臻平反昭雪，汉顺帝不是一个敢于认错的皇帝。《后汉书》不曾为马臻立传，以至于后人只能通过绍兴民间的记载和传说来确定他的生平事迹。

然而，公道自在人心，历史自会给马臻一个公正的交代。

马臻被害，消息传到会稽，会稽百姓痛哭流涕。为什么他们的好官会遭到天大的不幸？是老天无眼还是朝中小人作祟？他们组织了一批人来到洛阳城，冒着生命危险将马太守的遗骸悄悄运回会稽，将他隆重地安葬在郡城门外的鉴湖之畔。

马太守，您不是说，去去就回吗？好了，您回来了，也一定累了吧？就在这里休息吧，我们守护着您，不会再有人打扰您。

此后，会稽百姓春秋致祭，代代相传。特别是农历三月十四马臻生日那一天，百姓更是纷纷涌向马臻墓，祭拜这位为民造福的好官。在百姓眼里，马太守就是鉴湖永远的守护神。

在绍兴两千五百年的建城历史上，马臻的作用是无人能替代的。

绍兴水城，自马臻开始。

如今，马臻墓历经一千八百多年，依旧完好。墓前有石坊一座，刻有"利济王墓"四个大字，"利济王"为北宋嘉祐元年（1056年）宋仁宗所赐封号。石坊中柱正面有长联：作牧会稽，八百里堰曲陂深，永固鉴湖保障；奠灵窀穸，十万家春祈秋报，长留汉代衣冠。

柯亭有奇竹

柯桥于我，最忆是柯中；柯中于我，最忆是柯亭。

一

二十世纪八十年代，每一个上学的日子，我和众多的古镇学子一样，背起书包，沿着浙东运河的河岸，踏着悠悠石板路，一路向东，兴冲冲地走进当时的全省重点中学柯桥中学的大门，一读就是五年。五年里，留下多少懵懂少年的青涩回忆，留下多少寒窗夜读的酸甜苦辣。

当时柯桥中学的校舍大多为老建筑，而学校最东首就是那个著名的柯亭。柯亭原为古驿亭，位于运河边的一个半岛上，三面临水，风景独好。柯亭曾是柯桥中学的标志性建筑，柯亭周边也是师生闲暇时的好去处，那时运河的水可汲饮，夏天可在运河里嬉水，还可以捧一本书在柯亭边静静地发呆。

因为柯亭，记忆中的老柯桥中学充满了诗意，在每个晨曦微露和日暮时分，柯亭就像一座柯中学子心中的纪念碑，被阳光涂抹出一层金色，那层金色恰似每个学生心中描绘的梦想、远方和未来。

多年以后的今年，某个春日，我突然想起老柯桥中学和柯亭，便和中学时代的闺蜜相约一起回去看看。

穿过热闹的柯桥城区，在万商云集的万商路边上，我们找到了柯亭。

柯亭还在它原来的位置上，却是2003年重建的。而老柯桥中学的痕迹似乎被时代和岁月潦草地抹去了。

我和闺蜜寻觅良久，终于确定哪条是我们读书时来去的路，哪里才是老柯桥中学大门的位置所在。春日午后的运河边，两个曾经的柯中女学生一如数十年前走在上学路上，东张西望，唯有那些参天大树是当年柯中留下的印记。

原来，老柯桥中学所在地，早已建成一个小区，一个柯亭公园。重建后的柯亭，看上去比记忆中的还要古朴典雅，它站在运河边，隔岸望着古纤道。

现在的柯亭是公园的一部分。柯亭公园因运河而建，它的东北方向，还建起了一座新的"柯亭桥"。

二

从柯桥中学毕业多年以后，我才知道柯亭之于柯桥古镇，更是一种历史文化的象征。柯桥，有史书记载始于汉代，柯桥的历史与柯亭有关，更与一个历史名人有关，因为那个历史名人流传下来的故事，这个地方先被称为柯亭、笛里，后来又被叫作柯桥。至清朝康熙和乾隆两任皇帝南巡绍兴时，柯亭一直是一个圣亭，在近两千年的岁月时光里，它一直散发着文化的圣光。

古籍中提到：蔡邕尝游会稽高迁亭，见屋椽中东第十六根可以为笛，取用果有异声。

这位叫蔡邕的东汉人，字伯喈，名门之后。他几乎无所不能，样样精通，除通经史、善辞赋以外，还精通音律，且在书法上造诣深厚，还独创了一种叫"飞白"的书体，是他那个时代著名的文学家、书法家、音乐家，对后世影响也很大。他的才华为汉灵帝所器重，官至郎中、议郎，后任左中郎将，因此后人称他为"蔡中郎"。

蔡邕的名气大到什么程度？才华横溢的他是当时万众瞩目的偶像级人物，只要是他写的辞赋歌谣，人人争诵，只要是他演奏的"音乐会"，场场爆满，"一票难求"。按今天的标准，蔡邕是个闪闪发光的大明星，崇拜者无数。

来看一首他的代表作《饮马长城窟行》：

青青河边草，绵绵思远道。远道不可思，宿昔梦见之。
梦见在我傍，忽觉在他乡。他乡各异县，辗转不可见。
枯桑知天风，海水知天寒。入门各自媚，谁肯相为言。

客从远方来，遗我双鲤鱼。呼儿烹鲤鱼，中有尺素书。

长跪读素书，书中竟何如。上言加餐食，下言长相忆。

情深意切，传唱至今。

偏偏蔡邕是个十分有个性的艺术家，一般的官宦富豪都请不动他，他常以知音难求拒绝为人演奏。后来，他遇到了军阀董卓，对他的音乐潜心体悟，不时提出中肯意见，对他又礼遇有加，竟让一直都高高在上的蔡邕感动得一塌糊涂，遂引为知音。这是后话。

蔡邕还是东汉时期著名才女蔡文姬的父亲。蔡文姬被掳走，被迫嫁于匈奴王，她写了著名的《胡笳十八拍》，凄婉的歌词深深感动了曹操，以至于曹操不惜重金，向匈奴王赎回了她，这就是历史上著名的文姬归汉的故事。

三

那么蔡中郎怎么会到柯桥，在这个千年江南古镇留下深深的文化烙印呢？

但凡有才华的人，总有些恃才傲物，在仕途中或多或少表现出他的与众不同，而求贤若渴的汉灵帝对蔡邕的提拔重用，招来了众多非议，这也直接导致了蔡邕后来的悲喜人生。

东汉光和元年（178年），汉灵帝广开言路，蔡邕奉帝命发表了对国家大事的评说，无意间触发了宦官的忌恨，他因此被判罪，流放到千里冰封的北国。不久，朝廷大赦，蔡邕获释回家。他离开了荒凉的雪原，跋涉来到五原安阳，不料又得罪了当地的太守王智，只好转道南行，过着无家可归的流浪生活。

流浪生活，使蔡邕逐渐喜欢上了吴越的山山水水，他下定决心离开尔虞我诈的政治纷争，远走江南度过余生。

这一走就是十二年。

那年，蔡邕全家南渡钱塘江到了会稽地界。其时，正值江南初春时节，一路行来，处处桃红柳绿、鸟语花香，一派盎然生机。蔡邕在会稽山

阴寻古觅幽、探亲访友,不亦乐乎。

一日,蔡邕雇一条乌篷小船到柯桥访友,故旧相见,自然话语不断,不知不觉已到日坠西山、飞鸟归林之时。蔡邕见天色已晚,便应主人安排留宿在高迁亭。彼时,柯亭叫高迁亭。高迁亭周边有高大的绿树环绕,有苍翠的竹林小园,蔡邕一见此地就喜欢万分。

高迁也是东汉人,因为平乱有功,被封为尚书令,吴郡、会稽两地建亭以为纪念。亭是古代官办的驿路站点,这说明当时柯桥已有村落聚居。高迁亭也是柯桥最早的地名。

是夜,恰逢北方有一股冷空气南下,凛冽的北风吹得高迁亭前池塘的水面漾起粼粼波澜。蔡邕睡至半夜,忽然被一阵奇妙的笛声吹醒,他以为又有故友来访,赶紧披衣起床,开门相迎。然而,月朗星稀的夜空下,除了几竿在寒风中摇曳的竹子,哪有什么人影。蔡邕以为是自己在睡梦中产生了幻觉,正欲反身上床休息,又听到门外如泣如诉的笛声悠然响起。

他睡不着了,干脆披件衣服走出门去秉烛寻找。

借着手中烛火发出的微弱光亮,蔡邕发现所谓笛声原来是高迁亭屋檐上竹椽在微风吹拂下发出的声响。这一神奇的现象深深吸引了蔡邕。

次日上午,蔡邕围着高迁亭转了半天,并特意从友人家搬来梯子爬上屋檐看个究竟,发现屋檐第十六根竹椽的确与众不同,用嘴轻轻吹口气,就能发出类似吹奏笛子的乐声。

蔡邕认定这根竹椽是制作笛子的好材料,便托友人与高迁亭主人商量,要求买下这根竹椽,至于更换屋椽所需的费用,全部由他来承担。

蔡邕买下这根竹椽后,仅用三天时间,便制成一支笛子,试着一吹,果然音韵独特。

于是,他把这支笛子取名为"柯亭笛"。从此,"柯亭笛"不离蔡邕身边。每当忧伤或愉悦的时候,他都会取出来,吹奏一曲,那悠扬的笛声传至很远很远的地方。

天下人都知道蔡邕有一支神奇的笛子,追随他的粉丝也都知道他不开个人演奏会了,成功转型为制作乐器的一流高手。

于是,江湖上关于他的传说更多了。

人们渐渐忘记蔡邕投宿过的高迁亭原来叫"高迁亭",至东晋,"柯亭"之名取代了"高迁亭"。"柯亭"又叫"笛里",意即蔡中郎制笛的地方。而"柯"是指高大的树木,在当时的柯桥覆盖广泛,取材较多,所以蔡邕将亭取名为"柯亭"。

直到南宋,"柯桥"的名称取代了"柯亭",并一直沿用至今。真的应该感谢蔡邕投宿高迁亭,演绎出有如此文化气韵的名字——柯桥。

四

话又说回来,拥有绝世才华的蔡邕在拥有绝世乐器"柯亭笛"以后,又在吴越之地觅到了另一个宝贝。那一天,他见一老翁在江边用三根木棍扎成一个三脚架,挂着一口大铁锅用桐树烧饭,燃烧的木材散发出一种特有的香味,发出奇异的声音。

蔡邕上前一看,欣喜地发现,原来一块老桐木正在燃烧着,于是赶紧请求老翁将火熄灭。自己将这块桐木抢了出来,双手捧着,一再端详,爱不释手。

蔡邕对老翁说:"你知道吗?这是一块很好的桐木,是做琴的好材料,你却当柴烧了。你肯卖吗?多少钱?"老翁说:"既然你有用,就拿去好了。"蔡邕深深地感谢老翁。

蔡邕回到住地就动手将这块老桐木雕制成一张七弦琴,琴声音韵悦耳,美妙绝伦。因琴尾正好在烧焦的地方,故给它起名为"焦尾琴"。

后来,乾隆皇帝南巡绍兴时,为纪念蔡邕"椽竹为笛"和"取木制琴"的传奇经历,特地在柯亭题诗刻石。可惜这块刻石今已不存。

"柯亭笛"后来之所以这么有名,还与历史上第一笛子演奏家桓伊演奏名曲《梅花三弄》有关。

桓伊又是谁?东晋大将军、名士、音乐家,在著名的淝水之战中,他与谢琰合作,大败苻坚。

能文能武的桓伊擅长吹笛,有"笛圣"之称,流传至今的琴曲《梅花三弄》就是根据他的笛谱改编的。《梅花三弄》抑扬委婉,动人心魄。

笛曲《梅花三弄》还有一个风雅故事,主角就是王羲之的儿子、多才而不羁的王徽之。一日,王徽之路遇素不相识的桓伊,派人去请,为自己

单独演奏一曲《梅花三弄》。桓伊当时身份显贵,职位也明显高于王徽之。但颇有魏晋风度的桓伊,欣然取出那支著名的"柯亭笛",为王徽之吹奏一曲《梅花三弄》。

笛声悠悠,桀骜不驯的王徽之听毕,内心深深叹服。但是王徽之听完,却一句奉承的话也没说,等桓伊吹完,扭头就走。

那么,东汉蔡邕的"柯亭笛",怎么会落到东晋桓伊的手里呢?原来桓伊的妻子正是蔡邕之女蔡文姬的后裔,真乃机缘巧合,成就了此后的种种佳话。

其实,蔡邕在会稽的故事还没有完。东汉光和三年(180年)前后的一个深秋,蔡中郎慕名来到上虞的曹娥庙,在著名的"孝女曹娥碑"背面题写了"黄绢幼妇,外孙齑臼"八个字,此后再没有留下解文。在他身后,多少人煞费脑筋,不得其解,直到大才子杨修登场,终于破解了这天下第一辞谜,"绝妙好辞"这四字谜底得以大白天下。

五

旷世奇才蔡邕只活到五十九岁,这与一个人有关。

东汉中平六年(189年),灵帝去世,董卓专擅朝政。他听说了蔡邕在江湖上的盛名,于是征召他入朝为官。蔡邕一开始推说有病不能去。董卓大怒,骂道:"信不信我灭你三族?你还敢不来吗?"意思是:你敢敬酒不吃吃罚酒吗?

蔡大叔当时也有五十好几了,不再年轻气盛,不得已只好放下他的江南,奉命前去。先被任命为代理祭酒。后来,三天之内,蔡邕又被连升职位,最后还被拜为左中郎将,随汉献帝迁都长安。董卓对蔡邕的建议大部分予以采纳。

看上去凶狠残暴、刚愎自用的董卓对蔡邕却另眼相看,从今天职场人事的角度来看,那叫性格互补,一个是爱才惜才的武将,一个是才思敏捷的文人。总之一遇举行宴会,董卓往往令蔡邕鼓琴助兴,蔡邕也有心出力。私底下,五大三粗的董卓经常和蔡中郎探讨音乐问题。蔡中郎不承想人到中老年,竟然遇到了真正的知音。

高山流水，千古知音难觅，祸兮福兮总相倚。

东汉初平三年（192年），权倾朝野的董卓被诛杀了。董卓之后，司徒王允与吕布共执朝政。

蔡大叔也许老了，他不可能不知道一朝天子一朝臣的说法，他依旧在朝中为官，却不知祸之将至。有一日，蔡邕在王允座上议事，不知不觉说起董卓来，为之叹息，脸色十分黯淡。

王允见了，勃然大怒，呵斥他说："董卓是国家的大贼，差点倾覆了汉室。你作为臣子，应该一同愤恨，但你却想着自己受过的礼遇，忘记了操守。现在上天诛杀了有罪之人，你反而为他感到伤痛，你难道不是和他一样的逆贼吗？"

这明显是一种"莫须有"的罪名，仅凭脸色和表情怎么能定一个人的罪？有一种说法，同为文人的王允十分忌恨蔡邕的名气，"文人相轻"一直是中国知识分子数千年来的通病。他下令将蔡邕收押，并交廷尉治罪。

蔡邕递上辞表道歉，请求受刻额染墨、截断双脚的刑罚。士大夫大多同情他，并想要救他，但最后都没有成功。

蔡邕不久就死在了监狱里。群臣和士人闻讯，没有一个不为他哭泣的。而他的崇拜者自发地举行各种纪念活动，甚至编戏曲讲述他的故事。从此，蔡中郎永远活在了人们心里。

柯桥，柯中，柯亭，这方神圣的土地，曾孕育了莘莘学子。今天，蔡老夫子虽然早已驾鹤西去，但他在吴越之地留下的笛音和琴声却千古不灭，万世悠扬。

"中郎去后已无亭，数声短笛出寒汀。"漫步在柯亭公园、运河之畔，我不由得思绪万千：蔡邕是奇才，当柯亭遇到蔡邕时，柯亭有奇竹，笛声传千里。今天的柯桥应当像当年一样，建好柯亭，招纳天下贤士。

第五章 古风度

酒乡深处忆两阮

他乡有好酒，日久即故乡。

一

在柯桥古镇不远处，沿104国道往西三里，有一个叫阮社的地方，原是一个古村落，泊在鉴湖与西兴运河古纤道之间，人们临水而居，汲水酿酒。

我小时候阮社的建制是乡，我的几个中学同学就来自那里。阮社乡我去过多次，印象中水绕村庄，富庶美丽，像农村又像集镇。

对阮社，我有三个地方印象最深。最早知道阮社是因为阮社有个绍兴第四医院，它就是今天位于柯桥区华宇路上的绍兴市中心医院的前身，作为县级医院，它曾经因医术精湛而声名远扬。另一处就是东风酒厂，当年车沿104国道行至阮社，远远就能闻到一阵扑鼻的酒香。东风酒厂是二十世纪八九十年代生产绍兴黄酒最多的地方国营企业之一，它是上市公司会稽山酒业的前身，至今会稽山酒业还生产一种叫东风烧酒的白酒。还有一处就是著名的太平桥，这座桥被称为浙东运河边上的古代立交桥，是我小时候步行去游玩的最远处。

阮社在绍兴人的记忆中是一个有味道的地方。民国时期，阮社以酒乡出名，还有"小上海"之称。绍兴三大酒乡，东有东浦，西有湖塘，中间就是阮社。阮社后来居上，成为民国时期的绍兴酒乡之首，曾有黄酒作坊四百多家，当年上海二十二家黄酒同行，有十四家就是从阮社出去的。

阮社有纯正的鉴湖水，好米、好水加上善酿的好手，便有了名扬海内外的绍兴老酒。当年，阮社人带着家乡生产的黄酒，闯荡上海滩，风生水起，满赚而归。然后，他们把上海的眼光和文化带回家乡来，建台门，起楼屋，兴办学校，让阮社变得不同凡响。

曾经的阮社到处都是酿酒作坊，沿路都是大肚子的酒坛，可谓一个酒缸撑起一个村落，一眼看去就是一个醉乡。

曾经的阮社是出好酒的地方，据说阮社一带的酒坊业主常常把陈酒藏于夹墙密室内。1946年初夏，在阮社的章东明酒坊找到一坛百年老酒。后来，又在章东明老宅发现一坛酿于光绪初年的地道陈酒。"文化大革命"时，红卫兵在善元泰酒坊业主家里抄出70多坛陈年花雕酒。这些酒如今成了最古老的绍兴黄酒。

曾经的阮社繁华而富足，鉴湖水在门前静静流淌，两岸均为宅院深深的台门，其中不乏富商大贾之宅，也有士大夫门第。

2016年秋天的时候，阮社被拆迁了，不得不感慨，城市化的逼近总会让现代人迷失承载乡愁和童年记忆的去处。

然而，总有一些历史印痕是抹不去的。

二

阮社的地名究竟何来？柯桥自秦汉开始就有人居住，距柯桥不远的阮社应该也是一个历史悠久的地方。

除了太平桥，阮社还有一座很有名的桥，叫阮社桥，建于宋嘉泰以前。此桥与高桥、纤道桥同为古运河边纤道上的古桥，架在与运河相通的支流上。阮社桥上有一副桥联：一声渔笛忆中郎；几处村酤祭两阮。

就凭这副桥联，会让人联想起许多故事……

据《绍兴县志》记载，阮社原名竹村，想必很久以前就是一个翠竹环绕的美丽村庄。有竹子的地方当然吸引喜欢竹子的士人，阮籍、阮咸是魏晋"竹林七贤"中的两位，史称大阮、小阮，阮社的名字因他们而起，阮社就是祭阮氏、建社庙的意思。

翻看《晋书》等史料，确有阮籍、阮咸叔侄俩离开洛阳、远遁江南、避居会稽的记载。那时的竹村当然籍籍无名，而两阮在会稽城里住了一段时间，就乘一叶扁舟，闻着酒香摸进了竹村，竹村没有让两位嗜酒如命的名士失望，他们终于找到了令他们飘飘欲仙的醉乡。

酒幡飘扬处，农家具鸡黍。腊酒浑且香，醉看落夕阳。江南水乡的淳朴和诗意让两阮沉醉不知归路。

他乡有好酒，日久即故乡。

然而，叔侄俩在阮社一带活动，究竟做了什么，今天我们无从知晓，只能猜测。也许他们经常开展文化活动，在竹林里雅集聚会，甚而清谈玄学。他俩在这里肯定举办过当时颇有影响的活动，以至于魏晋时期的文化大家纷纷造访竹村，这大大提升了一个小酒村的知名度。以今天的眼光看，竹村当时不仅是一个高档民宿村，阮籍阮咸们以酒会友，以诗为介，竹村成为一个吸引文化名人定居、文化人云集之处。

地以人出名。后来，竹村人和两阮的后人，自发给他俩建祠，让他们身后得享祭祀。一个村庄中，还前后建了两座庙，一座后庙祭阮籍，尊阮籍为土地菩萨，一座前庙祭阮咸，形成"一村两祠庙，一方两社神"的格局。村民凡有大事都要去两个祠庙祭拜，祈求两阮的护佑。阮社还有一座跨河的石桥，也以两人名字命名，谓之籍咸桥。一个名不见经传的酒乡由此成了"阮社"。

今天有文史专家认为，阮社之"阮"是因阮籍之姓而传下来的，两阮后来在阮社留下了后代；有的还认为"阮"是一个大姓，后来有一支远迁至越南，成为越南一个著名的姓氏。

三

那么，阮籍和阮咸在历史上究竟是怎样的文化大家，直让江南人念念不忘，建庙祭祀？

阮籍在"竹林七贤"中排名老二，老大就是演奏《广陵散》的嵇康。嵇康的祖籍是会稽上虞，阮籍当时是否陪同好友嵇康一同南下探亲，不得而知。

"竹林七贤"所处的时代在魏末晋初，当时"司马昭之心路人皆知"，司马集团为实现篡权野心，在政治上运用了极端的高压手段，使得士大夫敢怒不敢言，个个噤若寒蝉。加之当时连年征伐，遍地饥荒，人们流离失所，生灵涂炭。正如曹植所言："出门无所见，白骨蔽平原。"

士人想要直抒愤懑的胸臆，只能佯装发狂或借酒咏怀，所以常见魏晋

名士放浪形骸，仰天长啸。"竹林七贤"其实是继曹操为首的"三曹"和"建安七子"之后又一个影响深远的文人集团。

景元四年（263年），嵇康为朋友吕安挺身而出，触怒了司马昭。此时，与嵇康有宿怨的朝中重臣钟会，趁机向司马昭进言，陷害嵇康。司马昭一怒之下，下令处死嵇康与吕安。

嵇康临刑当日，据说洛阳有三千名太学生集体下跪请愿，请求朝廷赦免嵇康，并请求让嵇康来太学任教，但他们的请愿并没有感动司马昭。临刑前，嵇康神色坦然，提出最后一个要求，在刑场上当众抚一曲《广陵散》，以感恩世人。抚毕，弦断就戮，时年三十九岁。当时有天下第一美男子之称的嵇康就这样滚落了他那颗美丽而华贵的头颅，《广陵散》从此成为绝响。

嵇康的好友阮籍是河南陈留人，父亲阮瑀是"建安七子"之一，曹操时代的风流人物。后来曹氏集团被司马氏集团替代，属于父辈的辉煌结束了。

阮籍出身书香世家，自幼饱读诗书，天赋异禀，作诗更是超越常人，八岁便能写出锦绣文章。阮籍喜欢弹琴，还擅于长啸，一会玩阳春白雪，一会在野外用鼻音和舌音玩下里巴人的啸叫。阮籍不仅文采斐然，击剑术也非同寻常。这可能源于家庭教育比较宽泛，也源于父亲在他三岁时去世，母亲把他养大，母亲对孩子包容更多一些，因此他的爱好更广泛一些。

阮籍对儒家和道家经典都有深入学习，长大了养成淡泊名利、不慕荣华富贵、安贫乐道的个性。

阮籍长大了，却处在风口浪尖。他的家族原本都是曹氏集团的旧人，现在不得不听命于新的司马氏集团。如何才能明哲保身？他在家关门研读书籍，闲了就常来一场说走就走的旅游，也许阮社就是他遁世的去处之一。

司马昭的心腹钟会，企图试探阮籍内心的真实想法，多次请阮籍喝酒聊天。阮籍也不拒绝，每次必到，说干就干，且每次都喝得烂醉如泥。钟会拿他没有办法。

魏晋时期的文人，个个都活得洒脱，且个个都是美男。阮籍娶的夫人也很貌美，与他很般配，生下一男一女后，优秀的基因传给了儿子和女儿。当时的司马昭就想借好的基因延续香火，想让儿子娶阮籍的女儿。阮籍心里一百个不愿意，却不敢明言。怎么办？喝酒！这一次，阮籍大醉了六十天，每次司马昭派人来提亲，阮籍都醉醺醺不省人事，且一派胡言乱语。拖延久了，司马昭的耐心失去了，无可奈何地说道："唉，算了，这个醉鬼，由他去吧！"

阮籍并不是完全脱离政治轨道，他在"竹林七贤"中最具特色，他不隐不仕，又隐又仕，不想做官就辞官，想做官时就做。正因如此，司马昭对他的另类行为也听之任之，且很欣赏。

阮籍借司马昭之口，名噪天下。

有一次，阮籍同司马昭闲聊时，说："我听人说东平那个地方很好玩，我喜欢那里的风土人情。"

一句闲话，司马昭就把他安排到东平（今山东省泰安市东平县）做官去了。阮籍骑着他的小毛驴上任。一到，看到办公场所曲曲折折要走很多门，一声令下：拆！从前幽闭在各自一隅的官员一下子透明了，想说私密话，想干见不得人的勾当，想受贿，都没门。接着，阮籍又下令整顿，所有案件不得故意拖延，所有民怨申诉要纠察究办。顺便把一些不合理的条条框框、制度规则都进行修改。东平老百姓大呼"青天大老爷"。

过了一段时间，听人说军队里有个厨子会酿酒，藏酒很多，于是阮籍又向司马昭提出去那里做官。司马昭又准许了他，阮籍被派往北军担任步兵校尉。这一次任职时间最久，"阮步兵"的称谓由此而来。

阮籍在步兵校尉任上，不管一件事，也不参与一件事的讨论，除了喝喝厨子酿的小酒，就是四处溜达，找人侃大山。如此当官，在当时却被看作时尚。

不要以为他是真糊涂，他心里跟明镜一样。在当时，不站立场也是立场，不多说，不多事，不参与具体意见，不是他不懂，而是太懂其中的水有多深，才会装糊涂。

阮籍不常说话，却常常用眼睛当道具，用"白眼"、"青眼"看人。对待讨厌的人，用白眼；对待喜欢的人，用青眼。这就是成语"青睐有加"的出典。

成语"穷途之哭",也出自阮籍。当时,他经常一个人,带着酒,驾着马车,边走边喝,没有方向,走到无路处,大哭一场,掉转方向,再走到无路处,又是一场大哭。如此反复,竟哭出一个流传至今的成语。

只有内心焦虑而极度缺乏安全感的人才会做出如此的举动。

"终身履薄冰,谁知我心焦。"阮籍的孤独和郁闷,都在这两句诗里,都在他猖狂的酒风之中。

阮籍好酒,他家旁边就是酒店,女主人是个年轻漂亮的小媳妇。阮籍常和王戎去喝酒,醉了就若无其事地躺在女主人旁边睡着了,根本不避嫌。那家的丈夫也不认为他有什么不轨的行为。魏晋时期,"男女授受不亲"也是"礼"的要求,可是阮籍全不放在眼里。

阮籍为母亲服丧期间,在司马昭的宴席上喝酒吃肉。司隶校尉何曾在座,对司马昭说:"您正在以孝治国,而阮籍却在母丧期间出席您的宴会,且喝酒吃肉,应该把他流放到偏远的地方,以正风俗教化。"司马昭却说:"服丧时内心伤痛需要治愈,可以喝酒吃肉,这符合丧礼!"阮籍依旧喝酒吃肉,神色自若。

"竹林七贤"中阮籍的影响最大,他的诗文在文学史上有很高的地位。阮籍的《咏怀诗》八十二首通过不同的写作技巧形成了一种悲愤哀怨、隐晦曲折的诗风。

后来,司马昭伐蜀功劳大了,魏帝曹奂只好下诏,请司马昭接受"九锡",拜为相国。"九锡"是皇帝赐给劳苦功高的大臣的九种器物,也是历来篡位者行"禅让"之礼前的最后一个环节。司马昭当然要表演,假装推辞。这时候,就要群臣出场劝司马昭接受"九锡"。那么这篇"劝进文"由谁来写呢?大家想到了文采斐然的阮籍。

写,落个千古骂名;不写,嵇康的下场在等着他。于是,阮籍又开始天天把自己灌醉。这次不灵了,司马昭来真的了,他的手下找到了阮籍,将醉倒的阮籍扶起来,刀架到脖子上,笔放到手心里。阮籍知道这一关不过也得过了,定了定神,文不加点,挥笔而就。于是司马昭顺利晋升为相国。

阮籍回到家,越想越郁闷,不出两月,撒手人寰。

四

"竹林七贤",大多有文章传世,只有阮咸不著一字,尽得风流。阮咸最为天下人传颂的,是他的音乐才华。

阮咸善弹琵琶,并自己动手制作了一种乐器,在汉代琵琶的基础上进行了改良。唐代人在阮咸的墓里,发现了一把铜制的琵琶,模仿这把琵琶制作出的乐器,发音圆润柔和,淳厚丰满,韵味无穷,后来就称这种乐器为"阮咸"。今天,在日本,还有一把唐代的阮咸,完美地保存了下来。

富有音乐天赋的阮咸善于辨音。晋武帝时,中书监荀勖精通音律,宫廷演奏,都由他亲手调音。阮咸听出来,他调的音都偏高,不合典制。但因为生性高傲,阮咸只指出缺陷,不多说理由。荀勖因此觉得阮咸是故意与己为敌,就在武帝面前参奏他,撤了他的京官职位,将他流放。后来,有人在地里挖出周代的校音玉尺,荀勖用来称量自己的曲子,音色果然都偏高,始知阮咸的音乐妙识。

阮咸亦爱酒,任性而旷达。有一次族人集会,酒喝到高潮时,阮咸不用杯了,用大盆盛酒,埋头痛饮。这时,一群猪经过,也伸头来喝,阮咸不管不顾,与猪抢喝。

阮咸也很痴情。有一次,他的姑妈带着一个鲜卑婢女,来他家做客,阮咸看上了,要纳婢女为妾。等到他为母亲守丧时,姑母要搬到远处去,起初说给留下,后来觉得这个婢女地位太低,不配嫁给阮咸,就带她走了。等阮咸发觉时,姑妈和女婢已经走远,他二话没说,借了客人的驴子,身穿重孝,一路追赶而去,追到筋疲力尽,终于追上。和现代影视剧里的剧情一样,漫漫情路最终修成正果,两个人合骑一头毛驴回家,他说:"传宗接代的人不能失去!"这个婢女就是阮孚的母亲。

阮孚是阮咸的儿子,也属魏晋名士,也以放纵不羁、好饮酒著称。晋元帝曾任阮孚为官,但他以喝酒为乐,常常蓬发敝衣,不司职务。成语"金貂换酒"和"阮囊羞涩"就出自阮孚。

一次,阮孚外出喝酒,金钱散尽,无奈只好用金貂换酒。这一"金貂换酒"的故事与后来唐代贺知章、李白的"金龟换酒"十分相似,体现了阮氏后人的豪放性格。因为经常喝酒,入不敷出,阮孚的钱袋里,经常穷

得只剩下一枚小钱"看守",故此叫作"阮囊羞涩"。

五

阮籍、阮咸俱往矣。身后多少虚名,不及生前一樽酒。

很期待拆迁改造后的阮社能继承酒乡的文化特色,借两阮的历史文化名人故事,重现魏晋时期的文化光辉。

永和九年的兰亭

山水之乐，生死之悲。

一

兰亭是绍兴最有名的景区之一，每年农历三月初三是江南谷雨前后的暮春时节，那里阳光明媚，清风飞扬，流水淙淙，草木蔓生，竹笋拔节。每年此时，绍兴都会在兰亭举行一个名曰"兰亭书法节"的全国性节会，为了纪念一千六百年前的那场文化盛会，也为了景仰那张至今下落不明的茧纸，更是向那个曾经任过绍兴地方长官的书法家致敬。那几日，全国乃至国际上的书坛人士都会来兰亭朝圣，兰亭遂成为书法圣地。

作为一个绍兴人，我去过兰亭很多次了，每次去都有不同的感受。

兰亭其实不大，如果走马观花，大半个小时就能参观完所有景点。兰亭的布局以"曲水流觞"为中心，四周环绕着鹅池、鹅池亭、流觞亭、小兰亭、御碑亭、墨华亭、右军祠等。

每次去兰亭，总见外地游客会绕着鹅池不停拍照，拍照的中心当然是池中的白鹅，那些用《黄庭经》换来的白鹅似乎历经了上百代，依然在水中欢快地"红掌拨清波"。有文化功底的游客则绕着八角形的"御碑亭"，欣赏着康熙、乾隆祖孙碑上的御笔，抑或在右军祠堂里认真地品鉴墙上嵌刻的古往今来的《兰亭集序》摹本。

曲水流觞处自然是景区最热闹的地方，一些穿着鲜艳汉服的女子模仿晋人端着鸡头壶和酒觞，穿行在各种各样的游客中，游客们千姿百态，觞在一湾碧水中随波漂动，停下之时，人群中传来欢乐的笑声……

王羲之当年无论如何也想不到，一千六百多年以后，人们仍以这种方式仿效他们那年的风雅集会，虽然换了时空，换了人物，更换了内涵。文化，自有一种千年不朽的力量，羲之身后，包括唐太宗、康熙、乾隆在内

的亿万崇拜者把那一场聚会追颂成一座后人无法跨越的文化高山，高山仰止，兰亭终成圣地。

二

作为一个书法爱好者，我十多岁开始临摹《兰亭集序》，我熟悉《兰亭集序》中每个字的笔法，却从来没有好好读过原文，只依稀记得几个句子，全文的意绪似乎无从把握。这犹如许多虔诚的佛教徒，对佛经熟记于心，甚至倒背如流，却常常不知所云。

直到有一次，陪外地的几个文友去兰亭，介绍绍兴历史文化自然有不可推卸的责任，于是我在右军祠堂里，努力做着句读，努力辨认字迹，给他们卖力地翻译起《兰亭集序》。书到用时方恨少，生怕误译，当时心跳加快，幸亏文友们不怎么较真，倒是我如临大考一般，读着读着，忽然读出了一种别样的感受，读到最后，发出和羲之一样深深的悲叹。

《兰亭集序》岂止是"天下第一行书"，通篇其实是王羲之知天命之后的生命感悟，其文学价值卓尔不凡，对后世影响深远。

三

魏晋南北朝可谓是一个被搅得一塌糊涂的乱世。公元290年，晋武帝驾崩，皇室和诸王争夺权力，互相残杀，酿成历史上有名的"八王之乱"。晋朝元气大伤后，内迁的其他民族乘机举兵，又造成"五胡乱华"的局面。大量世族不得已衣冠南渡，以苟且保全性命。

那时的司马王朝，因为偷天换日，血腥政权根基不牢，朝野上下人人自危，"竹林七贤"装疯卖傻，啸傲山林，嵇康、阮籍共创玄学新风，清谈之风由此而始，一种后来称之为"魏晋风度"的名士生活渐成当时主流社会的时尚。魏晋名士貌似个个超然世外，实际上潇洒的背后，是担忧生命朝不保夕之后的豁然开朗，透着无尽的悲凉：生命既然如此无常，为何不走得从容洒脱一些？因此魏晋名士多着宽袍，披头散发，嗜酒如命，甚至服"五石散"，以求长寿。这些都写在鲁迅先生的杂文《魏晋风度及文章与药及酒之关系》里。

公元317年，晋帝司马邺被俘，西晋灭亡。

王家的功业，就在这时建立。公元318年，王旷、王导、王敦等人推举司马睿为皇帝，定都建康（今南京），东晋始立。动荡的王朝在建康得到暂时的安顿，不稳定的社会渐渐平静下来，社会上佛教、道教并存流行，人们相信以今世修度来世，可以离苦得乐。

与西晋相比，东晋士人不再崇尚形貌上的放浪形骸，而更多的是礼度之内的娴雅与淡定。于是，江南大都会会稽郡的湖光山色渐渐走入士人的心中，崇山峻岭、云蒸霞蔚，茂林修竹、清泉激流，使自小生活在北方的士族少年陶醉在江南的大自然里，目不暇接。

王羲之（字逸少）就在这时登场了。他出身魏晋名门琅琊王氏，七岁就拜女书法家卫夫人为师，擅长书法，年少时就声名鹊起。那个"东床袒腹"的故事不仅让他娶到了当时另一豪族郗鉴的女儿，还俨然让他成为一颗东晋文化界冉冉升起的明星。

王氏家族随晋室南渡而来，依据九品中正制，王羲之这个"官二代"很早就出仕为官，且仕途一帆风顺。然而，个性张扬、喜好风雅的他不按官场套路出牌，最后辗转多地，来到会稽任职，任会稽内史，官至右军将军，世称王右军。

离开政治中心建康，让王羲之既失落，又欣慰。失落的是他离自己的理想和抱负越来越远，欣慰的是他和自然越来越亲近。会稽的生活十分贴合逸少的个性。

羲之后来定居在山阴城，家宅位于今天绍兴城里蕺山脚下的戒珠寺。如今那里已建成书圣故里，题扇桥和躲婆弄都一一留下羲之的踪迹。

四

永和九年（353年），王羲之刚过五十岁，他勤政爱民，造福百姓，深受会稽人民的爱戴。那年三月初三，是一个叫"上巳"的古代传统节日。上巳节的习俗是在水边洗濯污垢，祭祀祖先，因此，又被叫作祓禊、修禊、禊祭。魏晋以后上巳节还成为水边宴饮、郊外游春的节日。

总之，那个春天的美好节日里，王羲之邀请谢安、孙绰等亲朋好友前

来会稽修禊,他选择了一处绝胜之地——兰亭。

兰亭位于美丽的兰渚山下,离绍兴城区约十三公里,相传春秋时越王勾践就在此植兰,自东汉起就建有驿亭,故名兰亭。会稽内史王羲之十分喜欢兰亭,在会稽任上时,他在兰亭附近建起一座园林住所,那也许是中国最早的山水园林之一。

那天也许是上午,天朗气清,惠风和畅,羲之等名流共四十二人席地而坐,空气中弥漫着氤氲的水汽和一缕缕兰花吐蕊的幽香,兰亭边上的竹林里,嫩绿的竹子正迎着阳光一节节生长,一湾清澈的流水在羲之面前曲曲折折地伸向远方,那些红色的白色的花瓣在风中轻舞飞扬,然后随流水飘落打旋。时光在那一刻恰如一朵盛开的鲜花,被纯净的阳光和空气穿透,凝固成一幅最美的画卷,画卷中有山有水有四十二位列坐水边的文化人。

羲之抬起头看了看湛蓝的天空,一种岁月静好的感觉在心头升腾。

所有人生中不如意之事这时都退去了,"仰观宇宙之大,俯察品类之盛,所以游目骋怀,足以极视听之娱,信可乐也"。彼时王羲之的表情一定是无比愉悦的,享受着阳光透过树荫照在脸上的温暖,享受着清风拂面的惬意。

受到花瓣随流水飘零的启发,他让书童们取觞过来,觞是一种双耳酒杯,漂在水中犹如一艘艘小船,于是,盛满了美酒的觞从上游顺水慢慢漂下去,停在谁的面前,谁就饮下觞中之酒,并作诗一首,如作不出则要罚酒。游戏规则一出,众人响应,觞停下的那一刻,引得众人的一片欢笑和一首接一首诗歌的吟诵。欢笑无论年龄长幼,不分地位高低。

于是,"虽无丝竹管弦之盛,一觞一咏,亦足以畅叙幽情"。羲之不承想他倡导的这次聚会竟开了中国文人山水雅集的先河。

那一天他和朋友都喝了不少酒,他半卧半躺,唱和应答,陶然忘我,仰天大笑,一觞接一觞的酒让羲之的脸色红润起来,在阳光下闪烁着飞扬的神采。

尽管时光过去了一千六百多年,我站在流觞的曲水边,依然看得见,在人群中,他就是那个引领众人的文化领袖。

然而,在一种醉与非醉之间,羲之于众人的欢声笑语中突然沉默了,他凝望着远处的青山，出神地想起了什么。

天下没有不散的筵席，王羲之写《兰亭集序》一定是在聚会快要结束的时候。临近尾声了，面对众人吟诵的三十七首诗，有人提议结集，并请东道主作个序言。

王羲之面对那张被展开的空白茧纸，突然又想起了什么。他拿起鼠须笔，八九分醉意，但心底分明是清晰的，遂落笔成章，一气呵成，如行云流水般快意。众人喝彩阵阵。

序的开首是明媚的，被和煦的阳光和清风召唤着，被亲朋好友簇拥着，但是写着写着，调子陡然一变，变得沉重起来，就像醉酒忘情之人，笑着笑着，突然失声大哭起来。

天长地久，天地之所以长久者，因其不自生。人有父母，故生有涯，欢乐短暂，下一刻终究要散去。夕阳西下，春去花落，无边的夜色即将来临，冰凉的霜露即将侵肌，美梦终有醒来时分。"修短随化，终期于尽。古人云：死生亦大矣。岂不痛哉！""向之所欣，俯仰之间，已为陈迹，犹不能不以之兴怀。"

这就是中国式的乐极生悲。当生命的尽头找不到一个依托的时候，除了悲凉和孤独，还有什么？欢乐似过眼云烟，时光如过隙白驹，就算你是一个人生赢家，你在职场中不断拼搏，终于得到了你年轻时曾经想要得到的一切，但是俯仰之间，已成为过去时，而且青春已逝，生命终将消亡。正如今天李宗盛唱的那首中年大叔的歌曲所表达的那种意境："越过山丘，却发现无人等候。"

王羲之个性鲜明、喜形于色，在众人眼里，他是个谈玄论道的名士，超然世外，特立独行，但其实无人理解。羲之是个真正有政治抱负的人，他以骨鲠著称，多次上书朝廷，献计献策，担任右军将军的他主张北伐并早日收复中原。羲之骨子里是个积极的入世者，"固知一死生为虚诞，齐彭殇为妄作"，生和死、长寿和夭亡不能等同视之，人活在世上就是要寻找价值和意义！

然而，岁届五十，实现理想遥遥无期。因而羲之的内心是孤独的，那是一种不被亲朋好友所理解的孤独，类似世人皆醉，唯我独醒。

在那一场欢娱的盛会里，最后留给王羲之的竟然是嗟悼。而且他的嗟

悼,穿越时光的迷雾,也成为千年之后人们的嗟悼:"后之视今,亦犹今之视昔。悲夫!故列叙时人,录其所述,虽世殊事异,所以兴怀,其致一也。后之览者,亦将有感于斯文。"

永和九年的兰亭,真的成了一个无人能解的遗梦。王羲之所发出的生死之问,同样叩问着千年之后的我们,站在流觞曲水前的我们,至今依然无法回答他的问题。

五

多年以后,有一天我突然明白,今天的兰亭已非永和九年的兰亭。兰亭建于何时,位于何处,历史上没有记载,有记载也不确切。

我想,作为王羲之,他不曾想过后人会将他们的雅集之地作为一处文物做永久纪念,他酒后的那张得意之作《兰亭集序》,虽然在他酒醒之后的很多天里,反复重写,但再也写不出当时的微妙感觉和神奇笔法。而且,他也没想过后世会有那么多人想要得到它,模仿它,甚至大唐天子不惜后人怀疑人品,也要设计据为己有,直至带入陵寝。

《兰亭集序》真迹就像绚烂的烟花,在人类的历史天空中释放过,然后归于漫漫长夜。

兰亭的确切位置和《兰亭集序》真迹一样,至今成谜。

史载,兰亭在晋朝已数次迁移。至明嘉靖年间,郡守沈启将宋代流觞曲水遗址由天章寺移建至今日兰亭。清康熙和嘉庆两朝又重修了兰亭,康熙、乾隆两位好书帝王,后御笔勒石,仿效羲之、献之父子合碑,且上覆以亭。因此,今日所见兰亭实为明清建筑风格的兰亭,以"景幽、事雅、文妙、书绝"四大特色而享誉海内外。

历朝历代,欲破此谜者很多,明末清初的大才子张岱就是其中之一,他曾两次去兰亭考证寻迹。

第一次是在十七岁那年,张岱站在兰亭天章寺的断垣残壁前,有人对他说这就是兰亭旧址。他伫立观望后说:"竹石溪山,毫无足取,与图中景象相去天渊。"然后,失望而归。

六十年后,七十七岁的张岱已白发苍苍,再访兰亭时他得出的结论是：今之所谓兰亭者，是明代嘉靖二十七年（1548年）知府沈启模仿曲水流觞建造的。张岱明确告诉后人，今日兰亭是假的。

各种古籍，关于王氏兰亭和曲水流觞的记载并不少。大部分观点认为，王羲之当年曲水流觞的地点，应在今日兰亭附近，但究竟是何处，至今成谜。

二十世纪八十年代，著名学者、浙江大学终身教授陈桥驿在《兰亭及其历史文献》一文中梳理了兰亭地址变迁的大致脉络。然而，陈先生已故，今日文史界、学术界众说纷纭，人们依旧盼望还原永和九年的兰亭曲水真迹。

据说，当今世上建有兰亭的地方有七处，有一处就是乾隆皇帝在故宫内设立的曲水流觞，那时他在故宫的后花园里修了一座禊赏亭，亭子里象征性地挖了一个弯来弯去的小水渠，叫做流杯渠。但乾隆的这条流杯渠跟兰亭的意思就差远了。兰亭那条是天生的曲折小溪，乾隆却只在石头上凿出一条条水槽而已。

世上很多事都是无意为之却大成，刻意模仿终贻笑，不管是否贵为君主。

有专家说，魏晋文化是中国历史上的一次文艺复兴，那么以王羲之为首的东晋兰亭雅集就是中国文化史上灿烂夺目的一件大事，《兰亭集序》就像一座无法逾越的文化高峰，其书法、文学、思想价值都像是一座丰碑，矗立在绍兴的历史之路上，指引后人前行。

今日兰亭虽非昔日之兰亭 但只要它还在绍兴鉴湖之畔、兰渚山下，它的精神和气韵还在，终究挡不住兰亭已然成为中国传统文化之圣地和殿堂。

暮春三月，我在绍兴向兰亭致敬！

东晋一哥的东山再起

在绍兴的历史文化名人群中,谢安显得有点落寞。

在绍兴,无人不知王羲之,因为被唐太宗带进陵寝的"天下第一行书"《兰亭集序》。而在《兰亭集序》中记载、永和九年三月初三的那场醉,是王羲之偕同好友谢安、孙绰等四十一人举办的一次名为"修禊"的聚会。这场风雅极致的聚会为世人津津乐道了一千六百多年,始终是中国文化史上无法超越的一座高峰。

谢安何许人也?谢安,字安石,人称谢公,本是陈郡夏阳(今河南太康)人,因晋室南渡,他成了大半个会稽人。其实,谢安在东晋时比王羲之更有名,人称"江左风流宰相",是力挽东晋政局的重量级政治人物。早年高卧东山,中年后入世为官,凭借他的卓越政绩,特别是在淝水之战中的赫赫功勋,谢公堪称"东晋一哥"。谢安又以雅量和胆识著称,身后被皇帝追赠为"太傅"。

无奈,王羲之的光辉遮盖了谢安,与王羲之相比,谢安同为魏晋名士,却少为后人纪念。在绍兴的历史文化名人群里,谢安显得有点落寞。

一个烟雨蒙蒙的春日,专程赴谢安故里拜谒东山。

一

东山在离绍兴四十公里左右的上虞上浦镇境内,上浦有曹娥江贯穿全境,还是最早的越窑青瓷发祥地,三国时的龙窑遗址说明此处是越地先民的早期开化之处。

原本普通的东山,因谢安曾在此地隐居二十年,遂成为浙东名山。此后,李白、贺知章、刘长卿、苏东坡、陆游都慕名前去,盘桓其间,留下不少著名诗篇。

东山并不高，山上有一块巨石悬伸至江中，据说，江边曾是谢公的钓鱼台。今天的东山已建起了东山景区，山巅有谢公墓和太傅祠。不曾想到的是，我去之时虽是双休日，但东山上游人寥寥，游客中心关门上锁，无人售票，想必平时也是门前冷落车马稀。

景区门口矗立着谢安像，峨冠博带，气宇轩昂。他的目光投向遥远的北方，本是北方士族，身处莺歌燕舞的江南，心里总牵挂着千里之外被异族占领的故土。

拾级而上，草木繁盛，溪水淙淙，鸟鸣啾啾，灵气充盈。东山的东侧是开阔的曹娥江，远远看去，一江春水，一闸横跨，一派奔流到海不复还的气势。曹娥江是汇入钱塘江的最大一条支流，它滋养着两岸的万物生灵。当年的谢安选择东山而居，也许就因为同我一样看到了此景此情。在江南，有山有水的地方很多，有山靠江的地方却不多，江河奔流，山水闲情，这完全符合谢安的个性，低调而雅致。

二

谢安为什么会在东山韬光养晦呢？这一切和东晋那个时代有关。

公元317年，司马睿在建康重建晋廷，史称东晋。偏安江南的东晋依仗南迁避难的中原士族和原住南方的大族，暂时在江南取得了稳定的发展。特别是中原人口的大量南迁，弥补了南方原本地广人稀的缺憾。南迁士族大量开发无主土地，建立方圆数十里至数百里的庄园，而这些庄园大多散落在风景秀丽的田园村庄里。彼时北方士族最爱世居会稽，因会稽多江南胜景，又有大量沃土可供开发，"今之会稽，昔之关中"，东晋之会稽郡俨然成了除了建康之外的大都市，其繁华相当于今日之上海。

谢安的祖父谢衡举族南迁，此后几代在朝廷出仕为官，成为东晋望族。作为望族，除了定居建康，还有别业，会稽郡上虞县东山是谢家在江东最早的发祥地。

谢安二十岁以前一直住在秦淮河畔乌衣巷内，其父是掌管东晋祭祀礼仪的太常，位列九卿。谢安四岁时，有一个叫桓彝的名士见到他神态风采清秀明达，大为赞赏。少年时，谢安就得到东晋名士王濛和宰相王导的器

重,在士族的圈子里声名鹊起。

东晋是一个士族社会,凭借举荐人才为主的九品中正制,谢安很快就得到朝廷的青睐,被征召进入司徒府,授任著作佐郎,但被谢安以有病为借口推辞了。扬州刺史庾冰久慕谢安盛名,多次下郡县督促他应召,谢安应召前往,一个多月后又告退归家。此后谢安断断续续被推举过尚书郎、吏部郎等官职,但最后都被他谢绝了。

二十岁那年,辞官回家的谢安,索性回到了东山,在东山过上了隐世生活。谢家在东山的祖宅,背山靠水,庭院深深。

谢安与王羲之是世交好友,因为王与谢是当时两大炙手可热的家族。王羲之那时也隐居会稽,虽然羲之比谢安年长十多岁,但两人性情相近,常常一起游山玩水,然后回家吟诗作文。当时经常一起郊游的还有许询、孙绰以及名僧支遁等。

有一次,谢安与孙绰等人泛舟大海,一会儿海上风起浪涌,众人皆惊恐,唯独谢安独立船头,镇定自若。船夫见谢安面无惧色,只好驾船在浪里穿行。风浪越来越大,谢安才慢条斯理地说道:"如此大风,我们将如何返回呢?"船夫听从吩咐,立即驾船返航。这段逸事成为体现魏晋风度的佳话,一直流传在江湖。

然而,今天的东山上早没了一丁点谢家的遗迹,毕竟那是一千六百多年前的往事。

三

魏晋时代就是这样,越是隐世超脱,名气就越大。谢安的妻子见谢家各房都拥有高官厚禄,唯独谢安隐退山林,于是就对谢安说:"丈夫不想富贵吗?"谢安以手遮掩口鼻,低声说道:"日后恐怕不可避免。"也许,有人觉得谢安像今天的明星一样故弄玄虚,是在炒作自己,但如果不是家族的意外变故,寄情山水的谢安也许会一辈子都优哉游哉。

谢安的弟弟谢万任西中郎将,担负守卫边境的重任,不久,谢万因战败被免职。后来家族中又出了些状况。面对谢家衰败的态势,在东山高卧了二十年的谢安再也坐不住了,走出东山,去当时位高权重的桓温那边当了司马（相当于参谋）。而这时的谢安已经四十一岁了。

"东山再起"，谢安这颗东晋的政治明星冉冉升起。后来的事实证明，因为有谢安，东晋的半壁江山才得以百年安定。

谢安卓越的政治才能很快就表现出来，官职不停地上升，他很快成为皇帝倚重的大臣。

东晋是动荡不安的。简文帝驾崩时，桓温入京奔丧，派重兵把守关口，准备乘机推翻东晋，并计划谋害谢安及王坦之等大臣。危急时刻，王坦之十分恐惧，问谢安怎么办。谢安神色不变，说："晋室存亡，在此一行。"见到桓温，王坦之已惊慌得汗流浃背，以致握倒了上朝用的手版。谢安从容就座，坐定后，对桓温说："我听说有道的诸侯，谨守四方。明公何必要壁后藏人，图谋不轨呢？"桓温尴尬地笑道："不得不如此啊。"于是谈笑多时，桓温终究心虚，最终没有下手。

简文帝之后的孝武帝很年轻，桓温威震内外，形势十分复杂，但因为有谢安与王坦之等人尽忠辅助，朝廷大体平安无事。后来，桓温病死，东晋朝廷才除却了一块心病。

此后，谢安成为朝廷倚重的股肱大臣。谢安劝导百官、做思想工作很有一套，很多地方官员都靠谢安协调平衡。当时很多人把他比作东晋初期的宰相王导。

四

后来就是历史上著名的淝水之战了。公元383年，北方的前秦苻坚亲率八十万大军大举南侵，东晋接连败退。苻坚得意地说："东晋很快就会被我征服的。"有大臣认为晋军有长江天险可守，南征未必能取胜。但苻坚傲慢地笑道："我军一个士兵投一根马鞭到长江，也足以使长江断流！"

而谢安这边举贤不避亲，推举自己的兄弟谢石及侄儿谢玄等人任主将，并派出精悍的北府兵八万人，在淝水（今安徽寿县）一带列阵迎战。也许前秦命中该绝，有人向苻坚建议后退决战，苻坚采纳，当前秦军后移时，晋军突然渡水袭击，并派人在秦军阵后大喊："前线的秦军败了！"这一喊，前秦军中阵脚大乱，慌忙撤退中甚至发生了踩踏事件。谢玄率众乘胜追击，那些来自北

方的士兵不习南方水土,听到风声和鹤鸣,还以为是追兵在呼喊。惊恐之时,稍微有些风吹草动,就认为那是晋兵追杀而至,紧张害怕得要命,溃不成军之后,投降的投降,撤退的撤退。淝水一战成为中国历史上以少胜多的典范。

成语"投鞭断流"、"风声鹤唳"、"草木皆兵"均出自这场著名的战事。

在这场战事中,谢安一以贯之地从容不迫。谢安平常棋艺不及谢玄,晋秦交战前一天,谢玄心慌,和叔叔谢安下棋屡战屡败。下完棋后谢安便去登山游玩,直到晚上才返回,部署将帅,面授机宜。第二天,谢玄等人大败苻坚,捷报送到谢安手里,谢安正与客人下围棋,看罢喜信,竟丢在床上,面无喜色。等一盘棋下完,客人询问,谢安这才慢慢答道:"小儿辈已打败敌寇。"客人大惊,这世上还真有这样的奇人!

殊不知,谢安下完棋回到内室,内心抑制不住激动,过门槛时猛地折断了屐齿。外表淡定的人内心其实也是波涛汹涌啊!

淝水之战,最终东晋仅以八万军力大胜八十余万的前秦军。前秦从此一蹶不振,苻坚后来被叛将所杀。而东晋由谢安主政,收复了黄河以南的不少失地,更换来了东晋此后四十余年的和平。

五

谢安从政,政绩斐然。后来功高遭忌,主动请辞,赴广陵避祸。晚年的他,一直在奉命建一座新城,甚至设想建好新城以后带全家老小回东山老家。无奈,重病缠身,不久谢世,终年六十六岁。

孝武帝这个皇帝小儿待到谢安逝世,才感到失去一位当世贤臣的损失十分巨大,竟在朝堂里痛哭流涕了三天,最后按前朝大司马桓温的标准厚葬了谢公,不仅追赠太傅,还加封庐陵郡公。

位于今日东山之巅的谢安墓气势宏伟,墓碑上用遒劲大楷赫然写着:晋太傅谢公墓。

十多年前,谢氏后人筹巨资重修了东山谢公墓。墓地翠竹环抱,藏风得水。清明刚过,谢氏后人祭祀痕迹历历在目。而我也是拜过谢公才知道,谢公墓原本不在东山。

谢公原本安葬在建康的梅冈。只因到了南朝,始兴王陈叔陵为安葬母亲，寻找墓地，竟然看上了谢安的墓地，于是做出了丧心病狂的举动，令人挖开谢安的墓，把自己的母亲葬了进去，而谢安的棺椁被扔到一旁不管不顾。陈叔陵这等人品极差之人当然没有好报，三年之后因谋反被诛杀，而他母亲的墓地被作《玉树后庭花》的陈后主还给了谢家。谢家没有因此还葬谢安，既然鹊巢被鸠占过了，谢公哪里可以随随便便回葬呢？

东山《重修谢安墓碑记》曰："裔孙夷吾殓葬，零落他乡。然桑梓滚滚哀思未息，每念及公'还东'夙愿……遂于斯再建墓冢，朝夕相守。"其实谢公后来葬于浙江长兴，今日东山之墓实为衣冠冢。

无论如何，谢公总算回家了。

谢公的墓前有一个小池，叫始宁泉，据说是谢安隐居时开挖的。离谢公墓不远处是刚建的太傅祠，太傅祠门口有一副对联：明月当头，照我一身淡泊；清风两袖，不沾半点尘埃。这副对联出自谢公的好友、高僧支遁之手，他最了解谢公。

六

毛泽东曾经评价谢安是一个文韬武略的大政治家。谢公的才情、性情都为历代所称颂。谢安其实还是大教育家和书法家。

在绍兴，很多姓谢的人据说就是谢公的后裔，"谢家宝树堂"的典故一直激励着谢门后人。

不要以为谢安在东山逍遥就是整天碌碌无为，其实他不止是在山水间修身养性，更是担负起了教育子侄的重任。谢公有兄弟六人，在古代，大家族的子孙都是群居在一起的。有一天，谢安在教育子侄时说："子弟亦何豫人事，而正欲使其佳？"意思是说，做父兄的为什么总要教育自己的子弟，使他们往好的方向发展？在座的都回答不出来。只有侄子谢玄回答说："譬如芝兰玉树，欲使其生于庭阶耳。"意思是说，好的子弟好比芝兰玉树，父兄想让这些好花萃树生长在自己的庭院里，为家门增添光彩啦。听了这得体的回答，谢安大悦。这也就是成语"芝兰玉树"的出典。

那时，谢安在会稽老家教育的子侄中还有一人也得以流芳百世，那就是被后人称道、有"咏絮之才"的侄女谢道韫。谢家会出那么多高人奇

才，和谢公的言传身教是分不开的。

淝水之战后，谢安功高震主，有人又从中挑拨，因此谢安受到孝武帝的猜疑。这引起了正直士人的不满，中郎将桓伊就是其中之一。有一天孝武帝宴请群臣，命桓伊吹笛。吹毕，桓伊又要求抚筝，请他人吹笛合奏，帝允。桓伊便抚筝而歌。他唱的是一首《怨歌》："为君既不易，为臣良独难。忠信事不显，乃有见疑患……推心辅王政，二叔反流言。"在座的谢安听了，泣下沾襟。孝武帝听了，脸上也露出惭愧的神色。退朝后，孝武帝突然亲临谢安家，谢安焚香恭迎。孝武帝见谢安家堂前瑞柏枝叶繁茂，称赞道："宝树也。"并亲书"宝树堂"额。

于是宝树堂就成了谢家的堂号。据说，今日有些谢门的堂屋上还赫然挂着这个堂号匾额，可见其影响之深远。才高八斗的南朝山水诗人谢灵运就是谢玄的孙子，他的旷世才情可谓是谢家嫡传。据说，著名女作家冰心（原名谢婉莹）、著名导演谢晋等都是谢氏后人。

七

谢安的书法也不逊色，后世评价他的行书为妙品。他曾向王羲之学行书，后世米芾曾称赞他的书法"山林妙寄，岩廊英举。不繇不羲，自发淡古"。意思是说，谢公书意来自山林，书品即人品。谢公在东山二十年间，会稽兰亭雅集肯定少不了他。

兰亭雅集共收集了三十七首诗，谢安就占了两首。"万殊混一理，安复觉彭殇"，什么意思呢？这说出了谢公"道法自然"的思想。在他看来，长寿的彭祖和夭折的孩子，没什么区别，一切都该顺其自然。在大自然中优游和在朝中为官都是殊途同归。有这种思想的人古今不多，特别是在一个功利社会里，尤其可贵；有这样思想的人，可以心无挂碍地过完一生。

谢安去世后，桓温的儿子桓玄问谢道韫："太傅高卧东山二十年，而后为何要出山呢？"谢道韫回答："对我亡叔来说，出山和不出山，没有什么区别。"知叔莫如侄女，不愧是一代才女。

走出东山，回望谢安故里，我以为可以用一句话来总结我的东山之旅：真名士，自风流。

从咏絮之才到林下之风

文能吟诗机辩,武能手刃敌兵。

一

东晋是一个弱势王朝,但由于当时大批北方移民的南迁,特别是王、谢、庾、桓以及郗、殷、何、顾等世族势力的强大,带来了先进的中原文化和生产技术,使江南得到了大规模开发,又经过近百年的安定增长,都城建康成为当时世界上最大的城市。唐代诗人刘禹锡有《乌衣巷》诗句"旧时王谢堂前燕,飞入寻常百姓家",从一个侧面反映东晋世家大族曾经的鼎盛。

乌衣巷在哪里?南京秦淮河南岸,原为三国时东吴戍守部队营房所在地,因为当时军士都穿黑色制服,故以"乌衣"为巷名。到东晋时,这一带成为名门望族的聚居区,东晋开国元勋王导和指挥淝水之战的谢安都曾经在那里住过。

而会稽当时设为郡,许多大家族游止或世居会稽,会稽城内"多诸豪右,民物殷阜;王公妃主,邸舍相望",会稽俨然成为当时除建康之外的另一大城市。

二

一代才女谢道韫就是在当时那样一个最好的、也是最坏的年代里款款地向我们走来。谢道韫祖籍河南太康,因为已是第二代中原移民,世居会稽,应属绍兴历史文化名人。

谢道韫出身陈郡谢氏家族,其家族在东晋是家喻户晓的江左高门,号称"诗酒风流"。谢道韫生父是安西将军谢奕,母亲阮容乃是"竹林七贤"阮籍、阮咸的族人。叔父就是后来的东晋太傅谢安。谢道韫为长女,有兄弟七人,姊妹三人,其中淝水之战取得显赫军功的谢玄最为有名。

按照现代的说法,谢道韫系出名门,上天安排了所有美好集于她一身,不仅颜值高,而且德才双馨。

"东山再起"前的谢安一直隐居在会稽,担负着培养和教育下一代的任务。一个大雪纷飞的冬日,闲来无事的谢安在府上与家人围炉而坐、品茗吟诗,他兴致很高地把子侄辈都叫到一起,想考一考看哪个孩子更有才气。

谢家的孩子个个可谓人中龙凤,谢道韫那个时候有八九岁了,从小受诗书熏陶的她已能出口成章。当时,雪越下越大,谢安指着纷纷扬扬的雪问孩子们:"白雪纷纷何所似?"谢安的大侄子谢朗稍一思考,作答道:"撒盐空中差可拟。"谢安频频颔首,认为这个侄儿将撒盐比喻成飞雪相当不错。不料,比谢朗小好几岁的谢道韫悠然神想后,徐徐吟道:"未若柳絮因风起。"

谢安听后大笑,对谢道韫赞赏不已。谢道韫加入了自己的遐想,将飞雪比喻成柳絮,"咏絮之才"成为当时及后世文人墨客津津乐道的典故。也许当时谢安乐完之后,暗想:如果道韫是个男儿身该有多好。

后来又有一次,叔父谢安问谢道韫:"《诗经》中哪句最佳?"谢道韫答道:"《诗经》三百篇,莫若《大雅·烝民》篇中所云:'吉甫作颂,穆如清风。仲山甫永怀,以慰其心。'"谢安大赞其高雅深致。谢道韫此后写过很多诗,虽是闺阁之作,但风格大气典雅,其诗和芳名早已传遍大江南北。

三

名满天下的大家闺秀谢道韫,谁能与之举案齐眉?当时,"谢与王共天下",右军将军王羲之是东晋开国元勋王导的侄子,又是当时如日中天的大书法家,出于门当户对的考虑,谢安在王羲之的众多儿子当中物色侄女婿。

据说,谢安最先看中的是王徽之,即王羲之的第五子。关于王徽之,当时江湖上有一个故事,这个故事最后成了历史典故。

住在山阴的王徽之夜读左思招隐诗,夜里大雪,忽然想起了住在剡溪的朋友戴安道,也不考虑一下两地有相当的距离,马上叫仆人备船棹桨,连夜前去拜访。船整整行驶了一夜,拂晓时,终于到了剡溪戴安道家门口,可是王徽之却突然要仆人撑船回去。仆人莫名其妙,诧异地问他为什么。王徽之淡淡一笑，留下堪称魏晋风流的经典话语："吾本乘兴而行，兴尽而返，何必见戴？"

也许谢安听说了这个江湖传说，觉得风流倜傥的王徽之性情放诞不羁、不拘小节，且生性高傲，不热衷公务，这样的人不适合有大家风范的道韫，于是他改变了初衷，最后将道韫许配给了看上去平和务实的王凝之，即羲之的第二个儿子。

谢安的考虑也许是希望侄女的一生平安幸福，不要大起大落。然而，智者千虑必有一失，谢安也有看走眼的时候。

四

那年那月那日，温婉贤淑的谢道韫披红挂彩地出嫁了，她的婚礼轰动了整个会稽城，举国皆知这样一个才貌双全的女子嫁入了王门。她也许并不知道，王谢联姻是她家族的必然选择，因为当时社会有高门、寒门之分，门第观念下，婚姻与家族利益捆绑在一起，士族子弟的婚姻是不由自主的。

谢道韫第一眼见到王郎的时候，就发觉王凝之老实巴交，不是她心目中那种青年才俊的样子，有那么一刻，她心里对叔父有些埋怨。可是作为大族闺秀的她，识大体顾大局，既嫁之则安之，谢道韫就这样成了王羲之的儿媳妇。

新媳妇回门是中国千百年传下来的婚俗，谢道韫初回娘家，一脸不开心。谢安说："王郎是王逸少的儿子，差不到哪里去，你还遗憾什么？"谢道韫回答说："我们家里叔父有阿大、中郎，一群堂兄弟中又有封、胡、羯、末，没有想到天地间竟然还有王郎这样的人！""封"指"谢韶"，"胡"指"谢朗"，"羯"指"谢玄"，"末"指"谢川"，这都是他们的小名。这些谢门后代在历史上都有建功立业，道韫的意思是王郎都比不上娘家的这些兄弟。

谢安一定听出了侄女的话"若有憾焉"，他无语了。

王凝之确实不是一个才华高妙的人，也不是魏晋风流的代表者，就算跟他的弟兄相比，也只能算是才智平平者，甚至显得迂腐。但是，王凝之

无疑是天下最有福气的人，出生于最有名的世家，有个最有名的老爹，还娶了个最有才的老婆。此后，王凝之凭着显赫的身世和强大的背景，作为官员、将领，任过江州刺史、左将军、会稽内史等职，作为一个书法家，得到了父亲真传，善草书、隶书，有幸列座兰亭雅集。然而，王凝之后来一直信奉天师道即五斗米教，这为他的后半生埋下了祸根。

五

谢道韫在王家相夫教子，平淡无奇地过了数十年。以我们今天的眼光看，不是很登对的婚姻最后也慢慢熬成了亲情。

此时东晋王朝气数已尽。公元399年，王凝之在会稽太守任上，孙恩、卢循起兵反晋，史称"孙恩、卢循之乱"。王凝之居然死活都不相信，跟他一样信仰五斗米教的孙恩会谋反。等到叛军逼近时，他才不得不相信。

但可恨的是，他没有组织军队抵御，而是在会稽城内踏星步斗，拜神扶乩，说是请下天兵天将，守住各路关卡，贼兵就不能来犯。结果毫无悬念，会稽城被孙恩一举攻破，王凝之此时仍然不相信同一教派的孙恩会杀他，他貌似临危不乱，誓言与会稽城共存亡，结果被一刀枭首。王凝之死得稀里糊涂，让后世人哭笑不得。

谢道韫其实是劝谏过丈夫的，王凝之不予理睬，谢道韫只好亲自招募了数百家丁，天天加以训练。孙恩大军长驱直入冲进会稽城，城中百姓生灵涂炭。谢道韫在听说丈夫和几个儿子已经被孙恩杀害后，镇定自若，立即率数百家丁带领部分百姓突围出城，她自己手执大刀冲在前面。

乱兵很快就追了上来，谢道韫亲手杀了几个敌兵，终因寡不敌众被俘虏，一同被俘的还有她的外孙刘涛，当时才几岁。

叛军首领孙恩在军中早就听说了大名鼎鼎的谢道韫，就亲自过来审她。当日一见王夫人面无惧色，正义凛然，顿生敬仰之情。谢道韫请求孙恩放过她外孙，她说："这事因王门而起，与其他家族的人没有关系。你一定要杀的话，宁可先杀了我。"

孙恩虽然歹毒残暴，但见谢道韫义正词严，气势远胜须眉男儿，终于改容相待，非但没有杀刘涛，还派人将他们一家送回会稽。

六

自此以后谢道韫一直居住在会稽，终生未改嫁，并足不出户打理本府内务，闲暇时写诗著文，过着平静的隐居生活。谢道韫在后半生写了不少诗文，汇编成集，留传后世。她还为远道前来求教的学子传道、授业、解惑，受益之人不计其数，大家都尊她为师长。

孙恩、卢循之乱平定不久，新任会稽郡守刘柳前去拜访谢道韫。谢道韫究竟跟他说了些什么，不得而知。事后，刘柳逢人就夸奖谢道韫，说："内史夫人风致高远，词理无滞，诚挚感人，一席谈论，受惠无穷。"

谢道韫不仅诗文出色，而且具有很高的思辨能力。魏晋时代，士人竞谈玄理，清谈成为一种风气。有的人甚至通过谈玄，累居显职。谢道韫对玄理有很深的造诣，且善于言谈。据《晋书》记载，有一天，王凝之的弟弟王献之在厅堂里与客人"谈议"，辩不过对方，此时在自己房间内的谢道韫听得一清二楚，很为小叔子着急，想帮他一下，于是就派婢女告诉王献之，要为他解围。然而，"男女授受不亲"的规矩又限制了她不能随便抛头露面。谢道韫就让婢女在门前挂上青布幔，遮住自己，然后就王献之刚才的议题与对方继续交锋，她旁征博引，论辩有力，最终让客人理屈词穷。

当时，能够与谢道韫相提并论的女子还有一个同郡的张彤云。张彤云是张玄之的妹妹，论家世自然不及谢家，论才情差堪比拟。张彤云嫁到顾家，朱、张、顾、陆是江南的四大世家，张玄之也常常自夸妹妹比得上谢道韫。有一个叫济尼的人，常常出入王、顾两家，有人问济尼，谢道韫与张彤云谁更好一些，济尼说道："王夫人神情散朗，故有林下之风；顾家妇清心玉映，自有闺房之秀。"

"林下"是指魏晋时期的"竹林七贤"。谢道韫生逢崇尚风神气度的时代，"竹林七贤"的遗风尚留东晋，出身名门世家，加之自身又才华横溢，行事洒脱不羁，自然堪比男子。

从雪夜访戴到摔琴而亡

　　终究，王徽之的名士之风不是一缕轻烟，他让人明白，什么是活在当下。

　　说起魏晋风度，就如回望历史时发出的那一声惊叹。

　　即便过了千年，依然让人想起那一群由儒雅男人组成的一个个风雅场面，无论是惠风和畅的春日里，还是寒风凛冽的冬天里，名士们头戴纶巾，身穿宽袍，脚踏木屐，聚在一起仰观宇宙之大，俯察品类之盛，吟诗挥毫，喝酒清谈，笼天地于袍袖，引颈而仰天长啸。

　　为什么一向克己中庸的中国士人会有这段超越现实的生活风尚？这与当时的社会和政治密切相关。从独尊儒术的汉朝彻底瓦解，再到三国魏晋，国家政权频繁更替，战乱长达两三百年之久。太多的生离死别和妻离子散，让那个时代的士人意识到乱世之中个体生命是如此脆弱不堪。

　　既然世事无常，不如在世俗生活中不拘礼法，活出真我，率性而为，乃至超脱放纵，旷达天下。于是一个动乱的年代，成就了一个思想活跃的时代。文化之繁荣，思想之多元，堪比春秋战国"百家争鸣"时期。以魏晋风度为开端的儒道互补的士大夫精神，成为此后中国知识分子的人格基础，其影响之深远，如长河落日照亮后人之路。

　　如果没有魏晋，中国文化将缺少一章超凡脱俗的壮丽诗篇。

　　魏晋风度经过几代的发展，到避难江南的东晋时代竟成了一种时尚潮流，从简文帝到太傅谢安，再到各级官员、社会名流，个个崇尚名士习气。

一

　　确切地说，王徽之作为魏晋名士的名气并不大，但他却是魏晋风度的标杆人物，他承继了他的先辈王羲之、谢安之风气，又为后来的陶渊明、谢灵运创新魏晋风度起到了承前启后的作用。

王徽之是东晋一朝的官后代，出生于东晋咸康四年（338年）的会稽山阴，也算是绍兴历史文化名人。他的童年和青年都留在了会稽。王徽之的背景是赫赫有名的魏晋名门琅琊王氏。他是会稽内史、右军将军王羲之的第五子，母亲郗璿则是东晋太尉郗鉴的女儿，被时人称为"女中笔仙"。

生活在这么一个文化大家、名门望族中，王徽之并没有掉链子，他得到家族真传，书法得羲之之势，才华出众，且年纪轻轻就声名在外。

但是东晋内忧外患较重，很多"才高八斗，学富五车"的贵族子弟，不屑于过问政治，纵情山水、放浪不羁是当时名士的一种生活态度。

东晋官场举荐人才靠"九品中正制"，身为高门子弟的王徽之自带光环，轻而易举地就走上了仕途。王徽之一出仕，就直接去建康，在东晋大司马桓温的麾下担任大司马参军一职（相当于现代的国防部部长参谋或秘书）。然而，多少寒门子弟望尘莫及的工作机会，在王徽之眼里却不怎么值钱。也许正是应了那句话："不是自己努力得来的就不会好好珍惜。"

王徽之是怎么上班的呢？《晋书》上是这么说的："蓬首散带，不综府事。"就是说，人家王公子上班时，经常蓬头散发、衣冠不整，对自己负责的那摊事也漫不经心。换一般的上司，不按组织纪律处理，至少也要狠狠批评教育一通。但桓温没这么做，他对王徽之十分欣赏，更有十二分宽容。

这恐怕也是当时的官场风气使然。

二

后来，王徽之又到桓温的弟弟、车骑将军桓冲手下担任骑曹参军。骑曹参军是军队坐骑的主管，他自然是一脸不屑的样子。

桓冲在府中遇到了闲云野鹤般的王徽之，故意问他："王参军，你在军中管理哪个部门？"王徽之想了想说："不知是什么部门，时常见人把马牵进牵出，我想不是骑曹，就是马曹吧！"桓冲再问："那你管理的马匹总数有多少？"王徽之毫不在乎地回答："这要问我手下饲马的人。我从来不去过问，怎么能知道总数有多少呢？"桓冲又问："听说最近马匹得病很多，死掉的马有多少？"王徽之面不改色心不跳地回答道："未知生，焉知

死?"意思是说:我连活马的数量也不知道,怎么会知道死马多少呢?

桓冲无语了,这王公子一问三不知,还振振有词。他无可奈何地摇摇头走了。

又有一次,王徽之跟随桓冲出外巡视,王徽之骑马,桓冲坐车。事不凑巧,一行人没走多久,天突然下起了暴雨。这王徽之虽然平时不修边幅,但也不想当落汤鸡。他环顾四周,发现只有桓冲一个人坐在车里,便立即下马钻入车中,还理直气壮地对桓冲说:"公岂得独擅一车!"

东晋虽说是一个气度包容的社会,可官场中还是讲究尊卑高低的,桓冲是王徽之的上司,论职级高很多级,王徽之这样做无疑有失体统。但桓冲见撞进来的是王徽之,又听到外面雨下得很大,便让他一同坐了。王徽之在车上一副心安理得的样子,倒让桓冲无所适从,只好扭头看向车窗外。岂料等雨停了,王徽之连句谢谢都没说,就顾自下车走了。

又过了一段时间,桓冲又逮到王徽之,便问他:"你在府已久,学会帮忙料理事务了吗?"

王公子没搭话,只是看看远方。

等了半天,见这个讨人嫌的上司桓冲还没走,就用手支着腮帮子,自顾自说了一句:"西山朝来,致有爽气耳。"意思是说,今天天气还不错,早上空气很新鲜。

桓冲对这公子哥彻底服了,问他是不是该开始正常上班了,他却扯什么空气清爽。得了,您自个玩去吧!

三

东晋士人多喜爱竹子,魏时"竹林七贤"聚贤清谈、放浪形骸皆起源于有竹子的地方。王徽之也特别喜爱竹子,就算是在建康暂时借住别人家,也要叫家人在旁边种上竹子,可以对着竹子仰天长啸。

当时,吴中一户士大夫之家有一个格调很高的竹园。王徽之经过吴中时,竹园主人闻其大名,觉得王徽之肯定会进竹园品鉴,就提前洒扫布置,精心准备接待,然后在客厅坐等王公子驾到。

岂料这王公子坐着轿子,径直去了竹园,一个人又是吟唱,又是长啸，开心了很久。

竹园主人闻此感到非常失望，但还是希望王徽之能够在返回时，派人来通报一下。可王徽之看完竹子就想走人。竹园主人再也受不了了，就叫手下人即刻关上大门，不让王徽之出去。

不按常理出牌的人有，可没见过这么不懂规矩的人。

王徽之这才想起了竹园主人，留步与主人在客厅会面。一见面，竹园主人大概也被王徽之漫不经心、毫不在乎的气度所折服，竟然立即消气，两人清谈一番，欢声笑语中王徽之如明星般带着主人的不舍之情离去。

四

王徽之做得出格的事还有好几件，后来一直都流传在江湖上。

第一个故事叫"但求闻笛，互不言语"。

那一次，王徽之准备离开建康，泊舟于清溪侧，正值桓伊从岸上经过，王公子船中有人认出了他。

王徽之并不认识桓伊，但知道他是东晋西中郎将、豫州刺史，无论是官场职级、江湖地位，当时都比王公子要显赫很多等级。但是，王公子早就闻说桓伊擅长吹笛，特别是那曲《梅花三弄》成为江湖传奇。王公子突然心中蹦出一个念头，并立即派人对桓伊说："闻君善吹笛，试为我一奏。"

桓伊一班人马闻此言，都惊得不敢相信，哪有下官这样要求上级的！但桓伊大概早就听说过王公子之名，闻报后，立即掉转马头，下车，上得王公子船上，坐定在小马扎上，既无寒暄，也无客套，就取出笛子认认真真为王徽之演奏了三曲。那悠扬的笛声如行云流水，久久荡漾在蓝天白云之下……王公子大约听得是如痴如醉，自始至终沉浸在那场精妙绝伦的音乐享受中。

曲毕，王徽之没跟他说一句话，桓伊也径直上车走了，只剩两边的随从在那里发愣。

王公子当然懂桓伊，而桓伊也明白王公子的心思。高人相遇，无声胜过有声。

第二个故事叫"顺走毛毯，推称力士"。

王徽之去拜访表兄弟、东晋东安县开国伯、建威将军、雍州刺史郗恢。当时，郗恢还在里屋没出来，王徽之看见大厅里有一块非常漂亮的毛毯，就直接叫自己的随从先拿回家了。过了一会儿，郗恢出来相见，发现毛毯不见了，就到处翻找，王徽之从容说道："刚才有个大力士把它背走了。"郗恢明白了，肯定是被这位表弟看上"背走"了。他无语了，只得笑笑，继续聊天。这在当时是必须有的气度，哪怕你心里不舍，否则会被江湖上嘲笑的。

第三个故事叫"乘兴而来，兴尽而返"。

王徽之住在会稽山阴时，有一天晚上下大雪，他一觉醒来，打开房门，便叫家人拿酒来。王徽之远眺四方，一片皎洁，就边走边喝，嘴里还吟诵起西晋诗人左思的招隐诗："经始东山庐，果下自成榛。前有寒泉井，聊可莹心神……"忽然，王徽之想起了他的好朋友、隐士戴逵，当时戴逵住在会稽剡县，他立即吩咐随从准备小船，连夜前去拜访。

船行了一夜，东方破晓时，戴家到了。此时苍穹之下，皑皑一片，王徽之惬意地坐在小船上，极目远眺。然而，他在船上伸着懒腰，打着呵欠，告诉船家："现在我们原路返回吧。"竟然连岸都不上。

随从大惑不解，问他为什么。王徽之懒懒地说道："我本乘兴而行，兴尽而返，何必还要见安道（戴逵的字）！"

一般人是无法理解的，王徽之要的正是这样的诗和远方。傍晚从山阴出发的王徽之，在途中，经历了夜色、黎明、清晨的景色变化。而东晋那时，山阴、剡县沿途，特别是剡溪两岸，都是风景秀丽的旅游胜地，可谓"山阴道上行，如在镜中游"。所以，可以断定，那天王徽之心中的惆怅，被沿途的雪景彻底消融了，以至于觉得再没有必要找朋友交谈来排解心中的烦闷了。

也正是因为江湖上到处流传着王公子这等桀骜不驯、不合礼仪的故事，王公子的终身大事都被错过。时任宰相的谢安为侄女谢道韫挑选金龟婿时，第一人选本是王家五公子，而不是最后那个二公子王凝之。虽说五公子名气远超二公子，可谢安面对这么多江湖传说，憷了，觉得五公子不靠谱，于是这世上少了一桩本来可能琴瑟和鸣的良缘。

五

王徽之最后一个官职是黄门侍郎。古时宫门多油漆成黄色，故称黄门。黄门侍郎即皇帝近侍之臣，负责传达诏令，协助皇帝处理朝廷事务，这说明王徽之并非等闲之辈，连皇帝老儿都十分器重他，让他入朝为近臣，他的才能可不是随随便便吹嘘出来的。

但没干多久，王徽之就直接辞官回会稽老家了。后人评论，王徽之的这次辞官为后来的东晋大诗人陶渊明辞官归隐做了样板、开了先河。

如此说，归隐派的鼻祖原来就是王徽之。

王献之是王羲之的第七子，也是王徽之的弟弟，其书法水准堪比老爹王羲之，被后世并称"二王"。王徽之和王献之从小一起玩到大，感情好得不能再好，兄弟俩惺惺相惜。

王献之去世了，下人怕王徽之伤悲，就一直瞒着王徽之。几个月后，他突然想起弟弟久无音讯，预感到什么似的，问下人："为什么一点也没有听到子敬（王献之的字）的音讯？是不是已经去世了？"下人只得如实相告。没想到王徽之一点也不悲伤。他平静地说去看看，于是就备下车马前去。

王献之平时喜欢弹琴，王徽之一进去，便径直坐在灵座上，拿过王献之所操之琴来弹，可是琴弦怎么调也调不好，曲不成调，泪已满眶。最后，王徽之把琴狠狠摔到地上说："子敬，子敬，人和琴都不在了！"说完，就昏了过去，很久才醒过来。其实王徽之早有背疾，在这次伤痛中，背部彻底崩裂，过了一个多月，他也仙逝了。

实际上，这世界上懂你的人真没几个，等懂你的人走了，你在，还有什么意义？这或许就是王徽之摔琴而亡的真正原因吧。

海浪拍岸，卷起千堆雪，不经意间把前人脚印从沙滩上抹去，而后来的人，依然会在沙滩上留下脚印一串串。

魏晋风度走到了王徽之这一代，也许到了盛极而衰的地步。后继者诸如陶渊明、谢灵运又推陈出新，不再是形式上的放任自我，不再是清谈误国，而是寻求那一缕清悠的菊香，在山水之间安放士人的终极灵魂。

终究，王徽之的名士之风不是一缕轻烟，他让人明白，什么是活在当下。

东晋爱情故事

碧草青青花盛开,彩蝶双飞久徘徊。

一

第一次知道梁祝这个故事大约是在童年,牵着外婆的手去看越剧,古典艳丽的服饰、百转千回的唱腔、凄美伤感的结尾,在一堆老婆婆的唏嘘声中似懂非懂地明白,原来男女之间可以产生如此强烈的生死情感。

第一次听懂小提琴协奏曲《梁祝》,已是上了大学,感受到层层演绎的音乐用另一种艺术方式叙述了一个经典爱情故事,恰如一双美丽的蝴蝶飞进正当青春的心。

第一次知道梁祝这个故事中的男主和女主都是历史上的绍兴人,却是在今春。走了一趟英台故里——上虞丰惠镇祝家庄村,不得不又一次为家乡的历史文化底蕴感到自豪。江南绍兴,总是那么人杰地灵、钟灵毓秀。

梁祝故事是中国历史上四大民间传说之一,大多数史学家认为这个故事发生在东晋374年至397年间,至今已流传一千六百多年,可谓家喻户晓、妇孺皆知。

世事纷繁。目前全国有十多个地方自称是"梁祝"故里,在联合国教科文组织申报"世遗"的地方政府有好几个。然而,专家查阅了各方面的史料,发现文字记载最多的是上虞和宁波两地,因此逐步形成了比较统一的看法,祝英台和梁山伯确有其人,确切地说,他们都是东晋时期的会稽郡人。

二

祝英台是上虞县人。上虞是传说中舜帝会百官的地方,自东汉起属会稽郡,历三国魏晋南北朝不变。今天的上虞,祝姓村共有七个,专家认定，离县城约七公里的祝家庄村是英台故里。

祝家庄背靠青山，前面有条小河，叫玉水河，此河可通余姚和宁波。而离祝家庄不远处，有个余姚马家村，据说拆散梁祝姻缘的马文才是余姚马家村人，因为梁祝故事，祝家庄村和马家村世代不通婚。而祝氏一族原籍山西太原，汉代就南迁到此定居，其祖先原在虞城教书为业，子孙散居上虞各地。

梁山伯也是会稽人。东晋时，今天的宁波一带也属会稽郡管辖。《鄞县志》和《宁波府志》都有记载：梁山伯为东晋会稽人，曾任鄞县县令，政绩卓著，被奏封为"义忠王"。宋代大观年间明州（现宁波）知府李茂成所撰《义忠王庙记》记载，梁山伯身为当地县令，积劳成疾，英年病逝，遗命安葬于清道源九龙墟（今宁波西郊高桥镇）。而在高桥镇上，有一座始建于东晋安帝隆安元年（397年）的梁圣君庙，此庙亦称梁山伯庙。后来，文化部门对梁山伯古墓进行考古发掘，有文物出土。二十世纪九十年代，宁波市政府在高桥建设了梁祝文化主题公园。

三

"碧草青青花盛开，彩蝶双飞久徘徊，千古传颂深深爱，梁山伯与祝英台……"伴着优美的旋律，在一个雨天走进英台故里祝家庄。无论从哪个角度讲，我都愿意相信，梁祝故事发生在历史上的绍兴。

祝家庄其实是一个很普通的村庄，一千六百多年的时间早已湮灭了东晋那些年留下的空间，在三三两两的江南普通民居间，无法想象祝员外家的原貌原样。村里唯一的历史遗迹是一处保留还算完整的祝氏祠堂，它是英台故里在现实中的一个依据，连接着历史与现实。

近来，当地政府在祝家庄村一处背山临水的地方建起了祝府，祝府其实是一个想象出来的东晋时期的祝员外宅第。整个建筑由员外楼、英台楼、文心苑、书斋及戏台、假山、鱼池等组成。身处祝府，仿佛置身于东晋一个士族大户的家中，舞榭楼台的庭院，繁花似锦的花园，开阔幽深的高楼，席地可坐的起居空间，都让人感觉时光倒流，回到东晋，正目睹着英台从童年长大成少女。

四

英台自幼冰雪聪明，喜读诗文，且随兄在书斋里跟老师学习，兄长背不出的课文，英台能朗朗诵之，兄长作不出的诗文，英台却能出口成章。祝员外独自叹息儿子的不争气，心想：当真儿子和闺女对换一下多好。

后来，英台出落成亭亭少女，靓丽中带几分英气，眉宇间存着洒脱，又仰慕班昭、蔡文姬才学，但恨家中无良师，一心想往杭州访师求学。这个请求毫无悬念地被祝员外拒绝了。东晋的女子虽然不缠足，思想也没后来朝代那么保守，但仍不能让女子外出与男子同窗求学。

英台一计不成又心生一计。某一日，她竟穿上宽袍，伪装成卖卜者，对求卜的祝员外说："老先生家中有一事当断未断。"祝员外心中一惊："何事？"英台答曰："按卦而断，还是让令爱出门的好。"祝员外沉吟半晌，竟没有识破。

英台心中窃喜，脱下帽子露出一头秀发，祝员外这才认出古怪精灵的女儿。英台乘机死缠硬磨，说道："女儿乔扮男装，连爹爹也看不出破绽，还有什么可以担心的呢？"其实，祝员外是非常宠爱英台的，禁不住英台再三恳求，只得应允。

五

于是，英台女扮男装，欢天喜地远去杭州求学。途中邂逅了同样赴杭州求学的会稽书生梁山伯。

那一天，在英台的感觉中，天是那么蓝，草是那么青，花是那么香。英台见山伯，如同后来的林黛玉见贾宝玉，似乎早在哪里见过。总之，一见如故，相谈甚欢，在草桥亭上撮土为香，义结金兰。结拜时，英台虽然心里擂着小鼓，可是欢愉之情是她在祝家庄生活十多年来从未体会过的。

就这样，两人结伴来到杭州城的万松书院，然后拜师入学。从此，同窗共读，形影不离。

梁祝同学，情同手足。英台心里暗恋着山伯，但山伯却始终不知她是女子，只念兄弟之情，并没有特别的感知。

一晃将满三年，祝父思女，催其早归，英台只得仓促回乡。梁祝分手，依依不舍。在十八里相送途中，英台不断借物暗示爱意。山伯忠厚纯朴，不解其意。英台无奈，谎称家中有个九妹，品貌与自己酷似，愿替山伯做媒。

可是山伯家贫，未能如期而至，待数月之后，山伯听说英台是女生，恍然如梦初醒："原来，英台多少次暗示，我竟无动于衷！"懊悔夹杂着回忆，山伯夜不成寐。

数日后，快马加鞭去祝家求婚，岂知祝父已将英台许配给家住鄞城（鄞县）的太守之子马文才。

山伯闻听此言，如五雷轰顶。没承想，相隔数月，竟如隔世。山伯央求再见一面，祝员外应允了。

山伯走进祝府，在英台楼下远远就看见泪眼婆娑的英台，虽然着女装的英台比着男装的英台要好看许多，可是山伯分明感到，那一刻，自己的心碎了一地。

楼台相会就在祝府英台楼上，英台终于见到她日思夜想的梁兄，可是千言万语竟不知从何说起。而梁兄语无伦次，祝福的话也说了，后悔的话也道了。说到后来，两人泪眼相看，泣不成声。

远远地，蓝天白云之下，祝府的大花园里，一对对蝴蝶在风中互相追逐着，上下缠绕着。

临别的时刻到了，山伯不忍离去，英台却斩钉截铁地说："梁兄，我与你生不能同衾，死也要同穴。"

至此一别，竟是阴阳相隔。

后来，梁山伯被朝廷任命为鄞县县令。然山伯积郁成疾，不久身亡，遗命葬鄞城九龙墟。英台闻山伯噩耗，在家中竟不哭不闹。

梁山伯去世数月后，马文才家多次逼婚，英台抗婚，迟迟不肯出嫁，最后被祝员外逼得走投无路时，英台提出唯一要求，就是结婚那天，她乘坐的轿子必须绕道去梁山伯墓前，她要祭奠一下。马家应允了。

那一天，风和日丽，美丽大方的英台盛装出嫁了，乡里乡亲都来相送，英台笑着与众亲告别。祝员外依依不舍地看着女儿上了花轿。按照原定的线路，花轿行至山伯墓前，英台下轿祭拜。

刚才还晴空万里的天，瞬间变脸，黑云压顶，顷刻间风雨雷电大作。

正当众人目瞪口呆之时，梁山伯的新坟爆裂了，裂开一个能容下一人的口子，英台头也不回地纵身一跃，跳入坟中。此时，奇迹发生了，墓复合拢。一会儿，风停雨霁，彩虹高悬。马家人惊呼新娘不见了。这时，山伯墓上飞出一双翩跹起舞的蝴蝶，互相追逐着，上下缠绕着。

祝员外在惊闻女儿化蝶后，一夜之间头发全白。他追悔莫及，一悔不该让英台去杭州读书，二悔应允了马家的婚约。最后，他命家人将梁山伯墓改建成梁祝合葬墓。

六

从此，化蝶一事在民间传得沸沸扬扬，一直传到东晋的朝堂之上。时任丞相谢安上奏皇帝，会稽郡出了如此神奇之事。谢安说："虽说我朝女子必须遵守父母之命、媒妁之言，可是此女子情深志远，以身殉情，实为江东奇女子也。"皇帝闻之亦大为感动，世间真有情比金坚、义薄云天的女子，可惜这皇宫里一个也没有。魏晋是一个崇尚风度的时代，梁祝故事最终赢得了天下所有人的赞扬。

至唐朝，张读在《宣室志》中写道："晋丞相谢安奏表其墓曰'义妇冢'。"宋代张津在《乾道四明图经》中又称："义妇冢，即梁山伯、祝英台同葬之地也。在鄞县西十里。"

东晋丞相谢安和英台是同乡，当年谢安韬光养晦的地方叫东山，也在上虞县境内。谢安感英台大义，奏闻皇上，称梁祝墓为"义妇冢"，实为弘扬家乡德义仁爱做了一件好事。今天，我们在宁波梁祝文化园里还能见到明嘉靖年间立的一块墓碑，上书"晋封英台义妇冢"。

今天，当地球人尝试与外星人对话时，中国向宇宙发射的探测卫星上播放的音乐中，就有小提琴协奏曲《梁祝》。想象一下，当浩瀚的宇宙中另一个星球的生物接收到这一美妙音乐时，或许他们那里正发生着同样的爱情故事，一对千古恋人听着听着，沉醉其中，而其中的情感密码也许就会被那个世界共同解码。

从一见钟情到生死相许，古已有之，今之天下呢？

择一地终老，遇一人白首

"择一地终老，遇一人白首"，这个当代人的愿望，千古书圣王羲之早在一千六百多年前就已实现。

一

想起王羲之，就会想起清雅流芳的兰亭，想起书坛神作《兰亭集序》。这些年，在角角落落寻找绍兴历史文化遗迹的我，惊艳于一个地方，那个地方安放了繁花落尽之后的千古书圣，更安葬了中国历史文化长河中的一颗巨星。虽过了千年，那个地方依然散发着魏晋气度和翰墨书香。

那个地方叫嵊州金庭，位于浙东四明山东南方向。嵊州在东晋时叫剡县，和山阴同属会稽郡。从山阴到剡县，自古就有一条水道，从若耶溪到曹娥江然后入剡溪，这在我的另一篇文章《从雪夜访戴到摔琴而亡》中也已写到，坐快船一夜就到。

"东南山水越为最，越地风光剡领先。"王羲之身后三百年的唐朝，诗仙李白沿着浙东唐诗之路，发出如此感叹，他或许是为寻访书圣的足迹而去。

今天的金庭镇华堂村距绍兴城约一百公里，驱车约一个半小时。华堂村是江南王羲之后裔的最大聚居地，始建于南宋，明代中期形成相当规模，至清代发展为剡东第一大村庄。保存的古建筑有庙宇、祠堂、民居、牌坊、店房、桥梁、更楼、池塘、水井、水渠等，主要街道、住宅、巷弄、手工作坊尚保持着明清建筑的风格。因"金庭"两字得名的金庭观其实是羲之晚年隐居之宅，后代子孙舍宅为观，也是为了遵从先祖尊佛从道的心愿。

史料记载，王羲之把山东琅琊故宅改为普照寺，继居会稽，又舍家宅为戒珠寺（在今绍兴越城书圣故里），终隐金庭，后人舍隐宅为道观。三

舍之下,书圣乃生死无憾。

二

金庭观不同于别的风景名胜旅游区,同我先前到过的谢安故里一样,这里也是门庭冷落鞍马稀,偌大一个景点只有我等几个专业游人。景区汇集了大量墨宝,诸多匾额和对联均出自沈鹏、李铎、朱关田等名家之手,散落在景区四周草坪的数百块大石头上,上面镌刻着"雪溪"、"桐柏夕照"、"墨法"、"笔意",让人目不暇接。

金庭观不远处,就是羲之墓,即瀑布山书圣卒葬之地。墓地不高,就在山脚处,四面环山,翠柏环绕。墓系1985年重修,呈圆形。墓围石砌茔堂,宽敞整洁,有墓道、墓碑、飨亭。墓前右侧有明弘治年间的"晋王右军墓"碑,稍前有隋朝尚杲《瀑布山展墓记》碑。

那天,天朗气清,惠风和畅,作为王氏后裔的我也是第一次走近先祖之墓。墓地非常清幽,我沿着墓道虔诚地朝圣而去,墓地四周护卫的大树竟随风起舞,发出阵阵叹息,我深以为是祖先借风之语,在嘱托我什么,只是我不解风语。

我不解的是,那些年,长于山东琅琊、久居江南会稽的羲之一路走去,最后为何被金庭这个名不见经传的地方深深吸引,从此再也不肯离去?

三

回望永和十一年(355年),时任会稽内史、右军将军的王羲之,年五十二岁。两年前,即永和九年,兰亭雅集让羲之名噪天下,俨然成为东晋名士的领袖,王氏望族的代表人物。

然而,少年得志又如何?名扬天下又如何?人到中年的羲之最终也躲不过命运的安排。史书记载,羲之辞官的原因是同骠骑将军王述不和。

其实,王述与王羲之同为周太子晋裔孙,王羲之出身山东琅琊王氏望族,王述出身太原王氏大族,门第相当,而两族势力彼消此长,本来同宗,应相互协助才是,可王羲之恃才傲物,一直不把原本属于官场二线人物的王述放在眼里。估计王述原来职位比羲之低好多，不料后期王述竟蒙显授，做了扬州刺史，大出羲之意外。东晋时期，会稽郡属扬州管辖，羲之接受不了，请求朝廷将会稽分出来，单设为越州。单设这事因种种原因，最终没被朝廷批准，一时成为世人笑柄。

羲之和王述其实是两种不同类型的官员，羲之以豪放风流著称，是文人雅士，王述以率真急躁闻世，是个清官循吏。两人的个性水火不容，但他们各以各的才能并重于世。后世对羲之和王述的江湖恩怨众说纷纭。总之，性情中人王羲之对王述成为他顶头上司非常不服气，于是誓墓辞官，引起了东晋官场一场不小的震动。

其实，如果没有王述，羲之最终也会归隐，王述只是一个导火索而已。

关于羲之誓墓，《晋书》上有详细记载。羲之当时慷慨激昂，发出不再苟进的凿凿誓言："如果以后再次为官，就不是你们的儿子，天理难容。我的誓言，明亮的太阳可以做证！"

到父母墓地发誓辞官，在一般人看来不可思议，而深谙道法的王羲之，偏偏以这种方式终结他的政治生涯，是为了向世人表明他此去誓不回头的决心。

在当时士人眼里，正当壮年的王右军政治前程不可估量，再加上东晋社会的豪门士族多以一人为一族的主心骨，王羲之这样一位文化领袖、政治精英，他若辞官，必然会影响到王氏世族的地位，所以作为标杆人物怎么能如此轻率地说走就走呢？

其实，士人中没有几个了解真正的王右军。自任会稽内史以来，他励精图治，百姓生活富足，会稽一片繁华，可是他内心深处还是渴望北伐，并多次上书朝廷，希望对时弊进行变革，并早日出兵北伐，无奈政局多变，门阀政治勾心斗角，他的上书如泥牛入海，杳无音讯。

这让他感到时局难有大的作为，对官场日渐生厌。加上羲之素以文化人自视，作为内史，必须面对繁杂的政务，所以，他曾苦不堪言地写道："笃不喜见客，笃不堪烦事。"而在羲之的思想体系里，出仕为官只是道统引导政统，一旦看破政统，道统在他那里就膨胀起来，登台入阁、除弊建功非他所求，立言才是他的不朽业绩。早在两年前的《兰亭集序》中，羲

之就从良辰美景联想到自然宇宙，感慨生命在天地间不可逆转的流逝，深感自我意识、精神自由、独立人格远比世俗社会认为的功成名就重要。

羲之虽没能像他的前辈嵇康、阮籍那样放浪形骸，但内心深处追求的还是一样的奔放和自由。这也许就是中国士大夫"出处两可"、"儒道合一"的真实写照。

四

当身后的山阴城城门徐徐关闭，羲之蓦然回首那灯火阑珊处，或许有过深深的不舍和伤感。毕竟他在会稽内史任上这么多年，会稽山阴于他，有太多的回忆。他知道，他再也不会回到蕺山南麓的戒珠寺，那里的躲婆弄、题扇桥终将成为如烟往事。

同是江南，山阴城有太多的市井生活，而他的心早已放逐到青山绿水中去，愿以此抚平他心灵的伤口。

王羲之其实多年前就看中了位于剡溪源头的这块好地方，并遣人建造了他的别业，人生的退路早已规划好。当他需要急流勇退时，才可以全身而退。而那个时候金庭还不叫金庭，因为羲之的隐居，后来才被称为金庭，金庭乃道家七十二洞天之一。

史载，羲之怀揣旷世之作《兰亭集序》，"偕夫人郗氏，中子操之和操之乳母毕氏等人，由会稽徙居剡县"。夫人郗氏和羲之就是"东床快婿"那段佳话成就的姻缘，她和羲之育有七子一女，到了晚年，羲之去官，隐居养真，陪伴他的人依然是这位郗氏家族的大千金，从明眸皓齿到白发皓首，同为书坛高手，羲之和夫人举案齐眉，终究又成就了"遇一人白首"的千古佳话。

五

《晋书·王羲之传》传神地记载羲之卸任后的生活场景：与东土人士，尽山水之游，弋钓为乐。又与道士许迈不远千里采药石，服食共修。游遍了东土诸郡山山水水，羲之感叹道："我卒当以乐死！"

"建书楼，植桑果，教子弟，赋诗文，作书画，以放鹅弋钓为娱。"显然，这位大书法家的隐居生活是非常充实的，比在官场混迹逍遥快活很多。晋帝闻说羲之去官，依依不舍，曾六次下诏请他回朝做官，他均回绝了，最后"朝廷以其誓苦，亦不复征之"。

羲之隐居后，选择在视野开阔处建筑了一间可"四顾徘徊，高可二丈"的书楼，还挖了一个"广轮五十尺"的墨池，然后，在书楼里观看飘逸的白云。以"白云先生"为师后，羲之的书法达到了"飘若浮云，矫若惊龙"的艺术巅峰，实现了他在书法艺术上继《兰亭集序》后的第二次飞跃。

王羲之隐居后，高僧名士纷至沓来。沃洲支遁在相距右军书楼三百米的北坡建筑了银庭寺，许询也从萧山迁居而来。王羲之日日与许询、孙绰、支遁谈玄学析道理，岂不快哉！

羲之终于过上了神仙般的生活。然而，晚年的羲之终有了悟，世上事十之八九不如意。当他远离尘嚣的时候，他的儿孙们因为追逐各自的梦想，分散在各地，他的晚年与亲人分别，伤于哀乐，而且伤心痛苦的事接踵而来，两个孙女相继夭折，打击沉重。到了晚年，羲之病魔缠身，苦不堪言。

羲之家族世代信奉道教，认为服药可以得道成仙，延年益寿，所以早就养成服食"五石散"的习惯。到了晚年，有更多的时间到深山采集药石，但药石并没有使王羲之长生不老，相反损害了他的健康。"五石散"含有各种矿物元素，本来可以治病，但是无病滥用，就有毒副作用。羲之至今留下的书帖常有这样的词句："吾服食久，尤为劣劣"，"烦不得眠"，"食至少"，"大吐"，"沉滞兼下"，等等。今人在欣赏王羲之书帖的同时，也在阅读他自述的病历。

由于健康状况日益恶化，羲之年仅五十九岁就与世长辞了。随后朝廷赠羲之"金紫光禄大夫"。诸子遵先志，葬羲之于金庭瀑布山南麓。

羲之在金庭归隐七年。

然后，我从金庭华堂村游览回来后，请教了文史专家，这才明白，我看到的金庭不是羲之真正归隐处，金庭还有古金庭和今金庭之分。古金庭在今新昌县沙溪镇王罕岭，而东晋时这个地方也属于剡县。五代期间，为躲避战火，王氏后裔把整个家族都搬到了现在的嵊州金庭华堂。而真正的羲之墓早因岁月无情的变迁，而下落不明。我看到的羲之墓应该又是一个衣冠冢。

就如同今之兰亭亦非昔之兰亭原址，一千六百多年的时光足以湮灭无数的历史文化痕迹。但是作为后人，在哪里纪念都是一份难以割舍的念想。

最后想起，那次在朝圣羲之墓后，途经一处墓庐，由泥墙垒砌的小屋，于小溪淙淙、草木繁盛处隐隐约约，倒有几分"结庐在人境"的悠远。而一旁树立的牌子说明，居住在墓庐处的是羲之第五十七代裔孙，他的先人筑庐尽孝，世代为羲之守墓。时近午后，我见到一个四五十岁的人的背影，走进屋子后就再也没有出来。而同样作为王氏后裔的我，非常期待见他一面，可是等了大约一刻钟，他就是没再出现。

是为憾事，留个念想。

第四章 唐宋诗路

绮丽逶迤山阴道

在绍兴历史上,有两条对江南文化产生重大影响的山水人文旅游线路,前有山阴道,后有浙东唐诗之路。它们是"晋唐心印",至今飘着翰墨书香,一路绮丽逶迤而去。

一

一千六百多年前,一个秋高气爽的日子,"小书圣"王献之从山阴道上一路走去,被眼前景色所震撼,突然文思泉涌,口吐莲花,妙语连句:"云生满谷,月照长空。潭涧注泻,翠羽欲流。浮云出岫,绝壁天悬。千岩竞秀,万壑争流。草木蒙笼其上,若云兴霞蔚。山阴道上行,山川自相映发,使人应接不暇,若秋冬之际,尤难为怀。"

此语一出,会稽郡山阴道名声远扬,自晋以后,各朝名士吟咏不绝。可谓山阴道上,名人济济,络绎不绝。

王献之的话被记载在南宋刘义庆《世说新语》上。用现代汉语诠释一下,就是说:从山阴道上走过,一路上山光水色,交相辉映,云蒸霞蔚,满眼苍翠,恰似崇山峻岭互相比美,众多溪水竞相奔流,奇山秀水相互映衬,使人眼花缭乱,看不过来。如果是秋冬交替之时,更使人难以忘怀。

诚然,用现代白话文做最好的释义,也达不到原话表达的意境。

二

到了明代,一个叫袁宏道的才子再次展示了山阴道的魅力,吸引了无数人的注意。袁宏道的家乡远在湖北,他是当时"公安派"文坛领袖,主张"文必秦汉,诗必盛唐"。一次山阴道上走马观花式的游历,给了他极大的心灵震撼,一种发自内心的冲动,让他大笔挥洒,山阴道便又一次定格在中国历史文化的坐标上,名声大噪,引无数文人倾心不已。

那是万历二十四年（1595年），袁宏道任吴县县令的第二年，因他上任以来，判案果断，为民着想，颇受地方拥戴。然而，也招致当地权贵的不满，加上吏事繁杂，他觉得"人生作吏甚苦，而作令为尤苦，若作吴令则其苦万万倍，直牛马不若矣"。因此，第二年他便借故辞职。

为消除胸中块垒，袁宏道离开吴县后并没有立即回乡，而是游遍东南名胜，徜徉在江南的奇山丽水间。

有一天，他游至山阴道时，作一首《山阴道》，诗云：

钱塘艳若花，山阴芊如草。六朝以上人，不闻西湖好。
平生王献之，酷爱山阴道。彼此俱清奇，输他得名早。

彼时，辞官作逍遥游的袁宏道眼中，山阴道与钱塘西湖同样骨格清奇、天赋异禀，但若论成名先后，山阴道远比西湖要早。袁宏道此话真实不虚，西湖在唐朝以前鲜为人知，秦始皇东巡，始设钱塘县，隶属会稽郡。唐宋时期，名家才以西湖为题写诗作文，白居易就是最早写西湖的诗人之一。

三

那么，王献之、袁宏道诗文中的山阴道究竟在哪里？有一种说法，山阴道是从今绍兴市越城区西南偏门郊外的东跨湖桥出发通向诸暨枫桥的一条官道，终点在古博岭（也叫虎扑岭）。过了古博岭，被称为干溪道。山阴道和干溪道同为古官道，干溪道是山阴道的延伸。

何为官道？官道又叫驿道，相当于今天的国道，是由朝廷出资并按统一标准修建的全国道路系统，江南大多用青石板铺就，按宽一丈左右的标准建筑，可以保证两匹马相向而行。古代驿道主要用于中央政府与地方政府各种军政要务信息传递、物资运输、军队调动、后勤补给和官员出差、调任与巡视等，也是中央政府对地方政府进行政治控制的重要通道。

驿道上建有驿站和驿亭，驿站负责官员接待、道路管理、军队供给等；驿亭则是驿站与驿站之间短暂休息之处，比如兰亭本名的含义，其实是一个小小的驿亭，只因王羲之在山阴道旁一个名叫"兰亭"的驿亭附近修园林，行修禊事，终得天下佳名。旧时的山阴道，是一条青石板铺砌的驿道，大约自秦汉起早已建之。古人行之，或骑高头大马，或乘辇舆，只因驿道两旁，景色不同凡响，犹如人间仙境，惹得天下名士皆以为此道不只是一条交通要道，也是他们心仪的文化朝圣之路。

今天，我们已无法想象，当年的山阴道上，是何等美景。

只是我们可以意会，那条长长的古道，自魏晋以后，成为江南文化的意象，无数中国士大夫的梦中天堂。

道上有波平如镜的鉴湖，有清丽婉约的若耶溪，上有苍天碧云，下有山川田园、翠林秀竹，远处是飞鸟归燕，近处是市井街坊、回廊叠楼，还有稻香鱼肥、春茶夏豆……一切山水诗意都惬意地停泊在山阴道上。

只要你曾经来过，就不会忘记。

山阴道也是后来唐、宋、元、明、清山水诗歌的始发点，吟咏风华，传诵千年。

山阴道上，马臻、贺循、刘宠走过，嵇康、阮籍、王羲之、谢安、王献之、谢灵运走过，贺知章、陆游走过……从东汉到近代，凡是在中国历史上占有一席之地的绍兴名人，没有一个没在山阴道上留下过深深的足迹。他们的背影永远留在青山绿水间，成为江南山水诗人的心结，成为一道道文化的涟漪，惊艳在山阴道上的时空岁月里。

而如今的山阴道早已成为柏油马路，绍兴至诸暨的绍大线贯通全程。自绍兴偏门到绍大线沿线，布满了现代建筑和城郊设施。然而，"山川自相映发，使人应接不暇"的旧时模样仍依稀可寻：俯仰两青天的镜湖、若耶溪旧地、书法圣地兰亭、兰亭国家森林公园、印山越国王陵、王阳明墓、徐渭墓等都在山阴道旁的青山之中，名胜古迹，不可胜数。

王献之、袁宏道不曾想到，一句随口吟诵、一首即兴诗作就此成就了山阴道的历史文化地位。

四

我曾经在书法圣地的兰亭镇工作过一段时间，当时，每每车行至兰亭

景区门口,就见到一块大石碑,上书"晋唐心印",多年后练习书法才明白,这是乾隆皇帝为他宫藏的冯承素临摹神龙本《兰亭集序》而御题的四个字。王羲之是晋朝人,而冯承素是唐朝人,晋唐心心相印,乾隆表达了历代文化人对晋唐文化的久久仰望。

也许,人们为了寻访魏晋名士的足迹,寻觅人生真谛,遍访东南名胜。于是到了唐代,在山阴道旁的古镜湖上出现了一条新的山水诗路。诗人们自钱塘江入绍兴古镜湖,而后由浙东运河、曹娥江至剡溪,饱赏剡溪两岸无限风光后,再溯源至石梁而登天台山,这条贯穿于浙江东部的行进路线,后来被称为浙东唐诗之路。

这条路上,李白、杜甫、白居易、卢照邻、骆宾王、贺知章、元稹等都来了,他们衣袂飘飘,顺江而下,逆流而上,吟诗喝酒,踏歌而行,留下了成千上万首唐诗,成就了中国唐代文化之煌煌诗篇巨作。据统计,在《全唐诗》收录的两千两百余位诗人中,有四百多人游览过这条美丽的风景线。

前有山阴道,后有唐诗之路,绍兴正因为有了这两条文化朝圣之路,名人雅士才纷至沓来,最终成为士族文化的荟萃之地,中国山水诗、山水画的发祥地,中国书法艺术的圣地,乃至中国佛教文化的重镇。

"晋唐心印"这四个字,牢牢地刻在曾经的山阴道上,叙说着怀古之幽思,那也是对历史文化最好的敬仰。

一座天姥山，半部《全唐诗》

天姥山，一座传奇的神山，她是浙东唐诗之路上的地标，她的花一直开在千年之前的山巅。

一

最早知道天姥山，是读高中语文课本里的唐诗《梦游天姥吟留别》：海客谈瀛洲，烟涛微茫信难求。越人语天姥，云霞明灭或可睹。天姥连天向天横，势拔五岳掩赤城。天台四万八千丈，对此欲倒东南倾……强大的气场、震撼的描述让少年的我从此迷上古典文学。

中学时代读此诗，觉得这真是一座神仙居住的山。天姥山在诗仙李白的笔下是一派仙风道骨，奇幻飘渺。

然而，语文老师说，李白没到过天姥山，他是梦游。这句话一直记在我心里，我以为没到过天姥山的李白可以将诗写成这样，我们更有理由登临一次。更何况它就在绍兴，是家门口的一道风景。

三年前的秋天，我实现了心愿。天姥山在今绍兴新昌县界内，属括苍山系，也是天台山的余脉，由拨云尖、细尖、大尖等群山组成。主峰在北斗尖，海拔九百米。

新昌，我去过很多次，每次都觉得这个山城百看不厌。远看层峦叠嶂，千峰竞秀；近看翠谷纵横，植被茂盛。秋天的季节使得山城的颜色和层次更加丰富，苍翠中透着凝重。

二

我们沿着新昌县儒岙村斑竹古村进山。天姥山下是一大片村庄和农舍，时令过了秋收季节，田间到处散落着一簇簇堆积的稻草，初见之下，天姥山竟寻不到大唐的一丝痕迹。

在进入天姥古驿道前,我们先走进了山水迷离的桃源仙境,这是"浙东唐诗之路"的另一个精华地段。相传此处为汉时入剡的刘晨、阮肇入天台山采药而遇仙之遗迹,有采药径、仙人洞、棋盘石等。

而传说中的万马渡则在离斑竹古村不远的另一个村庄,翻过山头就是天台县。万马渡为冰川时期的遗迹,位于两山峡谷间,数以万计的巨石成群结队,重达上千吨的花岩石从山岗自上而下,蜿蜒两三公里,浩浩荡荡,气势宏大。据说,每逢下雨天,站在山巅远眺,山溪冲击巨石,白浪飞溅,声若千军呐喊,形如万马奔腾,蔚为壮观。

作为天姥门户的牌坊是如今建的,立于山下,颇有几分武侠小说中的气场。过了门户之后,就是一条通往斑竹村的小径。根据《新昌县志》记载,古村因斑竹而得名。相传,村落始建于东晋,为古代天姥、天台和临海古驿道上的重要村落,也是唐诗之路上的精华地段之一,村里的古街、古桥、古庙、古驿道至今都保存完好。

沿着流水潺潺的惆怅溪一路走去,就到了青藤垂丝的司马悔桥。嘉泰《会稽志》云:"旧传唐司马子微隐天台山,被征至此而悔,因以为名。"

司马承祯,字子微,唐朝名士,晋帝后裔,出身官宦世家,家学渊深,聪慧颖悟,琴棋书画无所不通。他无意为官,精研道家典籍,终成道教上清派宗师。

司马子微游历名山大川,数度在天台山隐居修炼。笃信道教的则天女皇和唐睿宗都因久闻司马在江湖上的盛名,数诏子微出山,与闻国事。那一次,在接到朝廷征诏后,司马子微从天台山上下来,一路行至此桥,落马歇息,也许是秀丽的山水风光激起了他对过往隐居生活的不舍,驻足桥上,悔恨出山,以至后人把此桥命名为司马悔桥。

此桥单孔,就地取材,以不规则的溪中卵石砌置出一个拱券。此桥唐代已在,相传或建于更早的东晋,重建于清朝。

桥在天地间透着亦道亦仙的古意,人无论立于桥上还是桥下,都可以隐隐感受到那种超逸凡尘的岁月沧桑,甚至你会被司马子微对大山的不舍之情深深感动。

司马悔桥旁建有司马悔庙,而所在的山也因此被命名为司马悔山。

过了司马悔桥,那条著名的天姥古驿道从斑竹村穿村而过,因最早为脚踏"谢公屐"的南朝山水诗第一人谢灵运所开拓，因此又被称作"谢公道"。

谢公道由会稽而来，从嵊州黄泥桥入新昌境，然后从新昌城旧东门到天台县界，全长九十华里。保存在斑竹村的这段古道最为完整，长约一千米，全部由山溪久经冲洗的鹅卵石铺设。

人行谢公道，梦回大唐朝。

历史上著名的斑竹铺就设于此。班竹铺在唐代是非常著名的驿站，我们凭借着今天古驿道旁遍布的酒家和民居，可以想象它曾经极尽繁华。驿站旁开满了旅馆、酒店、商铺，唐朝那些文化大家衣袂飘飘，络绎不绝地走在这条文化的朝圣之路上，满眼都是崇拜，满心都是诗意。

斑竹村保留着淳美的田园和山居风光，沿路墙壁上书写着一首首脍炙人口的唐诗，似乎要向世人展示一个朝代的满腹诗章和翰墨书香。在这里吃个农家菜，晒一晒秋冬的阳光，让人回味起大唐曾经无上的荣光。

三

我们从斑竹村上山，从天姥山主峰北斗尖的山脚起，一路走走停停，寻找"青云梯"的感觉，然后观龙吟瀑，走虎咆涧，穿越原始森林，登天姥山观景台，最后终于到了最高峰北斗尖。

至北斗尖，一览众山小，群山在脚下绵延起伏，而山巅除了一块今人新立的碑，并无大唐诗人留下的任何痕迹。

面对苍茫大地，一种怅然若失的感觉油然而生，这就是我无数次在诗中读到的天姥山吗？她的神奇又在哪里？

地以山名，山以人显。天姥山其实算不得高山，北斗尖的海拔才九百米，但其历史文化高度却让人仰望千年，余韵深远。

天姥山得名于秦汉时期，成名于魏晋南北朝。晋以前，为人迹罕至的苍莽地区，天姥的本义是王母，源自古老的传说。

到了东晋时，支遁等十八高僧和王羲之等十八名士入剡，胜会于天姥山，共创佛教般若学，号称"六家七宗""支竺遗风"，开创了"江东佛学中心"。

至南北朝时期，谢安侄重孙谢灵运伐木开道始通临海，作《登临海峤》曰："尝自始宁南山伐木开径，直至临海。"风光绮丽的天姥山，正处于此通道的险要地段，由此名声大振。谢灵运诗又曰："暝投剡中宿，明登天姥岑。高高入云霓，还期那可寻？"天姥山由此而成为中国山水诗的发祥地，而谢灵运自然被推为天姥山的开山鼻祖。

到了唐代，一条唐诗之路渐渐在文人圈子里风行，文人雅士自钱塘江入绍兴古镜湖，而后由浙东运河、曹娥江入剡溪，再漫游至天姥山，最后到达终点天台山。

剡溪两岸风光如画，天姥山云霞明灭，成为这诗路上的最精彩的华章。李白、杜甫、白居易等追慕先贤的高风，留下了《梦游》、《壮游》等千古绝唱，遂使天姥山成为人们无限向往的神奇仙山。

诗人们在这里一次次激情四射，四百多位诗人留下一千五百多首诗。据专家统计，《全唐诗》中约有五分之一的诗人足迹到过这个神奇的地方。

四

天姥山的盛兴，其实与道教文化有关。有唐一代，道风大盛，天姥山被列为道家第十六福地，影响深远。被称为谪仙的李白与道教有着难分难解之缘，年轻时就遍访全国道家福地。

而李白的一生都在漫游大好河山中度过，他多次畅游吴越，对唐朝的大都会越州一往情深，更仰慕"忘年之交"贺知章在越州老家的诗意生活。

李白仕途失意之时，乘兴而来，镜湖访贺，留下"镜湖流水漾清波，狂客归舟逸兴多"等千古佳句。"狂客"是贺知章的别称。

一个镜湖岂够？李白来了，沉醉于浙东山水，轻舟一叶，三入剡中，留诗十余首，均为名作。

《梦游天姥吟留别》作于李白第二次入剡即天宝五年（746年），是一首记梦诗和游仙诗。太白在梦游奇境中，表达了他倾慕谢公高风、不畏朝中权贵、魂归天姥仙山的心迹。

在梦中，李白一路攀缘而上，山路就像一条巨蟒缠绕其间，弯弯曲曲消失在山腰处,半壁也见不到海日,空中也闻不到天鸡。"列缺霹雳,丘峦崩摧。洞天石扉,訇然中开",此种场景在今天的动漫世界里才被表现,但在千年之前李白的梦里已一一呈现。

"谢公宿处今尚在,绿水荡漾清猿啼。脚着谢公屐,身登青云梯。"李白十二分地景仰谢公,他穿着谢公穿过的特制木屐,沿着谢公登过的云梯,深深震撼于天姥山上的一草一木、一石一溪,他在梦里突然强烈地感受到了心旷神怡。诗的最后一句"安能摧眉折腰事权贵,使我不得开心颜",让全诗在回肠荡气中结束。

《梦游》一诗堪称绝世名作,可以孤篇耸立《全唐诗》。

五

李白写《梦游》是真的没到过天姥山吗?我一直表示怀疑,待我查阅了众多史料,终于明白了李白创作此诗的机缘。李白是否到过天姥山的问题也水落石出。

唐天宝三年(744年),曾经在长安名声大噪的李白,随着贺知章的告老还乡,不久也被唐玄宗"赐金还乡",他"由布衣而卿相"的梦终于破灭,心灰意冷之际,遂与杜甫、高适结伴同行,再次开启了他的漫游模式。两年间,他登泰山、临沂水,北方的山水,虽然让李白暂时忘却了内心的痛苦,但是秋天到了,树木凋零,大地萧瑟,苍天之下,大雁自北向南飞去,李白抬头仰望,长叹一声,越发感到落寞与伤感。

746年,李白在山东兖州留别东鲁诸公的那一晚,做了一个神奇的梦,梦中他再次入淮河、过运河、渡钱塘,一路朝着日思夜想的越州进发。

轻舟拂帆三千里,景换心异眼前新。到了江南,他再一次登上年轻时曾经登临过的天姥山。梦中的天姥山,幻化成绚丽斑斓的仙境。

梦醒之后,趁着余梦的记忆,凭着诗人丰富的想象力和超人的艺术才能,他激情澎湃地创作了这篇光照千秋的诗篇。

搁笔之后,李白终于明白,天姥山才是他的心灵安放之地。

李白为何能梦游天姥山呢?原来李白在他写《梦游》一诗的二十年前,也就是726年,就登上过天姥山。那一年秋天,年轻的李白在《送储

邕之剡中》写到"辞君向天姥,拂石卧秋霜",清楚地记载了李白从扬州出发到天姥山的历程。李白躺卧在秋天的天姥山上,看云卷云舒,修仙道人生。

梦是现实的寄托。李白后来之所以又梦到了天姥山而不是别的什么山,是因为天姥山在当时文化人中的强烈影响和浙东山水带给他的奇异感受。

梦游的天姥山是李白的精神乐园。

事实上,根据历史记载,作诗之后的李白,又飞渡吴越入剡,再次登临了神奇的天姥山。

李白不曾想到,他的一次梦游为天姥山矗立了一个新的高度,让她最终成为一座文化之山、诗人之山。

《梦游》一出,唐朝的诗人们纷纷入剡,流连忘返于越中的奇山秀水,浙东唐诗之路就此成名,天姥山也由此名噪天下。

不到天姥,枉为诗人。

六

世间万物,盛极而衰。到了宋、元、明、清时期,天姥山逐渐湮没寡闻,名声式微。这在中国名山演进史上也是一个谜,其背后有朝代兴衰更替的原因,也有宗教文化演变的因素。

从天姥山下来,行至山腰,见一大片开阔的水杉林和山道两旁的柿子树,柿子树在蓝天之下挂着大红果实,孤傲而灿烂。

到过天姥山,我终于明白,一座历史文化名山最终隐逸于众多越中山水间,不是因为她曾经非常出名,而是芳华过后,空山洗净,只照日月。

青山,原来就是她的本色。

惊艳千年的若耶溪

万山苍翠色,两溪清浅流。——唐·独孤及

一

秋冬季节的绍兴,天空苍碧,满地金黄。

这一次,我为寻找一条千年之前的溪河,特意从城东的稽山桥头出发。稽山桥位于今天的城东体育馆附近,最早建于南宋,南宋王朝在绍兴建了很多座桥,桥让绍兴成为一个四通八达的水城,南宋的雅致和诗意都随意而淡淡地洒落在这些桥上,时空流转,延绵至今……

稽山桥在以前是绍兴城连接南部山区的交通要道之一。今日稽山桥虽非昔日稽山桥,但桥下的环城河,一头连接着鉴湖,一头通往平水。以桥为界,通往平水的这条江现在叫平水江,但是千年之前,它却叫若耶溪。

若耶溪从会稽东南部深山腹地若耶山发源,沿山势蜿蜒而下,最终到达绍兴城郊的水域,流至绍兴城稽山桥旁的稽山门,全长约二十六公里。若耶溪是绍兴稽北丘陵流入山会平原的最大溪河。

若耶溪自平水向北,汇三十六溪之水,流经龙舌,最终汇于禹陵,然后又分为两股,一支西折,经稽山桥注入鉴湖;一支继续向北,由三江闸入海,全长百余里。

为什么叫若耶?绍兴的文史专家认为这是古越语的发音。这条溪河,就像她的名字一样,古老而神秘,数千年的历史,沿途的美丽风光,各种神奇的传说,让她名闻天下。

二

若耶溪伴随着一代代越国人在溪岸边长大,若耶溪在他们的心目中,就是古越族的母亲河。遥想当年,越王勾践沿着这条溪河从会稽山的深山老林里一

步步走至平原水网地带,最后构筑了今日的越城雏形,成就了春秋霸业。

一路沿着平水江行驶。溪水在冬季有点干涸,两岸的泥土看上去都很松软,水汽充盈,溪边的山坡上随处长满了翠竹和庄稼。

若耶溪有烟气,溪水至今还灌溉着周围的万顷良田。

若耶溪也是著名的铸剑地。欧冶子在此铸剑,自若耶溪取铜,越王宝剑就是在此横空出世,然后所向披靡。

今天的平水江边有三个自然村,上灶、中灶和下灶,合称"三灶",相传就是欧冶子铸剑之所。村与村之间平均相隔三里,因各有冶铸灶基而命名。而平水铜矿附近还有一座铸铺山,当地老人说,山边有个小村庄,就叫铸埔岙村,坐落在平水江边。

欧冶子铸剑,留下一座山和几个村庄的名字。

若耶溪以前常有山洪,还留下一个真实不虚的历史故事。

在铸铺岙村的若耶溪畔,有座山叫龟山,相传古时候山脚边曾有四只石龟,不知所置年代,更不知何人所凿。人们用龟镇溪,于是若耶溪洪灾锐减。后来平水镇西渡口造石桥,屡建屡毁,便搬两只石龟镇之,石桥终于建成,被百姓称为"神龟",桥也由此命名"乌龟桥"。

二十世纪六十年代,在乌龟桥基一带建平水江水库大坝,当时的建设者将两只神龟搬运至水库大坝两头,各镇一只。然而,好景不长,"文革"中神龟遭受厄运,下落不明。2001年,绍兴环城河治水广场收集散落的水利文物,将龟山脚所剩的两只神龟列入寻找范围,后经多方努力,终于在若耶溪野茭白田中找到了一只。现今,这只神龟陈列在绍兴治水广场,身长一点九四米,重约数吨,煞是威风。

若耶溪还是传说中西施浣纱和采莲的美丽地方。

三

车行至铸铺岙村以北,那一段若耶溪名叫"风泾"。"风泾"有一个美丽的传说叫"若耶樵风"。

相传东汉太尉郑弘年少时一直生活在若耶溪旁,以砍柴为生。有一天,他在溪边拾得一箭。有一老人前来寻箭,郑弘当即把箭归还于他。寻箭者见郑弘诚信聪慧，便问他希望得到什么报答。郑弘回答说："这里的老百姓经常遭受若耶溪运载柴薪不便之苦，愿若耶溪清晨起南风，傍晚吹北风，带给山民行舟之便。"老人离去之后，若耶溪果然出现了如人所愿的"朝南暮北"之风。从此，当地村民便随风势行船运载货物，受益无穷。

若耶溪是当年南部山民往来越城的黄金水道。

车行至平水江水库。水库处在若耶溪中游，是绍兴境内仅次于汤浦水库的第二大水库。二十世纪六十年代完全依靠人力建成，至今福泽子孙后代。整个平水江水库的水面十分宽阔，水库周长十五点八公里，超过杭州西湖。库内三个小岛错落有致，尽显湖光山色。

平水江水库附近还有一个叫兰若寺的遗址，处于青龙山和日铸岭的峡谷地带。2016年年底，这里发现了一处南宋墓地，是目前所见我国南宋墓葬中规模最大、规格最高、布局最完整的墓园。

若耶溪北畔还有历史上著名的云门禅寺，云门寺在中国佛教史上占有很重要的地位。而有"天下第一行书"之称的王羲之《兰亭集序》就在此寺被骗，传为千古遗恨。后来，唐诗中描写佛门重地云门寺的诗就有一百四十多首。

沿着若耶溪南行，一路下去就是源头。娥眉山也是若耶溪源头之一，俗名鹅鼻山，又名刻石山，相传就是秦始皇登临而刻石纪念的那座山，山势陡峭，挺拔巍峨。

最后到达的源头之一是同康绿林竹海，那里竹林万顷，苍翠欲滴，是绍兴的天然氧吧。

四

若耶溪成名，在盛唐时代，因为浙东唐诗之路。此后一直繁盛至宋代。

李白曾这样吟咏，作为若耶溪的开篇之作："遥闻会稽美，一度若耶水。万壑与千岩，峥嵘镜湖里。"李白沉醉在越地的山水间，他多次入镜湖、渡若耶，走上那条后世津津乐道的浙东唐诗之路。

谢灵运、杜甫、元稹、孟浩然、刘长卿、范仲淹、王安石、苏轼、陆游等众多大家都曾走近若耶，游吟于此。

在交通不发达的古代，有这么多诗人，不远千里寻访若耶溪，正说明

了一条千年名溪的魅力所在。

若耶溪无疑是一条唐诗宋词交相辉映的名溪。

先来看看王维的那首著名诗作《鸟鸣涧》：人闲桂花落，夜静春山空。月出惊山鸟，时鸣春涧中。

这首我们耳熟能详的诗生动地勾勒出一幅"鸟鸣山更幽"的诗情画意图，也体现了诗人的禅心与禅趣。然而，此前我一直以为王维的这首诗写于北方某地。其实《鸟鸣涧》作于开元年间（713年—741年），王维游历江南之时。此诗是王维题友人皇甫岳所居的云溪别墅而写的组诗《皇甫岳云溪杂题五首》的第一首，是诗人寓居绍兴东南五云溪时的作品。

五云溪是若耶溪的别名。

据越文化研究结果，唐开元八年至开元二十一年将近十五年间，青年王维在吴越山水间漫游，他的《鸟鸣涧》、《山居秋暝》、《相思》等名篇均作于越中若耶溪边。

阅览唐诗宋词，可以发现许多直接吟咏若耶溪的诗篇，俯拾皆是，精美绝伦，流光溢彩。

宋之问在《泛镜湖南溪》中吟道："犹闻可怜处，更在若耶溪。"

孟浩然在《耶溪泛舟》中说："白首垂钓翁，新妆浣纱女。相看似相识，脉脉不得语。"

杜甫吟唱："若耶溪，云门寺，吾独胡为在泥滓，青鞋布袜从此始。"

辛弃疾的《汉宫春·会稽蓬莱阁怀古》："谁向若耶溪上，倩美人西去，麋鹿姑苏。"

唐诗宋词中的若耶溪可谓碧荷连天，水波微漾，诗人们驾一叶扁舟，入荷花深处，偶遇采莲耶女，惊艳了一个个美好时光。

说到采莲耶女，不得不又回到李白，当年李白应该在若耶溪边游玩了很长一段时间。他在《越女词》中描写道："镜湖水如月，耶溪女似雪。新妆荡新波，光景两奇绝。"

还有一首《采莲曲》是这样写的："若耶溪旁采莲女，笑隔荷花共人语。日照新妆水底明，风飘香袂空中举。岸上谁家游冶郎，三三五五映垂杨。紫骝嘶入落花去，见此踟蹰空断肠。"

大诗人李白从长安而来，见不到贺知章，却饱尝了江南的美景，有一天，他来到若耶溪边，发现了一群肤白貌美的采莲女，清纯娇艳恰似刚出水的荷花仙子，隔着荷花和人说笑，岸上的游冶郎牵着马徘徊踯躅，久久不忍离去。

五

我想，如果当年景区也按等级划分，若耶溪相当于今天的5A级，而其热度远胜过今天的西湖或者九寨沟。大唐盛世那些年，究竟有多少文人墨客到过若耶溪，今已无法考证。那么多文人墨客用饱含深情的笔触共创了若耶溪的辉煌诗路。

若耶溪因唐诗而丰满醇厚，唐诗也因若耶溪而风华绝代，说若耶溪是一条由唐诗铺就的江南名溪一点也不为过。

今天，绍兴本土的文史学者研究后认为，若耶溪是浙东唐诗之路上的必到之处。

孟浩然曾经写过《渡浙江问舟中人》一诗："潮落江平未有风，扁舟共济与君同。时时引领望天末，何处青山是越中。"在唐代，大多数诗人将越州比拟为心中的文化圣地。他们渡过浙江之后，首选地就是越州，访大禹伟迹、寻越王遗风、觅西施芳踪，然后，去云门寺"禅修"。于是这条旅游线路渐渐成了热门的经典线路。他们到越州后，泛舟镜湖，遍访越中名胜，特意去江南千年名溪边吟唱一番，驻足良久，有的索性定居越中。没留下来的诗人经东鉴湖渡往曹娥江、剡溪，然后前往天台等地。

浙东唐诗之路其实是后人总结出来的一条文化之路，但是当年的文化人把若耶溪歌咏成越中神溪，成为诗路的中心之一。

史载，永淳二年（683年），初唐四杰之一的王勃就率众多浙东诗人，在云门寺王子敬山亭模仿王羲之兰亭雅集的修禊活动，撰有《三月上巳祓禊序》，又名《修禊云门献之山亭序》，那是何等发思古之幽情的盛事。王勃也许意犹未尽，于同年秋高气爽之时再次修禊于此，并作有《越州秋日宴山亭序》，此后又有浙东五十七名诗人为此唱和。

若耶文化在唐代诗人的追随下，达到了众人仰望的高度和热度。

世上很多事就是这样，走着走着，发现原来有这么美的地方在那里等你。

意外的惊艳，在千年之前，于若耶溪边。

云门寺与《兰亭集序》

此恨绵绵无绝时,但等世人重凭吊。

永和九年,暮春之初,王羲之书写了翩若惊鸿、婉若游龙的《兰亭集序》,此后作为王氏的传家之宝,代代相传,并流传在世人惊羡的传说中。直到有一天,它从民间消失,走入了帝王之家。

这个传奇故事很多史料都有记载,近日我翻看收录在《四库全书》里唐人张彦远所撰的《兰亭记》,方才知晓《兰亭集序》真迹遗失的那段伤心旧事之诸多细节。

《兰亭集序》真迹生于绍兴,也失于绍兴,是为书坛千古恨。

一

失《兰亭集序》和绍兴历史上一座著名的寺庙有关,这座寺庙叫云门寺。

云门寺在绍兴平水的若耶溪畔、秦望山脚下。今天看去,一座普普通通的寺庙,面积不大,香火不旺,佛学院毕业而来的住持清慧法师已在青灯古佛下坚守了几年。寺里现存墨池一潭、五云桥一座、清代木构建筑两进及厢房数间。放眼望去,这些残垣断壁、斑驳廊柱告诉世人,寺庙曾经有过不凡的过往。

唐代诗僧皎然当年游遍越中山水后,高度评价云门寺风光:"越山千万云门绝。"外表普通的云门寺其实是绍兴最古老的佛寺之一,在中国佛教史上具有十分显赫的位置。它的创建和闻名与几代大师有着深厚的渊源。

据南宋嘉泰《会稽志》载,云门寺原为王羲之、王献之父子的旧宅。取名为云门寺,因东晋义熙三年(407年)的某一天,天空突现五色云彩,王献之舍宅，晋安帝下诏建寺，并取名云门，云门寺遂为东晋时期名噪天下的佛刹之一。云门寺代有大德高僧，一度成为浙东传播佛教的中心。其历任住持都是当时著名僧人，创"即色宗"学说的高僧支遁和"幻化宗"学说的高僧昙一皆出自云门寺。

曾先后将寺名更改为永欣寺、拯迷寺、淳化寺等，至明代才复名云门寺，沿用至今。云门寺与唐宋诗人王勃、李白、陆游等有密切联系。王勃曾经专门到云门寺模仿永和九年王羲之兰亭修禊之事，雅集文人吟诵唐诗。李白也曾造访过云门寺，并在若耶溪边流连忘返。至北宋时，云门还扩建了三个副寺。陆游青少年时代读书的"云门草堂"即在云门寺副寺广福庵内。据陆游《云门寿圣院记》，云门寺极盛时，"缭山并溪，楼塔重复，依岩跨壑，金碧飞踊，居之者忘老，寓之者忘归"。

云门寺至明末逐渐走向衰落，寺毁僧散，最终年久失修，湮没于萋萋荒草中。

二

云门寺就像一个沉睡千年的博物馆，随意翻看一段历史，都让人叹为观止。而最让人惊叹的是一个历史故事，这个故事一直湮没于盛唐文化的光辉之下。

东晋穆帝永和九年（353年）暮春三月初三，莺飞草长，惠风和畅，书圣王羲之和谢安、孙绰等人游于山阴兰亭，行修禊之礼。曲水流觞之后，王右军借几分醉意，挥笔作序，兴乐而书，所书《兰亭集序》共三百二十四字，字字遒劲绝代。待羲之酒醒，再看此序也自觉神奇。日后他照着修禊时所书，写过数十本，然而再也没那日的神来之笔。羲之自己也十分珍爱，此后该帖就如宝贝一样代代相传。

此帖历经南朝宋、齐、梁、陈，到隋朝，传至羲之七世孙智永手上。智永是羲之第五子王徽之后，徽之也是当年参加兰亭修禊的四十二人之一。智永和他兄弟惠欣年轻时就一起落发出家，兄弟俩出家的寺院就是云门寺，云门寺当时叫永欣寺，由笃信佛教的梁武帝取智永和惠欣名中二字命名。

智永俗号永禅师，毕生精力苦练书法，终成一代书法大家。相传智永就在云门寺永欣书阁上临摹先人书帖，三十年不下阁，所练秃的笔头都被放进一个大竹篓里，这种竹篓容积有一石之多，等到秃笔头满五个竹篓，已过了三十年。如此，智永禅师在永欣阁上所写的真草《千字文》共有八百多本，当时浙东诸寺院都各施一本，也是当时一字难求的书法精品。

智永禅师年近百岁，临终时将《兰亭集序》传给弟子辩才。辩才是梁朝司空昂的玄孙，俗姓袁。他博学多才，琴棋书画样样精通，每每临摹先师的书帖，几能乱真。其书艺闻名遐迩。辩才十分珍爱师父留传下来的羲之真迹，为了藏宝，就在方丈室内梁上凿了一个暗槽，神不知鬼不觉地将它收藏起来。

到了唐贞观年间，辩才禅师已是八十老人。

话说唐太宗李世民在施政之暇，特别喜爱研习书法，尤其喜欢临摹王右军的行书，对书圣存于世上的真迹购买和征募殆尽。当时书坛盛传《兰亭集序》之精妙，太宗到处寻访、苦苦追索，才知此书在越州云门寺的辩才和尚手中。

太宗大喜，降诏将辩才禅师请进宫内佛殿，对他尊敬有礼，厚待有加。太宗还亲自前来请教佛法，如此几天后才委婉地问及《兰亭集序》真迹一事。但是，辩才却一口咬定说："启禀圣上，贫僧实不相瞒，以前侍奉智永先师时，的确曾见过这本宝帖，但自从先师圆寂后，这本宝帖就在料理后事的过程中不幸遗失了，几次寻找均不得。"

太宗问不出所以然，只好将辩才放归越中。此后太宗思帖之心日盛，细细推敲，觉得这帖在辩才手里应是八九不离十，于是又降诏召辩才进宫，再问《兰亭集序》，但辩才还是原来那几句回奏。如此三番，第四次时辩才以年事已高相推脱，不肯再出寺门。

太宗不得宝帖，寝食无味。一天，对左右大臣说："在所有书法大家中，朕最爱王右军，而在右军的所有真迹中朕又最爱《兰亭集序》。为了得到这本帖子，朕是日思夜想啊。现在，辩才和尚年事已高，他留着此帖又有何用？朕想趁他还在世上，派一位有智有谋的人替朕想方设法将它取来，也好了却朕的一桩心愿。"

尚书右仆射房玄龄是太宗的心腹大臣，他早已洞悉太宗心思，听此一说就上奏道:"臣听说过监察御史萧翼这个人,他是先朝梁元帝的曾孙,现在魏州莘县任上,颇有才华,而且足智多谋,臣以为此人可以担当重任,只要计谋得当,定能不负使命。"

太宗大喜,当下宣诣召见萧翼。萧翼似有备而来,不慌不忙地回奏道:"启禀圣上,此事如若公事公办,让臣前去降诏硬取,臣以为一定办不成。臣以为应微服私行才行。同时还得给臣预备下二王的一般帖子三四本。"太宗依计,给他准备妥当后,萧翼就改头换面、骑马出发了。

三

到了越州后,萧翼改穿极其宽大的黄色长袍,模样像一个清贫潦倒的书生。日暮时分进了云门寺,一直沿着长廊假装观摩壁画,经过辩才禅师的起居室时,就驻足徘徊。辩才远远地看见这个装束迥异、不同寻常的来客,就上前问道:"你是何方施主?"萧翼不慌不忙地上前行礼道:"弟子是北边来的,带了些蚕种来卖,不承想进了贵寺,游历参观,不觉被深深吸引,现在又幸遇禅师。"

一番寒暄后,两人都觉得话语十分投机。辩才邀请萧翼进入禅房,一起围棋操琴,品茗说书,从拉家常扯到天文地理、文学历史,谈兴越来越浓,最后竟到了无话不谈的地步。

不觉天已大黑,辩才说:"老僧今日有幸与你说道,自有倾盖如故之感。从今往后,你我之间不要再有什么隔阂,你到我这里来,就像在自己家里一样才好。"

于是就让萧翼留宿在寺内,还特意拿出新酿的酒,款待远方来客。酒酣之后,请萧翼一起与他赋诗助兴。辩才首先探得一个"来"字韵,于是就举杯赋诗曰:

> 初酿一缸开,新知万里来。披云同落寞,步月共徘徊。
> 夜久孤琴思,风长旅雁哀。非君有秘术,谁照不然灰。

萧翼探得"招"字韵,就接着赋道:

邂逅款良宵，殷勤荷胜招。弥天俄若旧，初地岂成遥。
酒蚁倾还泛，心猿躁似调。谁怜失群翼，长若叶风飘。

两人惺惺相惜，都有相见恨晚之意，索性通晓不眠，彻夜欢谈。

第二天，萧翼将要辞别而去，辩才说："你有空再来便是了。"过几日，萧翼带着美酒佳酿前来，两人又是尽兴作赋，乐此不疲。如此一而再，再而三，诗酒会友，不觉已是半月有余。

一天，萧翼拿出一幅先祖梁元帝所作的《职贡图》给辩才看，辩才一看，赏叹不已，随即话题转至评书作画上来。萧翼故意说："弟子先祖传有二王的楷书真迹，我从小贪玩，未能好好研习，不过这次来随身带了几本帖子。"辩才高兴地说："那好，你明天把它拿来让我瞧瞧。"

第二天萧翼果然来了，向辩才出示二王的帖子。辩才细看之后，笑了笑说："此书倒的确是二王真迹，但算不得上乘作品。贫僧倒有一幅真迹，颇有些不同寻常。"萧翼心中狂喜，却不动声色地问道："何帖？"辩才自豪地答道："《兰亭集序》。"

萧翼一听，故意笑道："这本帖子弟子早有耳闻，但几经离乱，早已散失，你那本一定是民间临摹的赝品罢了。"辩才急道："此话差矣。此帖是我先师智永禅师生前珍藏的传家之宝，他临终时亲手将此帖托付于我，这中间再无其他环节，哪有半点差错？你要不信，明日可给你开开眼界。"

第二天，萧翼依言前来，辩才早已爬上屋梁从暗槽中取出宝帖。萧翼看完之后，仍指着帖上的瑕疵对辩才说："你看，果然不出我所料，是一件民间临摹的赝品，写得如此参差不齐。"辩才反驳道："此话又差矣。想当年王右军一挥而就此帖，后有增改在所难免，如此书法乃上乘功夫也。"两人为帖子的真伪争论不休。

自从将宝帖示于萧翼后，辩才不再将它放还梁上暗槽内，而是与萧翼的几本二王帖子一起随意放置于书案茶几上，每日空暇之时，便在窗下临摹数遍，足见其老而好学。

自那以后，萧翼还是常来常往，寺院里的大小僧侣也都任其进出自由。

四

一日，辩才外出到绍兴五云门外灵汜桥南，为一户叫严迁的人家做佛事，正是机缘巧合，天助萧翼。

他来到辩才房前，对辩才弟子说："我在禅师的房里遗落一方帕子。"弟子为他开了房门，萧翼独自一人进了屋里，心狂跳不已，终于发现辩才案上端放着那本朝思暮想的《兰亭集序》，于是将它连同自己带来的几本二王书帖一并拿了，急急离去。

大功告成，萧翼便赶赴永安驿站，告诉驿长说："我是御史，奉诏来此，要报你们都督齐善行。"齐都督闻报，飞马而来，拜谒萧翼。萧翼出示圣旨，并将详情告诉了他。齐善行便迅速派人去寺里召辩才。辩才此时仍在严迁家里，突然听说官府召见，不知所以然。

辩才心中疑惑但也只好随他而去。猛一见，御史大人就是自己的忘年之交萧生，心中掠过一丝不安。

但听萧翼说道："晚生是奉旨前来取《兰亭集序》的，现在《兰亭集序》已在我手上，因此召你告知实情，并从此和你辞别，万请前辈鉴谅。"

辩才一听，恍然大悟，不觉脸色大变，一口气闷在心里，顿时昏晕过去。

醒来时，已是黄昏时分，只见辩才吐出一口殷红的鲜血，仰天长叹道："愧对先师哪！"

萧翼当晚就从驿站出发，一路快马加鞭，直奔京都长安。见到太宗后，将智取《兰亭集序》的过程如实禀报。太宗大喜，盛宴庆功，一干人全都得到犒赏。房玄龄因推举有功，赏锦缎千匹；萧翼因此被提升为员外郎，加封五品，并赐金瓶、银瓶各一，珍珠玛瑙若干，宫廷良马两匹，豪宅一处。

太宗最初对辩才老僧十分恼怒，想要怪罪下去，转念一想，辩才已是耄耋老人，不忍心对他用刑，最后反而萌生了慈悲之心。几日后，命越州府赐给辩才锦缎三千匹，谷三千石。辩才不敢不接，但也不敢为己所用，后来就用此财物在云门寺建起了一座三层宝塔。此塔便是后人所称的辩才塔，建筑精致完美。辩才每每睹物思情，常常老泪暗垂。

不久，辩才得了重病，竟不能咽饭，只喝点薄粥。到了这年年底，终究郁郁而死。

五

唐太宗得了羲之《兰亭集序》真迹，心愿终了，把玩之余，命宫中书人赵模、韩道政、冯承素、诸葛贞四人各自临摹了几本，以赐给皇太子、各位王爷和一些重臣。贞观二十三年（649年），太宗圣躬欠安。驾崩前，在玉华宫含风殿对儿子高宗说："朕有一事嘱托。朕知道你一向忠孝，总不会违朕心意吧？"高宗哽咽流涕，俯首听命。太宗长叹一声说："这一生中朕想要得到的都得到了，《兰亭集序》就是其中的一件宝物，朕想让它跟我同去。"高宗连连叩首，此后真的将宝帖随葬太宗昭陵玄宫。

从此，后世再也见不到羲之的这本书法经典，后来就连当时赵模等人临摹的《兰亭集序》也成了稀世之宝。

岁月无情，历史为证，再见云门寺，驻足辩才塔塔基旁，云门旧事，千年风云，似从眼前一一掠过，此恨绵绵无绝时，但等世人重凭吊。

越国敦煌石弥勒

南朝四百八十寺，多少楼台烟雨中。——唐·杜牧

一

新昌大佛寺，去过很多次，每次去都有相看两不厌的感觉。

寺建于壁立千仞、岩石嶙峋的石城山峡谷之中。那里群山环抱，山青谷翠，飞瀑若挂，池明如镜，古树修篁，风景奇幽。

最近一次去大佛寺，是七月骄阳如火的一个大暑天。进了大佛寺景区，亿年木石化林、千佛寺、般若谷等众多美景让人目不暇接。

走过一条长长的栈道，来到佛心广场，只见峭壁上刻着一个巨大的"佛"字，此乃弘一法师的手迹。进入寺院，山门内有一放生池，池边杨柳低垂，古树萦绕，与对岸一大岩壁相对无语，岩壁上面也是弘一手迹：南无阿弥陀佛。

再步行约一里，但见一寺在山谷之中，需顺阶而下，方入一五层高阁寺庙。入大殿，见一弥勒石佛，百尺金身熠熠生辉，静坐于石窟之中，任世间风云万变，我自巍然禅定。

这就是在石窟中一坐便是一千五百年的江南第一大佛。

时近中午，大殿空寂。大约见我专注观瞻的表情，一僧人师父上前请我进栅栏祭拜，于是我得以近距离仰视大佛。

大佛宝相庄严。顶有螺髻，佛首后壁绘有红色圆晕。佛像面容清雅，骨骼俊逸。天额开阔，鼻梁高隆，眉眼细长，方颐薄唇，两耳下垂几及双肩。且身段秀美，气度娴雅。上衣披于两肩，衣褶分明，表现出丝绸的质感，薄薄地贴在身上。而中胸袒露，展现弥勒肌肤润泽、体格健朗。

瞻仰之时，顿感世界一下子安静了，强大的宗教气场神秘而祥和，让我立即感觉法度无边的佛无处不在。他注视着我，目光穿透时空，超越生

命,直抵我内心深处,唯觉自己只是凡尘一粒,生之渺小。

仔细看,此像的精妙之处在于造像的各部分比例配置独具匠心。头部有意作了放大,目长与掌宽几乎相等,虽不符合实际,但伫立像前,仰视之间,毫无比例失调的违和感,只觉得处处妥帖,恰到好处。

这其实是设计者和工匠们在雕凿之时考虑到了瞻拜者的观感,适当放大了佛像的上部。怎么放,放大到什么比例为最佳状态,这在今天应该是立体几何、透视学等的研究课题。在一千五百年以前,雕凿者是如何做到的,且做得如此完美,不能不说这确实是一个伟大的奇迹。

再仔细看,佛的眼珠是两个深穴,佛深不可测的注视正是由此而来,且无论观瞻者在寺庙的那个位置仰视,都会感受佛的目光所至,慈祥无比,这又是一个令人惊叹的创造。回去后,我揣摩良久,似乎明白古人为何以深穴代替佛眼,原来正是契合"诸法空相"之佛理。空,乃是真相。

二

在大佛前伫立良久,终究还是要回到现实中去的。

越地的佛教活动可谓源远流长,自东汉开启,繁荣于魏晋南北朝,鼎盛于隋唐。彼时,高僧云集,古刹众多,香火缭绕。越地原有建寺一千七百年的平水云门禅寺,可惜一代名寺在明清时期毁于战乱。和云门古刹一样历史悠久且保存完整的佛寺,现今唯有新昌大佛寺了,且寺中有保存一千五百年的弥勒大佛,实为绍兴佛教界的幸事。

据《新昌县志》记载,大佛开凿于齐永明四年(486年),到梁天监十五年(516年),历时三十年才全部雕成。这是中国早期巨型石窟像的代表,也是在南方仅存的伟迹和孤品。其历史文物价值可与闻名中外的敦煌、云冈、龙门石窟造像媲美。大佛雕凿成功之后,一千五百年间香火不断。

南朝著名文艺理论家、《文心雕龙》的作者刘勰为大佛专门写过一篇长达两千多字的碑记,赞曰:"不世之宝,无等之业。"范文澜先生和翦伯赞先生在编撰中国史时,均称大佛雕凿是一件江南胜事。

如此鸿姿巨相的大佛为何会建造在浙东的一个小县城里?这不是偶然

的，这与剡溪边上的灵山秀水有关，也与佛教在江南的兴盛繁荣有关。

　　印度的佛教是在西汉末年的时候传入中国的，但一直到魏晋南北朝时才广泛传播和迅速发展。东晋初期，高僧竺道潜与支遁等在剡县一带隐居，史称东晋十八高僧，这吸引了当时的王羲之、许询等东晋十八名士前去，共同探讨佛法。由于多位高僧、名士在此研究和传播佛法，当时的剡县俨然成了全国的佛教圣地，并由此在浙东一带出现了中国佛教史上的"六家七宗"，"般若宗"正是当时形成的一个主要宗派。

　　新昌大佛寺创建于东晋永和初年，距今一千六百多年。据《高僧传》记载，公元345年，东晋高僧昙光受当时著名高僧竺道潜和支遁归隐浙东的影响，慕名来到石城山。昙光栖于石室，草建"隐岳寺"，这就是大佛寺的前身。昙光禅师后来被尊为大佛寺的开山祖师，他活到一百一十岁，死后形骸不朽。今有昙光舍利塔守于放生池旁，似永远地护佑他的开山之寺。

　　佛教在魏晋南北朝时期繁荣与传播，这和时代与社会分不开。西晋之后，历史进入大分裂时期。黄河流域被少数民族争霸割据，先后建立十六个小国家，战火连天，百姓流离失所，史称"五胡乱华"。而南方，东晋之后宋、齐、梁、陈几个短命王朝频繁更替，皇室、士族被杀戮和毁灭似家常便饭。无休止的战乱，上自王族士族、下至庶民百姓都感到生命无常，人世的痛苦和罪孽是如此深重。既然现世毫无安全感可言，人们纷纷把希望寄托于来生，理想委之于佛国。于是，从精神上寻找寄托，促成当时信佛的风潮迅速刮遍大江南北。建寺于石窟，也说明当时的战乱状态下，佛像建在一般木结构庙宇中不易保存的现实。

　　大佛寺处于浙东曹娥江上游剡溪边上，山清水秀，安定富足，战火也未烧至这里，处处都是一派宁静的田园风光。北方士族高门纷纷南迁，侨居会稽郡，过剡县之后，便是天台，天台宗等著名佛教宗派也是这时候在浙东地区逐渐发展起来的，剡县这样一个名不见经传的地方，逐渐成了当时的佛教文化中心。

　　既是中心，就具备了产生时代杰作的条件。

三

南齐永明四年（486年），石城山来了一个叫僧护的和尚。相传，僧护不止一次见到仙髻岩的崖壁上有佛光出现，于是发誓要在此岩壁上雕刻巨型弥勒佛大像。无奈他身单力薄，用功经年，才浅浅地凿出一个头像，就病逝了。临终前，僧护发誓"来生再造成此佛"。多年后，又有一个僧人接力僧护未竟的事业，他叫僧淑，虽夙兴夜寐，但也没有成功。

直到梁天监六年（507年），梁建安王萧伟派当时全国最著名的和尚僧祐到此主持续凿工程。在僧祐的精心计算和指挥之下，大佛的雕凿终于在天监十五年（516年）大功告成。由于凿刻大佛的故事充满传奇色彩，人们称大佛为"三生圣迹"。

大佛的最终凿成，其实应归功于佛教高度发展的梁武王朝。梁武帝萧衍，中国历史上唯一被称为"菩萨皇帝"的皇帝。他年轻时勤俭执政，一天只吃一顿饭，一件衣服穿到补丁打了又打。晚年也许受家人背叛和下属不忠等的挫伤，不近女色，笃信佛教，并下令僧人必须吃素，从此形成了汉传佛教吃素斋戒的传统。

梁武帝还几次出家为僧，并在全国大肆修庙建寺。当时形容梁朝佛事兴盛，有此一说："都下佛寺五百余所，穷极宏丽，僧尼十余万，资产丰沃。""都下"是指建康城，一个建康城就建寺五百余所，据说在全国建寺两千八百多所，梁武帝信佛可谓到了登峰造极的地步。可惜，大肆造佛兴寺的梁武帝最终在一场叛乱和兵变之后，国破家亡，竟然活活饿死在皇宫之内。

梁武帝生前，曾与禅宗第二十八祖、印度僧人菩提达摩会面。当时，武帝颇为自得地问道："朕即位以来，造寺、写经、度僧不可胜数，有何功德？"达摩却回答："并无功德。"

这段对话，成为著名的禅门公案。

梁武帝有没有到过大佛寺，不得而知。当时梁朝的都城在建康，离剡县也不算太远。

梁建安王萧伟是梁武帝同父异母的弟弟，也是一个虔诚的佛教徒。有一次，他从永嘉（今温州）那边过来，晚上在大佛寺借宿。到了夜里，风雨大作，他在梦里见到一个高大无比的神过来和他说，寺里的佛像还未雕凿成功，请他一定要帮忙完成。他在梦里吓得连声应诺：好，好，好。

回到建康后，他把这事给忘了，没想到神再次光临他的梦。这次他被吓出一身冷汗，第二天就禀报梁武帝。武帝一听，这不是佛的昭示吗？立即派当时全国雕像技术最精湛的僧祐去剡县石城山。僧祐那时已亲手雕刻了建康栖霞寺等地的多尊佛像，用的是当时著名的《度量经》雕刻法。

僧祐果然没有辜负圣意，他亲自坐镇指挥，在底下喊话，工匠们在上面操作，尺寸距离不差毫厘，说精雕细凿一点不为过。大佛的凿成动用了梁朝皇家的力量，所以代表了南朝最高的艺术水平。传说中，当僧祐看到工匠们雕到弥勒胸口时，位于正中的那个"卍"字放出了万道金光。

四

石城弥勒自完成以后，大约过了八十年，在隋开皇年间，迎来了一代国师智者大师，智者被尊为天台宗大师，是将佛教中国化、创立中国佛教宗派的第一人。智者大师生前数次光临大佛寺，最后圆寂于弥勒大佛的膝下，这也许是一种天意吧。大佛寺后来的住持在放生池东北坡建大师法塔以表纪念。天台宗是日本等地极力推崇的佛教宗派，因此，大佛寺在海外的影响力可想而知。

史载，智者大师临终时，曾嘱当时的晋王杨广（即后来的隋炀帝）要重修三尊佛像：一是前世佛，二是现世佛释迦，三是未来佛。弥勒就是未来佛，所以自隋以后，历代对大佛弥勒像都有修缮，即使在中国历史上著名的"三武一宗"灭佛运动时，大佛也被幸运地保存了下来。

其实，对于中国佛教徒来讲，弥勒可能是最熟悉、最亲切、最喜欢的一尊佛菩萨。按照佛经里的说法，弥勒是释迦牟尼的弟子，被世尊授记为未来佛，但是他比释迦牟尼入灭得更早，他上升到兜率天，准备在四千年以后降生到人间龙华园，但是这四千年是天上的时间，相当于人间五十六亿七千万年。今天，位于绍兴柯岩景区新建的兜率天宫供奉的弥勒大佛正是这尊未来佛。

对于弥勒佛，普通人的第一印象可能就是大肚弥勒，这个大肚能容天

下难容之事的菩萨才是我们熟悉的弥勒。可是这位笑口常开的大肚弥勒,并非弥勒佛的真身。

中国现存最早的弥勒佛造像在甘肃炳灵寺石窟,头戴宝冠,身披璎珞,面容姣好,身材修长,两只脚交叠着坐着。新昌大佛寺中供奉的弥勒巨像也是这个时期的作品。可是身材修长的弥勒佛,怎么会演变成一个大腹便便的中老年大胖僧人的呢?原来,后来的弥勒形象是被本土化以后才出现的,他的化身就是僧人布袋和尚。

布袋和尚生活在五代的后梁时期。当时明州(今宁波)有座庙叫岳陵寺,里面有个僧人叫契此,平日以一杖荷一布袋,见物就乞,人称布袋和尚。布袋和尚身材肥胖,出语无定,随处寝卧,入寂前留下偈语:弥勒真弥勒,时人自不识。后人认定他就是弥勒菩萨的化身,江浙之地多有其画像流传于世,而真正的弥勒佛形象逐渐被淡化,乃至忘却。

去过大佛寺,亲临大佛膝下,听过寺院的晨钟暮鼓,蓦然回首,江南胜地,虽斗转星移,世事沧桑,却自有佛佑。

少小离家老大回

唯有门前镜湖水,春风不改旧时波。

一

在唐朝,有一个位高名盛、皇帝恩宠有加,最后得以荣归并善终故里的诗人,他的名字叫贺知章。贺知章生活在大唐盛世,也唯有盛世,才会出现这样的文化幸运儿。贺知章差不多是绍兴历史文化名人中唯一一个事事圆满的人,唯一不圆满的是留下的传世之作,经时光湮没,所存寥寥无几。

有一年,恰逢春风起舞的早春二月,贺知章在路边看见一棵高大的柳树,挂下成千上万条树枝,枝梢上长出了嫩绿色的新芽,于是感慨万千:不知道是谁把柳树的枝叶给裁剪出来的?根据他的猜测,是二月的春风。于是,他写了这样一首诗:

> 碧玉妆成一树高,万条垂下绿丝绦。
> 不知细叶谁裁出,二月春风似剪刀。

这就是著名的《咏柳》一诗。除此以外,他晚年写的《回乡偶书二首》也是我们耳熟能详的千古名篇:

> 少小离家老大回,乡音无改鬓毛衰。
> 儿童相见不相识,笑问客从何处来。
>
> 离别家乡岁月多,近来人事半消磨。
> 唯有门前镜湖水,春风不改旧时波。

现存贺知章的诗作不多,只有二十首。

贺知章出生在越州永兴(今杭州市萧山区),系会稽名门望族。其族祖出于河南广平,汉朝时避帝讳而姓贺。当时镜湖又叫贺家池,可见贺族的名望。

贺知章早年随家族迁居山阴城,少时就以诗文闻名越州。证圣元年(695年),中国历史上唯一女皇武则天临朝称帝,三十六岁的贺知章中了进士,钦点状元。据记载,贺知章也是浙江历史上第一位有史料记载的状元。中状元后,他一路升迁,初授国子四门博士,后迁太常博士,累官礼部侍郎、集贤院学士和太子侍读、太子宾客兼正授秘书监,因而人称"贺监"。为官数十年,直至白发苍苍,向皇帝告老还乡。

贺知章任太子侍读和太子宾客(太子的老师),非出偶然,才高八斗、学富五车是其后盾,唐玄宗敢将太子交给他教育,足以证明大唐才子的荣光非一日之功。开元十三年(724年),唐玄宗率群臣封禅泰山,命贺知章撰写封禅文。

二

天宝元年(742年),贺知章遇见了李白,这好比两颗闪亮的星星相碰撞,彼此用光照亮了大唐本就星光灿烂的夜空。

贺知章和李白怎么会相遇的呢?古代虽然没有像今天这样的网络和媒体传播,但通过传诵可以隔空拜读到有名诗人的作品。天宝元年(742年),李白来到长安,在长安紫极宫偶然见到了太子宾客贺知章。要知道,贺知章和李白都笃信道教。当时李白已小有名气,两人就亲切地攀谈起来。贺知章比李白年长四十多岁,但谈起诗词来一点都没有代沟,他问李白有没有新作,刚作了《蜀道难》的李白拿出新诗让贺知章过目。这一读不得了,一读就让贺知章读出了一幅壮丽奇险的蜀道山水画卷,读出了"惊风雨,泣鬼神"的感受,贺知章尚未读完,就已激动不已,惊呼李白是天上掉下来的"诗仙"。

既然相逢是缘,两人又惺惺相惜,当下决定去长安城里的酒肆接着聊。但到了酒肆之后,贺知章才发现自己没带钱,李白也囊中羞涩,于是想了想，便将身上的金龟饰品解下来，作为酒钱。看到这里，李白赶紧劝阻："使不得，这是皇家按品级赐予你的饰品，怎好拿来换酒呢？"贺知章仰天大笑说："这算得了什么？我记得你的诗句：人生得意须尽欢，莫使金樽空对月。"李白当下感动得一塌糊涂。两人兴致都上来了，酒逢知己千杯少。当然，那一天是不醉不归的。

这就是"金龟换酒"的故事。

贺知章爱才若渴。没过几天，他直接向唐玄宗李隆基推荐了李白。李白当时虽然还是一介布衣，但玄宗也早已耳闻了被称为"谪仙人"的李白，于是就在金銮殿召见李白，给了李白一个翰林供奉的官位。至此，李白一举成名，甚至牛气到高力士为其脱靴，才肯为杨贵妃作诗。大唐的天空冉冉升起了一颗耀眼的星星。

李白与贺知章成为长安城里人尽皆知的"忘年之交"，他们都是性情中人，豪爽，爱好"杯中之物"。当时已八十多岁高龄的贺知章常常和李白等人醉卧长安，诗酒相娱。

由此看来，诗酒也不一定非要趁年华，如果爱好，何时何地都可以。

后来，杜甫在《饮中八仙歌》中，对他们两人的醉态有过生动的描绘："知章骑马似乘船，眼花落井水底眠"，"李白斗酒诗百篇，长安市上酒家眠。天子呼来不上船，自称臣是酒中仙"。酒喝到差不多了，已年过八十的贺知章也不要专人扶送，非要自己骑马回去，醉与不醉之间，摇摇晃晃之际，落井可以醉眠。要知道，那种风度，可是长安街上万人倾慕的一道风景。

在《饮中八仙歌》中，贺知章名列第一，李白名列第六。虽已到了晚年，贺知章更加旷达，不拘礼法，并自号"四明狂客"。

三

天宝三年（744年），文名显赫的秘书监贺知章已是八十六岁高龄，他得了一场大病，躺在床上几乎不省人事，但总算死里逃生，又活了过来。经此一劫，他知晓自己来日无多，便上书朝廷，欲告老还乡，回越州老家当道士。李隆基准了他的请求，并同意贺知章把自己在京城的家宅捐赠出

来作为道观，还特地赐名为"千秋观"。

唐玄宗感念贺秘监为朝廷为太子做出的贡献，下诏在京城东门设立帐幕，让文武百官为之饯行。这还不算，唐明皇又写诗为他送行。

如此的荣耀和恩宠，在大唐天子脚下，也只有贺老才能独享。临行，贺知章感动得老泪纵横，悲喜交加，他知道，此去便是永别。唐玄宗问他还有什么要求。贺知章说："臣知章有一犬子，尚未有定名，若陛下赐名，实老臣归乡之荣也。"玄宗说："信乃道之核心。孚者，信也。卿之子宜名为孚。"贺知章一再拜谢玄宗。

后来，贺知章走在回乡的路上，不觉省悟，自忖道："原来皇上是在取笑我啦。'孚'字乃是'爪'字下面加上'子'字。他为我儿取名'孚'，岂不是称我儿爪子吗？"此话也被后人传为诙谐趣谈。

贺知章回到越州后，是求仙问道还是在府上享受天伦之乐，史书再无记载。当一个人离开庙堂、离开江湖之后，他已成为一个美丽的传说。而"少小离家老大回"的《回乡偶书》却在大唐的诗坛上久久传诵。

贺知章皓首走在山阴道上，亦仙亦幻。传说有人在他故世几年之后，在越地发现了一路行走的知章，遂不上前去打扰……

四

再来说李白和贺知章之间的交往。朋友交往，有聚有散。对于贺知章的告老还乡，时任翰林供奉的李白不免感到惆怅，但天性乐观的李白在《送贺宾客归越》的诗中，还是以愉快的心情表达了对贺公的良好祝愿：

镜湖流水漾清波，狂客归舟逸兴多。
山阴道士如相见，应写黄庭换白鹅。

诗的后两句是用了王羲之的典故。说的是山阴一名道士以一群白鹅换取王羲之抄写的《黄庭经》，借此说贺知章也即将成为潇洒风流的越中名士。

在贺知章告老还乡不久，李白因得罪权贵而被玄宗"赐金还乡"，从此浪迹江湖。

天宝六年（747年），李白至越中探访贺知章，却惊闻贺老已于告老回乡的当年即在家中仙逝，他当即赋诗以表怀念。李白多次来越州，很大程度上是因为读了贺知章的诗。"我欲因之梦吴越，一夜飞渡镜湖月"，浙东唐诗之路因李白的《梦游天姥吟留别》而辉煌，而李白的引路人恰恰是"四明狂客"贺知章。

古代文人，诗书总是相通的，如果要更全面地了解贺知章，其实还要看看他的书法，贺知章其实是善草隶的大书家。

被称为"草圣"的张旭曾这样评价贺知章："贺八清鉴风流千载人也。"贺知章和张旭也是好朋友，又同为"饮中八仙"，经常一同进出，除了喝酒，便在一起写字。《唐书》本传还载贺知章"每醉，辄属辞，笔不停书"，写完了十纸，二十纸，又来十纸，照样挥洒，而且笔力不减，毫无倦意，只因为心里高兴。

遗憾的是，这些兴之所至的书法墨迹大多纸损简残。贺知章目前留传下来的书法遗迹除了绍兴城东南宛委山上的《龙瑞宫记》石刻外，就只有后来流传到日本的《孝经》草书。好在，还有《孝经》草书，可以一窥贺知章当年书法的神采。

懂书法的都知道，写就草书，须功力深厚，稍有浮躁气，草书就会成为流于形式的天书。《孝经》草书，实为贺知章放逐心灵的一首牧歌。令人称奇的是，牧歌诞生于令多少士大夫战战兢兢的国都长安。这恐怕还得从盛唐的大度自信和宽容的社会环境中去寻找答案了。身处盛世，长安城下，国君之侧，竟成为贺知章心游八极、任意驰骋的牧场。

贺知章在朝五十年，耳濡目染，那个五颜六色的大染缸怎么染也没有把他染成什么颜色，至终了，还保留了越中名士的一种本色。

今人追寻贺知章的身影，不妨去看一下位于绍兴古城区劳动路上的贺秘监祠。此祠是贺知章家族的祠堂，始建于唐代，曾是贺知章的行馆。祠在宋代和明代都曾有过多次修建，现建筑于2001年重建，包括崇贤堂、千秋楼、怀贺亭等一组仿古建筑。

从投醪河到钱王祠前

唐宋之间是五代十国,钱镠最终将吴越首府定在杭州,这一决策对江南的影响是深远的。从此,浙江第一城市由越州易位于杭州。

一

在绍兴古城游走,每每念起一个地名,不经意间就会触碰到一个久远的历史故事。

许多年前,我从柯桥到绍兴工作的第一个单位就坐落在投醪河旁。投醪河,来自两千五百年前的地名,今天它只是一条长约二百多米的小城河,波澜不惊,貌似早已淹没在成为美食一条街的喧嚣与尘埃中。走在这条路上,有多少人还会想起越王勾践卧薪尝胆、出兵伐吴?那一年,越国父老曾于此地敬献壶浆,祝越王旗开得胜。勾践跪受,把美酒倒入河中上流,犒劳三军。军士们迎流痛饮,感念越王恩德,同仇敌忾,士气倍增,奋勇杀敌,终于打败了吴国。

从投醪河走到钱王祠前,中间只需穿过今天的稽山宾馆与咸亨大酒店之间的一条小路,而彼时这里是绍兴县人民政府的招待所,简称"二招"。而对那时青春年少的我来说,走这条路,大多意味着去县政府机关食堂就餐。

回想起来,无数次从投醪河走到钱王祠前的我,从未去认真追问它为什么叫钱王祠前。只知道,钱王祠前这条幽静的小路,原来是机关大院后门前的一条小路,朝西连着解放路,朝东连着新建路,它的最东端就是稽山中学。而今,许多人的记忆,几代人的青春,连同曾经开在这条路上颇具文艺范的南方书店,都已成为追忆。

近日,翻看《越中杂识》,方知钱王祠早有记载:五代十国时期的吴越国国王钱镠去世后不久，越州府建"武肃王庙"，庙中有巨碑，碑文为吴越国丞相皮光业所撰。这座武肃王庙就是当时赫赫有名的钱王祠。钱王祠历经宋、元，至明、清时都有重修。原祠庙现已荡然无存，其地先为绍兴县府，后为越城区府，如今只剩下水池一方，据说就是当年古祠中的放生池。钱王祠前正是因钱镠而得名。

二

吴越国和钱镠在绍兴的历史上究竟留下了什么？

我们先将历史书翻至唐朝那些年。唐朝开创了中国政区史上道和府的建制。贞观之时，唐太宗分天下为十道，其中的江南道，下辖五十三个州，治所就在越州。至唐朝中前期，越州府山阴城（今绍兴）与苏州并称为"苏会"，山阴城是当时江南当之无愧的大城市。李白、杜甫、白居易们纷至沓来，在山阴城里阅览江南之繁华，游历鉴湖之泱泱，再走一走浙东唐诗之路，大唐盛世的气象真可谓一日千里。且明代袁宏道后来也曾说过"六朝以上人，不闻西湖好"，也就是说，至唐中期，越州一直是江南数得上的大都会。

而杭州初建于隋朝，因为京杭大运河的开通，经济迅速繁荣，但当时的名声和实力还远在越州之后。

此后大唐盛世不再，唐末各地战乱四起，这时出现了一个重量级人物，他就是创建吴越国的钱镠。

吴越国由钱镠在公元907年建立，强盛时拥有十三个州，大约为现今浙江省全境、江苏省东南部（苏州市）、上海市和福建省东北部（福州市）一带。吴越国历三代五王，经中国历史上长达七十多年的大分裂时期的五代十国，直到公元978年，钱镠子孙钱弘俶"纳土归宋"，立国凡七十二年。

出生在杭州临安的钱镠最终将吴越首府定在杭州，这一决策对江南的影响是深远的，浙江第一城市从此易位于杭州。杭州是隋朝以后发展起来新兴城市，杭州有钱塘江，有京杭大运河，钱镠作为一个决策者，抛开他个人的故乡情结之外，他主要考虑的还是经济发展、交通便捷等这些因

素。杭州由钱氏家族建国开始崛起,并迅速发展。

钱镠虽然重点发展了杭州,但是纵观他在越州留下的遗迹,足见其卓著功勋,因此也深受越地百姓的爱戴。

三

那么,钱镠到底是一个怎样的王呢?

钱镠出身于晚唐时期杭州临安的一个贫苦家庭。传说钱镠出生时,相貌奇丑,家中突现红光,他的父亲认为不祥,想把他丢弃于屋后的一口水井中,所幸其祖母对骨肉难舍难分,将他留下,因此钱镠的小名就叫"婆留"。

钱镠自幼习武,长大后高大壮实,靠贩私盐度日。乾符五年(878年)爆发黄巢起义,钱镠与众人去投奔杭州刺史董昌组织的"八都兵",在作战中骁勇有谋,屡建战功,很快便提升到都知兵马使。中和二年(882年)七月,时任义胜军节度使的刘汉宏占据了越州,起兵反叛,钱镠受董昌指派,率军讨伐,在萧山西陵一战,杀敌过半,刘汉宏仓皇逃窜,史称"西陵大捷",从此西陵改为西兴(今萧山区西兴镇)。讨刘之战直到次年十月才结束,以后又有几次反复,最后到唐僖宗光启二年(886年)冬天,钱镠最终攻下越州,将刘汉宏斩首于会稽山下。

这是钱镠第一次解救越州百姓。

其时,杭州刺史董昌心中却另有一番打算。他认为建于隋朝初年的杭州城,规模偏小,又常受海潮袭击,而越州是古城,规模大,城池也牢固,因此早有心去越州为官。现在机会来了,他上奏朝廷,举荐钱镠为杭州刺史,自己为浙东观察使兼越州刺史。不久,董昌果然升为检校太尉等职务,封为陇西郡王。但是,节节荣升仍满足不了他的勃勃野心,唐昭宗乾宁二年(895年)二月,他自称为王,国号大越罗平,建元天册。

越州出了个山大王。董昌为人昏庸又残忍,凡来告状的,叫原告、被告掷骰子做赌,胜者赢,不胜者处死。有小过错的人,也往往满门抄斩,然后将尸首抛到厕所里。《新唐书·逆臣下》有记载,当时越州"血流刑场,地为之赤",越州百姓陷入一场浩劫之中。

这年，唐昭宗下诏削了董昌的官爵，并命钱镠为浙东招讨使，讨伐董昌。钱镠本是董昌的旧部，他深知董昌个性，于是，先派人送书劝董昌投降。信上说："与其闭门做天子，使九族百姓涂炭，不如开门为节度，俾子孙富贵无忧。"但董昌据险以守，不肯投降。直到次年五月，钱镠终于率兵攻克越州，生擒了董昌。在押解京城的路上，董昌感到穷途末路，遂在绍兴西小江投江自尽。

就这样，钱镠率领大军进驻越州，第二次解救了越州。越州百姓在饱尝十五六年战乱之后，终于盼来了安宁的生活。所以当钱镠进城之时，全城百姓扶老携幼，箪食壶浆，犒劳军队，拥戴胜利之师。这迎拜之处，就是今天位于绍兴古城府山直街南端的拜王桥。

拜王桥至今依然在，那是一座五边形单孔石拱桥。清康熙二十八年（1689年）重修，并更名为丰乐桥。此桥原为唐桥，在中国桥梁史上都有记载。

在今天的绍兴古城，还有两条小巷的名字也与钱镠平董昌之乱后凯旋的故事有关，这就是前观巷和后观巷。这两条平行的道路，东西走向，东起解放南路，西至仓桥直街。当年百姓挤满了前后两条巷子，争睹钱镠率军胜利进驻越州的辉煌场景。

越州是钱镠建功立业的发祥地。

传说中，钱镠活捉董昌的地方，后来就被称为昌安街，而屯兵之地则是今天的安昌古镇。今天位于柯桥区齐贤镇上的城隍庙，把当年剿灭董昌的钱镠供奉为城隍菩萨，祈求世代平安。

四

平定董昌之乱后，钱镠深知百姓疾苦，多方安抚百姓，他说："民为社稷之本，土乃百物所生。"他修筑海塘，疏浚西湖，发展农桑，使当时的吴越地区"富甲一方"，为江南的繁华奠定了基础。

在越州，他重视农业，全力开展水利建设，治理鉴湖，为鉴湖修造堰闸，清理湖底，终使鉴湖沃田万顷，越州境内再无弃田。越州的经济和文化在当时迅速得到了恢复和发展。

唐乾宁三年（896年），钱镠被授予镇海、镇东军节度使，统领两浙之地。次年八月，钱镠得到"铁券金书"，这块铁券也是绍兴唯一有过的一块"免死金牌"，又叫"丹书铁券"。据说，历史上的"免死金牌"总共只有五块。

钱镠的"免死金牌"后来几经辗转，元代时就已失传，但二十世纪五十年代初突然现世，由嵊州长乐钱姓人士捐献给了国家，目前收藏于中国国家博物馆，属国家一级文物。

这"铁券金书"形如覆瓦，上面的金字因岁月沧桑，年代久远，多有剥落。铁券上记载的主要内容是钱镠征讨董昌的功绩。唐昭宗因其战功卓著，特颁赐铁券以示嘉奖，所以"卿恕九死，子孙三死"，意思就是说，皇帝可免钱镠九次死罪，免其子孙三次死罪。

唐天复二年（902年），钱镠被唐廷封为越王。不久，朱温篡唐称帝，建立梁朝（后梁），天祐四年（907年），钱镠又被后梁封为吴越王。

此后天下纷争，中原之外先后出现过十个割据政权，钱镠始终采取了"尊崇中原，保境安民"的政策，至龙德三年（923年），钱镠才被后梁正式册封为吴越国国王。吴越国建立后，钱镠以杭州为都，称西府，越州为东府，多次往返于杭、越之间。

五代十国的七十多年间，社会急剧动荡，江山社稷易五姓十三君，国破家亡很是寻常。而钱镠颇有自知之明，立国之后没有像其他割据者那样热衷于进一步扩张领土，而是对中原小朝廷岁岁朝贡称臣，以此牵制强邻，为吴越国赢得了社会安定、生产发展、经济繁荣的时间，吴越国在各方面都取得了历史性的进步。

钱镠被封为越王后，于天祐元年（904年）在越州卧龙山上兴建王宫，那里本是越州的行政中心。唐代元稹出任浙东观察使兼越州刺史时，见此处景色秀美，形势险要，遂建州宅，并作《以州宅夸于乐天》一诗。诗中说："我是玉皇香案使，谪居犹得住蓬莱。"后来，钱镠以元稹诗句为据，在州宅遗址上兴建了"蓬莱阁"。"蓬莱阁"的兴建使吴越国王宫显得更有气魄。

由于吴越之地后来一直少战乱，王宫建筑一直保留下来，直到南宋康王赵构一路南逃至越州，一眼就看中了吴越王宫改建的州署，把它作为南宋临时国都的皇宫，历时二十个月。历史上许多著名诗人也都到过吴越王宫，登上蓬莱阁，寄情抒怀，比如秦观、王十朋。

吴越国王宫在元末兵乱中被毁。今天绍兴府山上的蓬莱阁是后来重建的。

吴越国王宫范围较大，今天绍兴城内著名的西园也是其中一部分。西园在卧龙山之西，并因此得名。它本是一座王室园林。钱镠看重越州悠久的人文历史，他的子孙也就继承这一做法，将越州作为王族子孙读书休闲之地。西园在吴越国时期是一所充满文化气息的园林。

走进今天位于绍兴府山西路的西园，看到的是宋代园林的布局和风格，风景别致，诗情画意尽在山水和竹林之间。园中有很多景点，主要景点都围绕庞公池（又叫王公池），亭台楼阁多依湖而建。亭中观湖，景色不一，韵致盎然。古代的文人多在此饮酒诵诗，而现今的绍兴人在此地品茶闲聊。

钱镠经常来越州，今绍兴古轩亭口之东，古时为越王埠，就是钱镠上下船的地方，如今码头已失，但地名犹存。

公元932年，钱镠以八十一岁高龄安然辞世。次年，嗣王钱元瓘建钱王祠于越州，又称钱王庙，为钱氏一族之宗庙，岁时祭祀，香火旺盛，这也是在浙江建得最早的一座钱王祠。越州钱王祠历朝多次修建，有记载显示至明时还蔚为大观。

五

不得不说，钱镠治国有方，修身治家也十分谨严，两度订立治家"八训"和"十训"。"十训"是钱镠临终前向子孙们提出的十条要求，遗训中饱含了人生智慧和哲理。"武肃王遗训"代代相传，世世因循，一直激励着钱氏后人。

遵循钱镠的遗训，后世钱姓诸王贡奉中原王朝，末世钱弘俶顺应时势"纳土归宋"，化干戈为玉帛，使国家实现了和平统一。自唐末历五代，又经北宋至南宋，四百年间，吴越钱氏始终"位极人臣"，封郡王、国公者二十多人，封侯拜相、入仕内阁者近百人。钱氏后人秉承祖训，绍续家

风，绵延文脉，造就了吴越钱氏世代家风谨严、人才兴盛的传奇。这个家族始终一脉书香绵延，代有人才涌现。宋朝皇帝称"忠孝盛大唯钱氏一族"。清乾隆帝也感佩其家族教子有道，在南巡时御赐"清芬世守"匾额。到了近代更是人才"井喷"，科学家钱学森、钱伟长、钱三强，国学大师钱穆，文学家钱锺书，外交家钱其琛，诺贝尔化学奖得主钱永健，一连串响当当的名字彪炳史册，如雷贯耳，都出自这个"千年名门望族、两浙第一世家"。

《钱氏家训》中说道："持躬不可不谨严，临财不可不廉介。"像今天的许多成功人士一样，钱镠在霸业成就之初，也曾经志得意满，贪图享乐，结果招致了巨大的灾难，付出了沉重的代价。痛定思痛，钱镠幡然悔悟，恢复了早年艰苦朴素、勤政为民的作风，以身作则，励精图治，才使吴越国重新走上了稳定发展的轨道。

如今回想起来，从投醪河到钱王祠前，这条多年前我经常走过的路，竟是一条有着特别象征意义的路，从越国到吴越国，传承了一脉相传的吴越文化，一路走来，竟然跨越了绍兴的千年风霜。

处江湖之远的清白泉

清流过处，皆成风景。

一

北宋时期的绍兴叫越州，天下太平，民生安定。宋宝元元年（1038年），一代名臣范仲淹到越州任知府。

当时，越州郡府坐落在府山南麓（今府山越王台），山上原建有一个凉堂，凉堂旁有一块荒地。有一天，范仲淹在整理荒地时，发现了一口废井。范仲淹命人清除井中泥沼，把井围好。三天后，再来看这眼井时，水涌不绝，色泽清白，味道甘甜。范仲淹以此井泉水点茶，茶汤清爽可口。

整理出一眼好井，范仲淹非常开心，特意命名为清白泉。又在井旁建一小亭，谓之清白亭，并改凉堂为清白堂，作《清白堂记》，凡三百余字。

在堂记中，范仲淹详细记载了此事经过，称赞井水清白而有德义，可以作为为官者、为师者的楷模。他寄语登临此亭、居住此堂的官员，要坚守清白之名。范仲淹通过清白泉向天下官员讲了一个道理：理天下，如同理井，不治就会百废不兴，好好治理，就会清流不断。

今天，范仲淹当年所建亭台楼阁早已消失在历史的尘埃中，但他的清白泉，依然还在府山上静静地流淌着千年之前一样的清白之水。

为纪念范仲淹，当今绍兴又修复了清白堂，在清白泉旁边又重建了清白亭，亭上"清白"二字牌匾，取自范仲淹手迹。亭柱联"钱清地古思刘宠，泉白堂虚忆范公"，取自南宋状元王十朋之诗。

来绍兴游览府山越王台的游客，一般不会注意清白泉和清白堂，貌似普通的一口山泉井，其实蕴含了太多的文化内涵和精神。

二

说起范仲淹，就会想起他在《岳阳楼记》中的千古名句"先天下之忧

而忧，后天下之乐而乐"，此句高度概括了古代仁人志士的节操和风范，成为历朝历代官德的标杆。范仲淹心怀天下，历尽坎坷，直言敢为，至死不渝，后世赞范公为古代"人臣典范"。

回首范公一生，欢乐不多，忧患却常常相随。

范仲淹，苏州吴县人，生于徐州。两岁而孤，家道贫寒，生计无着，母亲只得抱着他改嫁长山朱文翰，他因此被改名"朱说"。他的童年和少年时代应该是毫无快乐可言的。

知晓自己的悲凉身世时他已二十二岁，他伤感不已，毅然辞别母亲，投在应天府戚同文门下，断齑画粥，冷水沃面，数年寒窗，得经史要义，终以"朱说"之名高中进士。授广德军司理参军，迎母归养，才改回本名。

成语"断齑画粥"就出自奋发图强的励志青年范仲淹。当年范仲淹住在庙里读书，昼夜不息，每日生活十分清苦，用小米熬粥，隔夜粥凝固后用刀一切为四，早晚各吃两块，再切一些腌菜佐食。他把这些冻结的方粥，取了个美名，叫白云糕。据说，后来，在江南一带流行的点心印糕就是按照范仲淹白云糕的样子做的。

苦出身的范仲淹有着超越常人的吃苦能力，也有超越常人的志向。

范仲淹从掌管讼狱、案件和监督淮盐贮运及转销等职务的基层"公务员"做起，后来又转任县令，以修筑海塘为民造福。几年后，因文才出众，被当时北宋名相、一代词人晏殊等推举入京，任秘阁校理，负责皇家图书典籍的校勘和整理。

说起范仲淹的文名，其实很多人都读过他的《渔家傲·秋思》一词：

塞下秋来风景异，衡阳雁去无留意。四面边声连角起。千嶂里，长烟落日孤城闭。　　浊酒一杯家万里，燕然未勒归无计。羌管悠悠霜满地。人不寐，将军白发征夫泪。

非常恢宏又接地气的词，直接影响到宋代豪放词的创作，为当时词界开辟了崭新的审美境界，也开启了宋词贴近生活和现实的创作风格。范公在文学上的成就是独树一帜的。

三

中了进士当了官，又有文才闻名天下，按理说，该乐时可以乐了，偏偏这个范仲淹要等普天下的人都"乐"了他才敢"乐"。

读一点宋史，发现范仲淹真是一位"忧天下"的人臣榜样。他的另一句名言是"居庙堂之高则忧其民，处江湖之远则忧其君"，一辈子秉公直言，四度被贬，这其实都与他的为官理念有关。

天圣七年（1029年），北宋仁宗皇帝十九岁。此前大宋王朝的军国大事尽由章献皇太后说了算。彼时，按祖制，皇帝已经成年，到还政的时候了。可是章献皇太后摄政九年，对即将失去的权力有些恋恋不舍。于是，范仲淹开始"忧"了，直接上书太后，请求还政仁宗，结果被贬为河中府通判。次年又调任陈州通判。直到明道二年（1033年）老太后归西，仁宗亲政，范仲淹才奉诏返京，拜为右司谏。

重做京官，这回该吸取教训了吧？是年冬天，又一件事情让范仲淹忧心忡忡、寝食难安。仁宗的郭皇后因训诫后宫，一不小心，巴掌掴在了仁宗的脸上，仁宗皇帝恐怕也是自古以来唯一一个吃老婆耳光的皇帝，当下羞愤难堪至极，时任宰相因与皇后有隙，主张就此废后，仁宗于是决意废后。但是范仲淹不同意，力谏皇后不是故意的，而且此事还关系到朝局稳定，希望仁宗以大局为重，咽下这口气，第二天还率台谏官员"伏阁请对"，这相当于今天的静坐，颇有逼宫的味道。

这一回他"忧"到了皇帝的家事，家事连着国事，仁宗当然不高兴了，结果二度被贬，知睦州去了。

景祐二年（1035年），范仲淹因在苏州治水有功，又奉诏回京，判国子监，又迁吏部员外郎、知开封府。但是他又因宰相独揽朝政、培植党羽而"忧"愤不已，遂向仁宗皇帝进《百官图》，反被诬为"越职言事、勾结朋党、离间君臣"，结果三度被贬，出知饶州。

再后来，西夏来犯，范仲淹众望所归，被仁宗召回汴京，拜为参知政事，他开始推行"庆历新政"。新政主张整顿吏治、富国强兵，当时的欧阳修等人也纷纷力挺。仁宗采纳了大部分意见，规定对官员进行政绩考核，以政绩作为升降的标准。然而，新政触犯了贵族官僚的利益，遭到了

强大的阻力。最后,新政失败,各项改革也被废止。范仲淹被责"私结朋党",结果四度被贬,出知邠州。这一年,他已五十六岁。

由于贬黜次数多了,范仲淹已习惯成自然,早就没有了先前的凄惶和失落。也因为多次因谏言而被贬谪,当时一位叫梅尧臣的文人力劝范仲淹少说话,少管闲事,乐得逍遥。在世俗的眼光里,有清福不享非傻即呆,可是范仲淹偏偏不是那种安于现状的人,他的骨子里就是那种把苦当成乐、把忧当作使命的人。他作《灵乌赋》,强调自己"宁鸣而死,不默而生",此语一出,震惊朝野,遂成为范公一生的座右铭。

回顾范公一生,因"忧天下"四度被贬,却处处建功立业,筑海堤、赈蝗灾、治河水、肃政纪、减赋税、拒强敌、兴教育,桩桩件件,皆在各州郡青史留名,百姓传颂。

如果当时有照片,我想范公永远是一副忧国忧民、如履薄冰的样貌。他乐在苦中,乐在为天下解忧中。也许正是有他这样的人臣,才换来北宋的大好河山和百姓的富足安宁。

范仲淹的一生几乎都在仕途中奔波,风霜雨雪数十载,落下许多病痛,但他依然硬撑着不肯休病假,在赴颖州的途中,他的生命戛然而止,终年六十四岁。过世之后,大宋上自皇帝下至百姓都为失去一位忠心报国的人臣叹息,仁宗感其一生功德,亲书"褒贤"之碑,谥号"文正"。

读范仲淹时代的宋史,还会感想连连。北宋是一个黄袍加身而来的王朝,因为吸取前朝祸乱的教训,宋代特别重用文人士大夫,且有"不杀文官"的规定,使士大夫大多敢于直谏,即使说得皇帝老儿不高兴了,大不了被贬至角角落落。所以有宋一代,文人官员的精神面貌为之一变,到了范仲淹这一代,大有以天下为己任的胸襟与抱负。后来的欧阳修、王安石、苏轼等前仆后继。

和范仲淹差不多同时代的包拯也是一位敢于直言的文官代表,当宋仁宗接受范仲淹和包拯们在朝堂之上的据理力谏、甚至当庭冒犯时,宋朝也基本没有了太后专政、宦官专权和军事割据。所以,仁宗心里虽然有一百个委屈,但最后还是采纳了范公等人的不同意见。

对仁宗来说,范仲淹这种大臣让他既恨又爱。

四

叶落归根,但是有些人注定是要忠骨埋他乡的。范公的忠魂四处奔波在他曾经执政的州郡,包括越州。

1038年,范仲淹四十九岁,知越州。这时候的范仲淹,已近知天命之年,经历了从地方小吏到朝廷任职、再从朝廷贬到地方为官的过程,心情也许是复杂的,但宦海沉浮,壮志未酬,他一如既往地坚持他的为官之道。

范仲淹是范蠡的后裔,对这位建立伟大功业,而后功成身退的先祖,范仲淹很是自豪。他来到越州,凭吊范蠡故居,写诗以表心迹:"翠峰高与白云闲,吾祖曾居水石间。千载家风应未坠,子孙还解爱青山。"

范仲淹为官,强调勤政廉洁,为百姓谋福,他也常常教育属下清白做官,才能秉持公心,刚正不阿。

范仲淹还是北宋时期最早倡导办公学的官员之一。他身体力行,足迹所至,无不兴办学堂和书院;晚年又设义田、建义学,对族中子弟实行免费教育,倡导"读书之美",从而开启了中国古代基础教育阶段免费教育的新风尚。

范仲淹在越州做的一件传世之事,就是建起了稽山书院,位置就在府山西岗。当时稽山书院专门招收那些贫苦而读不起书的孩子,实行免费教学,还请名师为学生上课。而这些办学的费用均出自他的薪俸。

自范公之后,稽山书院名气越来越大。以后的数百年间,几建几废,朱熹、王阳明都曾到此讲学,成一时之盛。也是在范公的倡导之下,越州后来办学之风大兴,学堂、私塾众多,也因此福泽后人,绍兴名人辈出,文脉一直延续至今。

1040年,崛起的西夏入侵宋境,西北一时狼烟四起。这年秋天,五十一岁的范仲淹临危受命,离开绍兴,奔赴前线,开始了他的戎马生涯。

范仲淹知越州虽然只有短短一年多时间,但他做了很多事情,且都是按长远规划来打算,政绩斐然,百姓爱戴。当范仲淹离开越州时,百姓在州府门口立起牌坊,上书"百代师表",还建了个"希范亭"以纪念他。

一任好官,无论时间长短,终会留驻百姓心间。清白泉,虽处江湖之远,然清流过处,皆成风景。

如冰似玉越青瓷

九秋风露越窑开，夺得千峰翠色来。——唐·陆龟蒙

一

写《茶经》的茶圣陆羽曾经有言："一器成名只为茗，悦来客满是茶香。"他从茶说到了茶器。

在喝茶成为风尚的当今中国，茶器的多姿多彩注定了这个盛世的市井生活也能如此地妍丽幸福。在一个小小的茶桌上，主打的不光是紫砂壶，还有各色茶具，或精致或质朴，或炫彩或素雅，或光鲜或暗哑，一如世间人生百态。

茶具多为瓷器，洋洋大观，汝窑、定窑、钧窑、官窑、哥窑五大名窑轮番登场。而大多数南方人唯独钟爱龙泉青瓷。

龙泉青瓷又分哥窑和弟窑，以青如玉、明如镜、薄如纸、声如磬而著称。我曾经专门去龙泉考察青瓷的制作和历史。龙泉这个同样盛产龙泉宝剑的浙江丽水的县级市，早在魏晋南北朝时期就开始利用当地优质的黏土制作陶瓷，并吸取越窑、婺窑、瓯窑的制瓷经验，开始烧制青瓷，到南宋和元、明两代，繁华至极。清代因青花瓷的出现，龙泉青瓷就此凋零。如今，龙泉青瓷再次焕发青春。

我开始寻找龙泉青瓷的鼻祖，直到走进越国文化博物馆，终于发现越窑青瓷在历史上更加辉煌夺目，它是中国最早的"母亲瓷"，也是中国历史上延续时间最长、影响范围最广、内涵最为丰富的古窑系陶瓷之一。

柯桥越国文化博物馆曾办过一个越窑青瓷精品展，展览的名字叫"如冰似玉"，琳琅满目的展品并没有吸引多少参观者，这似乎也是大多数博物馆的常态。

我带着探寻的目光去了，陪同我参观并作介绍的是博物馆馆长周燕儿。说实在的，我原先没有想到一个区级博物馆会有如此多的藏品。在周馆长如数家珍般的介绍下，越窑青瓷的品种、功能、外观以及它的历史内涵，足以让我感叹越文化之博大精深。

二

《国语》说，春秋末年，越王勾践为兴越灭吴，实行"十年生聚，十年教训"的强国之策，越王对百姓生育的奖励措施是："生丈夫二壶酒一犬，生女子二壶酒一豚。"壶是当时的盛酒器，也是现存最早的越国原始瓷壶之一，平底、弧腹，肩安三个半环形耳，有云纹装饰，呈青黄釉色，看上去容量较大。以此推断，越王当年为增加人口，每年奖励给百姓的酒不是一个小数量，如此必然推动越国青瓷大量生产。

可以想象，两千五百年前的越国，为加强战备，把有限的铜、锡等金属用来制作兵器和农具，在盛产青铜器的同时大量生产印纹硬陶和原始青瓷。越王下令就地取材，利用当地瓷土和满山遍野的柴薪，烧制原始陶器和青瓷。其中青瓷的品种就有壶、豆、罐、尊、盂、碗等，越国先民用日益成熟的烧制技术就地制造了这些生活器具，这说明当时越国的生产力水平不只是一般的高。当时的越国境内遍布了原始青瓷窑。

至东汉，中国最早的窑瓷就在越地龙窑里创烧成功，这是真正意义上的越窑青瓷，它是人类文明史上的里程碑。绍兴上虞就是当年越窑青瓷的发祥地，上虞东汉窑址出土的青瓷碎片，经过测定，已完全达到瓷器标准。东汉瓷器的出现与龙窑的改进有直接关系。早期龙窑一般长十多米到二十多米，宋代龙窑长达五十多米，个别地区甚至达到八十多米，一次可装烧两万件瓷器，这对当时瓷器的大批量生产起了很大作用。

在随后的一千多年里，越窑的工艺一直处于瓷器生产的领先地位，我国南北方瓷窑和韩国、日本的制瓷业都深受越窑的影响。越窑青瓷上贡朝廷、下供庶民，远销亚洲、欧洲、非洲，中国逐渐成为瓷器大国。

在越窑青瓷中最具代表性的作品是鸡首壶和青瓷虎子。鸡首壶最早生产于六朝，一般为深盘口，细颈，鼓腹，平底。鸡首昂立于肩部，器柄粗壮有力。这种造型出现于东晋晚期，以后逐渐流行。关于鸡首壶的用途，

根据中国茶文化的历史和当时煮茶的方法推测,用鸡首壶盛茶的可能性最大。

青瓷虎子是越窑青瓷的另一种代表性造型,整器呈卧虎形,"虎头上仰,口鼻张扬,虎牙外露,环眼暴珠,双耳挺竖,须毛刚劲,面有斑纹,短颈缩项"。它的用途有两说,或作便溺之用,或作盛水之用的清水器。

三

其实,越窑之名最早见于唐代。陆羽在《茶经》中说:越瓷类玉,邢瓷类银。唐代通常以所在州名命名瓷窑。

当时,越窑的主要窑场在越州的余姚、上虞、宁波、慈溪一带。因此越窑是指唐代越州辖区(会稽、山阴、诸暨、余姚、剡县、萧山、上虞七县)内的窑场,以出产类玉似冰的青瓷而著称。

唐、五代时期是越窑青瓷工艺的发展时期。隋、唐生产的碗、盘、盘口四系壶、四耳罐、鸡头壶精致到一丝不苟。越瓷常将口沿做成花口、荷叶口、葵口,底部做成玉璧形、玉环形,十分美观。胎体为灰胎,细腻坚致,釉为青釉,晶莹透亮。

自唐开始,越窑青瓷作为茶具风行起来。陆羽在他的《茶经》中评价全国各地生产的茶碗,越窑产品排在首位。许多文人也都在作品中赞美了越窑青瓷。

最著名的是唐代诗人陆龟蒙在《咏秘色瓷器》的那一句惊叹:"九秋风露越窑开,夺得千峰翠色来。"越窑青瓷后来被称为"秘色瓷",就是因此而来的。

陆龟蒙所说的"千峰翠色"究竟是什么颜色呢?山峦苍翠,隐露青光,滋润而不透明,类似青玉的效果。这说明,至唐代,越窑青瓷的品质已为全国青瓷之冠,又因其为晚唐、五代时宫廷专用,烧制技术配方工艺秘不传人,故有"秘色瓷"之称。由于"秘色瓷"真品传世者极少,千百年来,一直被涂上了一层神秘的色彩。

关于什么是"秘色",我在周燕儿那里得到了答案。

五代十国时期,钱镠在创建吴越国前后,为保境安民,每年都要向中原王朝进贡大量的金银财物，而在进贡的物品中，最主要的是三样：青瓷、丝绸和茶叶。

也许正是为了这一政治上的需要，越窑的烧制技艺到了五代十国时期，有了更大的突破，最终制成了令古今中外为之叹服的"秘色瓷"。

1987年，在陕西扶风县法门寺塔唐代地宫中出土了唐懿宗用来供奉释迦真身舍利的一批精美供器，其中就有十六件青瓷。这些精美到极致的越窑青瓷就是传说中的"秘色瓷"，专家们由此揭开了"秘色瓷"的谜底。后来到了吴越国时期，钱镠专设了官窑"秘色窑"，所烧制瓷器庶民不得使用，同时釉药配方、制作工艺均实行保密。"秘色"的"秘"，意思就是机密和保密。

据考证，"秘色瓷"出自今天慈溪上林湖一带。

四

越窑持续烧制了一千多年，于北宋末年、南宋初期停烧。为什么会停烧？周燕儿馆长在他的《绍兴越窑》这本书中援引专家的话说：越窑发展到宋代，我国南北（官窑、钧窑、汝窑、定窑等）名瓷仿制瓷取得大进展的时候，越窑所用的原料以及烧成的温度已不能满足当时瓷器质量的要求。

继越窑之后，龙泉窑兴起了。龙泉窑建在浙西南山区，这里瓷土矿藏更加丰富，又是瓯江流域的源头，便于水路运输。

南宋以后龙泉窑在工艺上得到了更大的改进，釉色明显比越窑更丰满莹润，光彩悦目。

从此，越窑日渐衰落。越窑停烧后的数百年里，再无人问津。绍兴人日常所需瓷器用品大多从景德镇进来。新中国成立以后，绍兴、诸暨、上虞、慈溪等地积极开拓创新越窑产品，可是从数量上来说还是少之又少。

目前对越窑青瓷收藏较为专业的博物馆有几家，除柯桥、上虞以外，慈溪市博物馆收藏了北宋时期三足蟾蜍砚滴等一批藏品，体现了这一时期越窑制作技艺的高超水平。

浙东越窑青瓷博物馆是一家个人创办的专业越窑青瓷博物馆，也是全

国为数不多的公益性质的博物馆之一,坐落在浙江省余姚市姚江之畔。藏品涵盖西周、春秋战国、东汉、三国、两晋、南北朝、隋唐、五代和北宋等朝代,数量达六千多件。

该馆创办人叫陈国桢,是越窑青瓷的收藏大家,陈先生收藏越窑青瓷三十多年。作为一位执着的古瓷爱好者、研究者和保护者,陈国桢先生常年奔波在全国各地,到处考察、收集越窑瓷器精品。他收藏的越窑青瓷藏品器型丰富,数量可观。国家馆藏的越窑藏品基本都能在该馆找到,有很多藏品是连国家博物馆都没有的,其中有数百件为国家一级文物,有三十件左右更是珍品、极品、孤品。

越窑青瓷何时才能重焕光彩?

第五章 南宋故都

绍兴的气质很南宋

假如有一架时光摄像机,回放八百年来八字桥上走过的人和周边景物的变迁,那该是何等的震撼!

一

作为一个土生土长的绍兴人,我以为,眼下能代表绍兴传统文化而留传下来的古建筑、古街道已所剩无几,八字桥大概是绍兴老城区最有味道的老桥之一了。最近去了一次八字桥,走在这座始建于南宋嘉泰年间(1201—1204年)的古代"立交桥"上,看一看桥下的三河四路,望一望桥四周的老房子老街,除了感慨先人的智慧,更多的是一种被时光雕刻过的历史存在感。

八字桥的历史可以追溯到南宋。南宋时期的绍兴,鉴湖水位高于城内运河,为防止湖水倒灌街市,官府兴修了都泗堰等一系列水利工程。都泗堰正是调节古浙东运河与鉴湖水位的一个重要的水利枢纽,也是古城东部运河水运货物的重要集散地。今天的八字桥和它周边的街区正好就是南宋都泗堰所在的位置。

驻足桥上,抚着刻满了历史皱纹的石桥栏杆,就像撩起了南宋的历史帷幕。当年,作为城市交通要道和货物集散地的八字桥街区,曾是多少学士、官宦、富户聚居和交游之地。人们在这里可以南望会稽山,西眺大善塔,在南宋嘉泰《会稽志》中,此景被称为"河梁风月",有河,有桥,有船,有人家,无限风光入画来。想象一下,当年桥上人来人往,熙熙攘攘,大宋汴京城里的《清明上河图》似乎在这里得以重现。

漫步今天的绍兴古城,南宋留下的遗迹星星点点。比如沈氏园,见证陆游和唐琬的爱情名园,是南宋园林的建筑风格,那个镌刻《钗头凤》的词碑就是用八百多年前的宋砖所砌。再比如,绍兴城市广场旁的大善塔,最早建于佛教鼎盛的南朝梁天监三年(504年),后屡兴屡废,今塔重建于

南宋绍定元年（1228年），明清时得以重修。再比如，城北的古小江桥，位于城区萧山街口，是一座南北横跨浙东古运河的单孔半圆形石拱桥，也始建于宋代，因是金紫光禄大夫、著名文学家江文通故居所在，故名江桥。这座桥还是古时山阴、会稽两县的分界桥。

关于小江桥和大善塔，绍兴民间有一副对联：小江桥，桥洞圆，圆如镜，镜照山会两县；大善塔，塔顶尖，尖如笔，笔写五湖四海。可见，古小江桥与古大善塔相映成趣之美。

绍兴，一个南宋皇帝留下的地名；绍兴，一座古风古韵犹存的城市。

最近，听一个远道而来的朋友说起，想了解中国的历史，唐朝看日本，民国看台湾，南宋看绍兴。我说对，但不算全对。南宋最后定都在当时称为临安的杭州，但绍兴确实是南宋王朝最后的归宿。宋六陵埋葬的不只是六个皇帝和他们的后妃，埋下的还有一个王朝一百五十多年的繁华和梦想，屈辱和抗争。

绍兴和南宋究竟有多少渊源？

二

是历史给了绍兴一次向世界亮相的机会。

在南宋之前，绍兴在历史上也曾经是繁华之地，越王勾践在这里构建山阴小城和大城，史称越都。勾践从这里出发，问鼎春秋霸主。后来秦始皇一统中国，大越改名山阴，一度淡出人们的视野。然而，朝代的更替，中原的战乱往往让北方士族和豪门把它当成南渡的首选之地，到了东晋，"今之会稽，昔之关中"，会稽郡成为继当时建康之外的又一个大城市。

但是到了隋唐和北宋，尽管有大运河和唐诗之路，越州的规模顶多只相当于今天的二三线城市，与中原六朝古都根本无法相提并论。

那么是谁让绍兴在一夜之间成了一线城市？

靖康元年（1126年），一个强悍的游牧民族的入侵，使宋王朝遭受了一次几乎灭顶的灾难，随着汴京（今开封市）的沦陷，数以千万计的北方官吏、将士和移民大量涌入江南，使当时地处江南的一些二三线城市立即人满为患，历史上出现了继西晋末年"永嘉南渡"以来的又一次大规模移民潮，当时的越州也与杭州、苏州等地一样，"号为士大夫渊薮，天下贤俊多避地于此"。陆游曾经说过："予少时犹及见赵、魏、秦、晋、齐、鲁士大夫之渡江者。"大宋的士大夫争相来到越地。

历史总有惊人的相似之处。每一个朝代的更替，大多会有一个女性执政者被推到历史的前台。靖康二年（1127年），大宋几度被废的元祐皇后孟太后出场了。那一年，徽、钦二帝被掳北去，大好河山顷刻被金兵的滚滚铁骑碾碎而一败涂地。

孟太后原本是北宋哲宗皇帝（宋徽宗之兄）的皇后，端庄贤淑的她只因是哲宗的祖母高太后所选，为哲宗皇帝所嫌弃，大半辈子在凄冷的道观里度过。又因为孟氏多次被贬，不在皇室名册中，且居住在宫外，靖康之难时，幸免被俘北上的命运。

孤独一生的孟太后做梦也没想到，世事流转，在她五十四岁的时候，这个世界突然想起了她，大宋的破碎江山攥到她手上。

金军撤退后，汴京城留下了以张邦昌为首的傀儡政府。张邦昌自量没有号召力，就招来孟氏撑腰，册封其为"宋太后"。

出身名门的孟太后识大局，有担当，果然没有辜负高太后的重托，不但没有对宋室反目相向，而且竭力寻找宋室遗孤，以期光复。当她得知宋徽宗第九子赵构因执勤在外而未被掳时，立即秘密去信劝说其称帝。

有了孟太后的诏书，二十岁的赵构在南京应天府（今河南商丘）登基，年号建炎，是为南宋开国皇帝宋高宗。如此，宋王朝才得以延续。

建炎二年（1128年）的那个冬天，在金兵的穷追猛击下，以孟太后为首的南宋小朝廷在呼啸寒风中抵达杭州。面对内外交困，孟太后沉着应对。她一面曲意抚慰叛军，一面悄悄命令韩世忠、张浚等北宋旧将火速勤王。叛乱平息后，高宗亲政，孟太后立即撤帘。

谁也不曾想到，一个早就被北宋皇室遗弃的女人，用一副柔弱的肩膀将赵宋王朝从北方挑到南方。

自此以后，宋高宗对她十分尊敬，事无巨细都要请问。无奈孟太后积劳成疾，绍兴元年（1131年），五十八岁的孟太后去世，作为南宋帝后，第一个安葬在绍兴宋六陵。

三

南宋王朝该在哪里安个新家呢？

建炎三年（1129年），金兵又大规模南下，宋高宗赵构从杭州渡钱塘江来到越州，驻跸越州。金兵尾随而来，宋高宗只得从越州逃至明州（今宁波），然后坐船去温州，直到次年四月，金兵北撤后再度返回越州。

回到越州后，他诏令天下，以越州为行在，以州治为行宫，并取"绍万世之宏休，兴百王之丕绪"之意，下诏从建炎五年（1131年）正月起改元绍兴，并升越州为绍兴府。越州从此有了一个新的名字：绍兴。

也许在无数次逃难之后，高宗最终看上了有"重江之险"、又相对比较安全的绍兴。绍兴临海，一旦形势危急，可以从海上出逃；绍兴也靠山，面对金军的追杀，可以暂避深山老林。一心想让宋室存活下去的高宗认定，这个山清水秀的鱼米之乡可以让大宋逢凶化吉，起死回生。

高宗选对了，是绍兴这块福地挽救了大宋，金兵暂停南侵，南宋在江南也渐渐站稳了脚跟。而赵构把绍兴定为临时行都，给了绍兴一次历史性的机遇，原本的江南小城一夜间变成了全国的政治中心。

绍兴二年（1132年）初，南宋朝廷将安身之所从绍兴迁往杭州，至绍兴八年，正式定杭州为南宋行都。

绍兴作为南宋的临时都城虽然只有短短的一年零八个月，但这一年多时间，却成为绍兴发展史上的一个里程碑，整个城市发生了根本性的变化。经济、文化和城市建设等都在原来的基础上有了突飞猛进的发展，并对日后绍兴城市的发展产生了极其深远的影响。

即使后来定都杭州以后，宋廷也一直把绍兴当作陪都来看待，其地位明显要高出其他各府。绍兴六年（1136年），宋廷规定首都临安以外的全国大邑四十处，绍兴名列其首。

高宗之后的南宋，风景优美的绍兴吸引了大批的北方移民迁居于此，城市人口大量增加。宁宗嘉泰元年（1201年），绍兴府有人口一百三十七万左右，达到了历史上的最高峰。到了南宋后期，绍兴的人口规模也一直较大。从南宋开始，绍兴普遍种植小麦，这是北方人大量南迁的结果。

移民的另一个结果，是绍兴原有的人口数量、人口结构、人口素质发生了改变。

随着人口增加，荒地被大量开垦，连鉴湖周边的土地都被大量围垦，幸好高宗下令，鉴湖湖面虽缩小，但基本得以保存。

那些年，绍兴的城市建设可以说是一日千里。北宋大中祥符年间（1008—1016年），绍兴城内的街坊合计三十二坊。但到南宋嘉泰年间（1201—1204年），绍兴府城内的街坊骤然扩大至九十六坊。这充分说明，绍兴城市的范围较过去有了大幅度的扩展。

南宋嘉定十四年到十七年（1221—1224年），地方官员又在府城内进行了一次有史以来最大规模的城市建设，除了把罗城和水陆城门修缮了一番外，对城内的道路、河渠、桥梁等也都作了新的规划和修建。绍兴城市的厢坊建置、街衢布局、河渠分布等，由此大体定局。此后，绍兴的城市格局直到清末乃至民国，都基本保留了南宋时期的格局。

到了南宋，绍兴真正称得上是一个水城。城内城外水网密布，因此南宋时期绍兴大量建桥，绍兴府境内有桥二百三十八座，其中府城内就有九十九座。桥上往往建有亭、屋，桥墩、栏杆雕凿精美。到绍兴二十七年（1157年）时，绍兴城市的景象已与过去完全不同了。

当时有个大名鼎鼎的状元，名叫王十朋，他在府城卧龙山顶俯瞰城市全景时，大呼绍兴已是繁华大都市了，"钟鸣鼎食，邸第相望，舟车往来，烟水相接"。为此，王十朋发出了"栋宇峥嵘，舟车旁午。壮百雉之巍垣，镇六州而开府"的感叹。此后，绍兴更是号称"天下巨镇"，"荆、扬、梁、益、潭、广，皆莫敢望也"。

四

南宋时期的绍兴，都市经济繁荣发展到了一个全新的高峰。

南宋绍兴的酿酒业、造纸业、丝绸纺织业、雕版印刷业、制盐业等都称盛于世。今日的绍兴黄酒在南宋时期就已经定型，只是名称不同罢了。丝绸业也在全国占有重要地位，当时绍兴的越州尼罗寺绫"名著天下"。而绍兴与徽州、成都一起并列为全国三大造纸业中心，出产竹纸和敲冰纸。

商业更是繁荣，绍兴是当时著名的商业大都会。城内外商贾云集，店铺遍

布,百物汇聚,酒肆林立,正如陆游在诗中所说的那样,"城中酒垆千百家"。

市场众多,仅绍兴城内的市场就有照水坊市、清道桥市、大云桥市、江桥市等十多处。城外的市场更为繁多,南宋中期,会稽、山阴两县境内分布着二三十处市镇。众多的市场,组成了紧密的商业网络,加速了货物流通,而且自那时起就有了专门的商品交易市场。如山阴县的梅市和项里市,所在地区盛产芡实(俗称鸡头)和杨梅。每当这两种土特产品上市时,当地都热闹非凡。

陆游诗中对南宋绍兴的草市活动有不少具体的描述。如"三三两两市船归,水际柴门尚未开"等,反映了当地农民赶夜市归来的情况。农民白天在田间耕作,夜晚赶市出售自己所产农副产品和采购家中所需的物品。

南宋主要是通过横贯东西的浙东运河等交通路线与外部市场发生紧密联系。浙东运河早在北宋时,就已成为沟通浙东和浙西的重要通道。南宋时,经过地方政府一系列整治和疏浚,通航能力进一步提高。其中萧山、上虞段可行二百石舟,山阴、余姚段可行五百石舟。官府纲运和民间客货运输极其繁忙。

王十朋路过绍兴,说绍兴"航瓯舶闽,浮鄞达吴,浪桨风帆,千艘万舻"。通过这条运河,都城临安及全国各地,甚至是海外的商品源源不断地输入绍兴。而南宋空前发达的海外贸易就是通过浙东运河打开通往世界之路的。

绍兴也是南宋重要的文化中心之一。自宋以来,朝廷在城西北隅的鲤鱼桥和锦鳞桥之间兴办了贡院。此外还设有府学、县学和书院等。书院中有著名的稽山书院和和靖书院。稽山书院位于卧龙山西冈,淳熙八年(1181年),理学家朱熹提举两浙,政余之暇,曾到稽山书院讲学。

在宋代一以贯之的"重文教,抑武事"国策的推动下,绍兴人读书风气大盛。因为京城近在咫尺,所以绍兴读书考科举的人很多。南宋时,绍兴考取进士的人数达三百五十余人,考取状元的有四人。南宋一朝共有状元四十九人,如果以一百八十七个州郡平均,每个州郡不到半个状元,而绍兴却有四人,由此可见南宋对绍兴文化的影响。

五

南宋时,绍兴出过土生土长的皇帝,他就是宋理宗赵昀。理宗在位四十年，联蒙灭金，发兵收复中原，报了"靖康之耻"的家仇国恨，也结束了与金对峙一百多年的历史。然而积弱难返的南宋唇亡齿寒，面对日益强大的蒙元帝国，"联蒙灭金"的策略当时就留下了被灭亡的隐患。

理宗的功过是非自有后人评说。回头再说，宋理宗是怎么当上皇帝的。

宋宁宗赵扩因八名亲生子皆幼年夭亡，便命宰相史弥远寻找品行端正的宗室继承皇位，而史弥远将此任务交给了其幕僚余天锡。

余天锡坐船途经绍兴城西郭时，看到几个小孩正在河中游泳，忽见有一条龙环在一个小孩的四周，小孩的身上光芒四射。余天锡激动不已，忙叫船家停下船细看，果然有个赵姓小孩在其中嬉水。一打听，叫赵与莒，其家族虽与皇室只是远亲，但竟然是赵匡胤之子赵德昭的第九世孙，已几代定居绍兴，一直过着平民百姓的生活。

史弥远当时正当道，其权势如日中天，余天锡回去汇报后，史弥远思虑之后，当场拍板："赵家后代，就这么定了。"他当然是有心扶持这位平民王子，以保全自己日后的权势。

宁宗之后，史弥远轻松地废掉宁宗太子赵竑，然后立赵与莒为新帝，并将赵与莒改名为赵昀，是为宋理宗。

后来，绍兴城西郭的那座桥被叫作会龙桥，意思就是会见真龙天子的地方。

然而，理宗即位，并不能就此当个太平皇帝。南宋端平元年（1234年），金朝覆灭，之后蒙古铁骑势不可当，入侵偏安江南一百五十多年的南宋。随着临安之战的结束，南宋在绍兴留下的雅致和繁华也随着元军的到来，无情地烟消云散。

1279年，"崖山之战"后，南宋灭亡。

宋理宗这个来自绍兴民间的南宋皇帝赶在亡国之前驾崩，葬于绍兴宋六陵，史称永穆陵。

元初，西藏佛教僧人杨琏真伽到绍兴宋六陵盗掘南宋皇陵。理宗的尸体因为入殓时被水银浸泡，所以还未腐烂，盗墓者便将其尸体从陵墓中拖出，倒悬于陵前树林中以沥取水银。随后将理宗头颅割下，并制作成饮酒器，送到大都，其躯干则被焚毁。

这是宋理宗生前万万没有料到的。

直到朱元璋攻占大都后,理宗的头颅才在皇宫中被找到。明太祖朱元璋得知此事,叹息良久,明洪武二年(1369年)以帝王礼葬于应天府(江苏南京),次年又将理宗的头骨归葬于绍兴永穆陵。

六

很多人说,今天的绍兴人性格中已没了古越人的特点,我以为不尽然。

古越人的特点是勇悍、忠义和敢于冒险,这对于今天的绍兴人来说,确实已经不太常见了。但是在关键时刻,绍兴人就会有这种个性突现,鲁迅以笔书写民族脊梁,秋瑾演绎巾帼英雄传奇,徐锡麟以热诚捐躯革命……在推翻清朝、复兴中华的路途中,绍兴可以说是贡献了成百上千个富有冒险精神的革命志士,宁做刀下鬼,不走寻常路。

但是,普通的绍兴人,仿佛更多了南宋的真传。在商品经济、文化教育、科学创新高度繁荣的南宋时期,大量移民的涌入,绍兴仿佛完成了一次基因转变。即使到如今,绍兴人总是把教育放在第一位,再穷也不能穷教育,读书出仕是第一正道,而务实经世则是第二条出路,经商办厂、市场发达、安居乐业成为绍兴社会的显著标识。可以说,南宋的特色是文和柔,在文弱中彰显着生命的顽强和柔韧。

高宗皇帝当年带着一班文臣武将驻跸绍兴的时候,他首先想到的是怎样让一个王朝活下去,活下来以后怎么活得精彩。南宋没有改变北宋的框架,也没有吸取灭亡的教训,继续传承重文抑武的祖制,到头来,还是没有足够强大的军事力量与来自北方的虎狼之师抗衡。

文弱的南宋早成过往,然其精神在江南扎根,生生不息。

走过南宋留下的点点遗迹,我总在回味,绍兴的底子是古越的,绍兴的气质却是南宋的。从今天绍兴的城市规模来看,她不是大城市,也不能算小城市,她早已在南宋那些年重回二三线城市的行列之中,但是无论是文化的基因还是文化的张力,绍兴毫不逊色于任何一个城市,绍兴一直都流传着南宋气象。

苍松之下的王朝背影

青山无语自凝咽，苍松默然对夕阳。

一

想起宋六陵，是源于最近读了《当代》中作家祝勇写的一篇历史文化散文《宋徽宗的光荣与耻辱》。文中写道：宋徽宗，这个中国历朝历代最艺术的皇帝最后葬于会稽，当然，他的梓宫是他死后七年才从遥远的金国五国城（今黑龙江省依兰县）运回绍兴的，也许只是一些残骸而已。此前，我和很多绍兴人一样只知道宋六陵归葬的是南宋的六个皇帝，因此专门去请教绍兴市柯桥区越国文化博物馆馆长周燕儿，得到的是肯定的答复：这个让北宋盛极而衰的皇帝确实归葬于"宋六陵"。

为此，近日特意跑去"宋六陵"，想要一探究竟。"宋六陵"在富盛镇御茶村。御茶村所在地还有个地名叫"攒宫"，"攒宫"的"攒"是"停棺待葬"的意思。可是很多事情是不以人的意志为转移的，更何况是乱世中的王朝。

"攒宫"在距离绍兴古城区东南方向十八公里处，这里青山环抱，茶地绵延。在很远的地方就能看到茶地上突兀地站着几棵孤傲独特、古老苍遒的松树，笔直的树干直到顶端才长出树冠。

每次我路过这里，总感觉那几棵松树站立在旷野里，自有一种"青山依然在，无处话凄凉"的悲怆气氛弥漫在那一隅。有时候，我甚至认为人文气息浓厚的绍兴正是因为南宋帝国那几缕挥之不去的历史文化遗魂一直在上空飘荡，才显得总是那么的悠远深长，仿佛在向世人说明，绍兴这个曾经的越国都城，还是南宋王朝的一座废都。

这里埋葬着南宋九个皇帝中的六个和大部分后妃。当然后来知道，宋徽宗赵佶的陵墓也在攒宫附近，徽宗的陵叫永佑陵。永佑，这个名字放在

那里，显得很有讽刺意味。

二

今天大多数史学家都认为是崇文轻武的宋王朝自己把自己断送在外族的金戈铁马之下。靖康之难（1126—1127年）前，北宋的汴京也许是世界上最繁华的京都之一，帝国的辉煌景象在徽宗的御用画师张择端的《清明上河图》里熠熠闪亮。可是，那场足以让中华民族痛得难以启齿的灾难，让那张图最终成了一场帝国的华丽春梦，梦醒之后，灰暗的天空异常惨淡。

靖康二年的那个春天，汴京城里的春花还未全开，来自冰雪北国的金军一路攻城略地，几乎不费吹灰之力就一举攻破了大宋的京都，宋朝的将士在金人面前显得那么不堪一击。金人将徽宗、钦宗二帝以及众多后宫女子、皇亲国戚、朝廷重臣、能工巧匠等三千多人和大量珍宝财富一起掳走，同时，汴京城里被大肆烧杀抢劫，大宋皇城几乎被洗劫一空，代表宋朝最高文化品位的徽宗皇家花园艮岳也在劫难逃。

那个能书写著名瘦金体的皇帝怀揣着那幅著名的画作，在去往寒冷北国的路上瑟瑟发抖，一路上除了幽怨还是幽怨。他深深知道，他和他的列祖列宗精心绘就的如画盛世已经在金兵的野蛮入侵下灰飞烟灭，而他竟成了愧对列祖列宗的那个罪人。

赵佶端详着《清明上河图》，面如死灰，心如刀绞。慢慢地，他终于看出一派繁荣市景的图画，背后却包藏着另一幅"盛世危图"。看，那些守卒那么懒散；再看，那些收税小吏如此贪婪。张择端啊张择端，你为什么不明说呢？也许他已经说过了，可是那时的徽宗怎么会听得进去呢？悔恨又有何用呢？抑或北宋王朝在立储君时，选择了赵佶这个文人君王时，便是一个巨大的错误？在五国城冰冷的地窖里，金人赐他为昏德公，"家山回首三千里，目断山南无雁飞"，至死，赵佶都念想着山河旧梦和故国家园。他更不会料到的是他的尸骨几经辗转，最终会来到他闻所未闻的绍兴。

绍兴之所以称为绍兴，也源于大宋的国耻家仇。靖康之难后，宋室失去北方的江山，徽宗第九子赵构被拥立为皇帝，即宋高宗。赵构即位后，在金兵的穷追不舍下，一路南逃，并在当时的越州一住就是近两年，越州实际上成了一个在逃王朝的临时都城。公元1131年大年初一，赵构为了励精图治、匡兴宋室，决定大赦改元，他在诏书中说："绍万世之宏休，兴百王之丕绪。其建炎五年，可改为绍兴元年。"在这里，"绍"是承继，"兴"即兴盛，二字相连就是"承继前业，振兴昌盛"之意。当时的高宗确实有收复中原之意。

世事难料。此后，南宋的半壁江山在江南的烟雨中偏安了一百四十多年，先是绍兴后是杭州，在暖风熏拂下，俨然成了另一个汴京。杨柳春风中，谁还记得徽、钦二帝在北国地窖里抬头看到的只是一小片阴冷的天空？

"绍兴"两字最终也没能扭转大宋的国运，虽然躲过了金国的劫数，却在百年后惨遭蒙元铁骑的蹂躏。公元1279年，随着崖山海战失败，一代名臣陆秀夫背负刚满八岁的小皇帝跳海而死，南宋消亡。史载，当时有十万南宋文臣武将和忠烈军民一同随幼帝沉海，场面之惨烈，今日已无法想象。许多史学家和人文学者都认为："崖山之后，再无中华。"也有人说，南宋的灭亡意味着中国古典时代的结束。

三

"攒宫"其实配得上江南最大的皇家陵园的称谓。

陵区的位置非常符合宋代皇帝陵的堪舆要求，即东南仰高，西北低垂。陵区东面的山叫青龙山，西面的山叫五虎岭，暗合了所谓的"左青龙右白虎"之说，再加上南面的紫云山和北面的宝山，自然而然成了风水宝地。绍兴元年，北宋哲宗的皇后孟氏病故，临终前要求"就近择地攒殡，候军事宁息，归葬园陵"，于是南宋王朝将她安葬在此地，宋六陵由此开始建立。

然而，精挑细选的宝地并不能使南宋王朝逃脱亡国的厄运，更不用说归葬故土了。今天我们所看到的，除了苍穹之下的青山苍松依稀如旧，已无法再捕捉到半点皇家陵园的气息，只有茶地边一块写着"全国文物保护单位"的石碑提醒人们，这里曾经是显赫的南宋皇陵。

宋六陵也许是中国历史上遭遇最凄惨的帝王陵墓,从第一座陵建成后不过百年,整个宋陵便遭到了盗挖。在以后的岁月里,它又多次遭到零星的盗掘。抗战时期,祭祀神道两旁的柏树被日军砍伐一空,用于修建工事。二十世纪七十年代,墓冢封土逐渐被夷为平地,地表建筑基本毁尽,唯独明清时期植下的几丛松树幸存下来,至今独孤遗世。1970年,这里被开辟成茶场。

四

为了写好此文,我专门讨教文保部门的专家,据说这些松树便是指示各个皇陵的标志,每一丛松树下都是一个皇陵所在。而宋六陵名为"六陵",实际上,这里除了埋葬着帝后们以外,还有一大批皇亲国戚,史书记载共有陵墓一百零一座。

如此说来,宋六陵应该是一个庞大的陵园集聚区,但是和秦始皇陵相比,它却在不到两平方公里内挤着上百座陵墓。宋六陵无疑是逼仄的。根据省文保部门2004年对宋六陵地下考古的探测结果看,几个区域内的墓葬,深度都不大,从墓顶到地面约为四米。

历史上多数帝王陵墓都是恨不得越深越好,那么,为什么南宋帝后们甘愿如此简陋地下葬?

究其原因,还是要追溯到那位哲宗皇后孟氏的遗言:"择地攒殡,候军事宁息,归葬园陵。"这就是说,宋六陵原本只是临时的皇家陵园,以后收复中原,这些皇帝的灵柩都要移葬到河南巩县的宋陵。除了提出"暂厝"之外,孟氏还提出要"浅葬",棺木和身体差不多大小就可以,陪葬品也只要身边的财宝简单陪葬就够了。这些,都是为了方便将来将棺木迁回中原。正因为这样的浅葬,才使得宋六陵如此容易遭到盗挖。

孟太后如果放在太平盛世,也许是位名垂青史的贤德太后,可惜生不逢时。此去经年,她的主张为霉运上身的王朝涂抹了更浓厚的悲剧色彩。

尽管宋六陵被无数次盗挖过,但是近年来仍然发现许多遗留下来的残碑和碎片等。2010年,由越国文化博物馆编撰,西泠印社出版社出版了《宋六陵遗物萃编》,书中收集了百余件文物的图片资料,向世人展示了南宋王朝真实面容的一个侧面。

已故的越文化研究集大成者、浙江大学终身教授陈桥驿先生曾为《宋六陵遗物萃编》一书作序，序中呼吁：希望我能看到这座江南最大的，也是唯一的古代帝王陵园早日恢复。这是一处不容废弃的古迹，也必将成为一处引人入胜的游览景点。

青山无语自凝咽，苍松默然对夕阳。陈老先生的遗愿不知何时能实现？

陆游：一生的无奈与执着

他是一个多情的文青，他是一个激昂的愤青，临终示儿：家祭无忘告乃翁。

在绍兴，有一位家喻户晓的南宋诗人，一生留传下来的诗作达九千三百多首，大多是抒发爱国爱乡之情怀，有很多是描绘家乡镜湖之美，比如"千金不须买画图，听我长歌歌镜湖"、"山重水复疑无路，柳暗花明又一村"。这些耳熟能详的诗句正是出自陆游（号放翁）之手。

陆游无疑是南宋文化的一个标杆人物，他在诗歌上的成就独树一帜，人们称他为"小李白"。

可是，通读陆诗，你会发现，他的诗渗透着一种无奈，贯通着一种期盼。尽管历史早已无情地关上了大门，可放翁总是伫立在镜湖边上，遥遥无期地等待着某一个时刻的到来。

人之命运，与时代和国家是密不可分的。陆游出生于两宋之交，成长于偏安的南宋，破碎的山河、国家的不幸、自幼的颠沛流离，给他的一生带来了不可磨灭的印记。

一

陆游的祖籍是山清水秀的浙江绍兴（今绍兴市镜湖新区东浦镇塘湾村为陆游故居所在）。他出生的时候，绍兴还不叫绍兴，而叫越州。他的先祖世代务农，后由科举进入仕途，到陆游出生时，陆家已是显赫的世宦之家和江南的名门望族。陆游的祖父陆佃，师从王安石，精通经学，官至尚书右丞，是北宋著名的学者，后来因为卷入党争，被贬至亳州（今安徽省亳州市）。陆游的父亲陆宰，北宋末年任吏部尚书等职，而陆游的母亲唐氏是北宋宰相唐介的孙女，亦出身名门。

北宋宣和七年（1125年）十月，陆宰奉朝廷之命入京。他带着家眷，从寿春（今安徽省寿县）由淮河沿水路赴汴京。就如命中注定一样，陆游在淮河的船上呱呱坠地了，他的哭声响彻淮河之上，听起来是那样的高亢激愤。他是陆宰的第三个儿子。

从那年的寒冬起，金兵的铁骑气势汹汹一路南下，靖康二年（1127年），一举攻陷了北宋都城汴京，俘虏了太上皇宋徽宗赵佶和他的长子宋钦宗赵桓。在被俘的日子里，徽宗和钦宗天真地以为可以花钱消灾，他们答应了金人提出的全部条件，割地、赔金、捐绢。但是如狼似虎的金军不但把两位皇帝连同皇室成员、皇亲国戚、能工巧匠押解北去，还将繁华的汴京城烧杀洗劫一空，甚至掳走大宋王朝的全部家当。北宋遂宣告灭亡——那时，陆游刚刚两岁。

伴随着民族史上的奇耻大辱，陆宰携家眷逃回老家越州府山阴县。可以说，幼年这段艰苦危险的离乱生活，是陆游一生中最初的记忆，令他终生刻骨铭心。后来陆游在诗里写道，有一天夜里，一家人忽然听闻金军的战马在嘶叫，立刻起身连夜逃命。那是南宋建炎三年（1129年），金兵渡江南侵，宋高宗赵构率臣僚南逃，一直逃到东阳。

在东躲西藏的日子里，陆游家人有时怀揣着干粮藏身于深山老林里，连续十几天没法生火做饭。后来，几经辗转，总算回到了山阴老家，可是没过多久，金兵再次逼近，他们被迫又逃回山里。直到陆游九岁时，江南总算安定下来了。"儿时万死避胡兵"，占去了陆游童年的大部分记忆，他怎会轻易忘记如此的伤痛？

二

陆游自幼聪慧过人，十二岁便能写诗作文。因长辈有功，以恩荫被授予登仕郎之职。绍兴二十三年（1153年），二十八岁的陆游进京（临安）参加锁厅试，主考官阅卷后取陆游为第一名。因秦桧的孙子秦埙位居陆游之下，秦桧大怒，欲降罪主考官。次年（1154年），陆游参加礼部考试，秦桧指示主考官不得录取陆游。陆游被秦桧嫉恨，仕途一直不畅。

直到绍兴二十八年（1158年）秦桧病逝，陆游才被朝廷起用，任福州

宁德县主簿。不久，调入京师。陆游入朝，应诏上策，建议"非宗室外戚，即使有功，也不应随意封加王爵"，还建议皇帝严于律己。绍兴三十一年（1161年），陆游因进谏有功，升为大理寺司直兼宗正簿，负责司法工作。

陆游的一生受父亲陆宰的影响很深。少年时，常常参加父亲和朋友的聚谈，每讲到国家覆亡之事，父辈们"或裂眦嚼齿，或流涕痛哭"。直到陆游成年，父辈们重振河山的激昂心情和爱国情怀一直感染着他。

陆宰有位同乡挚友名叫李光，宋高宗时任吏部尚书。他极力反对朝廷向金称臣，还当着皇帝的面斥责秦桧，因而被罢官回乡。他经常到陆家拜访，每说到秦桧，便愤恨不已。小小年纪的陆游非常崇拜李光，在以后的诗文中描绘他"目如炬，声如钟"。这些所见所闻，使陆游自小就树立了"扫胡尘"、"清中原"的壮志，年少时就喜读兵书，练习剑术，并在心里深深地埋下了一粒"愤青"的种子。

入朝以后的陆游，一直在为北伐献计献策。绍兴三十一年（1161年），金主完颜亮调动了六十万大军南侵，在渡过长江时被南宋文官虞允文打败，完颜亮也被部将杀死。即位的金世宗完颜雍派人议和，南北对峙的形势有了变化。第二年，宋孝宗赵昚即位，起初大有收复中原之决心。他召见陆游，任命他为枢密院编修官。陆游上疏，建议整饬吏治军纪，固守江淮，徐图中原。隆兴元年（1163年），孝宗以张浚为都督，主持北伐。陆游上书张浚，建议早定长远之计。张浚出兵，朝廷发布诏书，号召中原民众协同抗战，配合宋军收复失地。而这份诏书就是由陆游草拟的。

可惜，张浚指挥不力，加上他手下大将相互猜忌，以致宋军没打多远，就全军溃退。宋孝宗从此失去收复中原的信心，朝中偏安之论也随即甚嚣尘上，主和势力抬头。张浚被罢免。陆游先被贬出京师，后被罢免，只好回到绍兴老家。

壮志未酬的陆游在家乡一住就是数年，倒也落得个逍遥自在。乾道七年（1171年），四川宣抚司使王炎听闻陆游的名气，邀请他去当幕僚。陆游想到王炎驻扎在汉中，接近抗金前线，便欣然前往。在汉中，陆游穿上戎装，体验了铁马秋风的军营生活，亲眼看到汉中人民犒赏宋军、密递情报的义举，这更加激发了他的爱国热情。经过仔细考察，陆游向王炎提出，收复中原的第一步是攻下长安，应该训练军队，囤聚粮食，做好进攻的准备。虽然王炎表示赞同，可当时南宋朝廷不仅没有北伐的打算,还不能容忍有人策划北伐。不久,王炎被召回,幕府被撤销,陆游的期盼又被狠狠地浇了一桶凉水。

陆游宦海数度沉浮,都与当朝皇帝主战还是主和的态度有关。不过,无论皇帝如何动摇不定,陆游主战的态度以及收复中原的梦想从未停止过。

大家熟知的"放翁"之号,是陆游年近五十时给自己取的。那是乾道八年(1172年),陆游被朝廷再次任命为成都府路安抚司参议官,官职清闲,陆游骑驴入川,碰上了老朋友范成大,范当时出知静江府(广西桂林)兼广西经略安抚使。虽然陆游与范成大是上下级关系,但两人都不拘礼法,常一起饮酒作诗。陆游因为北伐无望,经常喝得酩酊大醉,因此同僚说他"燕饮颓废",不久再次被罢免。陆游不以为然,索性自号"放翁",为人处世愈发旷达洒脱。

此后,陆游长居绍兴。转眼到了宋宁宗即位时,陆游已是七十八岁高龄。此时的陆游,诗名满天下。当时,有一个叫韩侂胄的大臣主政,主张收复中原,陆游毅然为韩侂胄撰写了《南园记》、《阅古泉记》等文,对北伐主张表示全力支持,南宋朝野受此鼓舞,人心振奋。

然而,韩侂胄的出兵很快又以失败告终。宁宗为了求和,杀了韩侂胄,把他的头颅献给金人。陆游闻此,愤恨无比,丝毫不改当年"愤青"风范,愤然写道:"壮心未与年俱老,死去犹能作鬼雄。"

陆游一生所写的诗歌,题材非常广泛,涉及社会生活及个人心情的方方面面,而历来最为人称道的是那些表达收复中原抱负的诗作,比如:"三万里河东入海,五千仞岳上摩天。遗民泪尽胡尘里,南望王师又一年。"再比如,晚年的陆游闲居山阴乡村,仍然壮志不移:"僵卧孤村不自哀,尚思为国戍轮台。夜阑卧听风吹雨,铁马冰河入梦来。"

三

如今位于绍兴市越城区鲁迅路上的沈氏园,是陆游诗情、才情、爱情最集中体现的地方了。不大的一处仿宋建筑,却成就了绍兴的爱情名园。

去沈园,一定要看一堵用宋朝旧砖砌成的照壁,壁上刻着陆游那首著名的《钗头凤》,词碑的造型和书法都很不错。沈园中真正宋人留下来的就只有一个葫芦形的水池,一块题有陆游诗句的断云石和少量假山假石。

走进园子,先声入耳的是写有各式爱的寄语的风铃牌,满满一廊的风铃随风舞动,那些古典的和现代的浪漫情愫在风中四处飘散着。

沈园因陆游和前妻唐琬的爱情故事而流芳百世。绍兴十四年(1144年),十九岁的陆游与舅父的女儿唐琬结婚。唐琬是出身名门的大家闺秀,精通诗文,堪称才女。且陆游与唐琬少时经常一起玩耍,可谓两小无猜,青梅竹马。婚后小夫妻情投意合,举案齐眉。但好景不长,陆游的母亲唐氏讨厌唐琬,逼着陆游休了唐琬,一对小夫妻就这样被生生拆散。这其中究竟是为何?

原来,陆游在结婚之前两度参加科举都铩羽而归。因为科举落第,父母以为,陆游年岁不小,不如先成家,成家之后,陆游自然应该安心读书。可是,婚后不久,母亲唐氏就发现,陆游不但没有收敛心志,专心读书,反而比婚前更加贪玩,整天在房中和唐琬吟诗作画,把科举完全抛在脑后。再加上唐琬过门两年一直未孕,致使陆母坚决要休了唐琬。"不孝有三,无后为大",陆游难违母意,被迫休妻后再娶王氏。

陆游原本以为,时间可以忘却一切。

六年以后,陆游到沈氏园散心时,与同在沈园游玩的唐琬邂逅了。唐琬当时也已另嫁他人,见到陆游,起初相对无言,到最后竟是无语凝咽。中午时分,唐琬遣仆人给陆游送去一壶美酒,几碟小菜。

几杯酒下肚,陆游心中万千愁绪涌上心头。醉后的陆游有几分狂放,找来笔墨,就在沈园的墙壁上当众题词一首:

红酥手,黄縢酒,满城春色宫墙柳。东风恶,欢情薄。一怀愁绪,几年离索。错,错,错! 春如旧,人空瘦,泪痕红浥鲛绡透。桃花落,闲池阁。山盟虽在,锦书难托。莫,莫,莫!

唐琬读之,悲从心来。陆游万万没有想到,他的这首词打破了唐琬原本平静的生活。唐琬回家后,忧伤不已,追思往事,也写了一首《钗头凤》,与陆游应和:

世情薄,人情恶,雨送黄昏花易落。晓风干,泪痕残。欲笺心事,独语斜阑。难,难,难! 人成各,今非昨,病魂常似秋千索。角声寒,夜阑珊。怕人寻问,咽泪装欢。瞒,瞒,瞒!

不久,一代才女唐琬便郁郁而终。两人从此阴阳相隔。

这场爱情悲剧给陆游的内心创伤是一辈子无法愈合的。七十五岁时,他重游故地,写下了《沈园》诗二首,再次怀念唐琬。在辞世前的最后一个春天,陆游让儿孙们搀扶着,来沈园与唐琬作最后的诀别,他的心里有太多的话要对唐琬说:"路近城南已怕行,沈家园里最伤情。香穿客袖梅花在,绿蘸寺桥春水生。"寥寥数笔,透露出他对唐琬永远的执念。

自古至今,唯有初恋是一辈子最最难忘的记忆。

四

虽仕途不顺,官场失意,情路坎坷,陆游的一生却是乐观的。有着超凡文学才能的他,诗、词、散文都出类拔萃,而诗歌艺术到晚年达到了炉火纯青的地步。陆游一生创作颇丰,有《渭南文集》五十卷、《剑南诗稿》八十五卷等。

陆游自言"六十年间万首诗",早年诗词以追求文字美为目标,中年风格转为奔放,充满战斗气息和爱国激情。

陆游的诗歌,对后代的影响也是深远的。特别是清末以来,每当国势倾危时,人们往往怀念陆游的爱国主义情怀,成为鼓舞人民反抗外来侵略的精神力量。

晚年的陆游蛰居故乡山阴,诗风趋向质朴,表现出一种清旷淡远的田园风味,不时流露出苍凉的人生感慨。陆游一生八十五岁的生涯中,大约有五十年生活在镜湖,镜湖的风光、风情、风物、风俗、风貌,时时拨动着陆游的心弦。

陆游育有六子一女。南宋国家衰败,人心颓废,他更注重教育自己的子女。二儿子陆子龙要去外地上任,陆游特意写了一首长达五十二句的《示儿》诗,要求他为官清白,结交正派朋友。嘉定二年(1210年)临终前,陆游所写的最后一首诗,也是《示儿》:"死去原知万事空,但悲不见九州同。王师北定中原日,家祭无忘告乃翁。"

陆游至死都不忘初衷和初恋,他的一生有多少无奈,就有多少执着。

南宋状元眼里的越中山水

曾经饱览瓯江两岸风光的他,沉醉于越乡的风景里,人生契阔,陶然忘我。

一

在绍兴历史上,有不少担任过越地官员的文化巨擘,他们受稽山鉴水的熏陶,才思泉涌,留下千古文脉,传于后人。比如王羲之、元稹、范仲淹、王十朋、辛弃疾等。

最早知道王十朋,是在游览温州江心屿上一座千年古刹江心寺的时候,发现山门两旁镌刻着温州籍南宋状元王十朋撰写的叠字联:云朝朝朝朝朝朝朝散;潮长长长长长长长消。这副对联让我花了点时间去理解其中的妙义。

后来读史书发现,王十朋也在绍兴当过官,虽然只有两年多时间,却留下了《会稽三赋》这样的文化财富。王十朋有这样的精彩词句:"杭之有西湖,犹人之有眉目;越之有鉴湖,犹人之有肠胃。"这是他在《鉴湖说》里面写到的,今题在绍兴水街一号马太守庙附近的一面纪念墙上。还有一副王十朋撰写的亭柱联在绍兴府山清白堂,是他为纪念范仲淹而题:钱清地古思刘宠;泉白堂虚忆范公。此联应为王十朋追慕两位先贤的高风而书。

二

王十朋出生在北宋时期的徽宗政和二年(1112年),号梅溪。他的家在温州乐清雁荡山附近的一个小村庄里,虽家道清寒,却自幼聪慧好学,是个远近闻名的学霸。

然而没过多久,平静的山村耕读生活被北方异族的入侵粉碎了。靖康之难后，南宋王朝一路南逃，总算在风雨飘摇的江南得到苟安。那一段惨痛的国家变故，使"平生忧国丹心在"的王十朋看得清清楚楚。

王十朋先是在家乡的江心屿读书，三十岁时到南宋都城临安（杭州）入太学。太学是南宋的最高学府，他在那里学成之后回到家乡，创办了梅溪学馆，开班授徒，耕读传家。

因王十朋坚决抗金的政治态度，在主和派占上风的时期，他屡试不中，也没机会出人头地。直到1156年，宋钦宗在遥远的金朝五国城坠马而亡，宋高宗心头的难言之隐才彻底消除，于是他开始招才纳贤，高调抗金。

不得不说，中国古代的科举的确为平民百姓打开了上升的通道，机会就这样留给了像王十朋这样厚积薄发的布衣书生。绍兴二十七年（1157年），王十朋再次去临安应考，参加宋高宗亲自主持的殿试。殿试以"权"为对，一天之中，他洋洋洒洒写了万言策书。策书中，王十朋引经据典，提出皇帝要振作精神，亲揽大权，振兴大宋。他的言语，正中皇帝下怀，高宗御笔一挥，钦点王十朋为状元。

那年，王十朋已经四十五岁了。在古代科举制度下，"三十老明经，五十少进士"，四十五岁入仕也不算太晚。

三

南宋的科举制度，中了状元以后，并不能马上就任地方政府"一把手"。当时，绍兴作为南宋都城临安的陪都，地位十分显要，因此朝廷将王十朋这位新科状元授官于绍兴，任命为绍兴府"佥判"，协助州长官处理政务及文书案牍。

上任伊始，即有一名乡妇击鼓喊冤。她反映，地方大户张侍郎，家养一条恶狗，其少爷放狗咬伤了她儿子，腿上鲜血直流。她的丈夫鲁六，见少爷如此行恶，一怒之下操起扁担，将狗打死了。第二天，县衙抓走了鲁六，下到大狱。

王十朋叫手下拿来案卷，仔细查看。此时，有个手下提醒他，张侍郎在朝为官，又与当朝宰相联姻，这案子还是不碰为好。听手下如此一说，

王十朋横眉冷对,怒声喝道:"不为民作主,当官干什么?"

王十朋调查了事情的全部经过,再审鲁六,最后判他无罪释放。当张侍郎派人来查问此事时,王十朋据理力争,说道:"如果我颠倒黑白,就是张侍郎的名声也要受损。"张侍郎最后只好悻悻作罢。

王十朋很崇敬北宋时期在绍兴任职的范仲淹,到任不久就把办公用的"佥判厅"改名为"民事堂",成为中国最早有民本思想的政府官员之一。他注重调查,裁决公允,不畏权贵,使许多民冤得以昭雪。

两宋之际,鉴湖开始湮废,旱涝灾害接连发生。碰巧,王十朋到任时,绍兴正发大水,水患严重,生灵涂炭。王十朋走进农家,深入田间地头,广济灾民,精心治理,还向朝廷奏请退田还湖。朝廷采纳了他的部分建议,减轻了越地部分地区的水旱灾害,老百姓纷纷称道。

此后,王十朋写了理论实践文章《鉴湖说》,洋洋洒洒数千字,阐述治理鉴湖的重要性。于是就有了上面那段精彩的文字:"东坡先生尝谓杭之有西湖,如人之有眉目。某亦谓越之有鉴湖,如人之有肠胃。目翳则不可以视,肠胃秘则不可以生。"

他以为:西湖是美丽的,它让杭州妩媚动人,顾盼生辉;鉴湖不仅美丽,更是实用的,它像人的肠胃一样,不断给绍兴输送养分,使这片土地上的人民丰衣足食,所以一定要好好治理鉴湖。

王十朋对鉴湖怀着深深的眷恋,今天有许多与鉴湖有关的佳句就出自王十朋之手:"鉴湖春色三百里,桃花水涨扁舟行。""谁把青铜铸鉴湖,湖光冷浸越王都。"后人将他列入绍兴治水名人榜。

在绍兴的两年多时间里,作为一名官员,王十朋秉公执法,为民谋事。期满离任时,绍兴老百姓依依不舍,为他立生祠,把他的绣像挂在名贤祠中,以示尊崇。

在绍兴的两年多时间里,作为一个文化人的王十朋除了干实事,还写下了一大批赞美越中山水的诗赋。曾经饱览瓯江两岸风光的他,沉醉于越乡的风景里,人生契阔,陶然忘我。

四

王十朋最为后人传诵的经典之作就是《会稽三赋》,即《会稽风俗赋》、《蓬莱阁赋》、《民事堂赋》。

《会稽三赋》作于绍兴二十八年（1158年）前后。《会稽三赋》是赋史名篇，也是反映地方历史文化的名作，具有不可替代的文学价值和地方文献价值。

《蓬莱阁赋》是王十朋和同僚们中秋之夜登阁雅集赏月之作。蓬莱阁在今天的绍兴府山之上，自唐、宋以来就是江南名阁，元稹、秦观、钱镠以及后来的辛弃疾、徐渭、张岱等大家都曾登阁抒怀。那年中秋月明夜，王十朋率众仿效兰亭聚会，纷纷作诗。王十朋在现场先写了两首诗，觉得不过瘾，再写《蓬莱阁赋》，俯仰古今，遂成千古佳文。越中佳境无数，王十朋首推蓬莱阁。

《民事堂赋》是王十朋的自勉书，赋虽短小却精悍，字里行间无不透露着作者的高风亮节。他反对唉民脂以饱妻子，勉励自己清白廉正，两袖清风。他以忠君爱国思想为正统，勤于政务。他为百姓忙于案牍，急于奔走。王十朋到绍兴，以范文正公为榜样，"居庙堂之高，则忧其民；处江湖之远，则忧其君"，践行着范公"忧国忧民"的思想。在南宋状元王十朋的身上，绍兴百姓看到北宋范公留与后世的影子。

三赋中最著名的数《会稽风俗赋》。

王十朋倾慕会稽山水，遍访越中胜景，遂成佳作，后来在绍兴流传之广、影响之大，是他始料不及的。

《会稽风俗赋》囊括了越中山川、古迹、历史、风俗、物候、人物，相当于一部绍兴风俗的百科全书。统篇仿照汉大赋"问答体"的结构形式，句式四六骈偶，对仗讲究，辞藻华丽，将越中风光和风俗描写得淋漓尽致。

赋中设子真、有君、无妄三人问答，模拟西汉司马相如名篇《上林赋》中的子虚、乌有、亡是三人反其意而用之，明示自己文章观点和内容的真实性和客观性，这是他文心和才思的一种展示。

子真、有君、无妄遍访越地名人胜迹：大禹会诸侯之会稽，勾践采葛之思洛山、西子浣纱之苎萝村，秦皇上会稽祭禹之秦望山，晋葛仙炼丹之葛仙岩，王羲之修禊山阴之兰亭，白乐天赞天姥山为越之首，亚父割断乌江之摩山，如此等等，蔚为壮观。赋末还表达了对南宋王朝复兴的热切

期盼。

题为《会稽风俗赋》,势必涉及越地民风民俗。王十朋笔下的越地风俗之一,是好读书。历朝历代,越地耕读传家,产生的名人志士很多。风俗之二,是食岑草。因为范蠡命越王左右食岑草,"以乱其臭,越人至今以为俗"。风俗之三,是慷慨隐忍。越人的性格坚忍不拔,不张扬,"卧薪尝胆,二十年不晚"。其他还总结了和睦孝顺、精忠职守、清明谦逊等越人风貌。

山川物产与气候、地缘往往关系密切。越地是一片钟灵毓秀的土地,也就是说地缘条件十分有利,气候适宜,无朔北荒漠的严寒,也无南夷蛮地的燥热。因此越地盛产"天衣杜鹃"、"仙桂丹枝"、"甘鞠黄精"、"黄竹神木"等花草中药。还有"兰亭国香"、"东山蔷薇"、"鉴水之芝"、"鸳梅并蒂"等越中特产。在王十朋的笔下,越地生长的牡丹可以与洛阳花王媲美,芍药可以与扬州的千叶红花共赏。

品读《会稽三赋》,就会发现王十朋以他自己的眼光,诠释了越中山水和风土人情,堪称越地文化的千古绝唱。古往今来,尽管有很多文人墨客、才子佳人作诗作文歌咏会稽山水人文,而且一流的诗人如李白、杜甫、白居易等都到过越中游山玩水,处处留下足迹墨痕,但是,有谁能够像王十朋那样如此细致入微地描述稽山鉴水?只有王十朋,在越地两年多的生活,让他熟谙了第二故乡——绍兴。

王十朋写《会稽三赋》不仅表达了他对越中山水的情有独钟,更表达了他对越地悠久历史、古老文明和千年底蕴的深深敬意。

第六章 明清文脉

阳明之心，光耀故土

此心光明，亦复何言。

一

最早接触王守仁（别号阳明）的心学，是因为看了一本有关他的传记。书中记载了一个生动的小故事：有一年春天，王阳明和他的朋友到山上游玩。朋友指着岩石间一树烂漫春花，对王阳明说："你经常说，心外无理，心外无物，天下一切事物都在你心中，你看这朵花，在山间自开自落，你的心能控制它吗？难道你的心让它开它就开，你的心让它落它就落吗？"王阳明不紧不慢地回答道："你未看此花时，此花与你的心同归于寂，这就说明了心外无花（物）；而你来看此花时，则此花颜色一时明白起来。"

读到这里，不禁深深敬佩这位立德、立功、立言的圣人，他的心学深奥到成为一门显学，朴素则可以妇孺皆懂。

阳明是正宗的绍兴人。他的家族是绍兴的望族，他的先祖一直可以追溯到东晋丞相王导和右军将军王羲之，从山东琅琊迁居绍兴后，子孙繁衍，分居各地。阳明的祖上在绍兴一住便是千余年。到了明初，王阳明的曾曾祖父为逃避出仕，躲进了余姚的四明山，在小山村以开私塾为生。因此，阳明出生在成化八年（1472年）的余姚。王阳明十岁那年，其父王华思念山阴城的佳山丽水，于是就从余姚迁徙到山阴城的先世故居。

曾经专程访问过余姚的王阳明故居，余姚人自豪地称王阳明是余姚人，并把阳明文化做足做深。殊不知，余姚自大禹时代起就属"大越"，明时的余姚隶属于绍兴府。而绍兴也许因为有太多的历史文化资源，如此一位圣人在绍兴留下的遗迹却显得潦草而零乱，直到最近，有识之士不停地挖掘和呼吁，终于让阳明在故土的轨迹得到了清晰再现。

二

有识之士中就有这么一个人,十年前他孤身一人从天津来到绍兴,在会稽山山顶兴建一处宏伟的建筑,这就是龙华寺和兜率天宫,现在已成为绍兴的地标性建筑。又在山上建起了稽山书院。稽山书院曾是王阳明在绍兴广纳弟子、讲授"致良知"的文化圣地。为了更好地弘扬阳明文化,如今他又开始了下一个"十年计划"。这个人叫潘建国,他现在的主要身份是稽山王阳明研究院副院长,稽山书院执行院长。

就这样,那一天,为听一堂有关徐渭的历史文化讲座,我应邀走进了位于绍兴上大路假山弄1号的王阳明研究院,这是潘院长又一次以公益的方式,修复建造的越城第一处王阳明遗迹。

在用土堆高高垒起的地方,一个精致而优雅的明式庭院已脱颖而出,假山廊亭,绿树环绕,流水淙淙。原来,这里就是王阳明的观象台。研究道教至深的王阳明曾在这里观星象,洞察天道宇宙之奥妙。而这座"王假山"是王阳明开挖宅第旁边的碧霞池留下来的土堆。王阳明曾被明廷封为"新建伯",他的"伯府第"以观象台为中轴线,东西对称,成为当时山阴城里的高门大户。如今正是在有识之士的大力倡导下,阳明故居的轮廓得以清晰呈现。

其实,阳明的状元父亲王华迁居山阴城以后的宅第建筑旧址共有三处,第一处在光相桥东侧,第二处是西光相坊的大台门,第三处才是上大路王衙弄的伯府第建筑群。

三

王阳明离开余姚后,就很少回去,一生中很多时间生活在绍兴。从十岁到二十几岁,除了随父去北京求学,他大多生活在山阴城。

阳明自小就天赋异禀。有一次,他问私塾老师:读书的目的究竟是为什么?老师的回答自然是标准答案:获取功名,成为一个知书达礼之人。少年王阳明说,不是这样的。老师问:那应该怎样?王阳明说,读书的目的是为了做圣人。老师当场目瞪口呆。

弘治十二年(1499年),二十七岁的王阳明中了进士,并被任命为刑部主事。但是，顺理成章地走上仕途并不是王阳明孜孜以求的目标。

青春期的王阳明好学好动，在北京遍求考证诸子书籍，格竹子（格物）七天七夜而始终不得其解，于是又遍访名寺道观，与僧人、道士往来，流露出企慕道学、喜好道家洞天福地之意。看似参透儒、释、道三教之后的王阳明，终究走不出内心的郁闷，他遂走向会稽深山，开始仿老子修炼。

王阳明后来一直自称"古越阳明子"，"阳明"二字就取自会稽宛委山龙瑞宫旁的阳明洞，道家称之为第十一洞天。阳明在二十一岁那年患病回山阴休养，第一次上阳明洞。在洞里，他了悟心性，明白了顺应万物自然之道，顺应人心本原的真谛。此后又数次上阳明洞筑室悟道。可以说，阳明心学正是在阳明洞初步形成的。

四

明正德元年（1506年），年轻有为的王阳明因上书得罪了当时炙手可热的宦官刘瑾，被当众廷杖四十，贬谪至贵州龙场（今贵阳市修文县）当驿丞。

可想而知，荒山野岭的孤寂，无人问津的落寞，茫然无望的未来，所有的不幸突然降临一个曾经一帆风顺的青年士人身上。王阳明坐在龙场那个灰暗潮湿的山洞里，苦思冥想着之前发生过的所有一切，究竟是天灾还是人祸？他该何去何从？是从此消隐于世还是重振旗鼓？然后，他思想认知的积累就在那个属于人生最低谷的时间点和空间里爆发了，他听到了顺应天理和来自内心良知的呼唤。于是，世上就有了那场足以让后人震撼的"龙场悟道"。

中国历史文化的天空升起了一颗灿烂无比的星星。从此，心学诞生，圣人出世，照亮普罗大众。

中国的明代是一个非常有个性的朝代，放牛娃出身的洪武帝给这个朝代打上了鲜明的时代印记。在政治上，朝廷江湖化，皇帝一个比一个活得率性，宦官们争相得宠居功，文官们纷争不已。而明代商业社会的萌芽，足以支撑起一个热热闹闹的市民社会，从《金瓶梅》到"三言二拍"，再

到汤显祖莺歌燕舞的《牡丹亭》,当然,还有唐伯虎这等略显无厘头的才子名流的潇洒生活,映照出明代的市井百态。从江湖到庙堂之上,虽然主流的声音还是格物致知的程朱理学,但是暗流在汹涌澎湃着。阳明心学其实发端于民间,发展于官场,在当时一国正统思想之下,最终战胜了死板的儒家旧说,延伸成为一个新的儒学体系,并在他的学生和无数追随者的推动下,大获成功。

心学不但让他得到了内心的极大安宁,更让他找到了内心强大的不竭动力,那便是知行合一,顺应天理,遵循良知,通过不断磨炼,最终积聚起足以改变命运的力量。

凭借心学的强大力量,王阳明走出龙场,从知县做起,重新开始他的仕途生涯。此后,王阳明率文吏弱卒,荡平了江西数十年的巨寇;凭借心学的强大力量,王阳明三十五天之内平定了宁王朱宸濠的叛乱;凭借心学的强大力量,王阳明彻底扫清了困扰明廷多年的广西部族匪患。

王阳明的伟大在于他不仅仅是一介书生文官,对明朝来说,他是一个屡建奇功、捍卫正统的大功臣。明正德十六年(1521年),王阳明被朝廷任命为南京兵部尚书,诰封"新建伯",并赐建伯府第于绍兴。在古代,荣归故里是对一个士人最高的褒奖。

建功立业的王阳明就在这时选择了急流勇退,他给自己找到了最后的归宿:绍兴,立言。

被封"新建伯"两个月后,王阳明的父亲王华去世,王阳明借口父死丁忧,辞职归乡,开始了在绍兴六年的讲学生活。

五

其实,讲学是阳明一生的最爱,从贵州龙场那时起,他一直都以教化百姓、传授心学为己任,所以每到一地,他必给当地士人、百姓讲授,常常引起无数共鸣,追随者日众。回到故乡后,他先在位于龙山的稽山书院设馆讲学,招收绍兴府八县及湖广直隶、南赣等地的学子数百人入学听讲。后来学生和听讲者日增,最多时,数千人前来听他讲授,就连当时的绍兴知府南大吉也拜他为师。嘉靖四年(1525年),阳明又在绍兴城西光相桥之东设立阳明书院。因学生众多,伯府第及书院已不能容纳,王阳明遂将学生安置到山阴城各地,绍兴一时成为全国的讲学中心。心学风靡全国,而此时的王阳明当仁不让地成为万人敬仰的精神导师。他在绍兴讲学的六年里,边讲边充实和丰富了心学学说。盛况之空前,使绍兴成为当时全国文化交流最繁盛之地。

而绍兴这个地方,自东晋之后,一直是江南最重要的核心文化圈之一,明代当然也不例外。

嘉靖六年(1527年)五月,王阳明最后一次奉命出征广西思恩、田州。出发前的一天晚上,王阳明在府第附近的天泉桥上与学生们话别。当夜王阳明提出了"无善无恶是心之体,有善有恶是意之动,知善知恶是良知,为善去恶是格物"的四句教语,后人称之为"天泉证道"。他的学生王畿、钱德洪等此后为他刊刻《传习录》等著作,阳明心学遂臻完备。

六

今天我们所见的伯府第只留下一间半。

伯府第原为明廷赐建,规模和质量均为上乘。绍兴民间有一种说法:"吕府十三厅,不如伯府一个厅。"吕府就在伯府旁边,"吕府十三厅"为嘉靖年间阁老吕本的故宅,现保存基本完好,为全国文物保护单位。但是,据文史专家研究,伯府大厅均采用楠木构筑,气宇轩昂,可容纳百余人,其造价相当于吕府十三个厅的价值,故有这一说法。

伯府第被大火焚毁后,只留下偏门门框一座和一间半被熏得发黑的民居。那个石砌门框是伯府第的原物,石质青青,古朴如玉。而留存下来的民居边上,我看到一块"绍兴市文物保护单位王阳明故居遗址"的石碑。民居的门始终掩着,它的屋脊高高挑起,引人遥想那五百年前的往事……

其实,吕府占地五十亩,伯府占地仅十六亩,伯府的房子不像吕府那么大,由许多小房间组成,大约有五十间之多,因为王阳明的学生、门人众多,这是为他们求学住宿考虑的。伯府不设台门设门墙,且门墙和牌坊均不高,以免受业者产生师道高尊、不可高攀之感受。

伯府第遗址前还有一个长方形水池,绍兴人称之为"王衙池",又称

"碧霞池",至今完好如初。我造访碧霞池,刚好是夕阳西沉的时候,满天的晚霞照在一方清清碧池上,生动而形象地再现了当年王阳明在池边为它起名的场景,而那座著名的天泉桥据说就在池边,如今却不见踪影。

从碧霞池再走过去便是西小河。遥想当年,王阳明乘坐伯府专用船只,一路从运河驶进西小河,然后在河道最宽处的伯府大埠头停靠下来,上岸回家。如今,古朴的河埠头已修葺一新。沿河的居民在河埠头边喝酒边聊天,有谁还会记得,五百年前,这里无数次上岸下岸,渡者是一位圣人?

七

在平定广西思恩、田州叛乱后,嘉靖七年(1528年),劳累一生而积劳成疾的王阳明向朝廷告老还乡,一路从江西返绍。行至南安时,病逝于舟中,享年五十七岁。沿途军民遮道祭奠,阳明弟子、门生为他披麻戴孝,从江西送梓棺至山阴,哭声震天,一路不绝。因子尚幼,王阳明的棺木由弟子王畿、钱德洪等出面迎回山阴,大半年后下葬。隆庆帝时追赠阳明先生为新建侯,谥号文成。万历十二年,阳明之牌位被安放入孔庙。历史上王阳明和孔子、孟子、朱熹并称为孔、孟、朱、王。

阳明墓坐落在兰亭鲜虾山南坡,此地与其父母之墓相邻,视野开阔,风水特佳,是先生生前亲择。

在阳明先生五十七年的人生历程中,大半时间或宦游他乡,或南征北战,或设坛讲学。无论从哪个角度讲,都可谓功勋卓著。在他病逝的那一刻,守着他的门人问有何遗言,先生答曰:"此心光明,亦复何言。"

一根狂野生长的青藤

光芒夜半惊鬼神。——明·袁宏道

一

那根青藤是他十岁那年亲手种下的,那几间东倒西歪的屋因此被叫成青藤书屋。时间过了将近五百年,斗转星移,那个南腔北调的人早已西去,那根青藤虽是后人重新补植,但它依然在原来的位置,依然倔强而孤傲地生长在顽石之中,终年葱绿。

狂生徐文长的故居,淹没在绍兴古城区一个叫大乘弄的小巷子里,几乎无人问津。就算是绍兴人,恐怕也没几个会专程到访。

书屋门面窄小,小到确实难以称之为"徐府",所以只能叫书屋。书屋占地四百平方米左右,和绍兴其他老台门比较,青藤书屋却是绍兴现有仅存的明代庭园式民居。其布局小而别致,颇具明式园林之味道。

踏着鹅卵石铺就的小路入院,只见一方幽幽庭园。园壁上布满了一道道屋漏痕,似一幅幅天然水墨丹青。园内植几丛翠竹、数株芭蕉,一棵古树已高至浓荫蔽日。壁上嵌砖刻着"自在岩"三字,是徐渭手迹。

园子尽头的东首是一间两室的老式瓦房,为后人重建。前室正中悬挂着明末大画家陈洪绶题写的"青藤书屋"匾额和徐渭的自画像,后室陈列徐渭的生平介绍和书画仿制品。

踏着小路向西,迎面是一个月洞门,门楣上是徐渭手迹"天汉分源"。门内是一个更小的园,目测不过十几平方米,可谓园中有园。园内有一方小池,几尾红鲤在轻轻摇摆。小池被徐渭称为"天池",是他生前最爱,耐得住细细品玩。天池靠月洞门一侧有一棵女贞树,苍老遒劲,直指云霄,指示牌说有二百五十五年树龄,推算一下应该是清乾隆年间所植。

与月洞门相对的园墙之下,是一个怪石堆砌的花坛,那根著名的青藤

就在那里恣意地生长着，盘根错节，状似虬龙，藤枝叶蔓，郁郁葱葱。此藤原为徐渭少时手植，后在"文革"时遭连根拔起。园管员说今日之青藤系二十世纪七十年代补植。

二

伫立在那根静静的青藤前，我心底发出很多追问：如此朴素精致的书屋，谁承想它是徐渭仰天狂啸、嬉笑怒骂过的地方？一位诗文书画俱佳的旷世奇才和艺术大家，他的狂狷不羁和戏谑人生究竟从何而来？

徐渭晚年曾作《畸谱》，文极简略，最详细的两段居然都是少年往事。一段是回忆他八岁时受到业师的称赞，业师期许他为"谢家宝树"，一段是他十岁时受到知县的嘉奖，知县勉励他"期于大成"。

徐渭的童年经历是非比寻常的。有研究说，产生神童的大概率发生于老夫少妻所生育的子女。其父徐鏓曾任四川夔州府（今重庆市）同知，徐鏓晚年纳妾才生下徐渭，然后由嫡母苗夫人抚养成人。但是，徐渭出生百日后，徐鏓去世，家道因此中落。十岁时，徐渭生母被苗氏逐出家门，骨肉被迫分离，直到他二十九岁时才将沦落于社会底层的生母接回家。徐渭十四岁时，苗夫人又去世，只好随兄长生活，而徐渭与兄长的年龄差距是三十多岁。

少时徐渭在家中的境遇地位可想而知。但他却六岁读书，九岁便能作文，十多岁时被当地的绅士们奉为神童，将他与东汉的杨修、唐朝的刘晏相提并论。在世态炎凉中，徐渭形成了既孤傲自赏又郁郁寡欢的性格。

三

徐渭生活的时代属明中晚期，特别是明正德、嘉靖之后，朱氏皇族失去了先祖所具有的雄才大略和进取心，执政者耽于享乐，造成宦官把持朝政的局势，社会日益腐败堕落。

明朝科举取士的名额不多，且历年不予增加。明中晚期经济的发展，带来商业的繁荣，读书人越来越多，科举应试的竞争也日益激烈。很多士人穷其一生参加考试终也不得成功，于是士人考而不取的焦虑和痛苦在蔓延着。

徐渭从十六岁开始到四十一岁，多次参加科举考试，二十岁考中秀才，此后始终未能中举。这对于从小就树立了修身、齐家、治国、平天下理想的读书人来说，努力走一条路，最终却走不通，这该是何等大的打击。

仕途走不通的徐渭只好开设私塾，以招收学童糊口。然而，心怀天下的徐渭，始终在寻找他的用武之地。

嘉靖三十三年（1554年），倭寇进犯浙闽沿海，绍兴府成为烽火战地。平时好阅兵书的徐渭，先后参加了柯桥、皋埠等地灭倭寇的战斗，并为绍兴知府出谋划策，初步显示了他卓越的军事才能。几次三番，徐渭的才能引起一个人的注意，这个人就是当时的浙直总督胡宗宪。胡宗宪在历史上是一个有功有过的人，他在总督浙江军务时，曾重用戚继光、俞大猷等名将，取得了抗倭战争的多次胜利，但是在朝廷上却依附权臣严嵩。

胡宗宪意欲将绍兴才子徐渭招入幕府，充当幕僚。徐渭其实不满胡宗宪傍依严嵩，但心里十二分钦佩胡宗宪的抗倭胆略，更感念他对自己的信任，同时也考虑到生计，最后还是入了胡的幕府。

由此，徐渭开始了他人生中仅有的一段绽放职场光彩的时光。

入幕之初，徐渭为胡宗宪创作了《进白鹿表》，表文书法文章俱佳，又极具政治色彩，受到了当时明世宗朱厚熜的赏识。因此，胡宗宪对他更为倚重。

此后，徐渭随总督府移驻宁波、杭州、严州（今浙江建德）等地。他"知兵，好奇计"，为胡宗宪出谋划策，擒获倭寇首领徐海，招抚海盗汪直，歼敌无数，屡建奇功。

一个有着杰出军事才能的人，一生没有任何功名，只是一名帅府里的清客，但在他的内心深处却有着炽热的报国情怀。在中国封建社会里，士人往往有"女为悦己者容，士为知己者死"的情结，徐渭和胡宗宪的关系就是如此。胡宗宪给了他报效国家和展示才华的机会，也给了包容他特立独行个性的空间。

也许，活着时最懂他的人只有胡一人，此后的徐渭再也没有遇到过这样的伯乐。

四

然而,美好的时光总是短暂的。嘉靖四十一年(1562年),大明帝国出现了变局。严嵩被免职,徐阶出任内阁首辅。在徐阶的策动下,胡宗宪受到参劾,并于次年被锦衣卫逮捕至京。两年后,胡死于狱中,他原先的幕僚一个个受牵连下狱。

在中国历史上,明代是实行中央集权最彻底的朝代之一,官员获罪,株连九族,门生故吏也不能幸免,且酷刑伺候,不得好死。徐渭生性本就有些偏激,又因连年应试未中,此时他对胡宗宪被构陷而死,感到深深的震撼,整日惊恐不安,幻想自己也受到了迫害,于是,在精神受到强烈刺激之下,他一开始为避祸佯装发狂,后来装疯癫狂久了,再加上家庭的一系列变故,到最后真的发狂了。

发狂的起因,源于他不幸的婚姻。第一次结婚是嘉靖二十年(1541年),由于徐渭的兄长拿不出聘礼,二十一岁的徐渭入赘绍兴富户潘氏,并随任典史(县令的佐杂官)的岳父游宦于阳江(今属广东)。那时的徐渭风度翩翩,妻子正值青春年少,从后来他创作的诗词中看得出,这是一场让徐渭刻骨铭心又弥足珍贵的爱情。可惜命运总爱捉弄人,徐渭二十六岁时,爱妻病亡,留下一个儿子。此后的徐渭十多年未再续弦。

徐渭第二次婚姻还是入赘,那时他已三十九岁,入赘杭州王家,但时间很短,不到三个月。嘉靖四十年(1561年),徐渭娶继室张氏。张氏年轻貌美,但算不得温顺贤淑,而此时的徐渭也早已不是过去那个温文尔雅的谦谦君子,他狂躁不安,极度缺乏安全感,且猜忌心十二分严重,常常与张氏吵架斗嘴,家庭关系十分紧张。徐渭常常和诗朋酒友喝得烂醉如泥,三更半夜才回家。

佯装发狂的徐渭在胡宗宪死后几经周折,最终回到绍兴,生计没有着落,以写字卖画为生。也许感到此生已无可留恋,他写了一篇文辞愤激的《自为墓志铭》,而后拔下壁柱上的铁钉击入耳窍,医治数月才痊愈。后又用铁椎猛击肾囊,也未死。如此反复发作,自杀达九次之多。

四十五岁那年,一个大雪天,发狂的徐渭杀了妻子张氏,他的自杀行为终于停止了。

徐渭杀妻的真实经过，大致是这样的：徐家有一个未成年的男仆，因为冷，蜷缩在锅灶旁取暖。张氏可怜他，就把衣服借给他穿。徐渭看见了，以为张氏与仆人私通，就大骂张氏，张氏不服，也回骂徐渭。徐渭激愤至极，操起手中砸冰用的铁耙砸向张氏，不料击中要害，张氏当场死亡。

徐渭发狂杀妻，下狱七年，后得张元忭（张岱曾祖父）等人的救援才得以出狱，出狱后的徐渭不再娶妻，也许这是对张氏的追悔。

晚年的徐渭家境愈发贫穷，和大儿子分家以后，几近贫困潦倒，只靠卖字画维持生计，但手头稍为宽裕，便不肯再作。他的一班门生和晚辈朋友，或骗或抢，从徐渭手中得到了不少他的作品。最穷的时候，徐渭竟将自己毕生收藏的几千册藏书贱卖一空，且狷傲愈甚，有时自持斧头毁面破头，精神病日益严重。

最后的日子里，徐渭在贫病交加中离开了人世。去世时，身边唯有一老狗与他相伴，床上连一张席子都没有。

悲怆的生命停留在七十二岁那年。

五

徐渭在世时，并没有多少人识得其盖世奇才，只有他自己评价自己诸般才艺："吾书第一，诗二，文三，画四。"但是后人对他的文艺成就进行了重新排序：画、戏曲创作和理论、诗文、书法。也许智者见智，仁者见仁吧。

他的文章曾让明代文坛公安派领袖袁宏道雀跃惊叫，尊为"明代第一"。徐渭创作过《四声猿》等多部戏曲，后来受到汤显祖的极力推崇。

至于绘画，明末清初的陈洪绶、清初的石涛和八大山人、清中期的郑板桥等大师都对徐文长非常敬佩，传承了其画风。

正是陈洪绶后来为徐渭买回并重建了青藤书屋，以资后人纪念。郑板桥曾刻一印，自称"青藤门下走狗"。而后来的大画家齐白石则恨自己为何不早生三百年，愿为徐渭磨墨理纸。

在明代，宫廷画家偏重临摹，正是徐渭一反传统，开创了"青藤画派"。他的写意画不拘小节，气势奔放，笔简意赅，多用泼墨，很少着色，层次分明，虚实相生，水墨淋漓，生动无比。后人评价他是当时最有成就的写意画大师。徐渭的画，画中有书，书与画相得益彰，给人以丰富的想象。

六

站在那根著名的青藤前，我突发奇想，假设徐渭能改变一下他的品性，他的命运又会出现什么转机呢？假如他收敛一下他狂放不羁的个性，以他的才华，应付一下当年科举八股文应该也不算什么难事，中了科举后也许就一路顺风顺水，或许就成了几品大员，鲜衣怒马、豪宅庭院、妻妾成群当不在话下。

即使科举不中，低调谦和一点，找几个权贵做靠山，拿自己的书画当礼送，然后包装宣传一下自我，最后把自己的作品炒出个好价钱，晚景终也不至于落到饥寒交迫、食不果腹的地步。

当真，这些徐渭都不会吗？

可是当我在青藤书屋来回踱了几遍之后，我彻底否定了自己的设想。细观徐渭的书、徐渭的画，他是多么与众不同，尽管时间已过去四百多年，但笔墨之间透露的处处都是离经叛道、桀骜不驯、卓尔不凡。就像他在《墨葡萄》一画中题的词一样，这是一根狂野生长的青藤，至死都不肯向世俗低头。

半生落魄已成翁，独立书斋啸晚风。

笔底明珠无处卖，闲抛闲掷野藤中。

他以一生的"畸谱"滋养了绝世的才华。一个天才，他的苦难就是他的全部财富和创作源泉。他用笔墨宣泄着内心的呐喊，呐喊里满满的都是恣肆纵横、铁骨铮铮、热血奔涌。假如他迎合世风、摧眉折腰，那就放弃了真我，那么我们今天不会再看到如此酣畅淋漓的书画和悲声如诉的诗文了，徐渭也不再是我们至今称道的徐渭了。

也许徐渭生不逢时,如果生在当下,以他的天赋异禀,会是一个名满天下的艺术家,但他的作品却未必会成为传世之作。

往深里想,命运还是公平的。徐渭生前落魄困顿,在贫病中死去,但正是这苦难人生才锻造了他独一无二的人文品性,才给后人留下了高山仰止的艺术佳作。

我站在书屋前,凝视着那一根青藤。遥想当年,风烛残年的徐渭,回首一生,满目狼藉,到最后眼里也只剩下那根青藤,老根苍劲,枝叶青葱,映照在他"畸谱"的人生幻影里。

徐渭的墓在绍兴兰亭镇里木栅村,墓园门口挂着一副对联:一腔肝胆忧天下;满腹经纬传古今。

张岱在夜航船上

三百多年前,他以一人之力,撰写了一本"百科全书",生动描述了他眼里的大千世界。

一

二十世纪七八十年代,我还生活在柯桥古镇,沿河而居,枕河而眠。每晚八九点钟,小镇的夜就安静下来了,我做完家庭作业,或抱着一只小收音机倾听来自小镇外面的声音,或打开一本课外书,神游另一个世界。在夜幕下,能听见古镇夜行人走过青石板路留下的橐橐足音,更能闻得船从河廊下驶过的潺潺水声。

那船大多数是乌篷小船,是当时古镇最通行的水上交通工具之一。一个个戴乌毡帽的船老大载着客人从这条河划向另一条河,河与河之间连着乡镇与乡镇、村庄与村庄。乌篷小船也载着外地客商,穿梭于当时刚起步的绍兴各乡镇企业,而这些当时被称为采购员或供销员的外地客商很多喜欢连夜坐上乌篷船,寻找下一个目的地。而这样的夜行船和采购员,日后居然让柯桥迅速崛起一座中国轻纺城。这是另外一个话题。

就在那样的年代,那时的小镇,我常常能听到我家廊檐下传来夜行船的声音,那声音夹杂着船与船交会时船老大之间的招呼声,船老大与客人之间的交谈声,有时还传来船老大为客人即兴表演的莲花落段子或者越剧、绍剧唱段,那唱腔透着绍兴黄酒的微醺,在水面上一圈圈地荡漾开去……

直到读到晚明的绍兴大才子张岱(字宗子)的《夜航船》,我明白这就是承载江南几千年文明史的夜航船,追溯时间,它一直可以延伸到久远的年代。

二

最早读《夜航船》,是因为读到书中的一个故事:昔日有一僧人与一士子同宿夜航船。士子高谈阔论,僧畏慑,拳足而寝。僧人听其语有破绽,乃曰:"请问相公,澹台灭明是一个人、两个人?"士子曰:"是两个人。"僧曰:"这等尧舜是一个人、两个人?"士子曰:"自然是一个人!"僧乃笑曰:"这等说来,且待小僧伸伸脚。"

这其实是张岱写在《夜航船》序言里的一段话,这段话一定会让读者哑然失笑。这个故事虽然不长,但信息很多:江南水乡的长途旅程是枯燥乏味的,航船的空间是狭小的。如何打发这沉闷且无聊的旅途时光?除了看两岸风光,就剩下与同行者谈天说地了。可以想象,夜航船的乘客中有文人学士,也有富商大贾,有赴任的官员,也有投亲的百姓,三教九流,应有尽有,谈话内容也上天入地,包罗万象。张岱想必是夜航船的常客,为了能让小僧之类伸伸脚,就写了一本书,他说:"天下学问,惟夜航船最难对付。"

也许就是读了这么一段序,我特意买了一本《夜航船》,放置床头,每于宁静夜晚翻上几页,犹如回到儿时的古镇之夜。读这本书起初是因为它诗意的书名,觉得它可能是一部散文集,可是读着读着,发觉《夜航船》是一部小型百科全书,上自天文,下至地理,诸子百家,人伦政事,礼乐科举,草木花卉,鬼神怪异,全书共计二十大类,分成一百二十五个小类,四千多条目。张岱以一人之力写出了一本那个时代的百科全书。我觉得其人其书好玩又有趣,于是就想写一写张岱和他的夜航船。

三

张岱出身于明万历年间绍兴的一个累世显宦之家,他的曾祖父是明朝隆庆年间的状元。他出身书香门第,家学渊源深厚,先辈均是饱学之儒,精通史学、经学、理学、文学等。天资聪颖的张岱幼好古学,博览群书。十六岁那年,张岱考取了秀才,曾轰动乡里,但他并不看重,此后一生不再考功名,倒是喜游山玩水,再加上出身于家境优裕、富甲一方的家庭,蓄声伎,好古玩,富收藏,精鉴赏,特别好茶艺雅赏。不难想象,翩翩少

年张岱成了一个不折不扣的纨绔子弟,但纨绔得品味脱俗,按现代的说法,绝对是一个"诚会玩"的主。

有一年中秋月圆之夜,他偕数百名少年公子在绍兴蕺山亭"举杯邀明月",山上搭起戏台,他自个儿也上台献演,引得台下一阵阵喝彩,演出一直进行到第二天天亮时分,轰动了整个绍兴城……张岱和他的一大帮追随者,引领着当时绍兴的时尚生活,吃喝玩乐,竭尽奢华,盛享着江南之华美胜景。

后来他在《自为墓志铭》中精辟地总结了自己的前半生:"爱繁华,好精舍,好美婢,好娈童,好鲜衣,好美食,好骏马,好华灯,好烟火,好梨园,好鼓吹,好古董,好花鸟,兼以茶淫橘虐,书蠹诗魔,劳碌半生,皆成梦幻。"

后人曾经把张岱和一百年以后才出生的曹雪芹相比,说曹也许正是张投胎转世而来。张岱又字石公,也曾自喻是女娲补天所遗的一块废石。其实,世人都说"富不过三代",耽于富贵,纵使才华横溢,终究逃不过宿命。

四

张岱的故居在绍兴越城区鲤鱼桥东头,我是专门去搜寻资料的时候,才发现他的故居现已成为中外嘉宾下榻的绍兴饭店。这在绍兴饭店门口的碑记上能找到答案:"明代散文家张岱,因清兵入关,国破家亡,诸家子孙零落,便僦(租赁)居快园二十四年。"

"快园"就是今日绍兴饭店所在地,它是张岱的故园。"快园"原为明朝御史大夫韩公之别业。韩公,绍兴五云人,构筑这座别业,因为其快婿诸公旦在此精勤读书,遂名"快园"。原来,这里的"快"并非快乐、快意的"快",倒是让后人曲解了其本意。

快园在龙山(又名府山)北麓,屋宇重叠,开门见山,开窗见水。前有园地,沃壤高畦,梨楂杨杏,物华丰阜。池广十亩,鱼肥虾嬉。另有桑树百株,桃李树数十株。春来鲜笋出土,秋有柑橘下树。后来,韩家子孙衰落,快园荒芜破败。张岱入住快园之后,将败屋残垣修葺一番,一住就是二十四年。

为什么张岱所住快园是租赁的？原来，张岱所处的时代是明末清初，彼时的他，未曾料到会经历一个末世，家道中落，后半生竟穷困潦倒，恍如隔世。

翻过史料，我大致知道，乘坐着夜航船的张岱从绍兴出发游历过杭州，到过南京、镇江等地，最远还到过山东的兖州，于当时的交通条件来说，可算阅世、阅人无数。

张岱在五十岁前经常住在杭州，对西湖更是一往情深，这在他的《西湖梦寻》一书里都有记载，当今中学语文教材里的《湖心亭看雪》就是其中的一篇杰出小品文。时当晚明，资本主义在江南萌芽了，西湖美不胜收，繁华靡丽，一如他前半生所爱，锦衣玉食，鲜衣怒马。

然而，张岱并不知道那时北方的满族人联合蒙古人正撞击着帝国的长城，更不知道那个叫李自成的下岗驿卒此时正集聚着一支起义大军向朝廷喷射出仇恨的火焰，这一切的改变让自小安逸的张岱命运发生了转折。

五

张岱和他的江南士族见证了分解崩裂的末世时刻，及至吴三桂引清兵入关，张岱毅然以布衣之身，变卖家产，举起义旗，投身反清复明斗争。

起义失败了，为躲避清军的搜捕，他最后悄悄地回到了绍兴。张岱不曾料到，自己从一个衣食无忧的公子哥儿破落为明朝遗民。

他的家产曾经遍布整个绍兴城，但世道变故后，他家徒四壁，所存家当唯破床一具、破桌一张、折腿的古鼎、断弦的古琴、几本残书，还有用秃笔蘸着缺砚写下的字。字迹虽然还是儒雅洒脱，然而面对一塌糊涂的破落，悲凉就像爬上额头的皱纹，深深地嵌进了那写满沧桑的前额……

曲终人散，花开花谢。然而，他的文字里却没有悲愤，也没有绝望，而是一种冬天到来花枯鸟亡、四季自然更替的平和与从容。僦居在快园的张岱以著书终老，而且一住就是二十四年，间或也去绍兴乡下走走，小住一段时光。

他的《快园道古》、《陶庵梦忆》、《石匮书》、《琅嬛文集》等名著都

是在他后半生问世的。

如今,张岱的快园经过数度改造,大略之轮廓仍依稀可辨,韩家池和名为"渡世津梁"的小桥似乎还是往日模样。

张岱六十八岁的时候为自己撰写了墓志铭:"学书不成,学剑不成,学节义不成,学文章不成,学仙学佛,学农学圃,俱不成。任世人呼之为败子,为废物,为顽民,为钝秀才,为瞌睡汉,为死老魅也已矣。"读到这里很多人一定会笑出声,最后张岱竟骂自己是一个死老魅……这段文字是晚年张岱的自叹,也是一个文人对自己人生际遇的洞见。

他还在《陶庵梦忆·自序》中写道:"鸡鸣枕上,夜气方回,因想余生平,繁华靡丽,过眼皆空,五十年来,总成一梦。"

六十八岁自撰墓志铭的张岱最后却高寿到九十有余。人,谁能算准自己的命?晚年的张岱深居简出,著书为乐,曾经拥趸遍地的公子哥儿谁人识得?彼时的他,白发皓首不言狂,但是走在"渡世津梁"小桥上的背影还是那样飘若仙人。

六

三百年以后,历史并没有忘记这位落拓不羁的绍兴才子,称其为晚明杰出文学家和史学家,"前有陶渊明,后有张宗子"。也有人拿他和徐渭并论,其实他比徐渭要晚大半个世纪,徐渭逝世的时候,张岱还未出生。

绍兴人杰地灵,走了徐渭就来了张岱。然而,他们生前都是那样的生不逢时,苦难深重,却不想这正是成就艺术大家的先机,人生不幸之中有大幸。犹如画家凡·高,生前被人当作痴人疯子,死后世人才识得其灼灼才华。

后世评价张岱著作等身,文笔清新,饶有情趣,风格独特,自成一派,堪称中国散文史上的大家,尤其是他的小品文,虽然大多描述活色生香的市井生活,却表现出独有的空灵之气,只可意会却难以言传。

张岱的梦究竟不是一场空梦。生前曾叹自己一事无成的他,最喜欢的事是文字,最拿手的事也是文字,当属码字者中的大师级人物,从不刻意追求却又浑然天成。正如张岱所说:人无癖,不可与交,以其无深情也;

人无疵，不可与交，以其无真气也。有癖好、有瑕疵才是人之本真，与有趣的人来往才有真情。

如果时光可以轮回，我最想回到过去看看的场景之一，也许就是张岱乘坐的夜航船，听听他到底在夜航船上高谈阔论了些什么有趣的事。

在中国漫长的农耕社会里，江南水乡大不同于北方的地方，交通工具就是其中之一，工具不同，文化亦不同。

北方多配置高头大马的畜力车，而南方多优哉游哉的小舟。夜航船作为南方水乡人远行的必备工具，张岱写了这样一部工具书，既接地气，又做足情怀。《夜航船》并非高深莫测之古书，而是用较为浅显的文言叙述四千余个常识段子，这些条目绝大多数都是作为一个文化人所必须熟知的内容。虽然也收录了一些现在看起来荒诞不经的内容，但作为古人的情趣笑谈，我们今天读来仍受益匪浅。

手划脚蹬的夜航船，江南最富有诗意的历史文化印记，如今它已不复存在，就连绍兴的乌篷小船也只是旅游景区的一个道具，早已不是我儿时梦中的那艘小船。

张岱，早已不在江南，却一直乘坐在夜航船上，成为江南最经典的传说。

高洁天成一剪梅

不要人夸好颜色,只留清气满乾坤。

一

农历立冬前两天,深秋的绍兴枫红叶黄,按图索骥走进诸暨枫桥九里山,只为寻找六百多年前著名画家、诗人王冕晚年的隐居之地。

王冕(字元章)何许人也?在众多的绍兴历史文化名人中,他显得尤其落寞。他是一个平民出身的隐世画家,后世评价他画的墨梅世界一流,不光是绍兴,而且是中国的骄傲。

九里山山黛水清,空气清新,小山村接近绍兴古城却显得偏僻荒芜。穿过冷清的村子,沿着九里山山脚的一条石子路,往上走十来分钟,过一个山塘,就到了仿元代和明代建筑风格的王冕隐居地"白云庵"。梅树、茅草房、洗砚池、大塘……当年王冕隐居的生活场景在这里被一一复制。

据查,前几年,有一位山民在九里山掘地时发现一块石碑,上刻"踪寄白云"四个字,经当地文物部门考证,此乃王冕手迹。

也许王冕的热度不够,也许名人故里本就不是什么旅游热点,山道上不见行人踪影,白云庵人去楼空,茅草房破败不堪,洗砚池早已干涸。一个早几年依靠民间力量兴建起来的王冕故里湮没在荒山野地里,唯有空山鸟语和狗吠声声。

也许主人下山去了。一如六百多年前的元朝,那个落寞的才子画家,带着老娘上山隐居,为了生计,一大早他只好下山以画换薪。也许那时的他,正翻过古博岭,走往山阴道。山阴城里有他的一群好友,他的画或许能卖个好价钱。

时空交错中,我看见了画家坎坷的一生。

二

王冕的祖代，无疑是官僚家庭，原住在关西（函谷关以西），他的十世祖在宋朝做过清远军节度使。后来他的先祖迁居诸暨。世事多变，传到王冕父亲这一代，已成为一贫如洗的农民。

王冕生于元至元二十四年（1287年）。小时候的王冕一直生活在诸暨枫桥的农家。在他七八岁的时候，他的父亲要他去放牛，他却偷偷地溜进学舍听别人念书，听了就默默记住，有时竟忘了牵牛回家，最后邻家把牛牵了回来，指责牛踩坏了他家的庄稼。王冕的父亲见此情景非常生气，狠狠地用鞭子和棍子教训他。打完了，王冕下次还是不长记性。

王冕的母亲说："既然儿子这样痴迷读书，不如让他去做自己喜欢的事。"于是，王冕离开了家，在一个寺庙旁居住。晚上，坐在佛像的大腿上，拿着一本书照着佛前的长明灯读，有时一读就到天亮。佛像大多数是土造的，有的面目狰狞可怖，王冕虽然是小孩，但他神色安然，一点也不怕。

王冕不仅喜欢读书，还喜欢画画。有一年初夏，一个雨过天晴的傍晚，王冕在湖边放牛。这时候，太阳透过白云，照得满湖通红，树叶经雨水冲洗，满目翠绿，而荷花开得格外鲜艳，荷叶上的水珠珍珠似的滚来滚去。王冕心里想：要是能把这景象画下来，该有多好。

于是，他向学生要来几支破笔，把树叶捣烂，挤出汁水当作绿色的颜料，把红色的石头研成粉末，与水调匀，当作红色的颜料，于是就坐在湖边上画起荷花来。

起初，王冕画的荷花、荷叶一点也不像。可他不灰心，一边画，一边琢磨。画到最后，荷花出神入化了。后来他又学画山水、牛马、人物，画什么像什么。小小年纪，名扬绍兴，求画之人，络绎不绝。

王冕学画，无师自通。

三

当时绍兴城里有位大儒叫韩性，其祖上是同宋高宗一起南渡过来的安阳官宦世家。韩性在城里以讲学为生，受业者甚多。他听说有关王冕的奇

人奇事后,便把王冕招来,收作弟子,学习儒学,授以《春秋》。王冕聪慧,苦学多年,不负众望,成为博学多能的一代儒生。

后来王冕多次科考,但都落第了。他没有沉溺其中,将举业文章付之一炬,此后再也不去应试了。

屡试不第的儒生一般会选择别的出路。但是,从小就傲岸的王冕偏偏不是能屈就的人。当时的著作郎(史官)李孝光想把王冕推荐去做府衙的小吏,王冕却对他说:"我有田可以耕,有书可以读,难道还愿意整天抱着公文被人奴役吗?"他常住在小楼上,有客人来了,门童来报,他要客人爬上去,客人才可以上去。有使者经过山阴城,求见他,他拒绝了。使者离开后,他倚在楼上长啸,令使者很是羞愧。

仕途无望的王冕开始了他的游历生涯。他先积攒了些钱,去杭州开启了第一次游历。在饱览西湖的无限风光时,作为"文青"加"愤青"的他,一登场就表现得与众不同。

众所周知,蒙古铁骑横扫天下,建立了庞大的蒙元帝国。元王朝为了便于统治,将各族人民分为四等:第一类是蒙古人,地位最高;第二类是色目人,包括西夏人、回人和畏兀尔人等;第三等是汉人;第四等是南人。南人就是最后被元朝征服的南宋境内各族,尤指淮河以南的汉族人。

血气方刚的王冕渐渐明白天下竟如此不公。有一天,他在西湖边上看见一个色目人,牵着头花驴,到处招摇撞骗,说什么花驴能解人意,懂回族语言。当时江南洪涝成灾,人民忍饥挨饿,而花驴啖粟如故,贪官污吏掷金争睹。王冕见此怪事,气得"归来十日不食饭,扼腕攒眉泪如雨"。年纪轻轻的他对元朝统治阶层表达了强烈不满。

而后,他雇船下东吴,过长江,进入淮、楚等地,结交志同道合的朋友。有时遇到奇才侠客,谈及古时豪杰事迹,当即就一起喝酒,吟诗作画,抒发慷慨悲愤之情,别人骂他是狂奴,他一笑了之。

王冕后来去了塞北,北国风光让他开阔胸襟,但外族统治者的耀武扬威,更使他心中郁闷。从塞北来到大都后,他住在秘书卿泰不花家。泰不花推荐他去史馆供职,他说:"你真是愚昧啊!不出十年,这里就会变成狐狸、兔子游走的地方了,我还当什么官呢?"

这时候,他的画誉也越来越高,达官贵人趋之若鹜,求他画梅花竹石。王冕泼墨挥毫，千花万蕊，片刻即成。

此后的某一天，他画了一幅梅花，贴在墙壁上，并题诗道："冰花个个团如玉，羌笛吹它不下来。"这无疑是一首反诗，见者个个缩颈咋舌，不敢与他话语。有人给他通风报信，再不走的话恐怕要被逮捕下狱了。于是至正八年（1348年），王冕悄悄地起程回返江南。

南归途中，遇到黄河决堤，沿河州县，田园房舍淹没，官府不管，百姓只好四散逃荒，场景十分凄凉。王冕见此，内心更加苦楚。他对朋友说："黄河北流，天下自此将大乱。"

行到半路，听说他杭州的好友卢生去世了，在滦阳（今河北迁西）留下两个幼女和一个书童，王冕又不远千里赶到滦阳，取回卢生的骸骨，并带三个孩子回自己老家。

王冕回到绍兴后，以他对局势的判断，又宣称天下即将大乱。时人听说，惊恐回避，有人骂他狂妄。他说："我不狂妄，还有谁狂妄？"

这个时候王冕的父亲已去世，王冕把母亲接到城里奉养。但是农村长大的母亲不久就想念诸暨枫桥的老家。于是，王冕买了头白牛，用牛车载着母亲回老家。回乡的路上，王冕自制了一顶极高的帽子、一件极宽的衣服，穿戴整齐后，执着鞭子，挂着木剑，唱着山歌，一路走去，乡间的那些孩童争相围观，一路哄笑，王冕不紧不慢地跟在牛车后面，也跟着哈哈大笑。

就这样，王冕学南阳诸葛亮，带着一家老小耕隐于九里山水南村，自号"老龙"，草堂取名"耕读轩"。参加体力劳动，种植稻、粱、桑、麻，晚上作画，过上了"淡泊以明志"的生活。

在九里山，他种豆三亩，粟六亩。种梅花千株，桃杏五百株。还在一块地上种上芋头、薤和韭。另外挖池引水，养了一千多尾鱼。他建起三间茅屋，自题为"梅花屋"。他就是梅花屋主。

王冕曾经仿《周礼》写了一卷书，随时带在身上，不给别人看。到了深夜就拿出来读，然后摸着书说："只要我不死，拿着这本书遇上明主，就可以完成像伊尹、吕尚那样的事业。"

从这里看出，王冕的内心极度渴望遇到刘备这样的明主，山林只是他暂时的寄托所在。

而彼时的王冕画技大进,尤擅长画墨梅,墨梅简练洒脱,别具一格。他画的梅用墨浓淡相宜,花苞从渐开到盛开都显得生机盎然。墨梅虽不设色,却能让梅花含笑枝头,栩栩如生。他画的梅具有天然神韵,寄寓了画家高标孤洁的境界,再配上脍炙人口的七言题画诗,诗与画交相辉映,终成传世名作。

求他画的人络绎不绝,他以画卷的长短决定需要多少米来换。有人讥笑他,他说:"我借此以养活自己,你以为我喜欢帮别人画画吗?"

王冕的一生是清贫的。在九里山隐居,他大部分时间需要参加各种劳作,读书作画不过是他的一些农余活动,而且是为了生活,以卖画易米糊口和纳租缴税,他的写诗作画自然与一般士大夫吟风弄月、消愁遣恨大为不同。尽管生活过得十分艰辛,但他宁愿耕作卖画度日,也不愿奔走豪门乞食。

四

至正十九年(1359年),东南骚动,汝颍地方发生起义,天下果真大乱,和王冕说的一样。强悍的蒙元帝国自忽必烈1271年建立到1368年被朱元璋灭亡,仅短短九十八年,一个曾经横跨欧亚的强盛帝国从此消失在历史长河中。

朱元璋提兵攻破浙江,派胡大海来攻绍兴,屯兵九里山。村人逃窜,唯王冕不动,当时他卧病在床。

朱元璋其实早就听说过王冕,广纳天下英才的他有意授王冕为咨议参军。于是,胡大海派士兵将王冕用车载至兰亭天章寺驻军处。胡大海请王冕上座,请他指教策略。王冕说:"大将军高明远见,不消乡民多说。如果以仁义服人,何人不服?如以兵力服人,谁人能心服?我绍兴乃秉义之地,要我教你们杀我父兄子弟,则万万做不到。你能听我,希立即改过以从善。不能听,请立即杀我。"胡大海被他讲得无话可说,只得再拜领受。

第二天王冕病遂不起,不久就去世了。胡大海精心筹备丧礼,将王冕殓葬于王羲之曲水流觞的山阴兰亭之侧,墓碑题"王先生之墓"。

王冕生于外族统治的时代,临终时终于等来了汉民族再次振兴的那一刻。他所画的《墨梅图》，花密枝繁，神韵秀逸，高洁天成，令后人叹赏不已，对明清画坛产生了十分深远的影响。

王冕、杨维桢、陈洪绶这三位枫桥人在中国书法史、中国绘画史乃至整个中国文化史上都享有崇高的地位，被后世并称为"诸暨三贤"。王冕也是中国古典名著《儒林外史》推崇的第一人。

纷说绍兴历代书院

无欲常教心似水，有言自觉气如霜。——明·刘宗周

一

蕺山是绍兴古城内三座小山之一，海拔不足百米，和越王建台定都的府山一样，同属绍兴的历史文化名山。为什么叫蕺山？据说山上长蕺草，蕺草也叫岑草。《吴越春秋》中说，越王自从尝了吴王夫差的粪便之后，患了口臭，范蠡于是下令辅佐在越王左右的大臣都食用岑草，以清新空气。这范大夫真是神人，百般精通。

蕺山又名王家山，因为书圣故里就在山脚下。山上原有多处历史建筑，但绝大多数被岁月消磨殆尽，仅有摩崖题刻等得以保存。目前，山上修复的主要建筑物有文笔塔、蕺山书院、蕺山亭等。

作为绍兴人，去蕺山上走走，于我还是第二次，因为那真不能叫爬山。第一次大约在三十年前，我上大学那会儿，和室友随意逛逛绍兴城里的名胜古迹，所以印象全无。这次特意为寻访蕺山书院而去，一路轻松上山，看到的大多是锻炼身体的中老年人，所有我能想象的历史兴衰感，被时代发展所无情地取代了，然而，这在情理之中。

走至蕺山书院，还是眼前一亮。那是一座被修复一新的明代书院。门楼两边镌刻着"诚意"和"慎独"四个大字，这是书院创办者刘宗周先生提出的教义。这两个词的内涵也正是当代人最需要的精神之一。

书院不大，占地仅几亩。参天古木映衬之下，一幢两层的木结构楼屋简约清丽，体现了明式建筑的风格。一、二楼分别挂着"刘念台先生讲堂"和"相韩旧塾"之匾。刘念台就是刘宗周。讲堂正中，"明德至善"的牌匾之下，是刘先生的画像。

二

刘宗周是明代绍兴府山阴县人。后人评价他是明代最后一位儒学大师,是宋明理学的殿军。他的著作很多,所创办的蕺山书院在当时影响巨大。他开创的学派,在当时被称为蕺山学派。清初大儒黄宗羲、陈确、张履祥等都是蕺山学派的传人。可以说,刘先生是继王阳明先生之后在中国儒学史上影响十分深远的人物。

刘先生进士出身,官至左都御史。他所处的时代已是明末,为官清廉刚正的他,多次弹劾魏忠贤,三次被革职为民,后索性称病辞官回乡。

离开官场的刘宗周,最终选择蕺山上的清芬小院作为他的归宿。刘先生在蕺山建书院,开坛讲学,声望极高,被推为儒林的泰山北斗。刘先生的会讲每月举行一次,到年终辍讲。"无欲常教心似水,有言自觉气如霜",这是刘先生的著名格言。蕺山学派以阳明为宗,创"诚意"为主,"慎独"为功,兢兢业业无负于本性之说,教人立身行事,为当世楷模,被誉为"千秋正学"。

蕺山书院里的从学者多硕学之士,有经史大家黄宗羲,文学家陈子龙,戏曲理论家祁彪佳,大画家陈洪绶,哲学家陈确、张履祥等。中国近代著名思想家梁启超在《饮冰室文集》里曾经赞叹道:"江浙名人大半出于门下。"刘宗周被誉为浙东学派的一面旗帜。

走出蕺山书院,书院的山墙上镌刻着四个大字:浙学渊源。这也许是明时的绍兴理学兴盛、书院众多、学养深厚的印证。

其实,绍兴自王阳明讲学以来,创办书院之风长盛不衰。最盛时,绍兴同时办学的书院达四十五个。明崇祯年间,刘宗周又创办了证人书院。之所以取名"证人",是由于刘宗周提出的证人主义教育思想。刘夫子倡导教育的目的就是学做圣人,做一个完全人格的人,读书不可违背"博学之,审问之,慎思之,明辨之,笃行之"五个原则。

每月初三,是证人书院的开讲日,讲课结束后,听讲者可自由质疑。一时间,"证人之名为海内学者仰慕",绍兴成为当时文化思想交流、碰撞、升华的集中之地。

明亡之后,刘夫子绝食而死,书院停止讲学。清康熙六年(1667年),

刘宗周的弟子黄宗羲等人，重新恢复每月初三的讲学活动，证人书院再度为天下人注目。

三

书院是中国古代的教育机构，分官、私两种。官办的多为应科举考试而兴，私立的多以学术交流为主。我查了一下资料，最早的书院是唐朝的丽正书院。宋代最著名的四大书院分别是河南商丘的应天府书院、湖南长沙的岳麓书院、江西庐山的白鹿洞书院、河南登封的嵩阳书院。书院的教育制度则是由朱熹创立，由大儒主持，担任山长，实行会讲制。明代，全国各地的书院达两千多所，学术气氛活跃，一度曾经因"东林党"事件，被魏忠贤下令拆毁。

我曾经在游览岳麓书院时，参观了国内唯一介绍书院历史的中国书院博物馆，那里详细介绍了书院的发轫、兴旺到终结的全部历程，非常值得一看。

岳麓书院相当于今天的著名高等学府。

回过头来说，绍兴历代的书院属于学府，又不完全等同于学府，一般由民间自行筹款，选址多在山清水秀、云深清幽之地，是名师宿儒追求学术自由与传道济世的通道和入口。

书院多实行开放式办学。学生无须经过入学考试，只要初通诗书礼乐和伦理纲常，均可到书院就读，有不少是追慕名师而来的游学之士。书院的生员也没有定数，少则几人，多则几百人。书院也没有一定的修业年限，每年二月开学，十二月散馆。学习内容多以儒家经学为主，旁及史书、诗文等。

今天看起来，书院的教学体制、方法、内容、目标等，还有相当合理的地方，尤其是书院重视德育方面的教化作用功不可没。在老师的指导下，学生通过"自修、质疑、讨论、自省、自察、躬行"的多层次学习，强化培养学生掌握和应用知识的能力，这对今天的教育、教学还是很有启示的。

绍兴的书院教育由来已久，且主讲者大多是名宿大儒，如范仲淹、朱熹、王守仁、刘宗周、黄宗羲，而且后来一大批著名人物如范文澜、陈建功、许钦文等皆从书院中走出来，成就大业。

毛泽东曾经写有一诗："鉴湖越台名士乡，忧忡为国痛断肠。"绍兴之所以人才辈出，与绍兴人历来重视教育，书院勃兴，形成好学的社会风气是分不开的。

据史志记载，自宋迄清，绍兴府历代中进士者共两千二百三十八人，其中，山阴、会稽在北宋和元代均为全国出进士最多的城市之一，明、清两代，其进士人数也居全国前列。

《史记》上说："三代之道，乡里有教，夏曰校，殷曰序，周曰庠。"庠、序就是古代中国的学校。过去，国有国学，府、州、县分别有府学、州学、县学以及书院和学塾等。

绍兴的府学宫建于唐代，是当时越州的最高学府，专授儒学。从宋代到清代，经屡次修复，有影门、明伦堂、大成殿、乡贤祠、泮桥等建筑，仅主宅就达十多间。府学宫位于今天的稽山中学内，现仅存明初所建的一些遗迹。

稽山书院、山阴陆太傅书院和新昌鼓山书院，是已知的绍兴最早设立的三个书院。

四

稽山书院创建于北宋宝元年间。那时，"先天下之忧而忧，后天下之乐而乐"的范仲淹被贬至越州任知州。到任不久，范仲淹看到一些穷苦子弟，有天赋读书却不能实现愿望。于是，他就在州府所在地卧龙山（今府山）西侧，创办了州学——稽山书院，聘请名师学者的费用，从他自己每月俸禄里面拿出来。

因为范仲淹积极兴办义学，吸收贫困子弟入学，老百姓感念他的善举，就在学校门口挂上了"范公义学"的匾额。在他的倡导下，越州办学之风大兴，各种学堂、私塾盛行，"绍兴出读书人"的风气一直延续至今。

范仲淹在绍兴虽然只一年多时间，却像府山上的清白泉所昭示的那样，官位不在多大，在位时间不在多长，积善造福，为民办实事就会被人传颂。范仲淹离任时，越州人民为了纪念他，建起了"希范亭"，还在郡前立了一座牌坊，坊上题镌着"百代师表"四个大字。难怪朱熹说他是"天地间第一流人物"！

南宋乾道六年（1170年），一代鸿儒朱熹任提举浙东常平使，驻绍兴。其间，他经常到稽山书院讲学、议事。可想而知，那时的稽山书院该是何等盛景。

到了明代，稽山书院逐渐荒废没落。至明朝正德年间（1506—1521年），山阴知府张焕将稽山书院移建于绍兴城隍庙西郊（今偏门直街，绍兴博物馆）。

稽山书院的再次辉煌由王阳明开创。这位宣讲"致良知"心学的王夫子在此地讲学和著述，四方游学之士追随至此，"环坐而听者三百余人"，书院盛极一时。据记载，阳明讲学，当时先后共有三万余人从各地来到稽山书院听讲，影响遍及全国乃至海外。

王阳明曾官至兵部尚书，立功、立德之后重视立言，从三十岁开始讲学授徒，每到一处任职，都修建书院，利用业余时间讲学，前后达二十多年。当稽山书院容纳不下他的众多弟子和学生时，他在绍兴又创办了另一所书院——阳明书院。阳明书院位于越城西郭门光相桥之东。

绍兴书院的勃兴还与另一个人有关。嘉靖二年（1523年），南大吉出任绍兴府知府，他浚河筑塘，修大禹庙，今日大禹陵碑前雄浑有力的"大禹陵"三字就出自南大吉之手。他信奉阳明心学，以阳明先生的学生自称，阳明讲学每期必听，还扩增稽山书院的规模，在山上建起了明德堂、尊经阁、瑞泉精舍等，尊经阁收藏了儒、道、佛各家经典著作，一时成为天下学人向往的圣地。王阳明亲笔撰写了著名的《稽山书院尊经阁记》，文章集中体现了王阳明的办学思想与准则。

关于书院，王阳明将其定位于"匡翼夫学校之不逮"，他认为书院存在的意义就在于补救官学的流弊，而讲求古圣贤的明伦之学。在他看来，"国家建学之初意"，就是明人伦，但因为科举的影响，建学的本意贯彻不了。此中的含义相当于今天应试教育和素质教育之争。阳明先生以一己之力，匡翼官学之不足，实为圣人之举。

不过，书院的兴衰大抵如此：名师在，书院旺；名师走，书院衰。王夫子身后，稽山书院和阳明书院慢慢地走向没落、废弃。

五

清代，山阴观海书院也曾声名远扬。观海书院建于清康熙五十六年（1717年），绍兴知府俞卿每月都有四五次到书院巡视。每次去了之后，他都要亲自讲学，内容有关立身、保家、孝悌、耕作等，听众达千余人，这在当时其实已是一个惊人的数字。

到了清代，绍兴的多数书院把重心转向应试教育——考课，根据科举考试要求，教授学生熟读"四书"、"五经"，学习做八股文，同时学习制艺、贴经及诗赋以应科举。

至清末，清廷改书院为学堂，绍兴府属各县部分书院陆续改为小学堂或中学堂。位于绍兴市越城区胜利路上的绍兴大通学堂，是辛亥革命时期陶成章、徐锡麟等人为培养训练军事干部而创办的一所学校。其实，它的前身是南宋的贡院，是当时参加科举考试的士子的考场。至清时，清政府建"豫仓"。"豫仓"是指专门培养人才的地方，其规模相当于书院，现今的"古越藏书楼"就属于"豫仓"的一部分。

无论是府学宫，还是稽山书院、蕺山书院、阳明书院或者大通学堂，不管它们今天是否依然存在，书院已成为越地的一种文化记忆，随风飘散。怎样去传承和发扬，也算得上是当今弘扬绍兴历史文化的一件大事。

天下师爷数绍兴

一壶绍酒一杆笔，一张铁嘴一布衣。
胸中自有千万计，智谋南北又东西。

一

说起绍兴，外地人总是夸奖绍兴人杰地灵、人才辈出，然而说到最后，总是意味深长地看着你，加上一句：绍兴是个出师爷的地方。这言下之意呢？褒贬自辨，让绍兴人听得云里雾里。

师爷究竟是个什么角色？先来听个故事。

清康熙二十八年（1689 年），康熙帝亲临绍兴祭大禹，文武百官在禹庙台阶上列队行九叩大礼。康熙最前，官员们按官职大小前后排列。行礼中，浙江藩台（浙江掌管财政和民政事务的官员）不慎朝冠跌落，被前排的驻浙八旗将军瞥见，将军与藩台素来不和，事后便向朝廷参奏。按清朝律法，朝冠落地是对圣上的大不敬，罪责十分严重。

吏部下令要浙江巡抚查复。浙江巡抚有心保全这位掌管全省财政的同僚，但又不敢得罪作为满人的将军，于是秘密招来众多绍兴师爷，出高价求两全其美的回复奏章。一师爷在听了巡抚叙说后，稍加沉吟，拟出九字妙文："臣列位在前，礼无后顾。"什么意思呢？这复章一则推卸了浙江巡抚的监督责任，二则是言外之意，若将军看到后面的藩台掉冠，一定是后顾了，那也是对皇上的大不敬。而从字面意思上说，也无得罪将军之意，且将军看到这个回复，一定无言以对。清廷接到这个复章，只好不了了之。事后，这位绍兴师爷获得一字一千两银子的高额报酬。

如此智慧，非同一般。

"师爷"二字大约是对古代官府衙门中由幕僚的俗称发展而来。古代将帅出征，治无场所，以幕为府，故称幕府。在幕府中办事的那些类似今天秘书、参谋等文职佐理人员，就叫幕僚或幕友。至明、清两代，地方官署中盛行由主官聘请幕僚，帮助自己处理具体政务。

自清朝起，民间一概称此类幕僚为"师爷"。师爷在幕府中出谋划策，参与机要，起草文告，奉命出使，联络官场，凡此等等，不一而足。师爷多是具有法律、财会、文书等方面专业知识和一技之长的读书人，不带官职而参与政务。幕友称官员为"东翁"、"东家"，平时幕友与官员以平礼相见，大多数官员对师爷是敬重有加的。官员称幕友为"西宾"、"西席"、"老夫子"、"先生"。"师爷"的本意是"师长之师"，尊称为"师老爷"，简称"师爷"，这或许就是"师爷"这一俗称的由来吧。对官员来说，从学问上来讲，师爷堪称师长，从作用上讲实则是智囊和助理。

二

做幕僚的人，其实不单是出自绍兴，各省、州、县都有，但总体来说，长江下游及钱塘江两岸是师爷的主要产地，特别是明、清两代，幕友和书吏中的确多绍兴人。与"绍兴师爷"这一俗称相关联的，还有一句叫"无绍不成衙"。没有绍兴师爷，就不成其为衙门。这是真的吗？

据考证，有清一代，全国一千三百五十八个县、一百二十四个州、二百四十五个府与十八个省的布政司、按察司、巡抚、总督各个地方衙门，以及朝廷六部、大理寺、理藩院、詹事府、都察院等中央机关衙门，只要每个衙门请四位师爷，全国的师爷总数就有一两万人。

所谓"绍兴师爷"，乃是活跃于清代、以绍兴籍为主的幕僚群体的总称。由于当时绍兴幕僚名满天下，连不是绍兴籍的幕僚也加入"绍兴师爷"的行列。在师爷队伍里面，绍兴人出道最早，数量最多，名气最大，他们是清代幕业的开创者和垄断者，成了师爷的典型代表。

就如同山西出晋商，安徽出徽商，在清代，绍兴人抱团出现过一个活跃在帝国政治舞台上的师爷团体。当时，绍兴师爷、绍兴方言和绍兴黄酒在全国十分通行。师爷之间用绍兴话对话，绍兴黄酒在各地都有分号销售，"刑名钱谷之学横行各直省"，绍兴师爷作用之大，影响之广，以至于雍正皇帝为了防止结党营私，于雍正元年（1723年）下诏明令："六部经

承不许专用绍兴人。"但从后来的情况看,这个诏令并没有起到多少实际作用,且雍正本人后来对绍兴师爷也改变了看法,天下衙门依然广泛录用绍兴师爷。

由此看来,绍兴师爷当时的确是一个分布广大、规模庞大、影响巨大的幕僚群体。

三

为什么绍兴人能如此多地充任"师爷"这个角色呢?这与绍兴的人文素养、地域环境和个性特点有关。

绍兴位于杭州湾南岸,山川形胜,经济发展,自然环境优越,历史文化深厚。自东晋起,就成为全国著名的文化中心之一,文人学士多聚居于此。明代袁宏道曾说绍兴"士比鲫鱼多"。中国封建社会信奉"学而优则仕",读书人的才智只能献给帝王,绍兴人热衷于通过科举考试求取功名仕途。

绍兴人历来文化素养高,苛细精致,善治案牍,这些个性特点皆适宜担任智囊和助理。

绍兴曾是荒蛮之地,大禹在此治水毕功,越王勾践建都立国,秦始皇巡越,祭禹刻石,教化民众。汉时马臻筑湖,使绍兴风调雨顺,山清水秀。晋室南渡后,士人纷纷相随,出现我国历史上最大规模的汉族南迁和多民族融合局面,绍兴因此得以"尚风流而多翰墨之士"。

至隋、唐,山水风光吸引文人墨客纷至沓来。两宋时期至元、明,文风更加灿然。一脉相承的文风,使绍兴成了名人辈出的"名士之乡"。历朝历代,绍兴走出了两千二百三十八位进士,其中文武状元二十七人。绍兴师爷正是在这种炽盛的文风熏陶中成长起来的,他们无疑就是绍兴士人的代表。

从地域环境上讲,虽然绍兴历史上堪称"鱼米之乡",但由于"永嘉之乱"、"靖康之难"期间,中原汉民大南迁,人口不断增加,人多地少的矛盾比较突出。

至明、清,绍兴"水岸田畔,凡可资耕种者,几无一隙之存"。穷则思变，在困难之下，人们为了生计，便将视野转向了耕种之外、地域之外，想起了手工业、商业等办法，动起了扬己之长、外出谋生、为人作幕等脑筋。

崇尚读书、追求功名，是绍兴一直以来的风尚。城中子弟多自幼就读私塾，未成年便能下笔成文。竞争激烈之下，绍兴人要考中举人、进士，比起其他地方来，难度系数加大。好比现今的高考，江浙两地的考生明显比其他地方的考生要高出好多分数，才能考上名校。

如此众多士子要想获取功名，至少会产生两个结果：其一，由于官职有限，中进士和中举人者不能一时得官，不得不候补等待出仕的机会，在等"缺"期间，他们不得不先做"后备干部"，再步入仕途，这样越发壮大了绍兴的幕僚队伍。其二，绍兴出了众多的进士和举人，更激发了绍兴人的读书浪潮，而科考中举的毕竟只有一小部分，其余落榜者不得不选择其他求名利之道，学做幕宾在当时也是一条出路。

历史上，一个群体的抱团出现，不是偶然的。传统社会里的绍兴人特别讲求乡缘、血缘、师缘等亲缘关系。翻看著名师爷许葭村（字思湄）所写的师爷专著《秋水轩尺牍》，你会看到，书中大量记录了这些亲缘关系。当时，师爷们除了互相提携推荐之外，还在各地建起了绍兴会馆。会馆举办专门培养师爷的幕学培训班，一般至少须攻读三年"幕学"，学业采用师徒相传的方式，学成之后必须具备相当的策划、计算、判案、撰拟官方文字的功底和能力，方可上岗。

凭借父子兄弟、同宗同族、儿女联姻等多种血缘关系，师爷群体越来越壮大。一省巡抚如用绍兴师爷为幕，势必知府、县衙都通用绍兴师爷。师爷之间彼此互通声气、招呼便利的亲缘关系，正是绍兴师爷群体兴盛的另一个重要原因。

四

绍兴师爷始于明，盛于清，没落于辛亥革命前后，在明、清两代的政治舞台上活跃了三四百年，声名扬及国内外，成为官衙幕僚阶层的重要组成部分。

绍兴师爷的鼻祖要数被誉为"明代第一大才子"的徐渭。徐渭多年应试不第,浙江巡抚胡宗宪招其入幕,徐渭为胡作《进白鹿表》,令明世宗大悦,越发看重胡宗宪,而胡宗宪则越发倚重徐渭。后来,为剿灭多年骚扰浙江沿海的倭寇,"好奇计"的徐渭为胡宗宪出谋划策,终于助其擒获倭寇首领徐海,招抚海盗汪直。为幕五年是徐渭一生中最闪亮的片段之一。

至清雍正、乾隆时期,清朝各级官衙大量利用汉族知识分子辅助治政。河南总督、兵部尚书田文镜深受雍正帝的器重,他背后的绍兴师爷叫邬思道。邬思道的传奇故事激励更多的绍兴读书人走上师爷的职业生涯。

据清史记载,邬思道字王露,绍兴人。自幼好读书,但科举不第,遂习法家言,人称邬先生。他先以游幕为生,寓居河南开封,河南巡抚田文镜"罗而致之幕下"。一日,邬先生神秘地对田巡抚说:"大人如果想当天下闻名的巡抚,就放手让我私自给皇上上一封密折,但您不能看半个字,保证您得到皇上器重。"田文镜战战兢兢地答应了。于是,邬先生就替田文镜起草了一封弹劾当时权倾朝野的皇舅隆科多的密折,田文镜知道后脸都吓得发紫,坐等降罪罢官。不料,雍正皇帝正愁没有借口剪除尾大不掉的隆科多,看到这封奏折真是求之不得,于是借题发挥,把隆科多罢免了。从此,雍正皇帝更加宠信田文镜,而邬思道因善于把握朝廷形势、揣摩帝王心术而成为师爷中的传奇人物。

其实,细究此事可知,邬先生通过长期观察分析,早已探知圣意,所以果敢行事。后来,雍正帝常在田文镜的请安折上朱批:"朕安,邬先生安否?"这使得以邬思道为代表的绍兴师爷身价飙升。

田文镜去世后,其他督抚争相以厚币聘请邬先生。由此引起各地督抚争相聘用绍兴师爷,希冀借助绍兴师爷的才智,获取仕途上的快速发展。

绍兴师爷其实是一种特殊的文人治政现象,他们既足智多谋、才思敏捷,又处事灵活、练达、圆通,应该说,绍兴师爷群体为国家治政留下了大量而丰富的实践经验。对今天来说,也是一笔不小的行政管理学方面的财富。

晚清时期,绍兴师爷中能人辈出,官吏争相聘请。最负盛名的是秋瑾的曾祖父秋桐豫,他曾受聘于东三省总督赵尔巽。师爷章士杰受聘于两江总督曾国荃，师爷马家鼎受聘于湖广总督张之洞，师爷程壎受聘于直隶总督李鸿章。这些绍兴师爷的名字都是载入史册的。

特别是号称一代名幕的娄春藩，先后被李鸿章、袁世凯、端方等六任直隶总督相继聘用，可谓权倾一时。李鸿章任北洋大臣兼直隶总督时，对部属十分挑剔，然而对娄春藩却十分尊重，凡奏折、刑钱、盐务等皆委托娄办理。其时永定河常有水患，娄春藩经多次实地考察，查明泛滥原委，为李鸿章制订出一个治水计划，河患大减。在他主持总督府文案期间，直隶省无冤狱发生。1900年，八国联军攻陷北京，督署同僚皆闻风而逃，娄春藩独留不去，苦撑局面至事平。庚子和议后，李鸿章拟保奏他出任京官，但被他婉辞了。

到了清末，绍兴师爷逐渐衰微以至没落，主要原因是清朝政府的废八股、停科举、兴学校。国内新式学堂培养的学生以及各地留洋学生，构成了一个新的知识群体。他们的出现，冲击并削弱了绍兴师爷在清朝政坛的地位和作用。在提倡新型文化的氛围中，清政府起用归国留学生和各地法政学堂的毕业生，充实各级衙门，这从根本上动摇了绍兴师爷垄断司法审判的基础。此时，各类经济、财会、统计等专科毕业生也广泛渗透到各行政机构，绍兴师爷师徒相传的钱谷秘诀逐渐趋向淘汰。

五

师爷的聘金是明码标价的，在当时也算是收入比较丰厚的一个职业。挣了钱的师爷或购地置业，或回乡养老。

今天，位于安昌古镇西市的绍兴师爷馆就是研究和探源绍兴师爷文化的一个好地方。馆中所列的安昌籍知名师爷多达三十九人，其中娄氏、徐氏、杨氏、潘氏等师爷家族远近闻名，有的父子为幕，有的兄弟为幕，甚至还有夫妻为幕的。通过充当幕僚或官吏的族人和同乡的引荐，步入师爷生涯，不断壮大亲友、乡邻师爷的队伍，是安昌师爷群体形成的主要原因。

清代师爷许葭村（字思湄）是其中颇有声誉的一代名幕。这位名师爷因著有师爷专著《秋水轩尺牍》，在同行中声名赫赫。

许思湄幼年时父亲去世，家道中落，幸有舅舅家照料，才得以及时读书，书香传家。他勤奋好学，少负才名，为了糊口，弱冠之年即舍科场而学幕。自乾隆五十三年（1788年）至道光二十一年（1841年），许思湄的游幕生涯长达五十三年，先后辅佐十八个知县、知州、知府、巡抚、总督。担任师爷期间，他潜心学律，精通刑名，主管案件审理。因为体察民情，秉公办案，深得幕主的赞许，成为一代刑名师爷。他受聘直隶总督署和保定知府刑名幕席，至七十二岁时才回到安昌颐养天年。

许思湄在职业生涯中恪守"幕道"，立品洁身。虽然位卑，但是个性耿直不阿，从不奴颜婢膝。嘉庆初年，他受聘于沧州知州周香谷，碰到一起命案，衙门初验是自缢，周香谷遂草草上报是自杀。亲属不服，上告。许思湄坚持要携带案卷赴省会审，最终结果认定原判是错误的，直接责任人周香谷去官受审。此时府内幕僚皆归咎于许思湄，许思湄难忍此屈，不辞而别，后人赞他为民做主、宁愿舍馆而去的高尚人品。

《秋水轩尺牍》文辞博雅，收录的是他为幕期间的二百三十余通书札，真实地记录了做师爷的体会和职业操守，成为幕学必读书。许师爷在幕学传承、提携引荐家人亲戚和幕友上更胜一筹，他的家族有二十余人从事幕业，构成了近代安昌有名的"许氏师爷世家"。

在历史上，大多数绍兴师爷是刚正不阿的。正如鲁迅先生说的那样："我们绍兴师爷的箱子里总放着回家的盘缠，合则留，不合则去，这是绍兴人傲岸自尊的胆气。"

今天的绍兴人聪明智慧，知书达礼，勤勉耿直，深得师爷文化的真传。绍兴师爷，不仅是绍兴人的一张名片，更是绍兴人骨子里抹不去的文化印记。

腊梅盛开的绍兴老台门

绍兴老台门就如同经年的腊梅树,岁月流转,芳香愈浓。

一

农历年前,陪先生的外地大学同学游览绍兴,只有一天时间,我说上午首选鲁迅故里,下午再选位于 104 国道旁的运河园,游完可以直接上绍兴高铁北站走人。因为无论从哪个角度讲,鲁迅故里都是绍兴人文旅游的经典,而运河园集中了江南水乡的小桥流水和山水自然风光,此旅游组合可以在最短时间里让远方游客对绍兴有个大致的了解。

就这样,陪同走进了粉墙黛瓦、石板路悠悠的鲁迅故里。故里其实是由四五个老台门组成的台门建筑群,且均为清代建筑之一。

鲁迅故居周家新台门位于东昌坊口西侧,共分六进,共有大小房屋八十余间,连同后面的百草园在内。光耀绍兴的大文豪鲁迅就出生在这座台门里。台门后面就是著名的百草园,园子原来是周姓人家共有的一个菜园,平时种一些瓜菜,秋后用来晒谷。这是鲁迅童年时代的乐园,常到那里玩耍嬉戏,品尝桑葚和覆盆子,在矮泥墙根一带捉蟋蟀、拔何首乌。夏天在园里纳凉,听长妈妈讲美女蛇的故事;冬天则在雪地上捕鸟雀,捕雀的方法是闰土的父亲传授的,少年鲁迅太性急,总是捕不了多少鸟雀……

在二十世纪七十年代新建的鲁迅纪念馆陈列大厅的东首,就是鲁迅祖居——周家老台门。它坐北朝南,前临东昌坊口,后通咸欢河,与三味书屋隔河相望。老台门与新台门相比,更像一座士大夫的老宅。

三味书屋其实叫寿家台门,是鲁迅塾师寿镜吾家人世居之地,也是当时绍兴城里"称为最严厉的"私塾。鲁迅十二岁开始便在这里读书,前后长达五年时间。三味书屋一如先生文中写的那样,"从一扇黑油的竹门进去,第三间是书房。中间挂着一块匾道:三味书屋;匾下面是一幅画,画

着一只很肥大的梅花鹿伏在古树下"。刻有"早"字的书桌在书房靠窗的角落里。

在绍兴鲁迅纪念馆西北侧，还有一座台门叫朱家台门，又称"老磐庐"，是绍兴古城中不可多得的花园台门建筑。朱家台门的主人叫朱阆仙，也是后来鲁迅家家道中落后买下周家新台门的朱文公的子孙。朱家台门原为越王望花宫故址，也是明初名将胡大海官宅的一部分。

详细参观整个鲁迅故里需要一两个小时，对外地游客来说，除了鲁迅的名人因素，最有视觉冲击力的恐怕还是这种风格明净淡雅、韵味古朴雅致的绍兴当地特色民居。

二

这种具有地域性特色的民居建筑就叫台门，台门是江南绍兴独一无二的建筑名称。"绍兴城里十万人，十庙百庵八桥亭，台门足足三千零。"可见当年绍兴台门遍布，多如繁星。

绍兴老台门深藏在江南水乡的小巷深处，一座座幽静的院落，白墙黑瓦，飞檐翘角，居闹市而安朴实，傍清河而传古韵，让外地游客看一眼就难以忘怀。推门而进，天井里飘散着古风遗韵，厅堂里留驻着一个家族的昨日记忆。一座台门就是一部家族的兴衰史，透过岁月的斑驳痕迹，不经意间发现时光沉甸甸的积淀。

于我而言，这次偶然的鲁迅故里行，最惊艳的是三味书屋后园的那一株盛放的腊梅，那株腊梅也许鲁迅读书那会儿就在。枝丫繁茂的腊梅站在园子的角落，金色的叶子尚残挂在枝头，却是花开满树。

腊梅在百花凋零的隆冬季节绽蕾，她的花香也许是全世界最特殊的芳香。当你浸润在那种沁人心脾的暗香时，一定会被这种"高冷格调"的花香所俘虏。而作为"梅兰竹菊"四君子之首的梅，正象征了高洁傲岸的中国士大夫精神。此时，先生同学中有一位来自美国的教授，因久居美国，突发感慨："好像从来没有在国外见到过腊梅。"

是的，只有在中式庭园里才有腊梅这种标配。而我也突然意识到，绍兴老台门就如同经年的腊梅，岁月流转，芳香愈浓。

三

"台门"一词始见于《春秋公羊传》:"天子诸侯台门。"可见,那时天子诸侯的住宅才被称为"台门"。"台"有"高"的意思,高台建筑称之为"台"。同时"台"也是"尊敬"的意思。后来"台门"演变成为对有身份之人的住宅的称谓。

水乡泽国的越地,先民根据自然环境发明了干栏式建筑,这是一种底下打桩、桩高于地面而架空的木结构房屋,可起到防水、防兽和干燥通风的作用,从而形成最原始的建筑结构。随着社会的进步,铁器的出现,春秋战国时期,越国出现了高台建筑。比如越王宫台、飞翼楼、美人宫、灵台等。范蠡把西施、郑旦训练成绝世美人的那个宫台就是这种高台建筑,据文史专家研究,在今天的城东五云门外西施山遗址上,就曾经建有"美人宫"。也许这就是绍兴历史上最早的台门建筑之一。

越国利用天然山丘为台,或者筑土成台,再在台上建造房屋,宫台的大小及建筑形态不一。如越王宫台就是利用府山山麓营造的高台建筑,其宫台"周六百二十步,柱长三丈五尺三寸,溜高丈六尺,宫有百户,高丈二尺五寸"。

越王宫台到唐朝诗人李白游览越王台遗址时,已是满目疮痍。后来越王台屡建屡毁。今天的越王台城楼,是1980年在南宋嘉定十五年(1222年)绍兴知府汪纲所建的越王台遗址上重建的,越王台在今天看来仍具高挑灵动之美。

后来,随着建筑形态的变化,春秋时期的高台基渐渐演变为大台基。台基的四周用砖石砌筑,里面大多填土,表面也铺设砖石,作为建筑物的底座。台阶中间砌置的石台阶称为"踏道",直通门户。等级较高的建筑,一般台基也较为显著。后来,越地百姓把这种台基上建造的独立宅院称为"台门"。

这就是台门的由来。台门成为较为固定的形制的时间大约在南宋。

"台门"起初只有有身份的人才能建造。随着时代的变迁,越地凡为官经商、功成名就或家境殷实的,都在老家造屋建宅,以荣宗耀祖,光照门楣。所以发展到明、清时期,绍兴的台门已遍布城乡各地。

绍兴台门的设计与布局,往往因地制宜,自成风格。且从现代的研究看,台门借鉴了北方四合院的设计理念和思路,通常为平面规整、纵向展开的格局。这与绍兴历史上多次的人口大迁徙有关,中原文化对江南的影响是全方位的,特别是南宋以后的绍兴。

但是,无论怎样演变,绍兴老台门不改她几千年传承的越文化元素。黑瓦和白灰墙是老台门的外观主色调,就连门窗一般也漆成黑色,这种庄重的"乌台门"蕴含了越王卧薪尝胆、复国雪耻的文化基因。江南的蓝天白云、灵山秀水愈发衬托出"乌台门"的凝重和神秘气质,这也让绍兴老台门历经时光沧桑,更显悠远之美。

四

台门的入口通道叫"台门斗"。典型的台门,门膛要凸出或凹进墙面,做出一个叫"台门斗"的空间,而且台门斗地面要比住宅外的地面高一些,用台阶作为联系。如此,门的起步既有高度又有空间,实现了"台"的意义。

而后依次是天井、堂屋、侧厢、座楼、园地。台门的面宽和进深则依据住户的身份高低、财力强弱、人口多寡而定。宽的有三开间、五开间、七开间不等,深的有二进、三进、五进、七进之别。台门的"间"与"进"的数量即为一座台门气派与否的标志。

门斗后为天井,又称"明堂"。明堂地面一般由绍兴特有的大青石板铺设。进台门后,每进屋宇之间都用天井相联系,使前后两进房屋有合理间距。天井的作用其实非常科学。夏天,天井可使空气流通,室内凉爽;冬天,天井可以受阳光照耀,温暖明亮。天井里还可以种树栽花、设置盆景,或叠置假山。有的天井还凿有水井,以供生活之需;有的放置水缸,可供消防用水。

过天井,就是厅堂,是家族家庭商议大事、欢宴喜庆、祭祖敬神等的活动场所。厅堂一般都挂上一方堂匾,如"德寿堂"、"积善堂"、"报本堂"之类。

后院多为座楼,其中的明间堂屋用作小客厅和书房,暗房则作卧室等休息用途，且长者居正屋，儿孙住厢房。

台门的布局和演变，其实都反映了中国传统文化思想中的"礼"。

在众多居室之间相联系和贯通的则是"廊"。有居室面前的檐廊，天井四周的回廊，厅堂的前廊和后廊，正屋与侧厢间的转角廊等等。人们行在走廊，便可通达各个厅室，其作用不仅是连通，还可以遮阳避雨。

大户人家的后院往往建有私家花园，园内树木花卉、池塘小桥、亭台楼阁，一一呈现，极为优雅精致。还有大户人家在外墙河道处开设大门，可使船只直接驶入园内，主人足不出户，亦可乘船进出。

绍兴台门的门窗上，可见到各种独具匠心的表现手法和雕饰内容。房间及厅堂等处的门窗棂槅，有各种不同质地的木雕。在窗槅制作上，大多加设木雕画面及木雕小饰件，平添无穷意趣。讲究的台门门窗除了一般常见的窗棂图案外，还有花卉植物、人兽动物以及戏曲故事、神物造像等。考究的台门还用石雕、雀替等装饰门窗。

台门的外墙建筑也是丰富多彩的。官宦台门，一般用材考究，四周檐墙高筑，外墙多用青石板砌筑，也有全部用金砖砌筑而成。小门小户则相对简陋，有用砖泥混合砌成，或石块叠筑。

绍兴台门的冠名方式，沉淀了浓重的越地文化。有的台门以仕进官职或科考等第为号，如状元台门、探花台门、翰林台门、尚书台门等。在科举入仕的年代，凡中举人、进士的可于家舍门前树立旗杆，故绍兴有为数不少的台门称为"旗杆台门"。也有台门挂着"进士及第"等炫耀门庭的匾额。

有的台门则以建筑特点给予称谓，如石库台门、竹丝台门等。如果是八扇黑漆的竹丝台门，大概是官宦人家或书香门第。鲁迅故居和祖居均是这种黑漆的竹丝台门，鲁迅祖居的仪门上还挂有一块象征门庭品级的匾额——翰林，鲁迅的祖父是清朝的翰林。

越地有聚族合居的传统，因此，多数台门都以姓氏冠名，如周家台门、寿家台门、朱家台门等。也有以商铺号命名的，如开过当铺的，人们就叫当铺台门了。还有以方位命名的，如坐南朝北的，就叫朝北台门，甚至还有叫歪摆台门的。建造台门时，受建筑空间限制，或因风水先生认为该台门不能完全朝南，于是出现了歪摆台门。

五

位于鲁迅故里都昌坊口的周家老台门,为鲁迅的七世祖周禾庵于清乾隆十九年(1754年)所建。因系周氏家族世居,故称周家台门。到鲁迅八世祖周熊占时,其家族人口繁衍,原有台门已容不下那么多族人居住,因此,清嘉庆年间又在西首建台门,绵延世族,称周家新台门,也是鲁迅出生和居住的地方,而原周家台门改称周家老台门了。鲁迅故里的几个台门都是绍兴较有代表性的台门建筑,规模较大,保存也比较完好。

现今,绍兴的台门建筑属于全国文物保护单位的,除了鲁迅故居外,还有秋瑾故居、吕府、蔡元培故居等。而散落在绍兴各地的其他老台门也不在少数,如仓桥直街保留了四十三个古色古香的老台门,安昌古镇保留了约一百个老台门,尤以树场汇头台门群最为古朴秀丽。而诸暨的斯宅村其实就是一个族群聚居的台门建筑群,新昌和嵊州的乡村也散落着很多保存完好的老台门。

绍兴,一座座白墙黑瓦、庭院深深的台门,犹如一幅幅凝固了历史记忆的传神画作,向人们展示着古越的静态之美、律动之美、色彩之美,如同那婉转的越剧、芳香的黄酒、划行的乌篷小船,带着绍兴特有的味道,绵柔入骨,此生难忘。

走出鲁迅故里三味书屋的一刹那,我蓦然悟到,那暗香浮动的老台门,就像老树开花,一头连着历史,一头连着未来。

斯时斯人斯宅

在绍兴，木结构建筑的古民居，抛开人为的因素，由于气候湿润等原因，至今保存完好的只有明清时期的民居了。能大面积保留下来的要数诸暨的古村落——斯宅。

一

斯宅去过多次，最近的一次是去东白山，顺带着又去了一次斯宅。

出诸暨城南，沿22省道而行，就来到了风景秀丽的东白山下。绕过湖水湛蓝的东白湖，再穿过淙淙流淌的上林溪，于茂盛的古树之后，但见规模庞大的灰黑色古村落建筑群，飞檐高挑，粉墙黛瓦。

这就是建于清嘉庆初年（1798年前后），距今约二百二十年的斯宅。它像一个隐居的世外高人，于群山环抱、绿翠掩映中吞云吐雾。

见过斯宅之前，我以为明清时期的富商限于徽商、晋商和淮扬的盐商，那马头墙高高的徽州老屋和庭院深深的山西大院足见徽商、晋商之富可敌国，而苏州、扬州等地园林建筑之精致典雅更让绍兴明清时期的普通民居相形见绌。

见过斯宅之后，我终于知道，原来明清时期，除了晋商、徽商、盐商以外，也有巨富浙商，除了大院老屋园林，斯土尚有斯宅。

走近看，斯宅的外墙上依稀可辨"文革"时期的大红标语。也许当年正是这些大红标语保护了这些古建筑。

游客并不多，三三两两地穿行在各个弄堂里，没有导游讲解，个个游得随意无序，真所谓"外行看热闹，内行看门道"。

老宅里依然住着人家，所以一切还是旧时模样，只是朱颜改。一些老人家坐在冬日的暖阳里，那场景更容易让人想起如烟往事。

斯宅是一个统称，共有清代民居建筑群十四处，以斯盛居、发祥居和华国

公别墅保存最为完好,最具代表性。斯宅是典型的清代江南聚族而居的民居建筑群,其中的斯盛居因规模宏大,有一千多根柱子,因而得名"千柱屋"。

走进"千柱屋",就像走进一座微缩版的清代城池。

"千柱屋"以正厅为中轴线,共有四个堂,五座大门,八个四合院,十个大天井,三十六个小天井,二十一间廊檐相连的屋子,一千二百多根立柱……院落之间由廊檐相连,四通八达,整个建筑浑然一体。走遍"千柱屋"的每一个角落,可以"晴不见日,雨不湿鞋"。盛夏之时,阴凉阵阵。雨天,穿行于整个"千柱屋",则不用打伞。而那些院落既互不隔离,又单独成为一个空间,充分体现了小家和大族之间的疏密有度。

斯宅的建造可谓处处讲究、工艺精湛。大门五扇,正中大门上方青石浮雕大篆"于斯为盛",是米芾的手迹。"于斯为盛"出自孔子的《论语》。其余四扇大门也均饰以砖雕,雕工精细,层次分明,内容多为历史故事。环宅数十个窗户,窗棂均用青石透雕,花鸟虫鱼,栩栩如生。宅内门、窗、柱、梁、牛腿等雕饰华丽精致,均出自民间能工巧匠之手。

如果不是村人指点,我怕是错过了这"千柱屋"中的镇宅之宝。回头寻找,发现它原来藏身于正厅北照墙的檐下。这宝贝是一块名为"百马图"的砖雕。总长约七米,由二十一块青砖浮雕拼幅而成。只见山水林木之间众多骏马或立或卧,或行或奔,或扬蹄或俯首,或嬉戏或相偎,姿态各异,无一雷同。这些神形逼真的骏马,凸显了雕刻工匠的才华和水准。

"千柱屋"的建造者斯元儒是当时村里的巨富,常行船到全国各地做茶叶、桐油、木材生意。早年,一个籍籍无名的山村青年出去打拼,顺着村里的溪流行去,走出了大山深处。历经千辛万苦,遍尝世事冷暖,若干年以后,他带着巨额财富回到了山村。当家乡的人们再见这个山村青年时,他或许已人到中年,人们才知道他就是斯元儒。他买下了小村庄周边的大片田地,开始大兴土木。他想让他的子孙后代在他修筑的世外桃源里过上优哉游哉的生活,从此"于斯为盛"。

斯元儒的梦想果真实现了。

二

从"千柱屋"后门出去,便是一座叫笔架山的后山,沿着卵石铺就的小道，拾级而上，尽头便是山腰上的一块平地，一座小小的院落神秘地坐落于此，院子那飞檐高挑的木制门楼下，一块旧匾高悬，上书"静庐"二字。这便是"千柱屋"谛造者斯元儒建造的笔峰书屋，是斯家专门为子孙读书而建的私塾。

迈步进入书屋天井，石桌、石凳、石缸散落其间。一座三层书楼依然矗立，教室设在楼上，据说早先没有楼梯，学生须从竹梯爬到楼上，读书时则撤掉竹梯，直至放学。白天学生读书时是不许下来的，目的是让孩子们心无旁骛，"两耳不闻窗外事，一心只读圣贤书"，足见斯氏先贤用心良苦。

耕读传家，正是传承千年的中国文化的精髓。

1840年，鸦片战争爆发了。当英军的炮声炸开中国近代史惨烈的第一页时，在远离战场的浙东山区斯宅，一座巍峨的知识殿堂却在这一年耸立起来，这就是斯宅的另一所私塾——华国公别墅。这是一座集家庙和学塾于一体的建筑，由斯华国创办。这座建筑现在也成了全国文物保护单位，保存完好。

到二十世纪初，斯宅的教育发生了一场革命。那是1905年，清政府废科举、兴学堂，华国公后人，当时在四川、湖北当知县的斯仰止回到家乡，不失时机地把设在华国公别墅的象山家塾改为象山民塾。家塾和民塾一字之差，性质却迥异，前者为家族学校，后者则面向大众，历经千百年的私塾一变而为新式学堂。这是诸暨第一所现代学校，学校开风气之先，实行男女同校。

斯仰止的儿子斯耿周此前从日本留学回来，父子联手，于1917年发起建造新校舍，这就是沿用至今的斯民小学。新校舍落成后，晚清资产阶级改良派领袖康有为欣然为之题"汉斯孝子祠"额。斯民小学规模之大，为诸暨全县小学之冠。

后来的学部委员斯行健便是斯耿周的儿子。

从笔峰书屋到斯民小学，足见这大山深处的斯氏家族是何等重视教育。漫步斯宅，你会发现，山村书香缕缕扑鼻而来。有对教育如此重视的斯姓先贤，有如此悠远弥漫的书香环境，历代斯家子弟便在这世外桃源安心读书，纷纷成才。这个村走出去一百多名教授级人物，也走出许多政

界、商界、军界的成功人士。

从原路下山，绕过"千柱屋"，顺着门前那条上林溪往下游寻去，眼前便又出现了另外一片大屋，这便是同样被列为全国文物保护单位的"下新屋"发祥居，也是斯氏古民居建筑群中保存最完好的台门。

发祥居，因门厅上有"长发其祥"的门额而得名，也建于清嘉庆年间，为"千柱屋"主人斯元儒胞兄元仁的住宅。发祥居中的木雕砖雕，在我看来，丝毫不逊色于"千柱屋"。

三

在斯宅，还有一幢传奇建筑，因为一段民国的陈年旧事愈发显得与众不同。近年来，许多文艺青年特意从上海、杭州跑来斯宅村寻访"小洋房"。

我在上林溪边找到了那座小洋房，三层木结构楼房，四周没有精雕细刻的石花窗，而是用西洋式的圆拱门窗和铁艺装饰，并配有玻璃，这在当时的斯宅是绝无仅有的。

这座小洋楼建于1920年，文字说明它是当时斯宅颇有影响的乡绅斯豪士和他的弟弟斯魁士所建。斯豪士时任国民政府浙江省军械局局长，斯魁士在省政府任职。

"斯宅在五指山下，村前大路通嵊县西乡，居民约三百家，且是好溪山……祠堂转弯，临溪畔一宅洋房，即是斯家，当初老爷在杭州当军械局长时发心建造，前后花了两万银圆，却不用水泥钢骨，只用本山上选木料，一式粉墙黑瓦，兽环台门，惟窗是玻璃窗，房间轩敞光亮，有骑楼栏杆，石砌庭院，且是造得高大，像新做人家未完工似的。我才来时，一问就问着了。"这是号称汪伪政府"第一笔"的胡兰成在《今生今世》里写的一段话，说的就是这座小洋楼。

1945年8月15日，日本宣布投降，胡兰成被国民政府通缉。在朋友帮助下，他一路逃到浙江乡下，化名张嘉仪，称自己是张爱玲祖父张佩纶的后人。

1946年2月，张爱玲为减轻相思之苦，从上海出发前往浙江探望早春二月的江南，天气异常寒冷，张爱玲这位民国奇女子就这样匆匆忙忙满怀热望地走进了诸暨斯宅。一身旗袍，撑着一把油纸伞，在凄风苦雨中，孤独地走来，只为寻找那个让她"低到尘埃中"的男人。

彼时，张爱玲因为跟胡兰成结婚，惹上了很多麻烦，更不幸的是张爱玲目睹了风流成性的胡兰成多次移情别恋，这让张爱玲内心煎熬万分。尽管这样，她仍然将自己的稿费寄给胡兰成作生活费，怕他在逃亡途中受苦；而彼时，胡兰成其实生活得非常滋润。

就像《今生今世》中描述的一样，张爱玲千里迢迢寻夫而来。

从上海到诸暨乡下，在交通发达的今天不是什么难题，可是二十世纪四十年代，舟车交替，一路劳顿，个中艰辛怕只有张爱玲自己明白。

而胡兰成为什么会一路投奔斯宅？原来，胡兰成有个很要好的同学叫斯颂德，胡兰成年轻的时候就曾在斯家客居一年，斯豪士的太太对他非常客气。

当时斯豪士和斯颂德都已去世，但是旧时交情仍在，胡兰成得到了斯家的妥善安顿。怕胡在乱世中不安全，12月初，斯家特意安排胡兰成去斯豪士的姨太太范秀美老家温州避难，一路上由范秀美相送。

范秀美比胡大一岁，十六岁就嫁给斯豪士，认识胡兰成时她已经守寡多年。护送路上，胡兰成又恋上了范秀美，两人行至浙江丽水就开始同居，可见胡兰成的滥情。

胡兰成前脚刚走，张爱玲后脚赶到。她扑了个空。

看着人去楼空的小洋楼，很难想象彼时的她，内心该是何等的五味杂陈。

在小洋房里休息了几天后，张爱玲又奔赴温州。后来，张爱玲终于在温州城找到了和范秀美同居的胡兰成。对于这一段寻夫经历，张爱玲后来在一篇叫《温州血蛤记》的散文里写道："我从诸暨、丽水来，路上想着这是你走过的，及在船上望得见温州城了，想你就住在那里，这温州城就含有宝珠在放光。"

痴情女子的心大概再低也只能低到如此罢了。

在温州住了二十天，张爱玲终于心灰意冷地回了上海。

1947年6月，张爱玲写诀别信给胡兰成，随信还附上了自己的稿费。

自此以后，胡、张之恋，就这样辛酸地谢幕了。整个上海滩似乎都为之哀伤。

斯人已去，唯有小洋楼上陈列着张爱玲昔日休息过的床等家具，墙上挂着她的一张黑白旗袍照，嘴角挂着一丝不经意的嘲讽，也许是自嘲吧。

自古多情伤别离，一代民国奇女子终究没有得到那份普通女人该得到的人间温情。

世事不公也公，公也不公。

那一天，我站立于小洋房廊前，凭着褪了色的木栏，遥想当年张爱玲也是如此这般地站在这里眺望远处，思绪万千。

四

在很多绍兴人的印象中，诸暨有很多不同于绍兴城里的风俗和习惯，不光是方言不一样，诸暨人的个性脾气都比一般的绍兴人显得耿直。这大约是诸暨更多地保留了古越国时期的秉性。

斯宅青山绿水环绕，风景这边独好。我就思考，为什么在这样一个穷乡僻壤间，在一个略不同于绍兴传统文化的小山村里，会建有如此规模和艺术的建筑群呢？

其实，在"千柱屋"大门上方的砖雕中可以找到这个答案：小船出去，赚到钱以后大船回来，荣归故里，光耀祖庭。几百年以来，斯宅斯氏的祖先就是遵循这一传统，外出赚钱，将财富带回家乡盖房子，将一辈子的寄托和梦想凝固在建筑里，留传至今。

斯宅是中国古代宗法社会的一个缩影。在中国传统社会里，一个男子，读书、经商，抑或是行伍，他大多会出去闯荡一番；然后，无论当多大的官，做多大的生意，无论是功成名就还是富甲一方，当一个人老了以后，一定会回到自己的故土，购地置业，繁衍子孙。就算他并不怎么成功，但一样会叶落归根，告老还乡，颐养天年。

中国古代宗法社会里的村庄聚落就是这样发展和繁荣起来的。

博物馆里的文物是静态的，但斯宅的历史和风景是活的，这是一个当今绍兴还能找得到记忆和乡愁的乡村。

穗康钱庄

穗康钱庄，是安昌古镇保留得最完整的钱庄。

一

安昌是我的外婆家，自幼熟悉，甚至可以说熟悉她身上每一寸肌肤乃至每一处疤痕。多年前乘着小客轮，从柯桥轮船码头一早出发至正午到达的场景还历历在目，可惜我的外婆、我的一些祖辈都已驾鹤西去。安昌古镇，记忆中的碎片、褪色的童年底片中有着足可珍藏的回忆。

最近一次柯桥区作家协会组织走进举办腊月风情节的安昌，在曲折拐弯的一个小巷里，找到了它——穗康钱庄，仿佛打开了那扇尘封的记忆之门，让我最终动了写一写它的念头，这也许是对我外婆的另一种形式的纪念。

我其实只到过穗康钱庄三次。

记忆中，小时候，安昌是不开放这种老房子的。第一次应该是在安昌古镇开发旅游之初，记不清是哪一年了，那次去并没有特别的印象。第二次去是为了完成一篇在职教育的毕业论文，特意跑去看古镇。那一天，由一个编撰安昌镇志的中学退休教师做向导，一路上不停地给我介绍古镇的历史风物，听得我这个自小去安昌很多次的人，对安昌肃然起敬。第三次就是最近，沿着差不多只能两个人擦肩而过的小巷子，和一伙同好一脚踏进这个叫穗康钱庄的院子里。

二

院子不大，呈长方形。院子由四面墙围合，只留一扇进出的门，让人感悟主人为何将钱庄建在小巷深处，足见江南商户历来严谨而又低调的处世之道。

精致的建筑呈现徽派风格，除了粉墙黛瓦、高宅深巷这些标配以外，还有马头墙、花槅窗、翻轩楼等，这种组合透露出它大致建于清末。进门便是一个稍大的庭院，庭院里有一棵百年的老腊梅守候着，满树的黄叶在冬日暖阳下闪烁着金光，似落非落，映照在斑驳的墙壁上，配上青石门窗，惊艳了多少岁月和时光。

梅树旁是一个靠墙的水池，四方形，不大，但足够钱庄取水用水。

在正屋的出入口，赫然挂着一块匾额，用颜体雄壮地书写着"穗康钱庄"。正屋门口挂着钱庄的主人像，慈祥而睿智地看着所有的人。主人姓於，文字介绍说，他自清朝开张钱庄的父亲手里接过这个担子，一直经营到1949年为止。他泛黄的照相里有一丝我似曾相识的笑容。

高高的交易柜台后面挂着钱庄的行规匾额"克存信义"。游客从店铺后门进入，还可以参观经理会计室和藏钱的地窖子等。会计室的账簿还打开着，桌上搁着一支正要被用于书写的毛笔，似乎当年钱庄的繁忙从未停止过……有那么一刻，我以为我曾经见过，高高的柜台后面那些忙碌的职员，在那里递进递出白花花的银圆和写得工工整整的银票。而大门外依然传来古镇三里长街上的叫卖声……

三

穗康钱庄是安昌古镇保留得最完整的钱庄。翻看历史，江南的钱庄，是明清时期因货币的兑换而产生的一种金融信用机构。在北方叫银号或票号，电影《乔家大院》描写的差不多就是同一时代中国早期的金融企业家。

安昌的钱业源于明末清初安昌集市上棉花集散、蚕茧收购等经济活动，因资金周转日趋活跃才应运而生。清嘉庆年间，安昌镇上出现了"银钱兑换"的钱摊，后逐渐过渡到"存、放、汇"的钱肆。钱肆经过兑换、放款等，逐步形成兑、换、汇于一体的钱庄。清道光三十年（1850年），穗康钱庄诞生了，它的创始人来自安昌的乡野，由此就给钱庄起了个同样乡土气味的名字，"穗"是"稻穗"，"康"取义"安康"。就如我们今天白手起家的乡村农民企业家一样，他成功地抓住了一个城镇经济发展的绝好机遇，金融资本在那个时间点上萌芽了。

时序到了他的第二代，辛亥革命的成功，给当时的工商界带来了活力，吸引了工商界对钱庄的投资兴趣，钱庄在民国初年办得更加风生水起。安昌先后开设的钱庄有十八家之多，每家资本额均在十二万元上下。抗日战争前，萧山等地收购蚕茧时，每天到安昌钱庄里挑银圆三五担。钱庄经营活跃，盈利颇为丰厚。

钱庄多设在街旁里弄或街河南岸的石库门墙之内，在隐而不露的幽深庭院之中，其房屋外墙内壁皆装贴木板，设地窖子，以藏金条、金饰及银圆，防范十分严密。民国初年，钱庄利率存款一至一点二五分，借款日折一至六分。经营原则是"克存信义"、维护行规、认票不认人、薄利多收。庄内设经理、协理、会计、出纳、文书等职，工薪按职务分级。

钱庄就像是安昌古镇曾经繁华的一个按钮，它点亮过古镇先祖们的生活，也曾经是中国民族资本经济的兴奋剂。

四

穗康钱庄曾经辉煌一时，这在我外婆后来告诉我的一些故事中经常提到。它的创始人，从安昌白洋村出来创业，最后在安昌集镇上实现了他的人生梦想。这个创始人就是我外婆的祖父。经过几代人的打拼，穗康最终成为当时安昌的钱业之首。而外婆的父亲和兄弟均子承父业，继承了穗康的追求。我在穗康钱庄看到的主人像正是我外婆的二哥的画像。在外婆的故事里，担任钱庄董事长的父亲是非常敬业又勤勉的，对家人也是宽厚而仁慈的。

外婆有一双解放脚。彼时担任钱庄老板的父亲看不惯她母亲的守旧做派，一回到家就放了女儿的脚，任其在院子里撒欢。

许多事，盛极而衰。随着外国金融势力的入侵，现代银行业的兴起，钱庄在社会转型的时候暴露了它本身存在的弱点，抗风险能力逐年减弱，由此，钱庄只能重新洗牌。特别是抗日战争爆发，钱庄营运失常，业务不振。经营长达一个世纪的安昌钱庄业无奈于二十世纪四十年代末全面清盘，从此退出历史舞台。穗康钱庄当然也不能幸免。

新中国成立后,外婆的二哥一家大多移居他乡,外婆甚至很长一段时间没有她二哥的消息。

世上再无穗康。

在这里向我的先辈们致敬,他们曾经是江南最早的民营企业家之一。

走出钱庄,我轻轻抚摸着半个多人高的石头外墙,这是用来保护江南梅雨季节里的房子的,使不受潮湿之损。然而,百年钱庄,在风雨飘摇中保存了它的躯壳,终究没有躲过历史发展的规律。

安昌多师爷,故被称为师爷故里。而安昌也是江南钱庄的繁衍之地,就连民国初年上海滩的钱庄也认绍兴人是他们的鼻祖。安昌人做足了师爷文化后,何不再来发掘一下钱庄文化?

余音缭绕古戏台

<u>盛盛盛盛盛盛盛</u>；行行行行行行行。

一

最近，在看明张岱《陶庵梦忆》一书，书中提到陶堰有一座"严助庙"。严助是汉武帝时的会稽太守，守越有功，死后越地百姓为纪念他，立碑建庙。且不说这个"严助庙"今天是否还在，单说庙里有一个戏台，戏台的前柱上曾有徐渭亲笔题写的一副楹联，楹联共十四个字，但其实只有两个字组成：

<u>盛盛盛盛盛盛盛</u>；行行行行行行行。

这副楹联写得别出心裁。但如果不是绍兴土著，恐怕读不出这副楹联的个中味道，也无法领会徐渭的精心设计。

"盛"和"行"在这里应分别做如下读音：盛（shèng）盛（cháng），盛（shèng）盛（cháng），盛（shèng）盛（shèng）盛（cháng）；行（yìn）行（háng），行（yìn）行（háng），行（yìn）行（yìn）行（háng）。

"盛"作姓时绍兴人读作"cháng"。"盛"和"行"二字，徐渭在这里都巧妙地用作了象声词。上联犹如戏开场时热闹喧天的锣鼓声，下联是戏台下观众们一阵阵的欢声笑语。不得不赞叹，天才徐渭仅用两个字就把戏场鼓乐齐鸣的场景描绘得如此淋漓尽致。

这其实也是明清时期绍兴地方戏曲和曲艺繁盛的一个写照。

二

我最早知道的戏曲，是乡间田野的草台戏，在过年时走农村亲戚时见

过几回。

绍兴的习俗,逢年过节,祭祀做寿,都喜欢出钱请个戏班子来家门口做戏,消息一出,四邻八方的乡亲都赶过来凑热闹。戏,常常一演就是好几天,从整台戏到折子戏,从绍剧、越剧到莲花落、鹦哥班。白天演,晚上也演。做戏的那几天,村里喜气洋洋,熙熙攘攘,做东的人家常常开设流水宴,宴请亲戚朋友。

戏台一般临时搭建在村里较为空旷的地方,演出的戏班子被叫作草台班子,演职人员不多,"行头"也较为简陋,有时一个人要扮好几个角色。可就是这样的流动演出村民们却喜闻乐见,看得津津有味,甚至男人忘记出畈种田,女人忘记回家做饭。

草台上的扩音大喇叭播放着即时演出的说唱声,台下是一大片沉浸在戏曲情节里的村民观众,他们各种丰富的表情在台下的各个角落里隐然起伏,形成和台上演员的互动。如果你身处其中,一定会感叹戏曲表演在这里竟可以做到如此成功。

虽然大多数村民并没有多少文化,或许有的还是文盲或半文盲,但是那些才子佳人的故事,那些众所周知的历史事件,那些破镜重圆的传说,被浓缩在一个方寸舞台之上,普通人的喜怒哀乐在那一刻被尽情释放出来,飘散开来。观众或释然,或开怀,或领悟,或悲戚,总之,舞台照进了现实,别人的故事里发现了自己的存在。而扩音大喇叭的声音也会一直传得很远很远。

戏散了,地上留下一大片瓜子皮和果皮纸屑,还有那些被挤得七零八落的竹椅。这大概就是最真实、最温情的绍兴乡村生活了。

绍兴人看传统老戏,向来称"看戏文",演戏则叫"做戏文",而且自古就有"做的是才子,看的是呆子"这么一种戏说。

不是农村里长大的我,最初并不十分理解这种草台戏为何如此受民间欢迎,为何具有这么强大的文化张力。后来终于明白,任何草根文化既来自乡间地头,也来自历史深处,越是世俗的文化越具有强大的生命力。

比如绍兴的社戏。

三

绍兴社戏的历史可以一直追溯到远古时代的祭祀歌舞。古越时就有祭台用于表演歌舞。到南宋时期,社戏已是十分盛行。翻开陆游的《剑南诗稿》,不难发现,南宋时期绍兴的山阴、会稽,农闲时经常演戏,"看戏文"一直是这位大诗人的一大癖好,直到去世前几个月,陆游还赶着去各村的戏场看戏。陆游曾经写过一首诗:

斜阳古柳赵家庄,负鼓盲翁正作场。
死后是非谁管得,满村听说蔡中郎。

这蔡中郎就是蔡邕,字伯喈。他途经柯亭,吹笛一曲,自此柯桥"笛里"声名远扬。在绍兴传统戏曲里,蔡伯喈的经典故事被演得最为长久。

到了明、清时期,戏曲声腔繁荣,音律家、戏曲作家和著名艺人名扬大江南北。徐渭自评"书第一,诗二,文三,画四",其实他还是当时创作颇丰的戏曲作家,他写的《四声猿》等戏曲就在当时热演。而从张岱的《陶庵梦忆》一书看,当时绍兴府和所辖八个县的戏曲已空前繁荣。

张岱的祖父自万历年起就在家中建起了戏班子,有戏班子当然有戏台。张岱曾经在文中自述年轻时在蕺山上搭台演戏,连演三天三夜,轰动整个山阴城。

到了清康、乾时期,戏曲再次繁盛,马太守庙前的湖中常有搭台演戏,这是越地百姓为纪念这位为民造福的水利功臣的心意。而明、清时,绍兴府、县衙门都有教坊,教坊是官办的乐艺机构。今天绍兴学士街、三埭街上曾经住的就是这些专门从事乐艺的"戏文弟子"。

在没有现代科技通讯和媒体传播的历史环境中,可以说,戏曲传承了古代文明,通过戏台这一建筑空间,向普通人群演绎并传递了历史的、道德的、哲学的众多文化信息。

几代人的启蒙教育就来自戏台,来自传统老戏。在戏曲中,中国传统的价值观、道德观、人生观得到了传承。戏台从物的空间,转化为一个经过艺术加工的精神空间。绍兴历史上出过那么多仁人志士,我们不能不

说，这其中有地方戏曲和它的载体古戏台的历史功绩。

四

社戏是为祭社而演的戏。绍兴旧时习惯，每年春秋两季要祭社。春祭叫"春社"，秋祭叫"秋社"。祭社之日叫"社日"。

社戏一般在庙台、草台、河台、街台等场所演出。戏台搭在祠庙里，就叫庙台。搭在路口或空旷处，就叫草台。搭在河岸边，就叫河台。搭在临街处，就叫街台。

社戏的兴盛，成就了绍兴的古戏台。

鲁迅先生的名作《社戏》收在中学语文课本里，几乎人人都读过："最惹眼的是屹立在庄外临河的空地上的一座戏台，模糊在远处的月夜中，和空间几乎分不出界限，我疑心画上见过的仙境，就在这里出现了。这时船走得更快，不多时，在台上显出人物来，红红绿绿的动，近台的河里一望乌黑的是看戏人家的船篷……"

这是先生对故乡社戏和戏台的精彩描写。

清光绪十九年（1893年）秋，幼年鲁迅因祖父周福清科场案发，一度居住在孙端皇甫庄避难，经常与村里的阿发、双喜等孩子一起观看河台上的社戏。然而，鲁迅笔下的许多社戏，如今已销声匿迹，《男吊》、《女吊》、《跳无常》等的恐怖和刺激，终究已无迹可寻。

只有那些零星散落于庙堂、山坳、河边、桥下的戏台，还残留着昔日的辉煌和荣光，带着无法挽回的诗情画意，在岁月时光里越走越苍老。

古戏台俗称"万年台"。为什么叫它"万年台"？那是因为它大多是由民间筹款，被精心构建，汇集了建筑、戏曲、书法、宗教等多方面的文化艺术，是百姓大众心目中神圣的艺术殿堂。百姓希望它能被保存一万年之久。

"万年台"称得上是绍兴的一笔巨大的历史文化遗产，也是明清以来绍兴戏曲发展和繁荣的历史见证。据统计，民国时期，绍兴有六七千座古戏台，而现在全市仅剩下三百多座。

历史文化是一种留存文明的记忆。古戏台或隐居在穷乡僻壤，或静立于乡镇集市。有的金碧辉煌,有的风雨飘摇。与其他地区的戏台相比较,绍兴古戏台的外部造型显得更为清雅秀丽,不少"万年台"把精细的重点放在檐下的桁枋和"牛腿"上。

五

如果来绍兴的游客看过夜晚的水乡社戏,月夜、清河、乌篷、长长的水袖、柔柔的唱腔,一定对鲁迅先生比喻的人间仙境产生共鸣,那水中的戏台无疑是水乡文化的精髓所在。

在水乡古戏台下,最好是坐在乌篷船上看戏,才能体会绍兴人古已有之的雅兴。戏台三面临水,可三面看戏。戏台临水延伸,矗立于波光粼粼的鉴湖之滨,湖光山色尽收眼底,悲喜人生自在戏里。

今天看水乡社戏最好的地方在柯岩风景区的水上戏台,但那是新建的。

至今保存得最完好的古戏台,我其实只见过一个,它位于柯桥区王坛舜王庙内,因为早已列为文物,受到了保护。舜王庙是越中名庙之一,它以殿宇宏伟、结构独异、雕刻精湛闻名于世,也是绍兴著名的古建筑之一。

舜王庙重建于晚清时期。庙前有一株老香樟树,屹立在阶旁,有个十分传奇的故事。进得山门,重檐挑角的古戏台就映入眼帘。戏台离地约两米,如果站在三四米以外去看演出,那视觉效果会刚刚好,这就是古人设计戏台的独特匠心。

舜王庙古戏台的台顶呈鸡笼状,鸡笼顶是绍兴人对古戏台螺旋形藻井的一种形象称呼,这个藻井既有建筑结构的需要,也有戏台传声方面的作用。恰到好处的鸡笼顶是戏台建筑的灵魂。

戏台的四根石制台柱挺立四角,中间用一根横梁将上檐稳稳托起。舞台三面的眉梁和两厢侧屋的门窗上雕刻着我国著名古典小说《封神演义》、《三国演义》、《水浒传》中的一些人物故事,布局精当,构图巧妙,情趣盎然。

如此的戏台,你只要在台边徜徉片刻,便有一种厚重的历史感由心而

生。站在这样的古戏台前,心是不可能不为之撼动的。惊叹之余,便似有余音萦绕耳旁。那余音缠绵在每一根栋梁之上,充满了地老天荒的悠长。

写此文时,我请教了有关文史专家,专家说看古戏台最好去嵊州,那里是越剧的故乡,也是古戏台保存得较好的地方。那些幸存的古戏台上,我们能看到昔年嵊县男子小歌班的泪与汗,也能体会嵊县施家岙女子越剧科班的执着与追求。

为什么恰恰是嵊州这个地方会出现那么多古戏台?这与"剡溪"流淌而过有关。自古以来,剡溪两岸水润物丰,即便在战乱中也是一方福地。种种优势,使得这方山水早在一千多年前,便已千岩竞秀,百舸争流。北方士族豪门举家迁移,一个个家族在嵊州落地生根,此后他们在那里立祠、建庙,明清两代尤盛,留下数量庞大的古祠和庙宇。

一个古村落,就有一座古戏台。丝竹歌弦,长袖轻舞,记忆和传承在这里碰撞融合,岁月在这里地老天荒。

今天的绍兴,虽然是一座历史文化名城,但是古典戏曲在日常生活中式微,是一种历史的趋势。侥幸存活下来的数百座精美古戏台,是时间和空间最终留下的历史"碎片",其中折射出来的民族的、地域的文化光泽,倒是需要我们去探究和发现的。

第七章
水之魂魄

运河岸边我长大

水德含和,变通在我。——北魏·郦道元

一

在柯桥古镇长大的我最熟悉一条路,沿着穿过融光桥的一条河的岸边走去,一直往东,目标就是位于著名的柯亭旁边的柯桥中学。那是我的上学之路,一路上有时还会哼唱起那首《我的祖国》:一条大河波浪宽,风吹稻花香两岸,我家就在岸上住,听惯了艄公的号子,看惯了船上的白帆……

这条河就是浙东运河,发端于萧山西兴镇,穿过钱清镇到达柯桥镇,然后进入绍兴城区,再与曹娥江相连,过上虞,到余姚连接姚江,最后到宁波甬江出海口,完成全长二百三十九公里的行程。

当年,沿着柯桥的运河两岸,那些石桥和青石板路延伸到的地方就是千万烟火人家。运河的水滋润着古镇,也承载着年少时的心情和心事。

我读过运河的早晨,晨雾笼罩着远山近水,南来北往的货船连成一支支船队,汽笛声声吹响,浩浩荡荡向黎明进发,繁忙的一天始于运河之上。我也读过运河的落日,两岸人流熙熙攘攘,远方的船把太阳揉碎成闪闪的鳞片,荡漾在一河金色的夕阳红中,常常走着走着就放慢了回家的脚步。我见过运河的雾霭,渺渺茫茫,不见了航船的踪影,只有乌篷船的桨声还欸乃在水里。我也见过大雪之后的运河,四周雪白,唯运河升腾着袅袅的水汽……

后来在中学的地理课本上读到了京杭大运河,知道了浙东运河是京杭大运河的延伸。于是就联想她从京城而来,往杭州而去,穿山破水,见过北国的风雪,听过吴越的软语,千里迢迢,万里滔滔,奔腾不息。后来,在历史课本上也读到了大运河,她是中国历史上的千年大动脉,打通南

北,成为和万里长城、新疆坎儿井并称的中国古代三大伟大工程,贞观之治、南宋的太平盛世、康乾盛世都留在了运河的桨声灯影里……

昔日的老柯桥中学如今也早已搬离了。而离运河数百米之外的地方,与之平行的公路和铁路后来完全替代了运河的交通运输功能,古镇有更多的年轻人走了出去。多少年后,回老家看看,运河依然在,它仍然奔流着向东而去,穿过太平桥、融光桥、柯东桥,一路带走柯桥古镇上的人间烟火和欢声笑语……

二

多年后我才明白,这条母亲河与绍兴究竟有多亲,亲到她的存在和绍兴两千五百年的历史密不可分。

浙东运河绍兴段始于山阴故水道。

历史上的绍兴,曾是一片咸潮汹涌的荒服之地。约公元前490年,越王勾践在建立起越国古都后,又修建了一条东西向贯通全境的山阴水道,成为越地最早修建的一条人工水道,并通过东、西两小江连接吴国及海上航线。之后通过"十年生聚,十年教训",发展生产,增强国力,终成霸业。

这条山阴故水道,养育了越地人民,也演绎了精彩纷呈的越中文化。

这条山阴故水道后来就成了浙东运河的最早组成部分,它与京杭大运河苏北段的起点——吴王夫差开凿的扬州邗沟一样,属于同一时期,同一类型,实际上都是当年灌溉农田、战时运输的产物。

越国之后,越地子民充分利用当地多水的有利条件,水上运输有了长足的发展。正如《越绝书》所云:"水行而山处,以舟为车,以楫为马,往若飘风,去则难从。"

到了西晋永嘉年间(307—313年),会稽内史贺循疏凿郡城至西兴的这段运河,虽然当初只是用来灌溉,但一凿之下,物阜民康、社会安定、经济繁荣,"今之会稽,昔之关中"。南北朝时,会稽山阴又是"海内剧邑",运河的水运功能远远超过了灌溉功能。

唐宋以后,浙东运河更趋繁忙,船船相接,风帆如林。运河与绍兴的护城河此时相连，护城河由北宋皇祐年间（1049—1054年）延伸开凿的护城壕发展而来。南宋定都临安后，宋金对立使得京杭大运河北部与江南中断联系，因而浙东运河和江南运河一起成为南宋王朝的一条重要生命线。

南宋是一个特别重视海外贸易的王朝，庆元府（今宁波）是当时重要的对外贸易港口，当时青瓷、丝绸、茶叶等出口产品都是通过浙东运河运往宁波，再通过海上丝绸之路运往海外。日本、越南、高丽等地的产品也是通过浙东运河运往临安。外国使节也是从宁波登岸，再经由浙东运河前往临安。以今天的眼光看来，浙东运河正是南宋的一条海上丝绸之路，她所承载的文化对海外，尤其对日本、朝鲜文明都产生过深远影响。

南宋王朝格外重视对浙东运河的整修，以保障畅通，绍兴城及周边镇村四通八达的水网疏浚、几步一登的石桥也多建在此时，水水相通，桥桥相连，构筑了当年江南绍兴的繁华胜景，而绍兴城内城外水运发达、千船竞发的场面正是半壁江山之南宋的真实写照。

南宋王十朋在《会稽风俗赋并序》中描绘浙东运河"浪桨风帆，千艘万舻"，说明当时运河上官来商往，客货运输，昼夜不绝，俨然一条通江达海的黄金水道。

据嘉泰《会稽志》，宋时浙东运河在萧山县和上虞县境内可通行二百石船只，而山阴县和姚江可通行五百石船只。后来到了经济不算怎么发达的元代，每年单是从这条运河出运的漕粮即达数百万石之多。

到了明清，虽然海运不如从前发达，但运河的漕运等功能依然不减当年。清代还在运河两岸设置了众多的水驿，从西兴至曹娥江边短短的河段内，即设有西兴驿、钱清驿、柯桥驿、蓬莱驿、东关驿和曹娥驿，如此密集地设置驿站司掌水运，足见运河舟运之繁忙。

千百年来，浙东运河上的繁忙景象一直延续至清末民初都没有改变，即使到了民国时期萧绍公路通车之后，依然如故。

鉴于浙东运河的重要作用，尤其是在漕运和海外贸易方面的作用，已故浙江大学陈桥驿教授曾经呼吁中国大运河应当包含浙东运河。

三

运河之美，非比寻常。

浙东运河横贯于宁绍平原。整条运河的南岸，绵亘着会稽山脉、四明山脉，千岩竞秀，万壑争流，离运河不远处的近山，青松翠竹，郁郁葱葱，舟行水里，如在镜中。随处可见的各式石桥、渔舍、竹箔、菱荡、藕池点缀其间，如同一幅幅清丽的山水画卷，美不胜收。这使浙东运河独具水乡风光。

大唐盛世那些年，有四百多位文化名人从扬州出发，沿京杭运河一路南下，然后从西兴登舟，沿着浙东运河，来到越州古城，最后溯曹娥江、剡溪而上，直至天台，完成他们心中的圣都之旅。

李白说："越水绕碧山，周回数千里。乃是天镜中，分明画相似。"元稹叹："舟船通海峤，田种绕城隅。"孟郊赞："碧嶂几千绕，清源万余流。"白居易道："堰限舟航路，堤通车马途。"刘禹锡吟道："越中蔼蔼繁华地，秦皇峰前禹穴西。"李商隐以为"昔闻咸阳帝，近说稽山依。或著仙人号，或以大夫封"。刘长卿说："月明花满地，君自忆山阴。"

越州是圣都，也是唐代的诗都。

到了宋朝，鉴湖渐渐湮废，运河和鉴湖融为一体，鉴湖三十六源头之水成为运河的活水，水体清冽甘醇，愈发滋养两岸农田和人家，运河边上的"金柯桥、银皋埠"正是由此而来。陆游长年生活在鉴湖边上，他发出挚爱家乡的感慨："千金不须买画图，听我长歌歌镜湖。"

浙东运河上风光如画，著名的纤道桥、八字桥、太平桥、荫毓桥、融光桥、迎恩桥等都是运河上的知名石桥，人行桥上，一桥一景，一景一画。绍兴古纤道，只有三块简单青石板铺就的塘路，像白玉长堤一样，延伸至运河的远方，一头系着纤夫沉重的脚步，一头系着南来北往的船只，至今纤道上还留着纤夫脚踏绳勒的斑斑痕迹。

绍兴城里出过南宋的两个皇帝，即理宗（赵昀）和度宗（赵禥）。赵昀早年生活在浙东运河迎恩门边。出于皇位传承的考虑，朝廷最后选择了出生于绍兴、原本过着平民生活的理宗。理宗驾崩后无亲子，只得选择侄子赵禥继位，这就是度宗。至今迎恩门附近还有理宗发祥的登龙廷、浴龙宫、全后宅、会龙桥等遗迹。

运河两岸名镇、名村遍布，湖塘、阮社、柯桥、东浦、东关一带酒坊遍布，酒旗飘扬。三国时期，阮籍曾与嵇康等在运河边上酤酒集社，留下一处地名叫阮社。至清代,乾隆帝曾乘坐龙舟巡游于运河之上,当地官府在柯桥镇搭万年戏台,盛况空前,乾隆边赏戏边品酒,欣然御笔题写"越酒甲天下"。

四

关于运河的那些历史碎片,今天都默默地陈列在位于绍兴高桥附近的绍兴运河园里,旅行者可以沿着古纤道找寻前去。

远远看去,运河就像是一条静卧的白玉长龙。运河园的出现,意欲重现它昔日的芳华。

运河园口耸立着当年治水功臣贺循的石雕像。雕像四周是利用古老石材建造的古纤道、牌坊和一些残垣断壁的老宅石柱,从拆迁地移到此地,让人感觉一切都似曾相识才归来。

入园,只见纤道陌陌,河水泱泱,石桥翩翩,水、石、桥在这里融合,水上有桥,桥下有水,水边有石。缺的是人和船,唯时光静止,空留遗痕。

运河园分为"运河纪事"、"沿河风情"、"古桥遗存"、"唐诗诗路"、"浪桨风帆"、"缘木古渡"等六景。特别是展示古老运河风情的一些实物中,有明代绍兴三江闸缔造者太守汤绍恩手书的"南渡世家"的石台门,有写着越王勾践宝剑的篆文"越"字的古老照壁,还有古祠堂、"钟灵毓秀"石刻横额和"知章醉骑"塑像,等等。看完这些,不禁为运河园设计者点赞。

更值得一看的是,园内的登龙桥、承福桥、方齐桥、锦鳞桥等采用了整桥移建的办法,布置在沿河塘路上,还有很多古石桥的条石堆放在河边供人们欣赏。

人行桥边,梦回南宋。

冬季的运河园里,人迹稀少,随风而起的是两岸满天飞舞的柳叶,它们在一年中最后几天里繁华落尽,随河漂向远方。

运河园的旁边就是104国道,那些快速行驶的汽车,何时曾停留片刻?回眸一望,千百年之前,这里也如今日公路一样你来我往,熙熙攘攘。

我家门前有座桥

从我记事开始,桥便是我与生俱来的记忆。在柯桥古镇上,五步一登,十步一跨,处处是水乡,桥桥连人家。

一

柯桥有很多古石桥,近的有老柯桥、融光桥、永丰桥、红木桥、柯东桥,远的有纤道桥、太平桥、阮社桥、西跨湖桥……这些桥与水街、水榭、水楼构成水乡的独特空间。

青石板路铺就的小巷参差其间,翻轩长廊和骑马楼依水而建,东西流向的浙东古运河与南北流向的柯水呈十字交融,水、街、桥形成上市头、下市头、东官塘、西官塘这些好听的地名,而老柯桥、融光桥、永丰桥这三座桥营造了"三桥四水"的著名景观。

十八岁以前,我都生活在那个美好的老时空里。现在的我,偶尔会回去看一下老柯桥,感觉就像走进了旧胶片里。河埠头依然有人在洗衣,让人想起童年玩水的种种乐趣;临河的小饭馆,让我想起小时候的夏天,搬一张小桌,一家人围坐,吃饭纳凉的画面;还住着的老居民用煤饼炉烧开一壶水,热气翻滚着白烟,就像那些老街坊的苍苍白发……

上过山看过海,每天穿行在林立的高楼中,而我心里最忆的还是那座桥。那一弯半圆形的桥,立在水中央,弯弯的桥拱和桥的倒影连成一轮满月,如诗如梦如春天的虹。

每一座桥都是一幅画,每一座桥都是一曲旋律,每一座桥都有一个动人的故事。

二

融光桥又叫柯桥大桥,是柯桥最古老的石桥之一,始建于宋朝,至明代时重建,重建时仍用原石料按宋时原形修复,所以至今仍可视其为宋桥。此桥和绍兴的八字桥等被列为绍兴古桥群,现为全国文物保护单位。

融光桥因附近的融光寺而得名,挂满青藤的桥拱,踩踏千年的石级,扶着斑斑痕迹的桥栏,瞭望两边低矮的街市,与远处的柯东桥、永丰桥、柯桥老桥隔水相望,人在桥上,桥在水上,繁华不再,唯有时光永恒。

柯桥自古有名,东汉蔡邕吹笛成名,南宋时繁华呈现,至明朝开市,古镇昌盛五百年,可谓名满江南。

融光桥的西南方向是一座重建于现代的柯桥老桥,老桥不老,只因柯桥因她而得名。许多外地游客以为融光桥就叫柯桥,其实不然。柯桥何以为柯桥,明代张元忭在《三江考》上说:"今山阴三十里有柯桥,其下为柯水。"说的正是这座以柯桥命名的桥,柯水流经镇内街河,桥得名于水,镇得名于桥。可惜,它是现代重建的,依稀旧时模样。

走过融光桥就是柯桥曾经最繁华的街市,沿河的前街上有一座老红木桥,与柯桥老桥平行,她的桥拱呈长方形,在这里,柯桥市井的繁华和喧闹曾经堪比《清明上河图》的再现,如今却一一收进了她的桥洞,历史在那里储藏了尘世的千姿百态和多少凡夫俗子的故事。

从融光桥出发,各往东西,就是东官塘和西官塘。为什么叫官塘?那是由横贯古镇的浙东运河边的官道名称演变而来。官塘上有长长的纤道和一座被称为"古代立交桥"的太平桥,此桥位于柯桥阮社,南北跨浙东古运河,桥上可行人,桥下可行舟背纤。那是一座由石拱和石梁相结合的多跨桥梁,始建于明万历年间,重修于清咸丰年间。远远看去,整座桥像一条蜿蜒的龙,腾伏于水面之上。这样建造既考虑到大船进出拱桥,又兼顾了乌篷小船从低矮的梁桥处分流,属水网地带一桥多用的独特设计。

西跨湖桥在湖塘,半圆形石拱桥,是古鉴湖西端连通南北陆路的主要桥梁,故名西跨湖桥。桥名加"西"字,与绍兴偏门的东跨湖桥相区别、相呼应。始建于南宋,明万历年间重修。鉴湖水在桥下流淌千年,依然默默无语对青天。清李慈铭诗曰:"西跨湖桥雨到时,四山烟景碧参差。白云忽过青林出,一角斜阳贺监祠。"西跨湖桥成就了十里湖塘的美景。

三

走过那么多桥,而我唯独难忘的就是我老家门口的那座桥,那是我来

到世上看到的第一道风景,那座桥叫永丰桥。

永丰桥在运河北侧,又名日晖桥,与南面的柯桥老桥相对,与东侧的融光桥相近,成为柯桥古镇的交通枢纽之一,也是老柯桥的代表性建筑。永丰桥周边有四通八达的水网,有连片的雨廊,有悠长的老街,构成了一幅完整的江南小桥流水图。

永丰桥建于清同治年间,在绍兴的桥梁中,她不算高大,也不算豪华。

生活在柯桥多年,你才能体会到此桥的神奇。站在桥上,视线可及老柯桥的任何一个地方。向东望,是青藤缠绕的融光桥和桥两边熙熙攘攘的街市;向西望,紧连永丰桥的是一条百米长的雨廊,黑瓦下的雨廊一边面朝运河,一面傍倚民居;向南,目光穿过柯桥老桥和水街,可直达柯水尽头,甚至可以放眼远处的公路和铁路,那是古镇通向外界的地方;向北,可看到最老式的沿河民居,廊沿下摆放旧的桌椅条凳,条凳上坐着老柯桥人,他们或独自观景,或对坐下棋,或喝酒聊天……居住在河边的人们,与小桥流水人家浑然一体,让人闻到世间最浓的烟火味。我重回其间,一如走进孩提的岁月里。

而观永丰桥之景,最佳的位置就在我老家门口。很多年以后,我依然会想起一个场景:我坐在老家门口,正对着永丰桥,穿过半圆形的桥洞,数着浙东运河上驶过的船只,似乎永远也数不完。

四

后来,我在一幅著名的油画前驻足,深深惊叹之余,蓦然发现,这幅画竟然产生于我家门前。

这幅画的作者是已故著名旅美画家陈逸飞。我查阅了资料,此画大约作于1984年。画面以黑白为基调,画的两旁是依河而立的翻轩楼,粉墙黛瓦,沧桑而优雅,从容而不迫;一艘乌篷小船自近向远,朝前划去,清澈的河面被船夫的船桨翻起阵阵涟漪;而远处就是一座半圆形的石拱桥,若隐若现。桥,是整张画的中心和主题。《水乡·桥》这幅画在2010年的时候被嘉德拍卖行拍到人民币四百九十三万元,现为私人藏品。

画中的这座桥就是永丰桥。陈逸飞先生何时到过我家门前,不得而知,只记得那时来我家门口写生画画的,不计其数。其实,后来我查看了陈逸飞先生所有关于江南水乡的油画，在柯桥创作的画并不止这一件，且大多为我家门口的创作，有一张的视角是从永丰桥那边过来，画里一棵大树后面就是我家老屋。

原来我一直生活在画里，只是身在其中，浑然不觉。

众所周知，陈逸飞的成名作和代表作是《故乡的回忆——双桥》，双桥在周庄。1985年，美国著名企业家、石油大亨哈默访华，将他收藏的此画作为礼品赠送给邓小平，双桥由此名声大振，周庄从此开发古镇旅游，差不多成为江南水乡古镇的代名词。

假如，哈默送的那幅画不是《双桥》，而是柯桥的那座永丰桥呢？也许，柯桥古镇早就成为天下闻名的古镇了。然而，历史是没有假设的。

五

多年以后，我从柯桥到绍兴工作，从柯桥的桥走到绍兴的桥，才知道绍兴有更多的桥，八字桥、光相桥、广宁桥、泗龙桥、题扇桥、拜王桥、迎恩桥等，目不暇接。绍兴就是一座建在水上的城，绍兴就是一个桥桥相连的市，无桥不成路，无桥不成居，无桥不成市。据二十世纪九十年代的统计，全绍兴有桥一万零六百一十座，被誉为"万桥市"。

绍兴的青铜器、铁器的生产和应用技术，很早就处于全国领先水平。会稽刻石表明，秦汉时期，越地的石料加工技能已相当高超，依此推理，春秋、秦、汉已开始建各式石桥。从现有的文史资料看，南宋嘉泰《会稽志》最早详细记载了宋朝及以前的桥梁。由此书，我们可以得到汉代至宋朝嘉泰年间的一些桥梁历史资料。可惜今天已难寻宋朝以前的越地桥梁。

绍兴确实是国内保存古桥品种、数量最多的地区之一。有适应小江小河的木梁桥、木拱桥，有适应大江大河的石梁桥。石梁桥又分为三边、五边、七边，半圆形、马蹄形、椭圆形，等等，构成了一个极完整的古桥系列，堪称中国的"古桥博物馆"。绍兴现存七百零三座古桥，绍兴的古石桥营造技术还被列入国家级非物质文化遗产名录。

绍兴的古桥，就像是绽放在绍兴过往历史上的生命之花，承载着岁月的风霜雨雪，虽历经千百年，那一道道风景，却让人过目难忘，直抵灵魂深处。

镜湖俯仰两青天

来绍兴,你必须去鉴湖坐一次船,才能真正体会水之大美。

一

在被称为水乡泽国的绍兴,水无疑是最主要的组成元素。江南平原富庶之地,流淌着温润如玉的河流,布满了晶莹如镜的湖泊,在阳光的辉映下,金银闪烁,万顷碧波。清风徐来,青柳抚水,水拍两岸,有白鹭飞起,乌篷小舟自天际渐渐划近。

这种场景演绎得最为壮美的地方,在全长二十二公里的鉴湖之上。

拥有鉴湖,是绍兴人的福气,是成就历史文化名城绍兴的造化之作,也是自然与历史留给绍兴的一笔巨额财富。

因为有鉴湖,绍兴才有了"稻花香里说丰年,听取蛙声一片"的美景。桥桥相连,户户倚水,粉墙黛瓦,屋脊挑檐,鉴湖两岸散落着一处处深深的庭院和一个个飘着酒香的台门。

因为有鉴湖,绍兴才有了一个个藏富于民、风情独秀的水乡集镇,历久弥新,依然散发着浓厚的吴越文化气息。

因为有鉴湖,那一掬清澈的鉴湖水成为酿造绍兴黄酒独一无二的水源,才使绍兴老酒的旗幡清雅地飘扬在世界各地。

因为有鉴湖,绍兴才成为"士比鲫鱼多"的文化之邦,走南闯北、心织笔耕、精明务实、亦雅亦俗,绍兴师爷性格成就了历史长河中灿若星辰的绍兴名人群落。鉴湖越台名士乡,忧忡为国痛断肠。

二

立秋之后的某一天,天高云淡,凉风习习。柯桥区作家协会会同区摄影家协会同乘一艘游船,自柯岩风景区出发,采风于全长十二公里的鉴湖柯桥段（柯岩海山村至湖塘宾舍西跨湖桥）。

因为大多在绍兴土生土长，我们习以为常地坐在船舱里，激动不起来。

直到游船开出柯岩景区，湖面开阔起来，我的眼前亮了。

两边的黄褐色石块不规则地垒出滨水驳岸的崭新造型，一排排绿树参差地挺立在沿岸两旁，间或掠过一大片金灿灿的向日葵。

游船穿过一座座桥，行至最宽处，湖面宽达一百八十米，两岸青山似屏，绿树成林。远远看去，蓝天如幕，倒映在镜面上，白云绵绵，时光悠悠。

这时，有一群白鹭自远而近掠过水面，似精灵般舞蹈，还有一艘乌篷小舟自那遥远天际由小变大，徐徐划过我们船边，全船的作家和摄影家都嗨了起来，纷纷走出船舱，单反机的快门声此起彼伏。有人激动地说，身为绍兴人却从没有像今天这样，看到了母亲河最美的那一瞬间。

我伫立在船头的那一刻，突然想起了陆游《渔歌子》词中两句："镜湖俯仰两青天，万顷玻璃一叶船。"

三

船行至十里湖塘时，水面更加宽阔而清澈，两岸原有的工厂彻底消失了，沿河粉墙黛瓦的村居倒映在湖面上，农家的小舟整齐地停泊在自家的门口，农妇们在河埠头洗菜。时光仿佛倒流，回到陆游的南宋时期。

十里湖塘是鉴湖湖阔水深、保存古鉴湖风貌最为完好的湖段，早在1993年就被列为省级风景名胜区。"湖塘"最早记载于《越绝书》，因越王勾践灭吴，使吴人筑吴塘而得名，湖、吴音同。至今湖塘仍有一古堤坝遗址。"十里湖塘，廿里壶觞"是流传在绍兴民间的一句俗话，说明了"十里湖塘"风光绝胜，素负盛名。

南宋时期的陆游经常来湖塘转悠，写有《湖塘夜归》、《晚步湖塘少休民家》、《雨后快晴步至湖塘》等诗，"山扫黛痕如尚湿，湖开镜面似新磨"就是其中的名句。

湖塘老街的民居大多沿湖朝南而筑，街长十里，故称"十里湖塘"。

至明、清，湖塘一带的古鉴湖一直保留着它古朴的原始风貌，有山有水有人家。清代诗人李慈铭曾作一词："清明忆，风景最湖塘。新水暖香浮笋市，乱山晴翠落鱼床。斜日酒旗黄。"词中写到了湖塘的三种特产——竹笋、淡水鱼和黄酒。其中"风景最湖塘"五个字，是对湖塘风光的绝赞。

十里湖塘不仅风光旖旎，而且历史古迹众多。南宋时，湖塘建里社以纪念唐代诗人贺知章，因掘土时得长七尺之腿骨，因疑是大禹治水时所斩防风氏之骨，因此立社神像于其上，故名七尺庙，在纪念贺知章之外，又纪念了大禹。

在湖塘，鉴湖第一社神为贺监，绍兴最大社庙之一为七尺庙。社庙头进为山门，有"鉴湖第一社"匾额，为明代状元诸大绶所书。现庙内尚存正殿和放生池、石栏板及古井等遗物。

明、清以来，湖塘还是绍兴的酿酒中心，出现了诸如"叶万源"、"云集"等一系列享誉一时的知名酒作坊，至今湖塘老街上还保留着一些老作坊的遗址。

"十里湖塘"最西首就是西跨湖桥，也是我们本次航行的终点。西跨湖桥是百里鉴湖源头的第一道关。从桥上东眺，十里湖塘美景尽收眼底。

西跨湖桥为半圆形石拱桥，桥是古鉴湖西端连通南北陆路的主要桥梁，故名西跨湖桥，桥名加"西"字，是为了与绍兴偏门的东跨湖桥相区别。该桥南端连古塘路，南北向跨鉴湖。

据考证，西跨湖桥最早为东汉时所建，距今已有一千八百多年历史。现桥为明万历四年（1577年）重建。西跨湖桥北埫，有一碑亭，亭内保存着一块《重修西跨湖桥碑记》，碑文由重修西跨湖桥的清朝华舍籍人士胡一峰撰写，由此可知，桥由华舍胡氏先人重建，胡氏后人重修，亦可算一段佳话。

四

鉴湖，历史上又称为镜湖。东汉会稽太守马臻开发并改造了镜湖这个天然水体，成就了一块面积达一百七十二平方公里的湖泊，万顷碧波平如镜,与峰峦叠翠的会稽山相辉映,会稽郡由此赢得"山水郡"、"山水州"之美誉。自晋代以后,历隋、唐、宋,一直到明、清时候,鉴湖一带都是文人心中最向往的地方,他们纷至沓来,留下了众多华丽诗篇。

由于鉴湖接纳"三十六源"之水,泥沙沉淤,湖面逐渐缩减,再加上人口增多,出现了围湖垦田的现象,早在宋代就有了"兴废之争"。

时至今天,昔日的八百里鉴湖已缩变成带状形河道。但幸亏有了古鉴湖的遗存,才成就了绍兴"河湖棋布,田陌纵横"的水城特色。特别是东跨湖桥至西跨湖桥一带,长河几十里,水面仍宽阔,田园依然在,风景旧曾谙。

南宋时期的陆游,诗人的才情、豪情和柔情都化作了数以千计的歌咏诗篇。陆游一生笔耕不辍,今天尚存的诗就有九千多首,收录在《剑南诗稿》中。陆游的一生与鉴湖息息相关,在他八十五年的生涯中,大约有五十年生活在鉴湖之畔,他所描写鉴湖的诗作都集中反映了镜湖的风光、风情、风物、风俗、风貌。

我们可以看到,陆游抒写鉴湖的诗歌,超越了任何一个时代的诗人,极大地丰富了越中山水诗的内容,将越中山水文化在晋、唐的基础上演绎出另一座高峰。

千金不须买画图,听我长歌歌镜湖。
湖山奇丽说不尽,且复为子陈吾庐。
柳姑庙前鱼作市,道士庄畔菱为租。
一弯画桥出林薄,两岸红蓼连菰蒲。
陂南陂北鸦阵黑,舍西舍东枫叶赤。
正当九月十月时,放翁艇子无时出。
船头一束书,船后一壶酒。
新钓紫鳜鱼,旋洗白莲藕。
从渠贵人食万钱,放翁痴腹常便便。
暮归稚子迎我笑,遥指一抹西村烟。

这就是陆游最有名的鉴湖诗篇《思故山》。

陆游的镜湖风光如画、湖山清奇,陆游的镜湖红菱白藕、鳜鱼肥美,陆游的镜湖集市繁华、炊烟袅袅。

镜湖让诗人一生都看不够,享不尽,写不完。每一个清晨和夜晚,镜湖都让诗人有新的发现,新的诗情,且让诗人"船头一束书,船后一壶酒",过着无拘无束的水上游乐生活。

五

也就是领略鉴湖风光的那一天,我站在游船的船头,突然想起了八百多年前的陆游作品《朝中措·镜湖俯仰两青天》:

镜湖俯仰两青天,万顷玻璃一叶船。
拈棹舞,拥蓑眠,不作天仙作水仙。

后来,我反复想,诗人为什么会有这种体会呢?如果他没有坐船,如果船没有行驶在开阔的水面上,他断然吟不出此等佳句。与水为亲,只有长期厮守在鉴湖边上,才会有这种亲水之情。

八百多年的时空交错,那日得以重演。

那一日,应当也是这般风和日丽。只不过,那时的陆游应该是坐卧在一艘乌篷小舟里,或喝着鉴湖水酿的老酒,两岸是青峰,头顶是蓝天,一如我们当时一样突然嗨了起来:仰观宇宙、俯察品类之际,发现了上下两个青天,湖面平静如万顷玻璃,玻璃之上,划过一模一样的一叶小舟,两艘船交错而过时,陆游从对面的船上依稀见到了一个同样坐卧品酒的读书人。

那个读书人依稀就是陆游年轻时的模样,意气风发,一腔热忱,满怀壮志激情。

那一刻,陆游一定是百感交集的。擦肩而过的年轻读书人,让他想起了"尚思为国戍轮台"和"铁马冰河入梦来"。虽然身处一鉴之水上,他的未酬壮志又去了哪里?

恍惚之间,人在水中,如在镜中,人在镜中,如在梦中,如此意韵,夫复何求？

后来，我一直在回味那个场景。陆游词中的意境，我似乎在那一刻找到了，而我找到的是否就是陆游笔下那个古老的鉴湖？

晚年的陆游安居在鉴湖之滨的快阁读书，并在鉴湖边上置有三山别业。晚年的陆游，基本跟周围的老农一样，下田耕作，自食其力，闲暇时常看看戏、喝喝酒。

南宋那些年，乡村多建社庙。晚年的陆游写下了大量的田园山水诗，而鉴湖始终是他的最爱。陆游晚年还写过一首诗《蜀僧宗杰来乞诗，三日不去，作长句送之》，诗中道："放翁烂醉寻常事，莫笑黄花插满头。"晚年的陆游满头黄花地行走在鉴湖岸边，也是一道不寻常的风景。

以三山别业为核心的陆游故居遗址，位于今天绍兴市鉴湖新区东浦镇塘湾村。村在行宫、韩家、石堰三山环抱之中，故此叫三山别业。

白玉长堤古纤道

> 白玉长堤路,乌篷小画船。

一

每个人对童年的回忆,都好像是打开一本老相册。在我的记忆深处,就有这么一幅老照片:夕阳余晖下,一条白玉长堤伸向远方,一叶乌篷小舟划向天际。这条白玉长堤就是小时候被称为"官塘"的古纤道。

古纤道作为绍兴历史文化的经典杰作,作为水乡美景的集中体现,早已定格在生于斯长于斯的绍兴人的记忆中。它源于我们老祖宗的智慧和劳动,它承载了太多绍兴水文化的内涵。

秋日风清云淡的一天,我和几个志同道合的朋友一起踏看了古纤道的精华部分。

绍兴之所以成为江南水乡,是因为有鉴湖和运河。而运河更像是贯通越州大地的主动脉,经它穿引,贯穿了稽山鉴水的颗颗明珠。沿着运河而开凿的绍兴古纤道延绵一百五十余里,并有桥孔二百六十一个。古纤道上不时会出现一座座横跨运河的石梁桥或石拱桥。但见桥上行人,桥下背纤,舟行画里,人在镜中。运河古纤道作为我国古代水利交通建设史上的孤例,被国务院公布为第三批全国文物保护单位。

现在要看较为完整的绍兴古纤道,应该从位于绍兴高桥附近的运河园出发,运河的历史文化在那里有较为详尽的记载。浙东运河在历史上的作用大致可分为航运、灌溉、漕运、水驿四个部分。历史上众多名人都途经这条运河。据传,唐天宝七年即公元748年,鉴真和尚第五次远渡日本,是从会稽郡城出发,取道浙东运河;民国五年即1916年9月18日,国父孙中山由杭州轮渡过钱塘江,再由运河乘渡轮从西兴至绍兴,下午四时抵柯桥,五时抵西郭门,受到运河两旁人们的夹道欢迎;民国二十八年

（1939年），周恩来回故乡时，走的也是这条运河。

有了运河，就有了沿河堤修筑的纤道，并逐渐形成了交通行走和行舟背纤、缓避风浪的功能。古纤道是绍兴第一条有文献记载的石路，因为这条石路在很长的历史时期里，一直起到沟通东西陆路交通的重要作用，被历代官府别称为"官塘"。如今走在长长的"官塘"上，我仿佛还能感受到当年运河上开过浩浩荡荡船队的宏大场面，有高大威武的兵船，有庞大宽敞的货船，也有精致华贵的官船，甚至还有皇家的龙船。运河和纤道，使绍兴有了连接五湖四海的纽带，促进了当时社会经济和文化的发展。

历史的风霜终究是无情的，如今保存完好的一段古纤道在柯桥上谢桥至钱清板桥间，全长约十五里。其中尤为精华的部分是两个路段。

一段是上谢桥至柯桥，多为实体砌坎、单面临水。单面临水的纤道构造较为简单，它北临运河，南靠农田，间以小桥、流水、人家，在袅袅炊烟中尽显乡土民俗。沿着古纤道往西走，有一段连接了现代化的轻纺市场，长长的纤道从川流不息的轻纺大桥下穿过，流淌的运河默默地倒映着一老一少两个身影，轻纺大桥那醒目的橘红色代表着现代和繁荣，古纤道的朴素无华昭示着她的历史和凝重。

另一段位于太平桥以西，多为两面临水的石墩纤道。石墩纤道是整个纤道建筑中最具代表性和最精华的部分，据记载为光绪年间重修，由美如其名的"十八洞头"、"宝带桥段"和"玉带桥段"三段纤道构成。这三处纤道远观美不胜收，一个个洞孔雕刻出纤道的水上立体图画，令人叹为观止。

二

刚好是采菱的季节，只见纤道两边结满红艳艳的一片，直至水天相连处，好一幅江南水乡风情图！

走过纤道，才能感受到当年修筑工程之浩大。沿途或桥或路，高低错落有致，布局精巧合理。纤道一般高出水面约一米，多用三根长三点三米左右、宽半米左右的石梁并铺而成，且在平面上略显弯曲，呈"S"形路基，这种曲线优美的路看似为了追求美感，实际是为了缓解和抗御风浪冲

击,船一旦遭遇来自运河的风浪,可以穿桥入内,暂时避险。

沿着纤道走去,最后我们驻足太平桥下。这座风采依旧的石桥建于明朝万历年间,至今已在那里巍然屹立近四百年,俨然成了绍兴石桥的杰出代表。悠悠纤道在它的桥洞下横穿而过,看上去使太平桥颇有几分古代立交桥的意韵。道和桥在运河上静静地交互,自然有一种天然的默契,一种千年的依恋。

一位同道指着太平桥桥拱上一道道深深的勒印,对我说,这就是运河纤夫留下的纤绳之印。我感到了一种深深的震撼,脑海中浮现出那衣衫褴褛、贫寒劳苦的纤夫身影。

正是他们不屈不挠、奋发向上的精神推动了历史的前进,创造了我们绍兴历史上的辉煌。宋王十朋在《会稽风俗赋》中就有对古纤道纤夫的精彩描绘:"大武挽纤,五丁噪呼",那一副雄赳赳的样子不正是勤劳勇敢的绍兴先祖的写照吗?再回首,长长纤道上留下的都是纤夫们的滴滴汗水和坚实脚印。

三

岁月早已翻过昨日的那一页,如今的古纤道早已不见了行舟背纤的身影,日益发达的现代交通使运河交通逐渐冷落。2017年6月,中国大运河"申遗"成功,古纤道也成了柯桥的一张世界级的文化名片。如今,一路走去,太平桥附近还专设了古纤道陈列馆,让古纤道真正成为一道美丽的旅游风景。假以时日,绍兴古运河上将重现昔日百舸争流的繁华,古纤道两岸将再现青山常青、绿水长流的人间美景。

"白玉长堤路,乌篷小画船。"古纤道,这笔老祖宗留给我们的宝贵遗产,我们应该继承和光大。

残山剩水越石宕

> 谁云鬼刻神镂，竟是残山剩水。——明·张岱

一

岁月变迁，我们这一代人曾经生活过的小城、小镇抑或乡村，早已不是原来那个样子，我们也不再常常想起。然后，在某个宁静的夜里，它偶尔会在梦中不期而至，熟悉的街道、熟悉的青石板路、熟悉的人物、熟悉的声音，触动着心中遥远的记忆。而在我记忆深处，总有那一幕，江南细雨冲刷过的青石板路笔直地延伸着，连接着远方……

同样是走路，走在青石板路上和走在水泥路上的感觉是如此不同；同样是建筑，以青石为基础的老房子和以钢筋水泥浇筑的高楼大厦是如此不一样。绍兴青石板，经过岁月打磨，无论它在老街、老桥还是老房子里，总是光滑细腻，暧暧风尘处，闪烁着幽幽青光，犹如那被擦亮的历史之眼。

青石板是神奇的，经过简单的工艺凿割，就可以成为理想的建材，纯天然、无污染、无辐射，质地优良，经久耐用还价廉物美。它应该是现代建筑广泛使用混凝土之前的主要建材之一，数千年的时光里，中国大部分地区都以石材为基建材料，上自皇宫下至民居，大至庙宇小至街坊。

然而，青石板来自何方呢？

我从小生活在柯桥古镇上，那时的春天我们也会去踏青。记得穿过青石板铺就的古纤道，就是离古镇不远的柯岩，只不过那时的柯岩只有云骨及周边一些景观，而云骨四周都是开满油菜花的田地。

当时在柯岩旁边有个采石场，路过那里的时候，我听到了丁丁当当的凿石之声。然后，在白色粉尘飞扬的正午阳光里，我看到了一个个油光闪亮的黝黑脊背，他们大多是弯曲的，经过阳光炙烤，那些脊背呈古铜色，

而汗水一直顺着脊背流淌着。父亲告诉我,我们脚下的石板就是这样被开采出来的。于是,我第一次明白,青石板是这样诞生的,它来自伟岸的青山,那山石被开采、被切割、被雕凿,方才走进我们的凡世俗尘里,被人踩踏上千年后,闪烁出深邃的历史光泽。

以后,我看书才知道,那些被开采的石山叫石宕。"宕"其实是绍兴方言,意即采石场,有的地方叫岩宕。采石是绍兴的传统产业,所采石料主要用于建房、修桥、铺路、建造园林和坟墓等。

细数越地石宕,遍地皆是。柯岩、东湖、羊山、吼山等,这些如今已成为绍兴经典风景的地方,均为古代采石场遗迹。今天无论从哪个角度看,它们都是古代采石工匠们留下的不朽杰作。

"天意人工两无意,方能成此孤峰撑。"明朝大才子徐渭曾这样感叹越地石宕。对于徐渭的话,我这样理解:石宕原本不是天造地设的景观,只是在无意中发现可以有意为之,于是历史上那些籍籍无名的劳动者发挥想象,以整座石山为素材,凭着小小的铁锤铁钎,经过很多年的雕凿,竟然化残山剩水为天人合一之神作。

如果真的有鬼斧神工,那么古代的越地石匠们就是。

那些被开采过的残山剩水,经过后期的艺术加工,又历经风吹、雨打、日晒、冰冻,外加地质运动,最终成为别具一格的山水园林风景,也成就了江南独具风格的石文化景观。

二

每一座山都有自己的故事。

明末大家祁彪佳在《越中园亭记》中说:"柯山石宕,传系范少伯筑越城时所凿。"柯山即现在的柯岩,这说明越王勾践时就在柯山脚下采取石材了。而据史载,从魏、蜀、吴三国时期发端,柯山便成了名扬天下的采石场,柯山之石石质优良,石条、石板源源不断地从此流向四方。大约开采四百余年,偌大一座柯山,竟被齐根挖去大半。"削壁耸千尺,危崖锁雾中",形成姿态各异的石穴、石洞、石壁、石柱,柯山竟从乱石纷飞的采石场逐渐脱胎换骨成人们览胜的"绝胜"之地。

云骨和天工大佛是柯岩的象征。据考证，这两座石文化的经典之作均开凿于隋代，竣工于初唐，历经祖孙三代石工方成。云骨，一个形状突兀的孤岩，又名"炉柱晴烟"，亦被称为"天下第一石"。上有题记："太初孕，赤乌辟……"太初是汉武帝的年号，赤乌是三国东吴的年号，说明此奇石早已有之。

云骨高约三十米，底围仅四米，最薄处不足一米。远望去，耸立如锥，看似头重脚轻，却显得袅袅婷婷，如喷薄而出的云岫。云骨顶有苍翠古柏，虬枝横斜，据考证树龄已逾千载。云骨上还有光绪年间所刻"云骨"两个隶书大字，遒劲有力。相传宋代书法家米芾是个"石痴"，到此一游，见此奇景，绕石"癫狂"数日，才恋恋不舍地离去。

而在云骨一侧的柯岩天工大佛，是为释迦牟尼转世佛，即弥勒佛，高二十点八米，为浙江四大石佛之一。佛像宽颐广额，法相慈祥，面部圆润，仪态端庄，大佛左手抚膝，右手屈举做阐经说法状。大佛的背部与佛龛不相连缀，俗称"圆雕"，而国内石佛多半为浮雕。更为奇特的是大佛两耳相通，可容一人自如来往，世所罕见。

千百年来，柯岩随着自然景观的开掘和宗教文化的介入，加上文人墨客的点缀，终成天下奇石、奇景共赏之地。

三

再来看位于齐贤的羊山。据志书记载，隋开皇年间，越国公杨素采羊山之石筑越子城和罗城，留下了高十余丈，临潭壁立的孤岩一座。后有好事者相继在这孤岩顶部开凿高三丈、阔约四十步的石窟一穴。在石窟内，又利用自然岩石，凿石佛一尊，形成了"佛在石中，石在水中，水在山中"的奇妙景观。相传佛像凿成之日，空中忽有鹭鸟飞翔，乡人以为祥兆，便依岩建灵鹫禅院，以供石佛。到了五代的后晋时期，才正式命名为石佛寺。从此，香火旺盛。

羊山石佛寺四周环水，碧波荡漾。羊山湖中，湖、洲相托，孤石罗列，更有挺拔雄奇的几座石峰耸峙。峰顶古柏苍劲，峰壁石刻成群，奇趣盎然。游客乘船可穿桥洞、环岛屿、绕岩峰、攀驳岸、登孤石、上绿洲，

观赏石雕大佛和奇峰秀水。羊山曾是中央电视台杨洁导演的《西游记》续集的拍摄基地之一。

绍兴古城以东的东湖，原来也是一座青石山，长有一种叫箬箦的马草，秦始皇东巡时曾在此驻驾歇马，故被称为箬箦山。汉代以后，箬箦山成为会稽的一处石料场。经过千百年的凿穿斧削，通过特殊的取石方法，搬走了半座青山，并形成了高达五十多米的悬崖峭壁。因此地石料质地优良，石工们还深入到地下二十多米取石，有的甚至达到四十至五十米处，日子一久，形成了长约二百米，宽约八十米的清水塘。

清末，绍兴著名乡贤陶浚宣眼光独到，拿出为官数年的薪俸，筹资八千银圆，在采石场四周筑起围墙，并沿古运河筑堤二百余丈，拓宽水面，堤上杂种女贞、垂柳和桃花等，还恰到好处地垒叠假山等建筑小品，在摩崖和各种建筑上镌上石刻、楹联，终将这一常人不屑一顾的废石宕建成美轮美奂的园林艺术精品。

陶浚宣此举是有意将东湖打造成世外桃源，再续其先祖陶渊明的隐逸生活。此后，东湖经过历年的人工装扮，终成一处巧夺天工的山水大盆景。

今天泛舟观东湖，最奇妙的是近观陶公洞与仙桃洞，可以说未进二洞等于没有到过东湖。陶公洞入口处仅容一条小舟通行，进入洞内之后却是别有洞天，在洞底仰望一小片天空，坐井观天的意境悠然在目。站在岸上看仙桃洞，只是一座简单的石框门，而你在和仙桃洞零距离接触之时，才能在导游的指引下，见到与倒影组合在一起的巨大仙桃。

当然，今天的东湖还有富有历史意义的胜迹。辛亥革命志士陶成章遇难后，绍兴人在东湖建立了纪念陶成章的陶社。

四

吼山为什么叫吼山？传说那是越王勾践卧薪尝胆，实现雪耻复国大业的重要根据地之一。据《越绝书》记载，越王勾践曾在此养狗，以猎取南山白鹿进献吴王，"吼"系"狗"的转音。吼山自汉以来凿山采石，经过千百年的凿穿斧削和大自然造化，才形成了山奇、石怪、洞幽、水深的奇特景观。最著名的"棋盘石"位于半山腰,孤兀独立,高三十余米,周十余米,上有横石三块,崔嵬离奇,传说有两位神仙在此弈棋。"云台石"上粗下细,底部瘦削,凌空兀立,横架一块椭圆形巨石,婷婷如云,似天外飞来,故名"云石"。

岩下有一泉名"云石泉",水质清澄,终年不枯。山麓缓坡处遍植桃树千株,春天漫山竞放,争奇斗艳。每年在此举行吼山桃花节,所产蟠桃为越中佳果之一。

南宋诗人陆游先祖羡慕吼山风景,移居于此,子孙繁衍,乃有前宅、后宅、东宅、中宅、西宅大片建筑,并于山北建陆氏家庙,遍植桃树,是为吼山一景。

有一千六百多年历史的新昌大佛寺也有部分景点是利用山谷的采石场建筑而成的。设计者利用遗址的地势,巧妙地安排了佛教建筑,以石佛、石窟、石壁、瀑布等营造了佛教文化的强大气场。

五

有人说,绍兴古城就是一座"石头城",也是一部"石头史",它最能反映人与大自然斗智斗勇的过程。越地石宕见证着绍兴两千五百年的历史,蕴含着深厚的越文化元素。

见过绍兴那么多石宕脱胎换骨而来的胜景,人们不禁要问,这些古代的石材都去了哪里?

最近读了绍兴文史专家的考证文章才了解到,钱塘江南岸一带的绍兴古海塘,所用正是羊山石;绍兴西部的古纤道则大部分用的是柯岩石;绍兴古城和东鉴湖一带的古纤道,用的是东湖石。原来,绍兴有那么多古石桥、古运河河岸、古纤道、古海塘和古建筑等的石料,都是从越地石宕一一采下来的。专家认为,古时江浙的防海大塘,应该说是和长城、金字塔一样伟大的工程。目前,钱江海塘"申遗"工作已经启动。

话说这些来自大青山的石头原本高高在上,不承想被采下来后,不是铺路修桥、被人踩在脚下,就是建筑海塘,迎接汹涌澎湃的钱塘大潮亿万次的撞击,幸运者则经千凿万削,方修成佛像,被万人膜拜……来自石宕

的青石板们，虽然铺展在历史遗迹的表面，却深入越地文化的骨髓；虽然历尽世事沧桑，却透着典雅和从容。如果说，古有"愚公移山"，那么在绍兴是"智工移山"，移山之石福泽子孙后代，功德无量。

是不是只有绍兴才有古石宕？专家说，宁波、台州、余杭、缙云、龙游以及安徽的屯溪等地都有。宁波的伍山石窟、丽水的缙云岩宕、衢州的龙游石窟、台州三门县的"千洞之岛"、安徽屯溪的花山谜窟等都是，它们都是古代劳动人民与天地共存的智慧遗产。

越地石宕无疑是越地珍贵的历史文化遗存，它历经千年风雨，至今仍是绍兴最美的一道风景。越地石宕遗存丰富，连接着绍兴的建筑史、城市史、运河史、海塘史、园林史、佛教史，更高度浓缩了古代绍兴人的创造精神和坚韧意志。

而在我眼里，走在青石板上，总会让我想起十岁那年，那个正午，粉尘飞扬的阳光下那些黝黑发亮的脊背……

三江闸：曾惊世界殊

代表古代滨海水闸最高科技水平的水利建筑，寂然兀立于江面之上，无声地诉说着昨日的记忆和辉煌。

一

生活在水乡泽国绍兴，总以为风调雨顺、物阜民康是绍兴的天时地利所致，殊不知绍兴历史上也是咸潮汹涌、旱涝无常之处。是谁让绍兴最终成为风水宝地？

近日了解绍兴水利史，大致明白，绍兴自大禹治水后有越王勾践筑山阴故水道，继而有东汉太守马臻修筑鉴湖，西晋时会稽内史贺循开凿浙东运河。至明代，又有一位杰出的太守修筑了一座伟大的水闸，使绍兴水泽平原、良田万顷，终成鱼米之乡。

这位明代太守叫汤绍恩，那座著名的水闸就叫三江闸。

有大禹、勾践、马臻、贺循和汤绍恩引领的水利建设，绍兴才有了人和，成为历朝历代的风水宝地。

二

2018年元旦，新年第一天，心血来潮，我朝着位于袍江开发区三江村的明代建筑进发，想去一睹这四百八十多年前古水利设施的风采。

袍江离绍兴城并不远，三十多分钟的车程后，我已到达钱塘江南岸。嘉绍大桥的北段，隔着杭州湾清晰可见。沿着海塘一路朝东就是于2007年竣工的曹娥江大闸。据说，这座气势恢宏的大闸已替代了新、老三江闸的绝大部分功能，是我国强涌潮河口地区的第一大闸，浙东水资源配置的重要枢纽工程。

车沿着老海塘往回行驶，就到了建于1981年的新三江闸。新三江闸建

成后平均泄流量达每秒四百五十立方米,一昼夜可以排干两个平水江水库,排水能力是老三江闸的两倍多,有效缓解了平原地区的内涝威胁,也提供了极大的抗旱能力。至今新三江闸还在运行中。

车行至三江村,向当地村民打听,终于在一个貌似古堤码头的边上发现了那座著名的三江闸。古闸东西而卧,江水静静流淌。古闸并没有想象中的恢宏,闸体连接后来兴建的汤公大桥。汤公大桥虽为危桥,但仍有货车过往。车辆驶过桥面,尘土四起。

古闸的文物标识在紧靠岸边的一个砌石的堤塘上,模糊不清的石碑标明1963年三江闸就被浙江省人民政府列为省文物保护单位。

古闸寂然兀立于江面之上,无声地诉说着昨日的记忆和辉煌。

我的目光拂过古闸上新铺设的桥面,穿过1972年建成、和古闸连接在一起的汤公大桥,从侧面看去,最终停留在那二十多个巍然耸立于江面的梭墩之上。这些呈黄褐色的梭墩每块重达千斤,上下两尖,状似梭子,而闸门于梭墩后隐约可见,保留着它最后一次的启闭姿态。

不知何故,我的目光竟被那些经年的梭墩牢牢锁住。那近五百年前的大石自山上开采下来后,为保绍兴一方平安,就像守军一样牢牢地把守在钱塘江、曹娥江、钱清江这三条江的交汇之处,不让钱塘大潮汹涌进入曹娥江,也时刻准备着把千军万马奔腾而至的萧绍平原汇聚之水泄泻而出。

近五百年过去了,它看上去只是颜色日渐苍老,梭墩粗粝的表面证明它当时是被石匠手工打磨而成,除此之外,它伟岸的身躯依然显得如此强健有力。

就如同明代一个守土有责的大将军,时光荏苒,它的容颜和精神在那一刻凝固成石像,永生不朽。

三

汤绍恩,字汝承,四川安岳人,明嘉靖五年(1526年)进士。嘉靖十四年(1535年)由户部郎中出知德安府,同年调任绍兴知府。

在古代社会里,遇上一个好知府是百姓最大的福分。汤绍恩知绍兴府后,兴学宫,设社学,缓刑罚,恤贫弱,旌节孝,济灾荒,深得百姓爱戴。

南宋以后的绍兴，鉴湖逐渐失去水利功能，萧绍平原旱、涝、潮灾加重。加上山阴、会稽、萧山三县地势低下，上承千山万壑之水，一遇淫雨连绵，山洪暴发，泄水不畅，常常淹没大片农田庐舍。钱塘江水位较高，每年八月大汛，海潮排山倒海，狂澜倒灌，无数良田瞬间沦为沧海，待到潮退水落，留下一片茫茫滩涂。为了阻挡钱塘江海潮的侵袭，沿岸百姓在萧、绍两县的东北筑起海塘。沿塘虽建立了二十几处水闸，但由于钱塘江潮猛水急，流沙严重，闸基不稳，这些水利设施发挥的作用有限。

汤绍恩知绍兴府的第二年，大旱，田地颗粒无收，民间出现易子而食的事情，此事传开之后，整个绍兴人心惶恐。汤绍恩感到自己愧对绍兴子民，下定决心仿效马臻建闸治水。

他组织人员查阅有关水利资料，亲率人员勘查绍兴各个水道。经多次实地踏勘，毅然选定距玉山斗门以北约六里的三江口，作为闸基兴建三江闸。

为什么选址钱清江、曹娥江、钱塘江三江交汇处？

经汤绍恩亲自勘查，发现三江口是内河和外海交汇的关键所在。但这里潮大沙松，难以施工。他又向三江口以内深入勘察，只见彩虹山一带石岸交错，于是便挖掘探察，发现地下有岩层，是理想的天然闸基。汤绍恩掌握了可靠的地质资料后，决定在这里破土建闸。

一项规模宏大的水利工程由此拉开序幕。

工程始于嘉靖十五年（1536年）七月，翌年竣工，历时九个月。

工程分为基础、梭墩、闸门和桥面四个部分。先是平整岩层，凿出榫卯，然后在岩石上每隔一定距离砌筑梭墩。所谓"梭墩"，是因为墩子的形状像梭子，两头尖尖，减轻流水的冲击力，所以术语也叫"分水"。梭墩用一块块重约千斤的大石，自下而上筑成。最下面的一层，与岩层合卯，再灌注铁水，不致因为流水的冲击力而移动。每层每块大石之间，也有榫卯衔接，并用灰秫胶住。每隔五洞置大梭墩，比较关键的地方只隔三洞，恰如中流砥柱。

石料是从附近的大羊山上采运来的。施工时出现一个问题：砌筑的时候，一层层的大石块，如此笨重，怎么装运上去呢？有人提出一个办法，

砌石一层，封土一层。叠石越高，土堆也越高越阔。土堆是有斜坡的，这样，大石块就可以拖推上去了。后来铺设桥面也采用了同样的方法。

在三江村，至今还流传着另一个与造闸有关的传说故事。建闸之初，由于沙土松软，施工打桩时，后桩进，前桩出，工程无法正常进行。汤公心急如焚，夜不能寐。夜里，汤公梦见了马太守，马太守说："后迹追前迹，百世瞻功烈。若要此闸成，除非木龙血。"

汤公梦醒，惊出一身冷汗。当时，汤绍恩有个下属叫莫龙，他闻讯后赶来，言辞慷慨激昂，坚称愿意献出自己身上的热血以促闸成。

莫龙在建闸的地方割破了自己的手臂，将血涂在木桩尖端，然而将木桩打入泥中，并未成功。于是，他欲刎颈献出一腔热血。汤公闻讯后赶来，竭力劝阻。莫龙乘人不备，用拳猛击自己的胸膛，吐出全身之血，喷洒在木桩上及施工现场。

莫龙的壮举感动了天地，此后打下的桩基终于站住了，施工得以顺利进行。

四

建成的三江闸全长一百零八米，桥闸设闸门二十八个，象征二十八星宿，因此三江闸又被称为"应宿闸"。闸内建有"泾溇"、"撞塘"、"平水"三内闸，备大闸冲溃后的防御；闸外筑石堤四百余丈以遏潮水冲击。闸建成后，刻"水则石"于闸旁，用以根据水势潮情启闭闸门。闸门启闭一直依靠人力，直到1957年，开始陆续改用机械启闭。现存的梭子墩还有二十五个，均为明代原物。

三江闸历经万历十二年、崇祯六年、康熙二十年、乾隆六十年、道光十三年以及民国二十二年六次大修，直至1981年建成新三江闸后的四百多年时间里，它一直是萧绍平原排涝拒咸、蓄淡灌溉的水利枢纽工程，为确保绍兴鱼米之乡的地位奠定了坚实基础。

三江闸是世界上最早利用水则碑，定量调度水资源的古代水闸。三江闸的开闭依据水则（古代水尺）。水则有两个，一个设在闸址，一个设在绍兴城里。水则分金、木、水、火、土五画。水至金字脚，全闸开启；水至木字脚，开十六孔；至水字脚开八孔；至火字头，全闸关闭。闸门启闭只看水则牌，按水则指令闸夫开闸、闭闸。

三江闸代表了我国滨海水闸工程建筑科技和管理的最高水平。

三江闸修筑后，山会和萧山周围数百里免于水患，使萧绍平原八十万亩农田的水旱灾害锐减，原西小江沿岸一万多亩咸卤之地变桑田，遂成为良田沃土，保护了这一带的环境，还为绍兴的航运、水产等创造了极其有利的条件。

三江闸的建成，给绍兴百姓带来了巨大利益，因此人们感恩戴德。当时，有人写对联赞道："江流力挽，尽从此处朝宗，何患蒲芽水涨；砥柱功崇，悉自当年奠定，常如瓠子宫成。"把汤绍恩兴建三江闸比作汉武帝堵复瓠子决口。人们非常感激这位知府大人，还在三江闸旁专门修建了汤公祠、汤太守庙，"岁时奉祀不绝"。

明代大家徐渭也曾经撰联云："凿山振河海，千年遗泽在三江，缵禹之绪；炼石补星辰，两月兴工当万历，于汤有光。"

即使汤公九十七岁在四川老家病逝之后，绍兴人民一直在纪念他。汤绍恩的事迹，《明史》有传。

清康熙四十一年（1702年），敕赐汤绍恩为灵济侯。雍正三年（1725年），敕封汤绍恩为宁江伯。

四百多年，弹指一挥间。徜徉在三江闸边，唯有潺潺江水宛若仍在讲述大闸的千古风流，只是再也听不到往昔古闸泄水时发出的滔滔水声。

五

旧时的三江闸上有一条石板路，村民可以步行通过闸桥到达东岸。沿着对岸的古海塘，穿过城门，就能到达另一个明代古迹三江所城。

三江所城所在的三江村，二十世纪七十年代还有村民一千七百多户，五千余人。村民一直以种地和捕鱼为生。三江所城外有大片的庄稼，水稻、棉花、番薯、络麻……因为海边的滩涂地土壤肥沃，这里种植的作物产量也比别的地方高不少。

可惜这些都不是今天我看到的景象。

关于三江村确切记载的历史始于明洪武年间。历史上，三江村称"三江所城"。三江所城因明代驻军而兴，所谓"所城"是指为千户所而兴建的驻军城。千户所、百户所是明代的卫所制度。明朝时，为防御倭寇进犯，朝廷在全国沿海地区设立御海建制。

一般一个地区为卫，下面设千户所、百户所，然后建所城。"三江所城"就是当时为抗击倭寇而建的其中一个千户所所城。此后，三江所城由军用驻地转为民居，并逐渐发展成为绍兴"民物殷阜，居无隙地"的海边小城。

至今孤零零的三江所城是绍兴军民抗倭的历史见证。

从三江闸往西走，就看到了一个用条石叠砌、高近四米的残存的东城门，那是目前绍兴能看到的唯一的所城遗址，也是绍兴目前保存最为完整的所城城门。城门经过简单修葺，总算保留了苍老的明代石城墙。在城门口一个不显眼的墙角处，立着一块市级文物保护单位的石碑。

因为拆迁，从东城门一眼望去，三江村瓦砾遍地，满目疮痍。行色匆匆过往的人竟都是些收废品的外地人。走进三江村，透过那些断垣残壁的老房子，依稀可以看出绍兴水乡独有的台门建筑和曾经有过的深院古井。

无论是伫立在三江所城还是观瞻三江古闸，总有一种古代文明被现代工业文明包围的强大气势。站在一堆工业文明催生的废墟之上，总有一种深深的遗憾，古老的明代抗倭所城已所存无多。

行文快结束时，请教绍兴的水利专家，获得相同的看法：三江所城是不可多得的明代军事历史遗迹，具有重要的历史价值，其选址、军事防御体系、军事布防及内部结构，是研究我国古代军事不可多得的活化石。三江闸、三江所城、钱塘江古海塘等文化遗产又是一个互相联系的整体。目前，文物保护部门已呼吁围绕三江闸，建设包括三江所城在内的三江文化保护区。

但愿绍兴多些遗产，少些遗憾。

水乡精灵乌篷船

轻舟八尺，低篷三扇，占断蘋洲烟雨。——宋·陆游

一

提起绍兴，很多人脑海中会跳出一幅图画：河湖密布的水乡泽国里，水天连接，河水泱泱，满天霞光正映照一艘乌篷小船自远而近，徐徐驶来，一旁的古纤道连着古石桥，蜿蜒而去，一直伸向远方……

这幅画其实在清代诗人齐召南的《山阴》一诗里早有形象的描绘："白玉长堤路，乌篷小画船。"水、石板路、乌篷船，这三种元素，就像是绍兴独有的历史文化符号，传承千年，在我们心里扎根，成为一座历史文化名城挥之不去的底色。

在江南，船曾经是最主要的交通工具之一，水乡人陆路出行以轿为主，水路出行必驾舟而行。乌篷船是绍兴区别于其他水乡的独一无二的文化遗产，因船篷漆成黑色而得名。在绍兴方言里，"黑"叫"乌"。绍兴一共有三乌：乌干菜、乌毡帽、乌篷船。"乌"是古越先民崇尚的颜色，它承载着越地太多的文化内涵。

二

乌篷小船通常长七米，可乘坐四人。行进中，头戴乌毡帽的船工坐于船尾，背靠一块木板，手持一柄短桨，轻轻一划，便将船驶离河岸。至河中央，船工开始用两只脚用力蹬另一条长桨，作为船的动力。蹬，在绍兴方言里叫躅。此时，躅桨者手脚并用，手桨只需夹在腋下，作船舵控制，而两腿一伸一缩之间，长桨就会上下翻飞，划水前进，划行时，速度可达每小时十公里左右。乌篷船因小巧灵便，可以随心所欲地穿行在绍兴的任何一个水道里，哪怕是狭小的水巷深处。

　　船工的行船技能是必须从小就训练的,他们的水性个个都好。而当乌篷船靠岸休息时,总见三五成群的船工将船停泊在一处,用一块小木板临时搭起一个世上最简易的饭桌,一碗绍兴黄酒,一碟茴香豆或一碗乌干菜,就此品咂一顿美味。这世上,不知已有多少镜头记录过这水乡的惬意人生。

　　今天,外地游客到了绍兴,总会在柯岩鉴湖、大禹陵、鲁迅故居、沈园、东湖等地借一艘乌篷小船游弋而去,不亦乐乎。这似乎也成了绍兴水乡一道独特而亮丽的风景。窗里的人看桥上的人,桥上的人看船上的人,人、水、船融为一体,终究不知道是谁装饰了谁的风景。

三

　　乌篷船起源于何时?《越绝书》上记载:越人"水行而山处,以船为车,以楫为马,往若飘风,去则难从……越之常性也。"这表明乌篷船的历史源头或可以追溯到春秋越国时期。关于乌篷船的文字记载,最早可以从南宋诗人陆游的一首著名词作《鹊桥仙》寻到芳影:"轻舟八尺,低篷三扇,占断蘋洲烟雨。"那是八百多年前,陆游徜徉在故乡镜湖边上发出的轻叹低吟,那一次他遭贬后,清闲归乡,借诗词自嘲两鬓苍衰、寸功未立。由此,乌篷船开始见诸文人雅士的笔端。清代的袁枚在《过剡溪水急不能上》一诗中也写道:"乌篷船小沙石横,当时访戴难为行。"说的正是王徽之坐乌篷船雪夜访戴一事。

　　到了近代,鲁迅先生写到了在乌篷船上看社戏的美事:最惹眼的是屹立在赵庄外临河空地上的一座戏台,模糊在远处的月夜中,和空间分不出界限,我疑为画上见过的仙境——不多时,在台上显出人物来,红红绿绿的动,近台的河里一望乌黑的看戏人家的船篷。

　　而周作人先生的《乌篷船》则成为盛传文坛的著名小品文:你坐在船上,应该是游山的态度,看看四周物色,随处可见的山,岸旁的乌桕,河边的红蓼和白苹,渔舍,各式各样的桥,困倦的时候睡在舱中拿出随笔来看,或者冲一碗清茶喝喝。

　　乌篷船上可坐可卧,耳听潺潺流水声和"嘎吱嘎吱"的蹋桨声,眼观两岸的田园山水或粉墙黛瓦,"山阴道上行,如在镜中游"之感真实不虚。不管是随波荡漾于河湖之上,还是欸乃穿行于桥巷之间,乌篷船都能让人诗意陡生,感受别样的水城风华。人在船上,船在河上,漂泊的心就像看似平静实则波澜起伏的镜湖之水,澄澈而深邃。乌篷船犹如几行小诗,在绍兴的春波里轻轻地滑行,更像是水中的精灵或一条黑色的鱼,在绍兴的历史过往里缓缓地流动着。

四

今天,乌篷船及其划行技能已被列为浙江省非物质文化遗产,据不完全统计,绍兴现存小型乌篷船两百多艘,绝大部分用于观光旅游,而乌篷船的制作也成了一项地域性的传统手工艺,加以保护。

在绍兴,能制作乌篷船的工匠已寥寥无几,他们或许是靠着祖辈的传承,才走到今天。乌篷船的船体并不大,但制作工艺并不简单。一般来说,乌篷船的制作分为船体、船篷、船桨三个部分。船体的制作需先行设计图纸,取优质樟树、水曲柳、水杉、松树等作为材料,然后按图放样,木工制作,拼接组装。成形后,缝隙处用油泥灰密封,以防渗漏,然后反复多次涂上桐油,晾干后,整条船还要用"乌油粉"粉刷多次。

制作船篷,需先用细竹竿弯成拱形,普通的乌篷船有三个篷,以丝竹作底,中间嵌夹竹箬,可以用来隔热防晒,两边夹以扁竹片。船篷状似半圆。其中固定的篷叫定篷,活动的篷可以左右开启,用作游客上下和视窗。船篷扎好以后,用桐油、猪血、黑粉熬成"乌油",反复几次涂于篷的外部,直至整个船篷乌黑发亮。

最后是船桨的制作。乌篷船是靠人力作为动力的,因此工匠需要依据划船者的力气大小、手脚长短进行量体裁衣,精心制作船桨。船桨的轻重、大小、厚薄都有讲究,制作精良的船桨,能让划船之人得心应手,操作灵便。如此,一艘全手工制作的乌篷船大致就算完工了,它的使用寿命大致在五到十年。此种乌篷船又被叫作脚划船。

五

为了写作此文,我查阅了大量资料,方才明白,过去的绍兴乌篷船并

不仅指我们今天所见的脚划小船。以前的乌篷船还包括用橹摇的"梭飞"和"三明瓦"之类的船身较大的船只，有的船篷为白色，又叫"白篷船"。大乌篷船的船篷有五扇、七扇、九扇、十一扇不等，视船身的大小而定。船只的构造十分精致。在船头上，雕刻有似虎头形象的动物以辟邪。船头两侧，摆有两个雕凿成狮子形的"石墩礅"，用以压船，以免行船时船头上翘影响速度。下船到前舱要走几级扶梯，两边各有一块搁板，可搁置东西，也可铺上板，搭成看戏台。在前舱和中舱之间，还设有书画小屏风，写有诗句，画有梅、兰、竹、菊之类的图案。靠中舱的两侧摆放书籍或糕点。后舱设有睡铺和炉灶，可用于饮食起居。这种乌篷船的船身较为高大，篷高可容人直立，舱内可放置桌椅，供游客休闲娱乐。船尾至少备有两支橹，航速较快。

所谓的"明瓦"船，就是在中舱的几扇定篷之间，安装一扇半圆形的遮阳篷，镶嵌着一片片薄蛎壳片，既能避雨，又可透光。而"梭飞"比"三明瓦"还小，行船速度更快，故得其名。旧时的一些官宦、富商、文人就像今天拥有豪华私家车一样，置有私人乌篷船。而这些大乌篷船为做客、游览、扫墓、迎亲、看戏所用，在船上可喝酒品茗、舞文弄墨、看戏闲谈。甚至，配置高档的乌篷船犹如今日之房车，其闲情雅致不可同日而语。这些在周作人先生的《乌篷船》一文里亦有详细描述。

在我的记忆中，二十世纪六七十年代的柯桥古镇上，应该还有那种大乌篷船，那时它作为埠船，停靠各处，抑或在夜间行驶，成为夜航船，成为一代人对水乡美好的追忆。然而，随着时代的变迁，那些乌篷船早已绝迹，绍兴如今能看到的乌篷船，只有那种载客的脚划小船了。而除了旅游，今天的绍兴人一般是不会再光顾乌篷船了。

任何一种文化遗存的变迁都是一种美丽的哀伤，正如今天很多的非物质文化遗产，看似美丽却再也传承不了原汁原味，如当今中秋之月饼，食之无味弃之可惜。

然而，乌篷船穿越千年，依然是我们身边一道流动的历史文化风景，又恰如越地文化的精灵，在历史的长河里闪烁着黑金一般的光芒，让人无法忘记，这里是绍兴，这里是永远的江南。

第八章 四季越味

明前日铸茶

> 正是江南好风景,落花时节又逢君。——唐·杜甫

清明前后,是江南最美的季节,春草始生,春雨绵绵,街道两旁的玉兰、紫叶李开始落英,桃花、樱花又来登场,花瓣随风飞舞,流水带红,春水漾漾。

正是这样一个江南好风景,落花时节又逢君,明前茶上市了。

江南多茶肆酒楼,临河而坐,望远山近水,品一杯香茗,溅万古之愁。兜兜转转,多少心绪最终浓缩在那一杯汤色青绿的茶水里。茶盏空了,客起身,问道:什么茶?

答曰:明前日铸茶。

"明前茶,贵如金",这杯茶当然有点小贵。经过一个冬天的滋养,茶叶饱蕴天地精华,茶芽细嫩娇美,又由于清明前气温普遍较低,发芽数量有限,所以物以稀为贵,这几天杭州正宗的明前西湖龙井已炒到每斤万元以上。

还好,在绍兴,有日铸茶,就算是明前,普通人也可以消费得起。关于日铸茶,太多的历史和传说,就如浓得化不开的兰亭墨,只需稍稍一点,就晕染开来,每一滴都是如此醉人。

一

日铸茶系出名门,这与日铸岭的地名有关。位于今日平水的日铸岭身处会稽山腹地,岭不在高,但有仙则名。两千五百年前,越王勾践命欧冶子在此铸剑。欧冶子铸剑他处不成,到了此地一日即成,日铸岭之名由此而来。

很难想象这样一个山岭上居然还有议事坪、下马桥等如此冠冕堂皇的

地名，这其实是和一个在逃王朝的"朝事"有关。遥想当年，积弱多年的南宋朝廷为躲避金兵追击，一路向南，逃至越州，被逼进深山老林，辗转数年才在临安（今杭州）安顿下来。世事难料，日铸岭竟保留了一个王朝一个民族的难言之痛。

日铸岭上有条古道，这条从绍兴至平水、翻越日铸岭后至嵊州蒋镇的古道，曾经是会稽通往台州、温州的陆路要道，也是绍兴南部山区王化、岭里的山民贩茶的必经之路。直至今日，日铸岭顶的路亭内仍保存着一块由岭下祝氏所立、撰刻于明朝万历二年的《日铸亭庵碑记》，碑记中就有记载。

可以想见，当时平水及周边的山民就是依靠这样一条岭道才得以通往大山外面的世界。凌晨出发，肩挑货担，徒步三四个小时后，至清晨，将茶叶、竹笋、柴火等挑到上灶渡头（即船码头），然后，再坐船穿过若耶溪到绍兴城里，将山货卖掉，最后买些油、盐、酱、醋等日常用品回家。

这条古道因此被称为江南的茶马古道。年复一年，日复一日，一个个黝黑精瘦的山里汉子行走在这条商贸之路上，山道上留下了踩踏出来的斑斑痕迹。

今天，日铸岭古道和平王线两条线路已被开发为绍兴南部山区的经典游步道，它们集历史与传说、人文与自然于一体，一路走去，你能看到古村落与盘山公路交相辉映，水库、溪流、老庙以及八百年的老银杏树，一一保留着原汁原味的山村景色，美不胜收。

二

几年前，也是一个春天，我专程去王化村寻访明前的日铸茶。去王化之前预约了一个叫方敏的青年，彼时他在淘宝上开了网店，专门销售他家手工炒制的日铸茶。他在网上和我说，他大学学的是计算机专业，在杭州的一家商业银行工作，可是他不安心只当个银行的计算机程序员，想回家创业，于是尝试网上开店。他说，他的家就在王化村，让我去亲眼见见日铸茶的炒制过程。

一个双休日，我如约而至。远山翠竹在四周笼盖，潺潺溪流穿村而过,古松翠柏映衬着粉墙黛瓦,好一派世外桃源景象。走至村口,远远就看见大树之下、溪沟之上悬挂着一个长长的秋千架,秋千架似乎早已融入那山那水那景,随风飘荡着多少人孜孜以求的诗和远方。

绕村四周都是茶园。春天的茶园是绿色生命的一次航行,经过一冬的孕育,细细的嫩芽们惺忪地张开双眼,带着一层雪白的茸毛,由不得人上前去抚摸一下。

在一个普通的农家小院门口,见到了方敏,一个清秀斯文又淳朴的农家青年,家门口的小桌子上正摊着他在读的一本书,是关于绍兴历史文化方面的书,我问他:喜欢这个?他点点头。

这个时代,也有理工男偏偏喜欢文史的。

一会儿,他叫他父亲出来炒茶。于是见到方敏的父亲,一个五十多岁的山里汉子从里间出来,拿出半篮从茶园里摘下来并摊青过的一堆青叶,倒入架在屋门口的一口大铁锅里,大铁锅下面是一个柴炉,蹿起的火苗一会儿舔得大铁锅热气腾腾。青叶在锅里被翻炒起来,方敏父亲的手不停地在热锅里翻飞,看得我眼花缭乱,那娴熟的手势犹如武侠小说里的传世功夫,铁掌翻飞,没有多年的经验是练不出来的。然后,那青叶由青色慢慢转为青褐色,一股清馨怡然之香在农家小院里飘荡开来。

稍后,原本半篮子青叶炒成了锅底的一小堆茶叶。方敏拿起一小撮,放入茶杯,泡好,递到我面前,于是我喝到了新鲜出锅的日铸茶。那清香浓郁得让人一辈子无法忘记。

茶入喉,起初有点涩,然后到第三、第四口时就有回甘,似乎还带点淡淡的兰之幽香。一杯之后顿觉神清气爽。

方敏家的日铸茶看上去很朴实,被炒得稍有卷曲。而市面上的日铸茶大多外形条索紧致,略显勾曲,形似鹰爪。方敏很谦虚地说,他家的手工茶,其他都好,因为是柴炉现炒的,比人家专业机器炒制还多一点烟火味。经他一说,我真的品出了那股烟火味。然而,这样的人间烟火味却是其他地方没有的,也是自那以后再也没喝过的。

喝完茶,方敏说陪我去日铸岭走走。于是我们顺着山道边走边聊。一路上,方敏和我交流了许多有关日铸茶的历史知识。

三

茶的历史其实由来已久，但"茶"字出自何处？陆羽，唐代的一个奇人。陆羽之后，才有"茶"字，才有茶学。

陆羽之前的时代，茶写作"荼"，表示有药的属性。神农尝百草才写成《神农本草》，"日遇七十二毒，得荼而解之。"

由荼而来的茶就是"人在草木间"。陆羽的一部《茶经》让茶获得了定义，让茶最终成为中华饮食文化的一个缩影。陆羽被后人称为"茶圣"。

越地茶，其实是中国茶不可或缺的一个组成部分。越地地处北纬30度，地多丘陵，土地肥沃，气候温润，最适宜茶叶生长。历史上，越地一直以生产绿茶为主。

平水、王化一带的日铸茶其实是越地最早的名茶之一。早在唐朝，日铸岭一带的山民就以蒸青的方法做成团饼茶，日铸岭成为当时举国有名的产茶区，陆羽就曾经在《茶经》中称："浙东以越州为上。"

而到北宋年间，当地茶农改蒸为炒，改碾为揉，改研膏团茶为条形散茶，遂创制成日铸茶。问世以后，被列为贡品，享誉全国，并在之后的多个朝代享有盛名。

北宋欧阳修在文中说："两浙之品，日铸第一。"从此奠定了平水日铸茶的显著地位。欧阳修的这番话是他卸任归田后记载在他的《归田录》中，不代表官方的说法，在民间自然更有说服力。欧阳修的这则评论至迟写在1072年，那是他与北宋一帮文豪和茶迷的喝茶心得。日铸茶能被北宋一众达官贵人追捧迷恋，肯定也不是短短一两年时间就能闻名天下的。

欧阳修的这番评论，让日铸茶自此有了身价。对日铸茶做评价的，还有范仲淹，他知越州时，在府山上发现了清白堂西山泉，以此泉水为优质的日铸茶点茶。北宋时期的喝茶方法叫点茶。

而到了南宋，陆游写过不少歌咏日铸茶的诗。

日铸茶，成为大宋贡茶，达到一个历史高峰。

到了明代，日铸茶还被人取了一个更动听、更诗意的名字——兰雪。"兰雪"之名盛行京师，达官贵人非"兰雪"不饮，日铸茶到了另一个鼎盛时期。

我曾经在一本书上看到，"兰雪"二字竟出自明代绍兴大才子张岱之手。张岱说自己"茶淫橘虐"，于茶事不只是癖好，已到精通之境界。

当时，安徽有一种叫松萝的茶，因制法先进，在市场上迅速崛起，把"江南第一"的日铸茶给压下去了。张岱不甘心日铸茶落后，就招募技艺先进之茶人到日铸岭与他一道改新。他们用松萝茶的制作方法提升日铸茶的品质，经过"扚法、掐法、挪法、撒法、扇法、炒法、焙法、藏法"等技艺的处理，再在茶叶里加进茉莉进行炒制，结果，他制出的茶"色如竹箨方解，绿粉初匀，又如山窗初曙，透纸黎光"。日铸茶经过张岱的改造后，名声大振，后改名为"兰雪"，并再次称雄茶市，一时间，饮茶者把品兰雪茶视为身份和时尚的象征，世人趋之若鹜。

为什么叫兰雪？这和日铸茶的品相有关。日铸岭上峰峦层叠，苍松翠竹，云雾缭绕，土质肥沃，适宜茶树生长。那一畦畦梯田式茶垄，生长着郁郁葱葱的茶蓬，吐出细嫩肥壮的芽梢，芽细而尖，遍生雪白茸毛，故名。

因此到了明清时期，兰雪又被称为日铸雪芽，这个名字可谓美丽到了极致。日出化雪，空留泪痕，看似美丽的故事，原来是一场不能长久的伤悲，还有什么比这更美丽、更伤感的茶名吗？这个茶名在前几年的一部热播剧《步步惊心》中出现频率极高，王子与公主们喝的就是日铸雪芽。

日铸雪芽到了清代康熙帝手上，竟成了心头爱。当时，绍兴的地方官员专门在日铸岭一带开辟了约四十亩山地，后人称之"御茶湾"，每年采制特级茶叶，进贡给康熙帝。后来，我专门随同柯桥区茶文化研究会的人员去看过御茶湾，御茶湾在平水下祝村，此地确实与众不同，古木交荫，野竹丛生，较其他茶园地势较低，萌芽期也来得迟缓一些。如今，有茶商相中了这块风水宝地，有意将此地打造成杭州龙井村那样的茶叶精品庄园。

由于日铸茶声名远扬，清代至民国时期的近三百年间，诸暨、嵊县、余姚、天台等周边县市所产的茶叶多集中到平水镇上进行精加工，然后漂洋过海出口，一时平水、王化一带，茶庄、茶商、茶栈云集，成为当时中国最重要的茶叶出口基地。而那时候的"日铸茶"还改良成为"平水珠茶"，一种形似珍珠、色泽润绿、香浓味醇的特级茶，因常年进贡康熙皇帝,被外国人音译成"贡熙"茶。

四

岁月无情,湮没多少前朝旧事。

后来,日铸岭一带一度茶园荒芜,日铸茶濒临失传。新中国成立以后,日铸茶才得以重新生产。二十世纪八十年代以后,日铸茶恢复了元气,被当地列为重要农产品加以推广种植和制作,最终作为柯桥产茶区的统一名称,成为当今的绍兴名茶之一。

如今,我平常喝得最多的绿茶就数日铸茶,每日泡上一杯日铸香茗,滋味鲜醇,汤色澄亮,清香持久。日铸茶差不多就是我日常生活中的必需品。

自那个春天以后,我和方敏一直保持着联系。虽然他两三年前就结束了"杭漂"生活,回到了绍兴,其间也换了不少工作,最后在一家金融公司做起了销售,但他还是喜欢绍兴的文史,也时刻关心着他的老家王化村。日铸茶和家乡的发展,依然是他心中挥之不去的梦想。

有梦想在,真的比什么都好。

清明螺，抵只鹅

> 笃螺蛳沽酒，强盗来了不肯走。——绍兴民间谚语

清明，二十四节气之一。《历书》载：盖时当气清景明，万物皆显，因此得名。清明好比是人一生中的少年，容颜清亮明丽，内在清爽无染。所以清明前所产食物，比如清晨之露水、绿树之嫩芽、动物之幼崽，总是让人倍感上天之恩赐、自然之馈赠，其味之鲜嫩，是一年四季中独一无二的。

当春风起舞、春水初生时，在"惊蛰"和"清明"之间，最鲜美的食物来自乡野。螺蛳，便是其中的一种。它的外貌很普通，圆锥形，青色或黄褐色，繁衍在中国大多数江河湖泊中，在江南水网地带尤盛。

在柳树垂下绿丝绦的时节里，螺蛳和其他的河鲜一样，蛰伏了一冬，在即将孕育下一代之前储藏了全身的能量。所以，江南有句俗语："清明螺，抵只鹅。"虽然螺蛳一年四季都有，但只有清明节前的螺蛳最好吃，其肥美程度足抵鹅肉。

用葱姜爆炒的螺蛳，活色生香，由不得你不伸筷子，因为它实在诱人，绍兴人还有一句俚语："笃螺蛳沽酒，强盗来了不肯走。"

一

在柯桥古镇老家门前有一条河，连通着浙东古运河，在河边长大的我，小时候家里常有一碗荤菜叫螺蛳。

螺蛳很贱，几分、几角一斤，可以从菜市场买，也可以自己捞。当年，对于要养几个孩子的家庭来说，螺蛳无疑是既便宜又营养的荤菜了，所以水乡人家螺蛳是常菜。

以前河水是清澈的，一过惊蛰节气，就不断有螺蛳从淤泥中钻出来，

黏附在河岸边和河埠头晒太阳，一眼看过去个个肥肥的。这时候，从家里抽一根竹竿，拴上网兜，轻轻探过去，一划拉，螺蛳不逃也不躲，就成了兜中之物。小心地拎起，用手摸一把，便有十多颗，甚至几十颗。因为简单如是，水乡沿河的孩子基本都会摸螺蛳。

因此，在那个什么都要凭票证的物资供应短缺的年代里，摸螺蛳、抲鱼虾成了水乡人家的副业。一到晚上，就看到大人们在河边忙这些副业。摸的人多了，螺蛳自然就躲到深水里去了，于是就有人专门划船去河里"耙螺蛳"。

"耙螺蛳"，是水乡的专业术语，我不知道该怎么写，姑且这样写吧。捕捞螺蛳，一手拿一个竹制的三角架渔网，一手拿一把竹耙，竹耙有齿，状似猪八戒之钉耙，一耙一网可以捞到很多河底下的宝贝。

"耙螺蛳"好像不光要有力气，还要有技术，"哗啦"一声提起网，网中有螺蛳，也有泥石、碗爿之类的杂物，黑乎乎一大堆。然后，在水中反复提浸去泥，拣去水草、碎石，剩下的基本上就是螺蛳了。"耙螺蛳"很有趣，有时，还会耙到很多小鱼、小虾和河蚌。耙来的螺蛳成了商品，就在柯桥的沿河街市上叫卖。

童年的我常常在河岸边看人耙螺蛳，一看就是小半天，时光何其漫长。

二

为什么只有清明节前的螺蛳最好吃？因为螺蛳腹中的螺子基本没有成壳，肉大肠小，口感丰满。但是，一过了清明，螺蛳开始繁殖，壳内孕育小螺蛳，螺肉的鲜嫩度就大打折扣。

青壳螺蛳是首选，光润发亮、壳薄肉肥，其次才是那种浅褐色的螺蛳。个头只要中等，如果太大了，螺卵多，肉质老。

刚打捞上来的螺蛳不能马上就吃，为了让螺蛳把肠胃里的污秽杂物吐干净，需倒一盆清水，养上一两天，同时祛除泥腥味。换几次水，直至螺蛳将灰色絮状物吐净为止。

小时候总是充满好奇，观察螺蛳在水中的动静，现在回忆起来竟也是一件童年趣事。清养中的螺蛳，会黏附在盆边，缓慢移动，它们之间又互相黏附交叠。当周围一片安静时，螺蛳会慢慢地伸出触角，原本紧闭的鳞也悄悄张开，似乎在偷偷张望外面的世界。这时，我忍不住用手去触摸一下它们，它们就会被吓得迅速地躲回壳里。

清洗螺蛳的事，我非常愿意干。当螺蛳壳和脸盆摩擦时，发出"沙啦沙啦"的响声，我以为非常优美动听。

三

笃螺蛳的"笃"是吴越方言，大意就是指用老虎钳一颗颗地剪去螺蛳屁股。实心螺蛳，谁也没本事把肉吮吸出来。

在家里，大多时候由我外婆来"笃"螺蛳。她搬把小竹椅，坐定，然后右手握着老虎钳，左手从脸盆里抄起一把螺蛳，"咔嗒"一声，一颗螺蛳的屁股应声而碎。笃螺蛳次数多了，技术就会娴熟，一会儿工夫，一大碗螺蛳就笃好了。

老子说："治大国若烹小鲜。"螺蛳其实连小鲜都算不上，但它却是上天赐予水乡平民百姓的美味佳肴。

螺蛳一般有两种做法。带壳的叫炒螺蛳，不带壳的挑出螺肉炒韭菜等。其实，我至今念念不忘之美味螺蛳，竟是我小时候吃过的蒸螺蛳或水煮螺蛳，不用油爆，只用清水蒸或煮，放些许盐和姜丝，然后用牙签挑着吃。一吃就能吃大半碗，那绝对是正宗原味，而且富含蛋白质和其他营养成分，对于少年长身体好处多多。

现在回想起来，一来我外婆也许没那么多时间笃螺蛳，二来当时家里用的菜油金贵，所以就用这种吃法。说那种吃法特别美味，其实是由产螺蛳的水质决定的。现在肯定找不到我小时候那种质量的螺蛳了，不腥还无污染。

炒螺蛳一般是不用味精的，所需辅材都是原生态的，诸如生姜、小葱、蒜头、酱油，后来的吃法配上些许辣椒，但是在爆炒的过程中用绍兴黄酒当佐料，那是必需的，也是炒螺蛳的绝配。

看似简单的炒螺蛳，要炒到恰到好处，也不简单。

炒螺蛳的厨艺需要拿捏分寸和火候。把洗净的螺蛳沥去水分待用。开大火,油锅烧热,放入姜蒜煸一下;然后将螺蛳倒入油锅中,只听"嗞喇喇"一声,升腾起一股烟火,翻炒几下后,淋上绍兴黄酒去腥提鲜;然后依次放入酱油、盐、糖、辣椒等调味,再炒三四分钟就差不多了,等到螺蛳厣脱落,撒上小葱,盖锅焖一下,待水分收干,就可以起锅了。

刚断生的螺蛳带着浑身的生猛和姜葱、香油混合的味道,在饭桌上激起人的阵阵食欲。

四

吮吸螺蛳肉,是江南水乡人的独门功夫。

曾经和北方人同席,他们不知道怎么个吃法。在吴越方言里,吮吸叫"嗦",嗦螺蛳是不用牙签的,只需拿起螺蛳一吸一吮,含着鲜美卤汁的螺肉便滑入口中,回味无穷。"嗦"要讲究分寸:劲小,螺蛳肉出不来;劲大,会把螺尾也吸入口,其境界只能意会不可言传。

于是,老酒一碗,螺蛳一盘,便是寻常百姓的幸福时光了。

当然,江南水乡的春天还有很多菜,可以配这款炒螺蛳,比如马兰头、鲜竹笋、香椿、芋艿……小家碧玉般的乡野小菜,足以让吃惯山珍海味之主垂涎三尺。

我没有考证过古代绍兴人是否也吃螺蛳,但至少有谚语有俚语,说明吃螺蛳在绍兴也是有历史的。但是近二三十年里,螺蛳不再是绍兴人饭桌上的常菜了,因为生活的改善,也因为水质的变化。

想起鲁迅先生在《社戏》中的一段话:"一直到现在,我实在再没有吃到那夜似的好豆,——也不再看到那夜似的好戏了。"诚然,我也再吃不到童年时那么好的螺蛳了,因为那是童年的味道,老家的味道,江南的味道。

期待绍兴的水越来越清。

笋煮干菜

乌干菜、白米饭，就是当年激励寒门学子凤凰涅槃的满满动力。

一

谷雨之后，草木葱绿，万物生长，最是一年生长季。江南，开始收获春天的物产，比如春茶，比如春笋。有一日，收到自小学就在一起的闺蜜的一盒礼物，还没拆启，已闻到一股熟悉的味道，醇香中混合着阳光和泥土的芳香。这种土土的味道，绍兴人自小闻过，一辈子难忘。

这是笋煮干菜的味道。

打开闺蜜的礼物，里面是四包笋煮干菜，两包写着"淡点"，两包写着"咸点"。这是她亲手晒制的干菜。闺蜜在电话那头自豪地说，足足花了四五天时间，才算完工。然后，她的劳动成果派送各位亲友，装缸落甏，成为各家的一道常菜或配菜，可以享用一年半载。其实，像闺蜜这样自己动手晒笋煮干菜的城里人不多，大多数城里人会去市场或商店选购。

收到这份春天的特殊礼物，我在电话这头不停地道谢，心里除了感动还是感动。

在谷雨之前，绍兴人会自己动手制作笋煮干菜，这也是很多绍兴人保留至今的家庭活动。特别是在农村，农家小院，房前屋后，甚至道路两旁，一竹匾一竹匾的笋煮干菜在阳光下摆开阵势，一时间，空气里弥漫着春笋和芥菜在阳光下被蒸发了水分之后的浓郁味道。而这居然也是绍兴春天的一道独特风景。

笋煮干菜在绍兴又被叫作乌干菜或者梅干菜，作为一种地道的绍兴土特产，受到绍兴及周边地区百姓的热捧，特别是上海人，来绍兴旅游，都不忘带上一份梅干菜。据考证，原先绍兴府治下的余姚、萧山也很盛行。

而在金华的东阳,贫穷的东阳学子就是吃梅干菜吃出了数量众多的博士,梅干菜在当地还美其名曰"博士菜"。

二

在传统的绍兴菜系中,一般都离不开酱、腌、晒、霉等几种手法,比如鱼干,比如腊肠,比如酱肉,这是在没有食品保鲜技术的情况下,历代绍兴人积累而成的民间智慧,无意间,给绍兴传统菜系创造了独一无二的风味。

晒笋煮干菜,看似一个普通的过程,其实要做到色香味俱佳,并不简单。

晒笋煮干菜的第一步,是选上好的基础原材料。首先是菜,可选用大叶芥、细叶芥等,也可以用没有抽苔的油菜和白菜作原料。油菜晒出来的叫油菜干,农家有时会选用几种菜一起晒。芥菜往往在清明前后收割,已是饱吸了天地之精华。

收割以后,先要清洗。在农家,每家少则几百斤,多则上千斤,全靠在河里或小溪里手工清洗,洗完后,须晾干。那时,乡村院落前挂满了芥菜,大多用晒衣服的三足形竹晾架,中间搁一支长长的竹竿,一小捆一小捆地晾晒,直到这些鲜绿的芥菜被晾去水分。这之后有个特殊的焖黄过程,这个过程就是把芥菜堆放在一起,所以又叫堆黄,芥菜的颜色由青变黄。焖黄是关系到干菜色泽金黄、口感醇香的关键步骤,有经验的农家比较善于掌握它的时间长短,时间短了不够香,时间长了不够鲜。

接着就是把芥菜切成小段,放上盐,用手揉捏,之后倒进缸里用盐腌,然后须用石头一层一层地压紧。这腌菜的石头,也需挑选得干净、光滑和平整。这样过么五至七天,中间会有水和气泡从腌菜缸里冒出来,不用担心,那是芥菜由鲜变咸,渍出水分的过程。然后,这一食材备用。

三

接下来轮到另一个主角出场了,就是春笋。春笋是山地馈赠给江南人上好的美味。立春以后出土的笋,统称为春笋。各种各样的吃法,让鲜嫩可口的春笋成为春季里必不可少的菜品。但是只有当春笋遇上干菜时，才是这个春天里最长久的一桩"婚配"。

晒笋煮干菜之前，采挖春笋也是一件趣事。据说，清明前挖出来的笋用来晒干菜，会更鲜嫩。曾经受朋友之邀，去书法之乡兰亭挖笋，像模像样地扛个锄头上到半山，看见一个头顶刚冒苞的笋宝宝，就迫不及待地一锄下去，结果只砍掉了一个嫩头，气得我猛力挖掘，它就是深深扎根底下，直到把它挖得遍体伤痕还是没有全部挖出。挖笋其实不只是体力活，要用巧劲，才会挖得又好又快，山里的老农一个上午就能挖上几百斤。

用来煮干菜的春笋叫毛笋或雷笋，趁着它刚断气，剥了笋壳，露出它洁白的身体。这鲜嫩多汁的身体正是笋煮干菜鲜香无比的终极秘密。

笋切成块状或丝状，放进大锅里煮，煮到六七分熟，然后开启腌缸，倒入腌好的芥菜一起煮，搅和一下，煮的时候不要放太多的水，也不要煮太久，并根据个人的口味决定咸淡的程度。待两种食材充分混合入味，你中有我，我中有你，就可以起锅了。

湿漉漉的笋煮干菜浑身散着鲜香，放到竹匾里开始"日光浴"。这时最好是大晴天，春日里和煦的阳光下，笋和干菜的味道互相渗透互相纠缠，恰如武侠小说里描绘高手过招的意境，那味道甚至会引诱路过的游客，情不自禁地想要品尝一下这农家刚出锅的美味佳肴。

通常来讲，二十斤左右的芥菜方能制作一斤干菜，十五斤左右的笋才能晒制出一斤笋干。看似简单的劳动其实非常不易。

趁着大好晴天，晒两到三天，这款笋煮干菜就算完成了。新鲜的笋煮干菜浑身散发着阳光的温度和芳香。

笋煮干菜的成品最好放入干净的缸或甏，那种陶瓷器皿能保证干菜的色香味持久度少打折扣。有的陈年老干菜泡汤，甚至是夏天里治疰夏等病症的土方，其功效如同云南之陈年普洱茶。

四

笋煮干菜的吃法有好几种。第一种当然是干菜毗猪肉。

干菜毗猪肉是绍兴的一道传统名菜，已被列入国字号菜谱之一。据

传,这是徐渭首创的。明代大才子徐渭的晚年穷困潦倒,当时山阴城内大乘弄口新开一家肉铺,店主请徐文长书写招牌,招牌写好后,店主便以一方五花猪肉相酬。徐文长已数月不知肉滋味,十分高兴,急忙回家烧煮,可惜身无分文,连买盐和酱油的钱都没有。他突然想起家里还有一甏陈年老干菜,便用干菜蒸煮五花肉,不料其味独特,香飘左邻右舍,引来众人仿效。从此,便在民间传了开来。

干菜毗猪肉讲究焖烧入味,蒸制酥糯。五花肉须先清洗干净,用酱油腌制一下,味道更佳。毗猪肉的过程中讲究猪肉一层层叠放,和干菜相间隔。口感喜欢带点甜味的,放少许糖。之后便是开大火焖蒸,约三十分钟后出锅。出锅的干菜毗猪肉口感香酥绵糯,油而不腻,色泽红润油亮,颇有田园风味。这道菜其实正是凭借了笋煮干菜对五花肉中油脂的充分吸收和调和,成为荤素菜搭档中的绝配。

二十世纪七十年代,这道菜曾经作为国宴中的佳肴,被祖籍绍兴的周恩来总理推荐给外宾。

笋煮干菜的第二种吃法是做汤底料。特别是在盛夏六月,出汗较多的人们需要补充盐分,喝干菜汤无疑是不错的选择。干菜汤中放上丝瓜或葫芦、河虾、鞭笋,是绍兴人夏天最常用的一道菜汤,其汤色清亮,青白红三色相间,清淡可口,吃了生津、发汗、解渴。鞭笋则是夏日里竹园对普罗大众的又一奉献。

当然,笋煮干菜的做法还有很多,比如干菜炒四季豆,比如梅干菜扣肉,再比如干菜蒸狭獕(读作"昂桑" áng sāng),还有干菜蒸鱼头、干菜蒸鳗鱼、干菜蒸乌鱼等多种吃法。干菜是中和蛋白质和脂肪含量较高荤菜的绝佳配菜,也是去腥味和膻味的百搭高手。

五

其实在绍兴,梅干菜伴随了一代人的成长。尤其是五〇后、六〇后甚至七〇后的农村学子,吃梅干菜求学,已成为那一代人的共同记忆。很多人背着一袋梅干菜,翻山越岭,去镇里或城里的初高中求学,这一袋梅干菜,基本上就是他(她)半个月的下饭菜,条件稍好的才偶尔在学校食堂打一份新鲜小菜。等到七〇后、八〇后求学的年代，生活才有所改善。

我从小生活在柯桥镇上，对此没有多少体会，可我亲眼见过我的同学就是这么吃过来的。

那些年在柯桥中学上学，有一天中午没回家，想去食堂蹭一个住校女同学的中饭。当我看到她乐呵呵地把两个蒸好的铝饭盒取过来时，我还以为里面是什么美味，一打开，竟是一盒米饭，一盒梅干菜。干菜上浇一点菜油，经过蒸煮，不光颜色乌黑发亮，还散发着阵阵扑鼻的香味。这就是传说中的乌干菜、白米饭。我咽了一下口水，最后还是推脱了一下，回家吃饭去了。

这个女同学后来考上了一所名校。直到现在我都认为，乌干菜、白米饭就是当年激励寒门学子凤凰涅槃的满满动力。

杨梅红时江南雨

> 闽广荔枝,西凉葡萄,未若吴越杨梅。——宋·苏轼

一

三伏天突然想起了杨梅。也许是因为今年家里浸了不少杨梅烧酒。

杨梅烧酒在将近一个月的浸泡后,由红发紫,既酸甜又醇美,在江南人夏天的饭桌上成为一种特殊的酒品,饭前来几颗,既开胃又助兴。而她的滋味,带着几分诗意几分醉意,在高温炙烤的苦夏里,抚慰寻常百姓的舌尖,寻找闷热天气里的一丝通畅。

杨梅上市一般在六月下旬,正是端午到夏至的节气,梅雨不走,暑天未至。彼时,满山遍野的杨梅树上挂满了一颗颗红艳艳的果实,她们饱满的红色果汁就像膨胀的一个个红色欲望,让江南人在一年四季的轮回之后,异常渴望。

杨梅是梅雨季节里的一点醉红,她是春夏天赐予人间的尤物,犹如张爱玲笔下那一颗牵挂于江南人心头的"朱砂痣"。

杨梅上市的季节里,江南的梅雨往往也赶在这几天里下个不停,湿漉漉的江南在那时更适合叫烟雨江南,远山近水笼罩在一层天青色的薄纱之中,于是多了一种水墨江南的意韵。江南的梅雨之名并非因杨梅的"梅",然而,黄梅黄时,杨梅也红了。

杨梅红了,江南便有一种"摘杨梅"的时令活动,只要雨稍停,采摘杨梅就得抓紧。俗话说:"夏至杨梅半山红,小暑杨梅要出虫。"杨梅的采摘期很短,一般只有十天左右,所以杨梅一旦成熟就应赶快采摘,或吃或送或卖,或加工处理,以防腐烂变质而遭受损失。

二

绍兴人称摘杨梅为"嬉杨梅山",可见杨梅树一般种在山上。我曾经跟朋友去采摘过几次。彼时，天青、山绿、梅红，处处皆入画境。低缓的山坡上，抬头皆红，杨梅树挂着成串的果实，沉甸甸地压弯了枝头。果实有红的，也有粉的，有次还见到过白色的杨梅。低头也是红，地上落满了熟透了的杨梅。掉在地上的杨梅是最成熟的，但访客一般不会喜欢的，非得自己摘了吃才有味道，于是先摘够得着的，从枝头上摘下直接放进自己的嘴里，特别的滋味在初夏的某一刻绽放在味蕾之上。

她的滋味很具挑战性，入口先酸后甜，品尝者立马表情变得异常丰富，最终是回荡在心底的绵长。当那种绵长的滋味入口而化时，似乎让人一扫阴郁天气带来的压抑，再看那不绝如缕的雨丝，便会生出几分诗和远方的遐想。于江南人来说，每年品尝到的第一颗新鲜杨梅，总是别有一番滋味在心头。

当够得着的杨梅都被采摘一空时，梅农们会给你一根竹竿，上面绑着一个塑料制成的采摘利器，样子就像一个小小的网兜，又像是一双半握的拳头，让你的手可以延伸到杨梅树的高处枝头，一抓一个准。我以为发明这种采摘工具的人称得上才子。高处的杨梅日照充分，更加丰满多汁。

当你吃得满嘴酸甜、满肚鼓胀以后，再拎上两篮杨梅回家，大概也就心满意足了。回家的路上，梅雨又开始淅淅沥沥地下了。

回家以后，除了一家人分享新鲜，剩下的必定要浸上一些杨梅烧酒。看着一大玻璃瓶白酒泡上了一颗颗红灿灿的果实，满足感油然而生。于是那几天，绍兴超市里的烧酒常常卖断货。

三

世界杨梅出中国，中国杨梅出江南。而江南的杨梅多产自江浙一带，余姚和绍兴就是江南种植杨梅最多的地方。自古以来，吴越之地盛产杨梅，山阴、会稽、余姚、萧山这些地方均是产地。每年初夏，这一带漫山满坡的杨梅林，绿叶凝碧流翠，红果乌亮烁紫，使人向往不已。

杨梅为什么产在这些地方？其实，同"橘生南方"的道理一个样。查了一下资料，杨梅这种果树，其生长史至今已有七千多年。杨梅的人工栽培记录最早见于西汉司马相如所著《上林赋》，其中的"樗枣杨梅"，证明

人工栽培杨梅距今已有两千两百多年的历史了。

杨梅为什么叫杨梅？李时珍在《本草纲目》中说："其形如水杨子，而味似梅子。"因此，后人便称其为杨梅。李时珍还说："杨梅可止渴，和五脏，能涤肠胃，除烦愦恶气。"杨梅简直就是为江南潮湿溽热的梅雨季而生的。

杨梅作为一种水果，从古至今被文人墨客争相描绘，也给她增添了文化底蕴。对于杨梅，苏东坡的评价最高："闽广荔枝，西凉葡萄，未若吴越杨梅。"言下之意，荔枝、葡萄都比不上杨梅。从前读过东坡对荔枝的溢美之词："日啖荔枝三百颗，不辞长作岭南人。"荔枝啖多了，太甜。品尝过杨梅之后，东坡就很享受地用杨梅将荔枝比下去了。

谈到绍兴的杨梅，必定会说到南宋诗人陆游。据文史专家研究，他一生写杨梅的诗词达十多首。来看看《六峰、项里看采杨梅连日留山中》一诗："绿阴翳翳连山市，丹实累累照路隅。未爱满盘堆火齐，先惊探颔得骊珠。斜簪宝髻看游舫，细织筠笼入上都。醉里自矜豪气在，欲乘风露摘千株。"把杨梅比作"火齐"和"骊珠"，也只有陆放翁想得出来。

陆诗生动描绘了杨梅丰收的季节里，满山皆红，人们喜摘杨梅运送京城以及游人品赏杨梅的盛况。这说明杨梅在南宋那些年广为种植，成为一种人气超高的水果。"六峰"和"项里"在哪里？分别位于今天柯桥的漓渚和柯岩。传说中，"项里"是西楚霸王项羽的故里，霸王起兵之前一直在项里村隐居，村里至今有一座千年项羽祠，建于一条小溪之上。项里村至今仍产杨梅。

陆游八十高龄的时候，又写了一首颂赞杨梅的诗《乙丑夏秋之交小舟早夜往来湖中绝句》："鸡头累累如大珠，红草绿荷风味殊。天与杨梅成二绝，吾乡独有异乡无。"绍兴的芡实（俗称鸡头）与杨梅这两种土特产堪称南宋时期的"二绝"，足以让放翁自豪。当然，杨梅并非绍兴独有，但至少说明，历史上的绍兴盛产杨梅。

到了近代，周作人先生也曾经写过一篇有关家乡绍兴杨梅的美文，其中有引嘉泰《会稽志》："方杨梅盛出，时好事者多以小舫往游，因置酒舟中，高订杨梅与樽罍相间，足为奇观。妇女以簪髻上，丹实绿叶，繁丽可爱。又以雀眼竹笪盛贮为遗，道路相望不绝。识者以为唐人所称荔枝筐，不过如此。"

如此说来，吴越一带百姓对杨梅自古情有独钟，杨梅文化也渗透到人们生活的方方面面。比如有一句"紫杨梅"的俗语，那是比喻人群中出类拔萃的人或有一技之长的人，杨梅红到发紫，肯定受人欢迎和追捧。

再比如成语"望梅止渴"，典出《世说新语》。曹操率部队去讨伐张绣，天气酷热，骄阳似火，但部队却缺少供给，士兵们一时喝不上水。聪明的曹操心生一计，说前面有一大片梅林，可以立即给大伙消暑解渴。于是，士兵们引起条件反射，都激动地吞咽口水。这样，行军速度就提高了，曹操的智慧真不是一般人所具有的。当然，今天我们无法考证"望梅止渴"的"梅"是杨梅还是青梅或者其他什么梅，总之"梅"的味道给人振奋、提人精神。

四

现在绍兴种杨梅的地方很多，尤以柯桥湖塘杨梅、上虞二都杨梅为最盛，诸暨也有很多地方产杨梅，有些地方还举办杨梅文化节。那几天，不同产地、不同品种、不同颜色、不同酸甜度的杨梅轮番登场，杨梅成为当季宠儿。

美好的时光总是短暂的，不知不觉出了梅，当热浪袭来，进入暑天之后，江南人与杨梅的恋情要暂告一段落了。带着对春天的万般留恋，我们搜寻着挽留杨美人的各种办法。

最好的挽留方法是把那殷红的杨美人泡到酒里，于是就有了"杨梅烧"，将杨梅浸泡在高度白酒中。有喜欢加点冰糖的，可以使杨梅烧喝起来更甜些，酒的颜色也可以更鲜红些。"杨梅烧"除了风味独特外，还有利于长期保存，痴迷杨梅的江南人甚至可以将酒存放到来年新一季杨梅上市时。"杨梅烧"具有开胃、消暑、解毒、止泻等功效，民间有"桃子吃出病，杨梅来治病"的说法。而"杨梅干"则是将杨梅晒干加工制成蜜饯、果酱等。我个人不太喜欢"杨梅干"的味道，那是水果完全脱水后失去了灵魂的模样。

杨梅年年吃，却不知道她是怎么种出来的。去年和朋友一起去"嬉杨

梅山",顺便向梅农请教了一些常识。

杨梅树是一种常绿乔木,她亭亭如盖,其实是不错的果树和园林两用树木,且生命力顽强,少虫害。从栽培到结果,需五年以上。杨梅在每年的三四月份开花,五六月份结果。杨梅树雌雄异株,雌株和雄株在开花之前,很难识别,只有等到花开了,才显示不同的样子和颜色。

杨梅挂果枝头常见,但杨梅开花却很少见。杨梅花呈红褐色,花小而密,杨梅花的形状被古人称为"柔荑花序"。"柔荑"一词出自《诗经》,意思是美人的纤纤素手。杨梅开花,花期很短,虽然绽放时很美,却美得不动声色,即使是梅农也常常错过她的悄然开放,等到想去观察,她已结出一粒粒小小的果实。所以民间有种说法:杨梅开花,难得一见。

在盛夏季节里,江南人品尝着"杨梅烧"时,是否为杨梅的内敛含蓄而感动呢?低调不张扬,淡泊于世间,火红的外表下有一颗强大的内心,而她结的果隽永回味,直让人想念一年又一年。

秋遇香榧

她是一缕来自远古的芳香,她的名字由秦始皇而起。

一

香榧在儿时的记忆中,那是一种过年才能品尝得到的坚果,两头尖尖,状如橄榄,嚼之,松脆可口,齿颊留香。

最近一次去会稽山腹地的稽东月华山养心谷,得以遇见香榧,感慨香榧树真乃会稽山神树,立于大山深处,千年生长,可谓奇姿、奇材、奇果。

九月初秋的会稽山,四野苍苍,凉风习习,最宜登山。月华山养心谷是刚开发的一处休闲旅游景点,位于稽东千年香榧森林公园所在的月华山上,海拔六百多米。刚修的山路略显陡峭,可以驱车也可以步行。我和同伴们选择开车至半山,然后开始攀爬。

走着走着,就走进一片长在半山坡的香榧林,瞬间感觉绿盖华冠,浓荫蔽日。细看之下,每棵树都高大挺拔,盘根错节,有的像雄鹰展翅,有的像走兽狂奔,有的像恩爱夫妇,有的如怒目金刚,大自然的造化让这些古树群千姿百态。

眼前的这片香榧林已到了果实累累的收获季。我们突然闻到了一股奇异的清香,那清香混合着树木和果实的芳香,似格调超高的精油散发的味道,醒脑又沁脾,那香仿佛沁入人的灵魂深处。然而,还有一种十分悠远且令人神驰的气味,那一刻是我无法用词语表达出来的。

二

那天,刚好台风擦过绍兴周边地区,下过雨,刮过风。远远地就发现,香榧树下满地绿玉,村民们三三两两在树下捡香榧子。我随手捡起一

颗，成熟的绿色果子呈椭圆形，如李子般大小，不少已开裂，露出里层的青白色果皮和咖啡色的果子。

榧农们见我们围观，就三三两两地走过来，向我们介绍起来：

这棵香榧树树龄八百年，树上的果子从发芽到成果，需要三年方可采摘，因为果子三代见面，被戏称为"公孙树"。今年的香榧从九月十日起开摘。摘香榧可是有一定难度的，落下的榧子是自然成熟的，更加宝贵。香榧全身都是宝，那层被剥去的青绿色果皮可以用来提炼精油，做成化妆品，是祛斑补水的上品。

香榧子得先堆放七天，去皮洗净后再堆放十五天，两次堆放是为了营养转化，使香气充足。此后晒干储藏或分批炒制。炒制需用手工，用山里的木柴才能炒出独特的香味，待炒制到外壳微微发黄时，将香榧浸入一定浓度的淡盐水中，让盐水趁热钻进榧肉中，然后沥干再炒。

其实，作为本地人，多次到过香榧林，但是像这样亲眼见到榧子落地，并听到这么具体的介绍，还是头一次。联想到采摘的不易，我们把随手捡到的香榧子都归还给榧农。

只是，捡过榧子的手，一直留着满手的清香。

三

回家后立即查找了有关资料。香榧，别名中国榧。榧树是世界上稀有的经济树种，主要生长在中国南方较为湿润的地区，出现在距今一亿七千万年的侏罗纪中期。联想到看过的电影《侏罗纪公园》，感觉香榧树原来是和那些貌似庞然大物的恐龙出现在同一个世界里，油然而生敬畏之心。

香榧营养丰富，含有丰富的蛋白质和各种微量元素，长期吃可以提高免疫能力、强健身体，还能消积润肺、化痰止咳，同时具有降压活血、生津滋补、排毒养颜等功效。而居住在会稽山的山民因此而身形健朗。

香榧中含有的乙酸芳樟脂和玫瑰香油，是提炼高级芳香油的原料。香榧木因材质坚实牢固、纹理细密通直、色泽金黄悦目、气味芳香怡人，已成为制作各种高档工艺品的珍稀良材，产区严禁砍伐。

目前全世界榧属植物共有八种。美国、日本、韩国均有，但其果实均不能食用，只是作为用材林。中国榧在我国分布最广，栽培最久，其经济价值也最高，但必须通过嫁接才能食用，这就是我们先人在农业文明上的智慧体现。

香榧树是雌雄不同株的树种。一般雄树粗壮高大，雌树则多"披发"下垂；雄树开花时散播花粉，雌树也开花却无粉。传说早在西汉时期的山民偶然发现了两棵"连理树"相互纠缠摩擦而生成一种榧树，其果能食用，于是开始从野生榧树中进行人工嫁接培育，终成优良品种"香榧树"。

根据现有资料记载和现存千年以上古香榧树推测，人工栽培应始于唐代，盛行于宋代，元、明、清时期开始大规模栽种。

有统计显示，我国百分之八十的香榧出自浙江，而在浙江，超过百分之八十的香榧来自绍兴。横贯绍兴、诸暨、嵊州等地的会稽山脉是中国古香榧的原产地和主产区。其中诸暨堪称"中国香榧之乡"。据调查，会稽山古香榧群拥有香榧大树十万多株，其中，树龄百年以上的香榧七万余株，千年以上的有数千株，古树之密集与众多，堪称华夏一绝。绍兴会稽山古香榧群还被认定为全球重要的农业文化遗产。

2014年，香榧还被确定为绍兴市市树。

香榧由于生长地域狭窄，分布面不广，年产量也不高，因而更加珍贵。

四

香榧好吃树难栽。榧树一般要栽种八年才能零星挂果。清乾隆《诸暨县志》载：榧树每三年始可采，叠三节，每年采一节，俗称"三代果"。

香榧采摘难度较大，它不像山核桃那样可以棒打，因为树上除了成熟的榧子，还有第二年才能采的幼果，因此香榧必须一颗一颗地小心采摘，尤其是生长在树梢的香榧，需要有一定技巧的人上树才能采摘。后来一路下山，果然发现长在悬崖峭壁上的榧树也有不少，见到榧农们用登高梯攀爬而上，其惊险刺激的程度一点也不亚于空中杂技。我们在树下看到那一幕，不禁为登高采摘的榧农捏了一把汗。在绍兴，每年都会听到榧农因采摘而伤亡的报道。每一粒奇珍异果，都来之不易。

历史记载，秦始皇于公元前210年东巡会稽时，品尝了榧果，觉得其名不雅，因此将"榧子"命名为"香榧"，香榧之名原来由始皇而起。苏东坡品尝了香榧果后，便留下"彼美玉山果，粲为金盘实"的名句。清乾隆皇帝下江南时，县令以稀世珍果香榧进贡，乾隆龙颜大悦，当即将它封为"御榧"，此后香榧便年年作为贡品，进贡皇帝。

在我的印象中，会稽山古树群中能和香榧林媲美的只有古银杏、老樟树和千年桂树了。

那天下山，车行苍翠的会稽山麓间，突然回想起香榧那令人神往的清香味，突然开悟，那不就是来自远古的芳香吗？

我为找到最终的答案而感到由衷的开心。

醉生梦死与齿颊留香

何须浅碧深红色，自是花中第一流。——宋·李清照

江南的秋天，往往是几场凉飕飕的大雨后悄悄来到的。时序进入十月，空气中弥散着甜甜的桂花香，特别是中秋和寒露之后，江南进入蟹肥菊黄的时节。这一季里，有两样美食是江南人的经典之作，值得久久回味。

一

"秋风起，蟹脚痒。"秋风一起，膏肥肉美的螃蟹开始"爬"上江南人的饭桌，成为当季普遍流行的美味佳肴。在江南，螃蟹有多种称谓。上海人叫大闸蟹，杭州人和绍兴人都叫湖蟹，而蟹在绍兴方言中读"hà"，"吃蟹"听起来像"吃哈"，倒是颇有喜感的读音。

记忆中蟹总是和绍兴黄酒连在一起，似乎是绝配。进入立秋后，家家户户都会吃几次湖蟹，大多是清蒸着吃，因为鲜美无比的湖蟹并不需要什么特殊的烹饪手法。倒是吃的时候需要配上黄酒，并以米醋为佐料蘸着吃，米醋中最好切上细细的姜丝。

想起小时候听外婆说过，螃蟹至寒，需要生姜和老酒祛寒。吃蟹时，外婆会拿出几件吃蟹用的工具，诸如小钳子、小剪刀之类，似乎是很久以前祖传的，用起来很费时。如今回忆起来，必定是当初老祖宗家里精致生活的遗存。可惜，这些工具如今都随外婆的离世了无踪影了。

明代文学家张岱一生最喜"蟹会"。对于湖蟹，他在《陶庵梦忆》中有一句最朴实的赞美："不加盐醋而五味全者，无他，乃蟹。"明代剧作家李渔，一生嗜蟹，在所著《闲情偶寄》中自称以蟹为命。北宋词人苏舜钦也曾说过："蟹之肥美，抵得上江山之美。"

后来,我在侨务部门工作,知道香港人每年都要举办一次螃蟹宴,还知道在海外的华人华侨每到秋天都会十二分地想念家乡的湖蟹。"吃蟹"几乎成了所有南方人一生的执念。

二

山珍不及海味,海味逊于湖鲜。湖鲜中,湖蟹又拔得头筹。蟹的美味,主要来自蟹黄、蟹膏以及蟹肉。如果在蟹的生长过程中,摄入肉食性"饲料"较多,就会增加肌肉中鲜味氨基酸的含量,蟹肉会有一种淡淡的甜味,雌蟹的蟹黄则会更加甜香油润,雄蟹的蟹膏则稠糯粘牙。

但真正的美食家以为,清蒸的湖蟹还算不得是人间美味之极品,醉蟹才可以算是江南菜系中的妖娆之作。湖蟹的鲜既强烈又微妙,把它们浸在醉卤里,除了去腥,还可进一步提鲜和增香,使食材鲜上加鲜。

绍兴是黄酒之乡,绍兴百姓在生活中时常伴随着黄酒,很多菜中都会加入黄酒以调味,"醉"便是一种美食的做法。醉蟹、醉鱼、醉虾、醉鸡、醉泥螺、醉枣等都是绍兴人喜欢的"醉货"。醉蟹又在众多醉货中出类拔萃,其色如鲜蟹,放入盘中,栩栩如生,肉质细嫩,味道鲜美,且酒香芬芳,鲜中带甜。

第一个"醉"螃蟹的人是个绍兴人。据说,当年淮河两岸蟹多为患,庄稼遭害,且当地百姓不知如何食用螃蟹,一时惊慌无措。这时,有一个正在安徽做幕僚的绍兴师爷向州官提议,鼓励百姓捕捉活蟹并上交给官府。接着,这位聪明的绍兴师爷准备好许多大缸,以绍兴黄酒、食盐、糖等多种调味料,将蟹醉制,然后销售到各地,没想到人人争吃,一路畅销。绍兴"醉蟹"就这样被首创成功。绍兴人又称醉蟹为"淮蟹",出典大概就在这里。

过去因为没有冷冻保鲜技术,醉、酱、腌等食物的保存方法无意中变幻出千百美味。

三

首先,要挑选好的湖蟹。一般做"醉蟹"的蟹要求蟹黄多,所以多选择母蟹,即"团脐"的蟹。做"醉蟹"的蟹不要太大,太大的蟹醉制不容易入味,一般需选取二两左右的为宜。用刷子洗刷干净,特别是两只蟹螯的部位。挤掉脐部污物,用清水浸泡两个小时,接着捞出晾干,让湖蟹完全吐净污物,待用。

然后找一个有盖的容器,放入去皮切片的生姜和大蒜,接着混合生抽、老抽、米醋,适量盐加少量白糖,根据个人口味也可以加花椒、辣椒或者桂皮、八角等香料,最主要的是倒上绍兴加饭酒或花雕酒,醉卤汁就这样配成了。

最后把活蟹一一放入醉卤中。这个时候,你或许有点不忍心看着它们——醉死在黄酒中,可是总比放它们在蒸锅里受死稍稍人道一点。你会看见它们在坛子里挣扎一番,最终在醉梦中成为人间的一道美味。

然后,将盛醉蟹的容器放入冰箱。四五天至一周后即可食用。食用时可以先将蟹背盖取下,去除蟹的内脏部分,蟹黄或蟹膏此时已呈黄褐色,吮吸之下,你充分体验了一把活体食物的醇鲜。然后将蟹身掰成两半,其肉可同蟹壳一道细品慢嚼。为了保证杀菌,你可根据个人口味,蘸上米醋和蒜泥之后食用。

醉蟹是最下饭的菜。鲜蟹的味道混合着绍兴黄酒等多种调味,在你的舌尖上像花一样绽放,此时味蕾会充分感受鲜活食材的饱和感和鲜美度。这种滋味几乎是所有河鲜中的最高境界。

我在看一些烹饪节目或书籍时发现,烹饪界的高手总会在烹食前给肉质动物们来点特殊料理,以保证其独特的味道。如果直接宰杀,会导致它们因过于紧张而肌肉绷紧,做出来的菜口感就不在理想状态。

做"醉蟹"的原理大概也是如此。

多年前,在上海的一家餐厅里,发现一道叫"醉生梦死"的菜,非常好奇,点了之后才发现就是"醉蟹",其味道还不如我们日常在家里做的好。

然而,这个菜名却记住了。

四

另一款江南的秋季美食就是香甜指数超高的糖桂花。

以前,糖桂花往往只有过年时才吃得到,因为只有过年时才搓糯米圆子或包着馅的汤圆。烧好的糯米圆子很滑很糯,这时候加一匙糖桂花,金黄色的桂花由白糖渍着,自始至终地保留着它馥郁的甜香,撒上糖桂花的酒酿圆子吃得人满口留香。

小时候并不知道这个糖桂花究竟是怎么做出来的。也许我小时候的绍兴桂树没有种很多,所以物以稀为贵。后来去了一趟大香林,终于明白糖桂花是怎样炼成的。

在我的记忆中,绍兴大约是九十年代开始普遍种植桂树,从公园到道路两旁,从农村到城市的房前屋后,一到金秋十月,丹桂飘香,满城金黄。桂花有金桂、银桂、丹桂和四季桂之分,花朵呈伞花样米粒状开放,细致有序,芳香浓郁。

桂花的花期在每年农历八月,每当它盛开,随处走走,闻香寻迹,让人流连忘返。每天散步我都会忍不住放慢脚步,此时所有的劳累和疲倦似乎都能随着花香而去。

大香林是绍兴著名的景区,几乎每年九十月份,绍兴人大多会去那里休闲一下。大香林因桂成景,由桂得名。每年桂花盛开,香飘数里,清风过处,花落似雨,故名香林花雨。

大香林最早在北宋年间开始种植桂树,历经近千年,现已栽种桂树四百多亩,一万四千多棵。其中有一株九百多年树龄的"中国桂花王"名气最大,树高十八米,冠径二十米,覆盖面积达三百六十多平方米。

记不清是哪一年去的大香林,在景区门口遇到推销自家农副产品的一个农妇,在一堆板栗、柿子、山鸡中,我偏偏选中了一瓶她家自制的糖桂花,于是就向她买下并讨教了做法。

此后我做过一回,感觉是把金秋和桂花留在了我的瓶子里,从此齿颊留香。

把采摘回来的桂花花瓣清理干净,摘去花茎。然后用淡盐水浸泡二十分钟,以除去花瓣里的杂质。把浸泡好的花瓣捞出来,在阴凉通风处风干到没有水分,但不能在太阳底下晒干,那会散失香味。

然后,准备干净的玻璃瓶,在玻璃瓶底层先铺上一层糖,再把风干的桂花花瓣一层糖一层花瓣地装瓶,最后用糖封口。两周后即可以食用。制作好的糖桂花宜放冰箱保存。

糖桂花的用途多样，可以用来做桂花糕之类的糕饼，裹汤圆，也可以泡水喝。桂花茶甜中带香，香中带甜。我的经验是糖桂花还可以用来炒菜，特别是用来做红烧肉，那几小匙糖桂花用来提鲜增香，可是上好的佐料。

桂花味甘、性平，含有无可比拟的芳香物质，能够化痰、止咳、平喘，还能够止痛、消瘀、杀菌。食用糖桂花，有润肺、生津、止咳、滋阴、解毒等功效。

李清照曾经有一首诗歌咏桂花：暗淡轻黄体性柔，情疏迹远只香留。何须浅碧深红色，自是花中第一流。

"花中第一流"的桂花花香弥漫，花海深远繁多，花形虽小巧玲珑，却能低调地独放异香。她们个体虽然渺小而平常，却能凝心聚力，彼此依存，使自身的平常和微不足道通过花香的释放变得十分强大。

秋将去冬将来，飘香的桂花也渐渐地远去。我以为，这个秋天，你若品尝了"醉蟹"，又喝上一碗撒上糖桂花的酒酿圆子，人生足矣。

绍兴黄酒的六种滋味

汲取门前鉴湖水,酿得绍酒万里香。

一

多年前,随同一个侨务代表团出访海外。某一天到达海外一个著名的侨胞集中的城市,晚餐时,当地华侨隆重地拿出几瓶家乡酒来招待我们,大家一看,是绍兴黄酒,都啧啧赞叹起来。

座中只有我一个是绍兴人,我拿起酒瓶一看,是台湾产的,于是就问主人是从哪里购得的。主人因此打开了话匣子,说这确实来自台湾,因为他常去台湾,而这酒是由台湾老兵酿造的,当地非常畅销,可以一解很多人的思乡之情。我一听,立即感谢主人对绍兴黄酒的认可。

大家听了,也都急于打开品尝一下。我端起酒杯,一闻,黄酒独有的芳香扑鼻而来;二看,澄澈的琥珀色也不输正宗;三品,喝了一小口,所有人的目光都集中到我脸上,因为我的表情足以告诉他们,这味道不对。哪里不对?台湾产的黄酒明显味道寡淡,入口以后没有那股醇厚绵长的感觉,更没有进入肠胃后暖烘烘的回劲。

我惊讶,我的味蕾在瞬间找回了对黄酒的记忆,虽然身处海外。

后来,我意识到,这种对黄酒的深刻的味觉记忆只有从小生长于绍兴且能喝上几口的人才会有。绍兴黄酒的确只有绍兴的水才能酿造,一方水酿一方酒。尽管掌握了相同的酿制技术,除了绍兴,无论在哪里,都酿不出那种味道。

绍兴黄酒在绍兴被称为老酒,倒入玻璃杯或瓷杯中,色泽饱满澄亮,赏心悦目,这种透明的琥珀色来自原料精糯米和小麦本身的自然色,再加入了适量的焦糖色。

绍兴黄酒的芳香,不是花香、果香,也不是那种人工提炼的香精,而是一种依靠时间由谷物发酵散发出来的芬芳，此香越久远越浓烈。因此，绍兴老酒越陈越香。

绍兴黄酒到底是什么滋味呢？当时，有人这么问我，身处海外的我一时无法做出准确的描述。

二

最早的绍兴黄酒可追溯到春秋战国。越王勾践为增加人丁，补充劳力，奖励百姓生儿育女，"生丈夫，二壶酒，一犬；生女子，二壶酒，一豚。"越王勾践出师伐吴时，乡亲们向他敬献美酒，他把酒倒在河的上流，与将士们一起畅饮，史上称之为"投醪劳师"，今绍兴越城投醪河的地名便由此而来。

最早以绍兴地名作为酒名的当推南朝梁元帝萧绎所著的《金楼子》，书中提到"银瓯一枚，贮山阴甜酒"，说明较早的绍兴酒是甜酒。晋代嵇含所著笔记《南方草木状》中第一次提到了女酒，可知当时酿酒已普及寻常百姓家。嵇含为上虞人，女酒即后来声名鹊起的"女儿红"的前身。

在唐代，绍兴酒以其独特的地方魅力，吸引了无数文人墨客、名人志士，贺知章被称之为"酒八仙"，诗仙李白也留下了不少对越酒的吟咏。

绍兴黄酒到宋代才真正命名，因为宋以前绍兴一直是越国的都城、越州的州府，赵构升越州为绍兴府，绍兴之名由此而来。当时，绍兴酒业兴盛，不同品种的绍兴黄酒也在这一时期出现。

到了明清时期，绍兴酒已风靡全国，闻名海内外。清代袁枚在《随园食单》中赞美道："绍兴酒如清官廉吏，不参一毫假。"当时人对绍兴酒的品质做了这样的概括：味甘、色清、气香、力醇之上品，唯陈绍兴酒为第一。

三

酿一坛上好的绍兴手工黄酒，把一碗米变成一壶酒，把固体变成液体，是一件神奇的事情。

做绍酒，每道工序都很有讲究。三伏培养白药，八月踏制麦曲，立冬

投料发酵,立春开榨煎酒,这便是传承了千年的古法酿造黄酒工艺。做一坛手工酒需耗时二百八十天,以时间来转化原材料,每一道工序都要精准无误,更讲究"天有时,地有气,材有美,工有巧"。

绍兴老酒在冬天开酿,大多特意选在冬至这一天。去看冬酿是一件有趣的事,就像观看一场生命嬗变的华丽演出。

黄酒为何选择在冬天酿造呢?冬日的绍兴水体清冽,气候湿冷,酿酒选择此时投料,有利于抑制杂菌繁育,确保顺利发酵。

虽然近年来机械造酒代替了手工酿造,但真正爱喝绍兴黄酒的人仍然偏好手工黄酒。因为只有经历过冬酿,顺应自然规律的黄酒才会味道醇美,好的手工冬酿酒可以储存多年,且越陈越醇。

首轮寒潮来袭的江南立冬节气,往往是冬酿开始的最好时令。酒厂里码得整整齐齐的酒坛子堆积成小山,一口口大缸盛满了精选的上等糯米,弥漫在空气里的是淡淡的酒香,那是大热天就制成的酒药的香味。

厂区里一片白气蒸腾的景象,蒸饭、摊冷、落作、开耙,酿酒师傅们井然有序地忙碌着。即使看似简单的"浸米",如果气温和原料不同,具体操作也不同。如果天气偏热,米就要少浸泡几天,以控制酸度。蒸饭要做到熟而不糊,内无白芯,饭蒸得太烂或拌不开,就会发酵不均,太硬、夹生的米饭则不能用来酿酒。

绍酒中有一个品种叫加饭酒,也是当今酿得最多的一个品种,此酒在酿制过程中,增加用饭的数量,相对来说,用水量就少了。

开耙是冬酿中的重头好戏。上好的糯米浸泡之后蒸熟、淋水、拌进麦曲,被倒入大缸里开始发酵。发酵过程中缸内原料的温度会发生微妙变化,当温度上升过快时,需要酿酒师傅及时搅拌冷却,这环节就是俗称的"开耙"。其作用是调节发酵醪的温度,补充新鲜空气,以利于微生物繁殖和生长。开耙技术的好坏关系到成品酒的品质高低,它是整个酿酒工艺中最难控制的关键性技术,通常由经验丰富的老师傅把关。开耙技工在酒厂地位很高,被称为"头脑"。

在绍兴,"头脑"是对一个行当领头人的尊称,比如船老大叫"船头脑",戏班主叫"戏头脑",如此,开耙师傅叫"酒头脑"。

开耙好比老中医看毛病,"酒头脑"需具备听、嗅、尝、摸的技能。

先用耳朵仔细倾听缸中酒醪发出的声响，以分辨发酵的强弱，再用鼻子嗅，以判断酒香是否纯正，之后用嘴巴尝一口发酵的酒醪，以辨别酒的各种味道是否适中，最后还需用手摸一下缸外缸内的温度。前发酵阶段，每缸每天要开耙三到四次，以保证发酵顺利完成，这段时间师傅们二十四小时值守，睡不成一个囫囵觉，半夜都得起来工作。

培养出一个"酒头脑"并不简单，往往在酒厂一干二三十年才能成为真正的老师傅。

开耙之后，初步发酵的酒米混合物被倒入陶土坛子，在低温环境下继续完成近一个月的后发酵。后发酵过程中，气温的冷热变化都会对酒的品质产生影响。

春节将近，热闹了一个多月的酿酒厂渐渐安静下来了。如果这时来一场大雪，适宜的低温将使开春以后可以收获一坛坛琼浆玉液。

过了立春之后，酒厂开始压榨、煎制、装坛。装坛之后的绍兴黄酒总算完成了它脱胎换骨的生命历程，呈现在人们面前的是一杯散发着时光和生命芬芳的液体。

四

好水才能酿出好酒，鉴湖水是绍兴老酒的灵魂。就像茅台酒厂不可能在其他地方复制一样，没有纯净的鉴湖水也就酿不出地道的绍兴黄酒了。在绍兴，有这么一说：酿酒，糯米为肉，酒曲为骨，鉴湖水就是血。

汲取门前鉴湖水，酿得绍酒万里香。

会稽山崇山峻岭、茂林修竹，其三十六源头之水最终汇入鉴湖。专家曾对鉴湖做过专门的研究，鉴湖百分之八十的水域底下都埋藏着上下两层泥煤，泥煤直接与水体接触，能吸附湖水中大量的有害污染物，自净功能十分强大。这是鉴湖特殊的地质条件所形成的，也是其他湖泊所没有的。据检验，鉴湖水中含有适量矿物质和有益的微量元素，比如钼；鉴湖水盐分较低，硬度适中，这恰好有利于一些微生物的生长，用以酿酒，最为适宜。

优质的鉴湖水质保障了绍兴酒的优良品质，因此离开了鉴湖水就没有

绍兴酒可言了。清代梁章矩在《浪迹续谈》中曾经写道:"盖山阴、会稽之间,水最宜酒,易地则不能为良。"古时候,绍兴农家自酿酒,往往走很远的路,去鉴湖汲水载回,就是这个道理。以前阮社、湖塘、东浦一带酿酒作坊最为密集,究其原因就是离鉴湖最近。

五

为了写这篇文章,我向专家讨教了绍酒的味道。专家说,绍酒的味道主要有六种。

甜味。米和麦曲经酶的水解所产生的糖类共有八九种。另外,发酵中产生的甜味氨基酸等物质都有甜味,从而赋予了绍兴酒滋润、丰满、醇厚的内质,饮时有甜味和稠糯的感觉。

酸味。酸有增加浓厚味和降低甜味的作用。绍兴酒中以乳酸、乙酸、琥珀酸等为主的有机酸达十多种。酸性不足,往往寡淡乏味;酸性过大,又味道粗糙。只有一定数量的多种酸,才能组成甘美、爽口、醇厚的酒味。

苦味。酒中的苦味物质,不一定是不好的滋味,恰到好处的苦味,能使味感清爽,给酒带来一种独特的风味。绍酒中的苦味,来自发酵过程中所产生的氨基酸等物质。给黄酒上色的焦糖也会带来一定的焦苦味。

辛味,是绍兴黄酒中不可或缺的一味。单独辛味,不是饮者所喜欢的口味,但酒中加入适度的辛辣味,能增进食欲,没有这适度的辛辣味,就会像喝普通饮料那样,缺乏一种滋味感。

鲜味,为绍酒所特有,很受饮者欢迎。鲜味也是来自众多的氨基酸,比其他黄酒更为明显。

最后一味是涩味。涩味也不一定是坏事,涩味适当,能使酒味产生浓厚和柔和感。

甜、苦、酸、辛、鲜、涩,正是以上六味互相融合,互相影响,和谐地统一在一起,最终形成了绍兴黄酒不同寻常的滋味。

听完专家的介绍,再回想我在海外的品酒经历,终于明白,原来那杯酒中不知道少了多少味道!绍兴酒由十八种氨基酸组成,这在世界营养类酒中是少见的。黄酒还含较高的功能性低聚糖，能提高免疫力和抗病力，是葡萄酒、啤酒等酒类无法比拟的。中医常曰："晚饭后，睡觉前，绍酒三盅。"说的就是绍兴黄酒的滋补作用。温饮黄酒，可帮助促进血液循环，加快新陈代谢，养颜补血、活血祛寒、通经活络。

当秋风起舞、菊黄蟹肥的季节开始时，绍兴酒成为大闸蟹的绝配。蟹鲜而味美，但腥重性寒，而绍兴黄酒能补其缺陷，使其美上加美。当寒冬肆虐时，温一壶绍兴老酒，配上绍兴冬季特产的酱鸭、腊肠或鱼干，寒意顿消，快哉人生。

在绍兴，喝老酒叫"咪"老酒。江南人细腻而敏感的味蕾"咪"着黄酒的六味：甜的滋润丰满，酸的调和冲淡，苦的味感清爽，辛的醇厚入味，鲜的令人振奋，涩的浓厚柔和。这不正是绍兴人的六味人生吗？绍兴人的一般性格平和、低调、内秀，这似乎也暗合了绍酒的特点。都说一方水土养一方人，正是绍酒六味，让绍兴人"咪"出了一季糯稻的含辛茹苦，也"咪"出了一湖鉴水的四季冷暖，更是"咪"出了这天地日月之精华的馥郁芬芳。

我以我的方式为你打开绍兴（代后记）

一直生活在绍兴，曾经想过离开，但最终没有。

在我知天命的时候，我发现，我是爱绍兴的，爱她的春夏秋冬，爱她的生生不息，爱她的含蕴内敛，最爱她历经世事沧桑而容颜不老的淡定和素雅。

绍兴，恰如一名温婉的江南女子，在众多的现代城市中散发着并不耀眼的光芒，但是只要你来过，就一定不会忘记。

在西方哲学里，有三个永恒的命题：我是谁？从哪里来？要到哪里去？而在中国传统文化里，儒家说修身齐家治国平天下，佛祖说善男信女离世后去往西方极乐世界，老庄道教则说凡夫俗子尽心修炼方可得道升仙。这些虚无缥缈的探究算不算这个现实世界里的终极思索？在一个高速运转的社会里，每个人都像一个车轮或者一台机器，无暇思考，也找不到答案。

在绍兴生活了将近五十年，在某个夜晚，我突然感悟，我并不了解绍兴，不了解她的来龙去脉，更不了解她是如何从过去走到今天。她活了四五千年，她的肌肤下流淌着温热的血液，在历经成千上万次的春华秋实、风霜雨雪、阴晴圆缺之后，她是如何修炼成今天这个模样的？

于是在2015年行将结束的那年冬天，我开了一个公众号，我发誓说，我要走一遍绍兴的山山水水和名人故里，以我的脚步去丈量她的广度，以我的情愫去探究她的宽度，以我的解析去挖掘她的深度。

出生于六十年代末、成长于七十年代、度过八十年代青春期的我，依旧怀念小时候农业文明时期的空气和田野，也依旧怀着八十年代文青的孜孜追求，只不过我的案头比过去多了《吴越春秋》、《越绝书》、《越中杂识》等这些古籍，当我阅读时，历史向我打开了它的天窗。

从 2016 年到 2018 年上半年，差不多两年半的时间里，我的双休日过得异常丰满，我不是在去采撷历史文化之风的路上，就是在埋首写作的书桌旁。我以我心解读绍兴，犹如精心烹制茶点，只为寻找绍兴历史上曾经绽放过的精彩。

从大禹陵到刻石山，从西施殿到曹娥庙，从东山到天姥山，从兰亭到柯亭，从古鉴湖到运河园，从云门寺到大佛寺，从老台门到古村落，从古戏台到乌篷船……绍兴，一座两千五百年都未曾迁址的古城，太多的历史文化遗存，就像岁月留下的金子，在黑夜里闪烁，就看你是否有一双会发现的眼睛。

处在北纬 30 度的绍兴，四季异常分明，而历史文化的碎片在今天的时空里交织出来的仍有一年四季的温度，花草树木的芳香，四时美食的味觉……

恍惚中，我进入千年以前的越国、会稽、越州，我像一阵风穿行在古越国的高台、魏晋的竹林、唐宋的酒肆、明清的街巷，在投醪河边看军旗猎猎、热血肝胆，在唐诗之路上歇脚片刻，喝一盅黄酒，诗情勃发，在镜湖水榭，侧耳细听一曲百转千折的越剧。

恍惚中我看见，勾践、范蠡君臣探讨国事；秦始皇率李斯等众臣开始登临一座青山；在兰亭的流觞曲水边，王羲之略一沉思，鼠须笔挥舞出天下第一行书；山阴道上，李白和贺知章衣袂飘飘；日铸岭的深山老林里，赵构和孟太后东躲西藏；沈氏园里，唐琬邂逅陆游，泪眼相看，却欲说还休；在府山上，范仲淹汲取清白泉点茶啜饮；在稽山书院里，王阳明先生正讲授心学；在街坊里弄中，徐文长正嬉笑怒骂；而后，在一条夜航船里，乘客们听张岱高谈阔论；最后，绍兴师爷们跨出自家台门，赶赴各地为天下谋……

原来，时空回旋，绍兴的历史天空下有过那么多精彩呈现，我在那里一一遇见。

两年半的光阴里，我沉浸在和古代的对话里，我走进古人的生活里。我发现，物华天宝、人杰地灵的绍兴，曾是秀丽江南和吴越之地的中心。四千年前，大禹在此计功而开创了夏王朝；两千五百年前，越王勾践于此建城为越都；两千两百年前，秦始皇东巡此地而教化天下；八百多年前，

南宋王朝流亡至此而建起临时都城。

她是朝代更替后北方豪门避居的最佳选择地之一,因为山清水秀,水润物美,最终成为士大夫隐退之地和向往之地。绍兴,早就高度融合了中原文化,自东晋起至明、清,一直都处在江南文化的核心圈。由于士族和豪族的大量南渡,绍兴也是中国古代最为包容的移民城市和人口素质最优良的城市之一。

曾经的越国版图很大,会稽和越州也曾领先于江南,到后来成为绍兴,人们最终接受了一个南宋皇帝留下的地名。

无论时代和版图如何变迁,越地是绍兴人对自己故乡的尊称,大越是绍兴人世代的印记。虽然我们历经了花开花落的朝代次第更替,越人依然是我们心中最自豪的称谓。

山水悠悠,我心悠悠。我在越地生活了五十年,我以我的方式为你打开绍兴。

绍兴是一本厚重的书,愿我的解读可以为你唤醒她的记忆、她的呼吸、她的如花笑靥。愿你珍重。

是为后记。

最后,感谢研究绍兴历史文化的前辈,你们为我的写作提供了大量素材。

2018 年 12 月 30 日

图书在版编目（CIP）数据

越是我故乡 / 王征宇著. —杭州：浙江文艺出版社，2019.8

ISBN 978-7-5339-5768-1

Ⅰ.①越… Ⅱ.①王… Ⅲ.①散文集-中国-当代 Ⅳ.①I267

中国版本图书馆CIP数据核字（2019）第152450号

责任编辑　余文军
装帧设计　吕翡翠
责任校对　唐　娇
责任印制　张丽敏
封面题字　王征宇

越是我故乡

王征宇　著

出版　浙江文艺出版社
地址　杭州市体育场路347号
邮编　310006
网址　www.zjwycbs.cn
经销　浙江省新华书店集团有限公司
印刷　杭州杭新印务有限公司
开本　710毫米×1000毫米　1/16
字数　330千
印张　21.5
插页　1
版次　2019年8月第1版
印次　2019年8月第1次印刷
书号　ISBN 978-7-5339-5768-1
定价　39.80元

版权所有　违者必究

(如有印、装质量问题，请寄承印单位调换)